T0355799

Elle
&
Darcy
Escrito en las estrellas

ALEXANDRIA BELLEFLEUR

Elle & Darcy

Escrito en las estrellas

Traducción de
Lorena Castell

MOLINO

Papel certificado por el Forest Stewardship Council®

Título original: *Written in the Stars*

Primera edición: noviembre de 2024

Publicado por acuerdo con Avon, un sello de HarperCollins Publishers

Printed in Spain – Impreso en España

ISBN: 978-84-272-4278-4
Depósito legal: B-12.634-2024

Compuesto por Carol Borràs
Impreso en Rodesa
Villatuerta (Navarra)

MO 42784

Capítulo uno

Toda chica tiene un límite que es capaz de soportar y Elle Jones había llegado al suyo. Esquivar cochecitos de bebé frente a los llamativos escaparates navideños de Macy's con prisa por llegar a tiempo al restaurante había provocado que su despampanante ropa interior nueva se deslizase a toda velocidad a causa del encaje hasta quedar más como un cinturón que como el culote que era. Prácticamente podía saborear el primaveral olor de su detergente para ropa.

Tirarse del bajo del vestido había sido inútil. Estaba claro que contonearse no había hecho una mierda. Al igual que apoyarse casualmente en el poste del paso de peatones y... ¿marcarse un *pole dance*? Había meneado algo las caderas y, más que darlo todo contra el poste como si tuviera que ganarse el pan, había parecido un oso en el bosque con una alarmante picazón. Meter la mano bajo la falda había sido su último recurso, uno con la consecuencia no deseada de parecer que se estaba poniendo juguetona consigo misma frente a un Starbucks. Las calles de Seattle habían visto cosas más extrañas, pero aparentemente no el tipo que la miraba con lascivia desde la ventanilla del copiloto de un Prius salpicado de barro.

Todo había sido porque había decidido ponerse esa ropa interior en concreto, ropa interior nueva, ropa interior más sexy que cualquier otra cosa arrugada en el cajón de su cómoda. No es que esperara que la hermana de Brendon le viera la ropa interior, pero ¿y si la cita iba bien?

¿Y si...? ¿No era esa la pregunta del millón, la chispa de esperanza que la hacía caer una y otra y otra vez? Las mariposas en su estómago eran un bálsamo y cada aleteo calmaba el dolor de todos los rechazos y ninguneos previos hasta que apenas podía recordar cómo se sentía cuando no la llamaban después. Cuando las chispas simplemente no estaban ahí.

¿Canguelo en la primera cita? No, esta sensación era mágica, como purpurina corriendo por sus venas. Quizá la cena fuese bien. Tal vez se llevaran de maravilla. Tal vez tuvieran una segunda cita, una tercera y una cuarta..., y tal vez esta fuese su última primera cita. Bum. La apoteosis. Toda una vida de mariposas en el estómago.

Ya sin las bragas metidas por el culo, Elle se detuvo frente al restaurante y respiró hondo. El sudor oscureció el algodón azul claro de su vestido al secarse las palmas de las manos en la falda antes de tocar el pomo plateado. Tiró y... la puerta de cristal apenas se movió un milímetro.

El restaurante tenía una valoración con cuatro símbolos de dólar, lo que le hizo preguntarse si de verdad los ricos hacían suficiente trabajo manual para tener la masa muscular necesaria para abrir estas puertas. ¿O es que estaban mazados gracias a los entrenadores personales y las clases privadas de pilates que podían permitirse? Elle tiró más fuerte. ¿Había un código de acceso? ¿Un timbre al que llamar? ¿Debía agitar su tarjeta de crédito (que, la verdad, tenía un límite deprimente) frente a la puerta?

Tras el cristal, alguien agitó la mano con unas uñas perfectas limadas y pintadas del más aburrido tono de rosa delante de su cara. Elle se enderezó y... ¡por Saturno! Con razón este lugar era tan popular, al diablo con los precios y las puertas imposibles. Con rizos largos de color cobrizo y piernas aún más largas, la recepcionista era el tipo de mujer injustamente espectacular que adornaba las portadas de las revistas, tan guapa que hizo que le dolieran los ojos. Por supuesto, no ayudaba que el cristal reflejara la cara de Elle con cierta borrosidad. El flequillo, rubio trigueño, se le había separado y el delineador de ojos se le había emborronado, lo que la hacía parecer menos seductora con su difuminado y más un mapache sudoroso. Toma mazazo a la autoestima.

—Hay que empujar —le dijo la recepcionista mirando el picaporte con esos ojos castaños.

Elle presionó la palma contra el cristal y, ligera como una pluma, la puerta se abrió con toda suavidad. A pesar del aire fresco de noviembre, le hormigueaban las mejillas por el calor. Genial. Al menos solo la recepcionista y ella habían presenciado su metedura de pata, y no la hermana de Brendon. Esa sí habría sido una primera impresión difícil de remediar.

—Gracias —dijo Elle—. Deberíais considerar poner un cartel. O, ya sabes, no ponerle manija a una puerta que hay que empujar. —Se rio y…, vale, no fue gracioso, pero la recepcionista podría haber hecho algo decente y fingir. Elle ni siquiera estaba pidiendo una carcajada entusiasta, solo el tipo de risa baja y educada, porque tenía toda la razón.

Pero no. La recepcionista le dedicó una sonrisa tensa, le examinó la cara antes de mirar su teléfono y suspiró.

Por ahora, el servicio era pésimo.

En lugar de tentar su suerte y hacer el ridículo frente a la guapísima recepcionista, que prefería holgazanear con el móvil antes que hacer su trabajo, Elle examinó el restaurante en busca de alguien que se pareciera a Brendon.

11

No le había contado mucho sobre su hermana. Al escuchar a Elle hablar sobre los peligros de tener citas no solo como mujer, sino como una mujer a la que le gustan otras mujeres, Brendon la miró emocionado, con esos adorables ojos de corderito, y dijo: «¿Eres gay? También mi hermana, Darcy». Bisexual, pero sí, Elle era toda oídos. Brendon esbozó una sonrisa sucia que le marcó los hoyuelos mientras los ojos le brillaban con picardía. «¿Sabes qué? Creo que os llevaríais realmente bien».

Y ¿quién era ella para negarse cuando había estado despotricando con Margot sobre su mala suerte en el amor? Negarse habría sido absurdo.

Lo único que le había dicho Brendon era que Darcy se reuniría con ella en el Wild Ginger a las siete en punto y que no se preocupara por la reserva, que él se encargaría. Quizá estaba esperando en el bar. Había una rubia menuda bebiendo un pink martini y charlando con el camarero. Podría ser ella, pero Brendon era alto y tenía hombros anchos. Quizá fuese…

—Disculpa.

Elle se volvió hacia la recepcionista, que ya no estaba mirando su teléfono, sino a Elle, con las cejas arqueadas y expectante.

—¿Eh?

Uf, la gente guapa la volvía estúpida.

La recepcionista se aclaró la garganta.

—¿Has quedado con alguien?

Al menos ahora no tendría que humillarse y acercarse a cada mujer que viera sola en el local.

—Sí. El apellido de la reserva debe ser Lowell.

Frunció aquellos labios envidiablemente carnosos mientras entrecerraba los ojos a conciencia.

—¿Elle?

Un momento.

—No, Darcy. A menos que Brendon hiciera la reserva a mi nombre. ¿Con su apellido? Eso es un poco presuntuoso, pero bueno —resopló Elle—. He tenido muchas primeras citas y nunca una que haya ido tan bien, no sé si sabes a lo que me refiero.

—No, quiero decir que eres Elle —apuntó la recepcionista lentamente—. Yo soy Darcy.

El corazón de Elle dio un batacazo, se saltó un latido y aceleró en el siguiente.

—¿Darcy... eres tú? ¿Tú eres Darcy? Entonces... no eres la recepcionista.

Ella asintió con la cabeza.

Claro que esta era la hermana de Brendon, así de suertuda era Elle, y, ahora que lo sabía, el parecido era bastante obvio. Ambos eran altos, delgados e injustamente atractivos. Vale, el pelo de Brendon era más oscuro, pero pelirrojo sin duda, y ambos tenían pecas. Tantas pecas que era como si la piel de Darcy fuera un cielo color melocotón cubierto de estrellas parduzcas que suplicaban ser cartografiadas, unidas en constelaciones. Se le derramaban sobre la mandíbula, le salpicaban la garganta y desaparecían bajo el cuello de su vestido verde para dejar su recorrido a la más que vívida imaginación de Elle.

Se le curvaron los dedos de los pies y se sonrojó cuando Darcy la miró de arriba abajo, un reflejo de su propio y descarado repaso. Elle reprimió una sonrisa. Tal vez había hecho bien en ponerse esa ropa interior después de todo.

—Llegas tarde.

Uf. O no.

—Sí, y lo siento mucho. Pero había...

Darcy levantó una mano, obligando a Elle a tragarse su excusa.

—No pasa nada. He tenido un día largo y ya he pagado la

cuenta en el bar. —Señaló por encima del hombro de Elle hacia la puerta y añadió—: Estaba llamando a un Uber.

—¿Qué? No. —Elle llegaba tarde, sí, pero solo unos minutos. Vale, quince, pero no había sido culpa suya—. De veras que lo siento. Quería enviarte un mensaje, pero se me ha apagado el móvil y Macy's era como un derbi de madres. Y, en serio te lo digo, esas mujeres son despiadadas con sus cochecitos cuando hay rebajas. Despiadadas. Te lo juro, ni que fuera el *Black Friday*. ¿Puedes creer que ya han puesto los adornos navideños? Yo todavía tengo telarañas y a Fémur Mercury colgados en mi apartamento —divagó.

Le ardió la cara ante la expresión de desconcierto de Darcy.

—Es, eh, el esqueleto que adorna mi piso. Nos pareció que sería para dislocarse de la risa, porque... Da igual. —Elle cuadró los hombros y le dedicó a Darcy su sonrisa más sincera—. Me moría de ganas de que llegara esta noche desde que tu hermano comentó que podríamos llevarnos bien. Déjame invitarte a otra copa.

Contuvo la respiración mientras Darcy se lo pensaba, con los dedos en el espacio entre las cejas, como si estuviera aliviando un dolor de cabeza.

Después de un insoportable momento de silencio en el que Elle luchó por no retorcerse, Darcy dejó caer la mano y esbozó una especie de sonrisa.

—Una copa.

Seguía siendo toda sentimiento. Elle se mordió el interior de la mejilla y sonrió. A caballo regalado... Dejando a un lado la falta de entusiasmo, la cosa pintaba bien. Prometía. Todavía había una posibilidad de corregir la situación. Podía con ello. Podía reponerse por completo.

Los zapatos de Darcy, un par de taconazos con suela roja, resonaban por el restaurante con cada paso perfecto que daba. Elle la siguió, arreglándose el flequillo con los dedos rápida y discretamente. Puede que hubiese dado una primera impresión mediocre, pero eso significaba que las cosas solo podían ir a mejor.

—¿Qué tomarás? —Elle cogió la carta de bebidas de la mesa y..., ay, por Saturno. Su cartera se acurrucó en posición fetal.

—El chardonnay François Carillon —respondió Darcy, que llamó a un camarero con un giro de muñeca.

El François... Elle se acercó la carta a la cara y casi se ahoga. ¿Cincuenta y seis dólares por una copa de vino? Eso no podía estar bien. Tenía que ser una errata, un decimal mal colocado, tal vez la luz de las velas jugaba con el color dorado de la fuente. Lo comprobó dos veces para asegurarse de no haber confundido el precio de un vaso con una botella, tal vez de un estuche, y... no.

—¿Qué les traigo? —preguntó el camarero, y, cuando Darcy terminó de pedir, se volvió hacia Elle—: ¿Y usted, señorita?

—Emmm. —Examinó la página, tratando de no encogerse. ¿En este lugar no sabían lo que era la hora feliz? O, qué narices, ¿la felicidad? ¿Tener un alquiler? Cierto, el alquiler. Tenía hasta el lunes para pagarlo—. El merlot Domaine de Pellehaut.

No solo le pegó una patada a la pronunciación, sino que odiaba el merlot. Pero nueve dólares eran mucho más apetecibles que cincuenta y seis.

El camarero asintió y desapareció.

Salvar la cita. Un objetivo aparentemente simple, salvo que todas sus maravillosas y brillantes ocurrencias se le quedaron atascadas en la garganta como un chicle cuando Darcy se limitó a quedarse mirándola. La luz de las velas transformaba el color almendra de sus ojos en caramelo y, cuando la hermana de Brendon bajó la vista a su móvil, la luz bailó en las pestañas más oscuras y espesas que Elle había visto jamás y...

—¿Qué rímel usas? —soltó.

Darcy puso su teléfono con la pantalla hacia abajo y, con el ceño fruncido, levantó la mirada hacia los ojos de Elle.

—¿Mi rímel? YSL.

—Son superbonitos. Tus ojos, quiero decir.

Los pómulos de Darcy cogieron un fascinante tono rosado.

—¿Gracias?

Elle se mordió el labio y alisó la servilleta en su regazo, conteniendo la sonrisa por haber tomado a Darcy por sorpresa. Solo cuando ya no estuvo en peligro de sonreír como un somormujo, levantó la vista y… Darcy volvía a observarla desde el otro lado de la mesa, solo que esta vez había algo más que un cortés interés en su mirada.

Por un momento, a Elle se le cortó la respiración. Tan solo pudo limitarse a apreciar cómo el rubor de Darcy se intensificaba y sus mejillas se volvían de color carmesí.

La suave tráquea de Darcy se sacudió al tragar saliva. Esta sacó la lengua de repente para humedecerse el labio inferior, lo que atrajo la mirada de Elle hacia una peca en forma de medialuna que tenía en el contorno del labio y, madre mía, no había bebido nada todavía y ya estaba mareada, aunque eso podía ser porque sus pulmones se negaban a cooperar.

Hipnótica. Elle no podía apartar los ojos porque sentía como burbujas de champán en la lengua, el primer chapuzón en la piscina en un día abrasador, ese momento justo antes de que se apague el bajo en una canción brutal. Chispas, química, lo que sea que fuera, este era el tipo de conexión que había estado buscando: la que surge o no surge.

Antes de que pudiera recuperar la voz, el camarero regresó bandeja en mano. Primero, llenó el vaso de Darcy con una jarra en miniatura y, luego, vertió un chorrito de tinto en el de Elle. Aguardó aclarándose la garganta suavemente.

¿En serio esperaba que... lo oliera? ¿Que lo probara? ¿Y que dijera qué? Uf, la semana pasada ella y Margot se habían liquidado un tetrabrik de Franzia rosado. Había apurado los restos del embase mientras Margot lo exprimía. Los gustos de Elle no eran exactamente lo que se diría exigentes.

Inhaló, dio un sorbo y murmuró con consideración. Qué asco.

—Sí. Es merlot, sin duda. Gracias.

El camarero hizo una mueca con la boca mientras le llenaba la copa con el resto del vino.

—Enseguida vuelvo a tomarles nota.

Al pasarse el pelo por detrás de la oreja, a Elle se le enganchó el dedo en el aro. El rubor de Darcy casi se había disipado, pero dio un trago de vino mirando a todos lados menos a Elle. Eso era bueno; Darcy no actuaría de esa manera si la situación no le hubiera afectado a ella también.

—Brendon mencionó que trabajas en... ¿una aseguradora? ¿Es así?

Darcy tragó saliva y hundió la barbilla.

—Soy actuaria.

—Suena... ¿interesante?

Darcy soltó una risilla.

—Lo sé, suena muy aburrido, ¿no?

Recostándose en su silla, Elle sonrió.

—Ni siquiera sé muy bien qué hace una actuaria.

—Ayudo a establecer precios justos y exactos para las primas de seguros a partir de variables y tendencias en datos históricos. Hago cálculos, básicamente —le explicó Darcy, que se encogió de hombros y dejó su copa de vino sobre la mesa—. Lo disfruto.

La palabra «cálculo» le trajo a Elle un violento recuerdo de la carrera. Por lo general, las matemáticas no eran algo que le entusiasmara, aunque se le dieran bien. Pero, si Darcy quisiera pasarse la noche discutiendo sobre diferenciales y límites, estaría encantada de escuchar la suave cadencia de su voz.

—Eso es lo que importa. —Elle cruzó las piernas debajo de la mesa y rozó un segundo el tobillo de Darcy con el suyo—. La vida es demasiado corta para desperdiciarla en algo que no disfrutas. Y lo mejor ya es cuando lo que te gusta también te sirve para pagar las facturas.

Darcy sonrió y un diminuto hoyuelo se le formó junto a la boca, como un paréntesis para esa peca especial.

—¿A qué te dedicas tú?

—Oh, ¿Brendon no te lo dijo? —Para ser el cerebro detrás de una aplicación de citas, a su hermano se le escapaban algunos de los puntos clave a la hora de buscar pareja a los demás—. Soy astróloga. Margot, mi compañera de piso, y yo somos las voces detrás de Oh My Stars.

Darcy ladeó la cabeza y los rizos le cayeron sobre el hombro.

—Ya sabes, la cuenta de X e Instagram sobre el horóscopo. También publicaremos un libro dentro de seis meses.

Darcy negó con la cabeza.

—En realidad no tengo X. Ni Instagram. De hecho, ninguna red social para el caso.

¿Quién no utiliza las redes sociales? Vale, una cosa era no tener Facebook, que está plagado de parientes mayores, pero ¿X? ¿Instagram?

—Bueno, tuiteamos consejos con algún que otro meme y chiste ocasional. OTP, la aplicación de tu hermano, quiere que pensemos cómo añadir el factor de la carta natal al sistema de contactos. Permitiría a los usuarios valorar la compatibilidad no solo en función de los elementos divertidos por los que OTP ya es conocida, como los cuestionarios de personalidad tipo Buzz-

Feed, cuál es tu pareja ficticia ideal y todo eso, sino también las posiciones planetarias más pertinentes en el momento de su nacimiento —le explicó. Señaló el móvil de Darcy y añadió—: Si me prestas tu teléfono, puedo hacerte la carta natal superrápido. Solo necesito tu fecha, hora y lugar de nacimiento.

Darcy hizo una mueca.

—Estoy bien así.

—¿No sabes a qué hora naciste? Porque la mayoría de los planetas se mueven lo suficientemente lento como para... Bueno, no sabría decirte cuáles son tus ascendentes o tus casas, y es probable que el tema de la luna sea complicado, pero aun así podríamos sacar algunos factores. —A menos que..., ay, mierda, ¿se había excedido? Estaba tan acostumbrada a hacer lecturas, no solo para ganarse la vida, sino también para analizar las cartas natales de amigos y familiares, que preguntar estas cosas le era algo natural—. Si es demasiado personal, lo entiendo perfectamente.

Darcy cogió su copa por el pie y agitó el vino.

—Lo siento, en realidad no creo en esas cosas.

Elle frunció el ceño.

—¿Cosas?

Con los dientes clavados en el labio inferior, Darcy parecía estar tratando de no reírse.

—El supuesto vínculo entre los fenómenos astronómicos y el comportamiento humano. Culpar a los planetas de tu personalidad suena un poco a pretexto.

Elle ya había escuchado este argumento antes.

—No se trata de culpar a los planetas de tu personalidad; se trata de comprenderse a uno mismo y tomar conciencia de por qué puedes ser propenso a tener ciertos comportamientos y patrones. Lo que la gente elija hacer con ese conocimiento depende de ellos.

Darcy tomó un delicado trago de vino y dejó su copa a un lado.

—Para ti la perra gorda.

Elle se mordió el interior de la mejilla. No pasaba nada. Ella creía en eso y sus quinientos mil seguidores de X también.

Era un poco rollo que ella y Darcy discreparan, pero solo era un tema. Vale, era un tema que le tocaba de cerca y adoraba, pero tampoco es que estuvieran en extremos opuestos del espectro político. Elle no insistiría en el tema… en la primera cita.

—En cualquier caso, Margot y yo estamos muy emocionadas con la idea de poder ayudar, con suerte, a la gente a encontrar a su alma gemela.

Darcy resopló, y no como si estuviera de acuerdo o en plan «guau, qué divertida eres». Fue un pequeño bufido burlón, condescendiente si se sumaba al hecho de que puso los ojos en blanco.

—Suenas como mi hermano.

—¿Es eso algo malo?

—Es una noción romántica. —Darcy bajó la mirada y se cerró en banda.

Elle frunció el ceño.

—Y ¿eso es algo malo?

—Es una tontería. Almas gemelas. Una única pareja definitiva —sentenció Darcy, sacudiendo la cabeza como si fuera ridículo.

Las mariposas dejaron de revolotear en el estómago de Elle, que sintió acidez, aunque eso podía deberse al vino. ¿Qué estaba haciendo Darcy en esa cita si no buscaba el amor, o al menos la oportunidad de enamorarse?

—Yo creo que es bonito —argumentó Elle—. Si no crees en el amor, ¿en qué vas a creer?

Darcy se pasó la lengua por el interior de la mejilla.

—La teoría es adorable, pero es un poco de ilusos, ¿no crees?

¿Eso había sido una pulla sobre su profesión?

—Prefiero ser una ilusa que una amargada.

Al ir a coger su vino, Elle rozó con los dedos el tallo de la copa y esta se le resbaló. El vaso se sacudió, se tambaleó, se balanceó hacia atrás y se inclinó hacia delante. Imitando el movimiento, a Elle se le revolvió el estómago. La copa volcó a cámara lenta, el vino tinto se derramó por toda la mesa y el merlot empapó el lino del mantel, salpicando el vestido de Darcy.

—Ay, joder —masculló Elle, que buscó una servilleta y se golpeó las rodillas con la mesa al ponerse de pie, cuando…

Cincuenta y seis dólares de vino cayeron al regazo de Darcy.

Elle se quedó helada, con una servilleta de tela blanca preparada para… ¿qué? ¿Limpiar la mancha? Mierda, sería mejor que empezase a agitarla en señal de rendición.

—Lo siento mucho. —El calor le subió por la garganta y la hizo sentir incómodamente cálida.

—N-N-No pasa nada… —respondió Darcy, que había empujado su silla hacia atrás haciéndola chirriar contra la madera. El vino que no le había empapado el vestido le goteó por las piernas cuando se puso de pie—. Disculpa.

Darcy se dirigió hacia la parte trasera del restaurante, donde había un cartel que indicaba el baño.

Elle se sentía el pulso en la garganta y se le humedecieron los ojos mientras colocaba las copas, ahora vacías, en su sitio. Hay que joderse. Había sido sin querer. Por lo general, no era torpe, ni mucho menos, pero Darcy la había puesto a la defensiva.

La astrología era una cosa (vale, algo importante), pero ¿no creer en el amor? ¿Cómo demonios podía ser pariente del adorable Brendon, creador de OTP? Brendon, que hablaba por los codos sobre *Harry Potter*, que gesticulaba sin parar y había hecho del 4 de mayo, el día de *Star Wars*, festivo oficial para toda la empresa. Brendon, quien, en sus dos reuniones presenciales con OTP Inc., varios almuerzos e innumerables mensajes directos, había mostrado más entusiasmo por la vida del que Darcy poseía en todo ese cuerpazo de infarto. Elle había sentido chispas, sin duda, pero ¿Darcy? Al parecer no, si podía burlarse tan fácilmente de la idea del amor verdadero.

Elle levantó la mano para llamar al camarero.

Este miró la mesa con el ceño fruncido.

—Traeré algo para limpiar esto.

—Tan solo... ¿Podrías...? Quisiera pagar.

Elle le dio su tarjeta y se obligó a soltar el trozo de plástico cuando el camarero tiró de él.

Después de pasar su Visa, regresó y le dio el tíquet envuelto alrededor de la tarjeta. Bien. Tampoco quería ver la cuenta, de todos modos.

—Que tengas una buena noche.

Buena noche y un cuerno. Ese barco había zarpado y ahora, hundido, no era más que pecios en el fondo del océano.

Era hora de cortar por lo sano. En cuanto Darcy regresara, Elle se marcharía.

Cruzó las piernas y trató de ignorar la punzada en la vejiga. ¿Por qué estaba tardando tanto Darcy? Tal vez fuera ella primero al baño. Si se topaba con su cita, mataría dos pájaros de un tiro despidiéndose con rapidez antes de que pudiera causar más daño. Literalmente.

Decidida, Elle se levantó y dejó la servilleta sobre la mesa antes de dirigirse al baño.

—... para empezar, ni siquiera quería venir a esta cita, y ahora mi vestido está destrozado, Annie.

Darcy miraba hacia el final del pasillo, de espaldas a Elle. Con el teléfono pegado a la oreja, caminaba de aquí para allá frente a la puerta del baño de mujeres, con un fino tacón perfectamente colocado frente a la punta del otro pie como si estuviera andando sobre una barra de equilibrio.

A Elle se le trabaron las piernas, bloqueadas por la evolutivamente estúpida elección entre luchar y huir. Quieta.

Darcy soltó una risa seca.

—No veo qué tiene eso de relevante, pero sí, es guapa. Estoy segura de que también es divertidísima. Pero es un desastre.

Elle solo quería hacer pis, pero Darcy estaba justo ahí, enfrente del baño, bloqueando el pasillo, poniéndola a caldo con esa tal Annie.

—¿Qué le voy a decir a Brendon? —preguntó Darcy—. La verdad es que somos totalmente opuestas. Y me planto: esta ha sido la última cita que me organiza.

Elle apretó los labios y se tragó el nudo que tenía en la garganta.

Pensándolo bien, podía aguantarse.

El aire del apartamento estaba pegajoso por la humedad y el dulzor de la madreselva. Delgadas volutas de vapor se colaban bajo la puerta del baño y llenaban el pasillo mientras la áspera voz de Stevie Nicks inundaba la sala de estar.

Elle echó el cerrojo y cayó de rodillas junto adonde Fémur Mercury colgaba de un hilo de pescar con doble nudo que había clavado en el yeso de la pared. Se arrastró por la habitación y se plantó de cara en el sofá con un gemido. La manta de ganchillo azul que cubría los cojines olía levemente a pachuli y las pequeñas monedas de oro pegadas a los flecos se sentían frías en su mejilla mientras se hundía más, frotando la nariz en la gustosa tela. Hogar, dulce hogar.

El aroma de la madreselva se hizo más fuerte, más intenso, cuando el ventilador se detuvo, la puerta del baño se abrió y el vapor se derramó como humo dulce mientras la música se interrumpía a mitad del verso.

Margot entró en la sala de estar, con una bata con estampado de leopardo anudada a la cintura y una toalla envuelta alrededor de la cabeza. Sus pasos vacilaron y puso esos oscuros ojos castaños como platos tras las gruesas gafas de montura negra. Abrió la boca antes de hacer una pausa, succionándose el labio inferior entre los dientes.

—¿Cómo ha ido?

—¿Sabes los lavabos públicos que hay junto al mercado?

Elle lanzó sus zapatos a través de la habitación e hizo una mueca cuando dejaron una polvorienta mancha marrón contra el zócalo que había junto al rincón del desayuno de la sede de Oh My Stars. Ups.

—¿Los que tienen puertas tan bajitas que no te queda otra que hacer un incómodo contacto visual con la persona del cubículo de al lado? —preguntó Margot cruzando la habitación para agacharse a su lado.

Elle asintió.

—He perdido las bragas allí dentro.

Margot levantó las cejas, de color negro azabache, hasta la línea del pelo, donde desaparecieron bajo su turbante.

—Explícate, porque me estoy imaginando cosas extravagantes y viciosas.

—Puaj, no. Me estaba haciendo pis. —Su ropa interior (ese culote poco práctico pero bonito) había sido una desafortunada víctima, ya que tocó el asqueroso suelo cuando Elle se puso en cuclillas—. Se me han resbalado las bragas y han aterrizado en un charco de —arrugó la nariz— algo pegajoso.

No había vuelta atrás, el recuerdo de la prenda bajándole por los tobillos hasta las baldosas era imposible de borrar.

El rostro de Margot se crispó e hizo una mueca de asco.

—¿Las que acababas de comprarte? ¿Las que tenían los lacitos a los lados?

—Sí.

—Eran bonitas.

—Era su destino, supongo. —Elle sorbió por la nariz con fuerza y hundió los dedos de los pies en el grueso pelo de la alfombra—. De todos modos, picaban como unas cabronas.

Margot abrió la boca solo para cerrarla de nuevo y morderse los labios. Se aclaró la garganta.

—Tengo la sensación de que tu cita no ha ido bien.

Elle esbozó una risa débil e insípida, pero no iba a llorar. De ninguna manera, de ninguna manera. Darcy Lowell no merecía sus lágrimas.

—¿Qué te hace pensar eso?

Sin decir nada, Margot la cogió de la mano y entrelazó los dedos de ambas, apretando hasta que el dolor en las articulaciones de Elle superó la presión en su pecho.

—En mi vida había conocido a nadie tan espectacular y, al mismo tiempo, tan condescendiente. —Elle tragó saliva antes de que su voz hiciera algo patético, como romperse—. Lo peor es que podría haber jurado que había… algo. Sentí chispas, ¿sabes? —apuntó. Luego suspiró y hundió los hombros—. No es que importe. No tenía ninguna posibilidad, química o no.

Había polos opuestos y polos superopuestos. Darcy no creía ni en la astrología ni en las almas gemelas, y… ¿cómo la había llamado? ¿Un desastre? Guapa también, pero un desastre, al fin y al cabo. Y divertida. No lograba olvidar esa parte.

«Esto es divertido, pero...».

«Eres muy divertida, Elle, pero...».

«Me he divertido contigo, pero...».

Si tuviera un dólar por cada vez que alguien había usado la palabra «divertida» para rechazarla... No, aquello seguiría siendo una mierda sin importar cuánto dinero tuviera.

No es que hubiera nada intrínsecamente malo en ser divertida. Elle quería ser divertida. Pero verse reducida a nada más que un buen momento era otra cosa.

¿No podía ser divertida y algo más? ¿Una pareja? De hecho, ¿no debería ser así?

Margot chasqueó la lengua contra los dientes.

—Que se joda, entonces. Ella se lo pierde, cariño.

—Siempre dices eso.

—Y siempre lo digo en serio.

Elle resopló. «Claro». Había un número limitado de veces que Margot podía usar esa excusa antes de que perdiera su encanto. Esta noche sonaba vacía.

—¿Sabes lo que necesitas? —gruñó Margot suavemente mientras se arrodillaba para levantarse, quitándose la pelusa de la alfombra verde de su piel desnuda—. Tequila.

Margot preparaba las mejores margaritas, una perfección picante de tequila con un alegre borde salado a todo color. Por mucho que Elle quisiera decir que sí, no pudo.

—Tengo que levantarme temprano. Mañana he quedado para desayunar con mi madre, ¿recuerdas?

Levantar el culo al amanecer y arrastrarse hasta el Eastside para el desayuno mensual entre madre e hija ya era bastante difícil sin la resaca adicional.

Margot torció los labios en una mueca.

—Supongo que todavía no le has contado el acuerdo con OTP, ¿cierto?

Elle cogió el tazón de cereales reseco que se había dejado en la mesa por la mañana y separó las nubecillas de los pedazos aburridos, agrupándolos en colorines, lunas y globos. Se encogió de hombros, evitando la penetrante mirada de Margot.

—Elle —insistió esta frunciendo los labios.

Elle se metió un puñado de nubecillas de colores en la boca y masticó.

—El momento no ha sido el adecuado.

—Sé que el anuncio del contrato del libro no salió como esperabas, pero eso no significa que tu familia no vaya a estar entusiasmada con esto. —La sonrisa de Margot era casi convincente, pero no le llegaba a los ojos—. Vamos. Este contrato es importante. Si tu familia no es capaz de verlo…

Margot tenía razón en que el acuerdo con OTP, la aplicación de citas más chula de todos los tiempos (de frikis, para frikis), era la rehostia. El apasionante proyecto en el que Margot y Elle se habían estado dejando los huesos durante años estaba a punto de convertirse en una aventura a tiempo completo.

Elle debería haber estado como loca por contarle las buenas noticias a cualquiera que quisiera escucharla, pero, si se guiaba por el pasado, contárselo a su madre podría suponer dos cosas. O bien le haría un millón de preguntas sobre qué era OTP, si Elle tenía a alguien de fiar para revisar el contrato y si estaba segura de que no quería simplemente buscarse un trabajo como Dios manda, con un sueldo fijo y con el que cotizar. O bien sonreiría insípidamente, con los ojos vidriosos en cuanto Elle mencionara las palabras «aplicación de citas» y «compatibilidad astrológica». Entonces su madre respondería: «Qué bonito, hija».

Se las había arreglado para ganarse un «eso es realmente increíble, cariño» cuando le contó a su familia sobre el contrato del libro. Solo que su hermana mayor, Jane, fue con su propia buena noticia de que, después de un año de fertilización *in vitro*, ella y su marido estaban esperando gemelos. Obviamente, aquello era más importante que las noticias de Elle, por lo que estaba bastante segura de que su familia se había olvidado por completo de su libro con el jaleo del anuncio de Jane.

Desempeñar un papel secundario frente a los logros de su hermana mayor era la historia de su vida, pero eso no significaba que estuviera dispuesta a sufrir de nuevo la esperanza de que su familia finalmente se interesara por su vida en vez de tolerar con educación sus excentricidades.

«Estoy segura de que también es divertidísima. Pero es un desastre».

No solo su familia.

Y ¿qué pasaría si Elle siguiera los consejos de las estrellas en lugar de los de la sección de autoayuda? Lo convencional era aburrido, pero ¿por qué le resultaba imposible encontrar a alguien que tuviera el mismo rollo que ella?

Margot agitó una mano frente al rostro de Elle.

—Tierra llamando a Elle.

Esta se obligó a sonreír.

—Lo siento. Solo he tenido una mala noche. Me ha despertado algunas emociones no muy majas.

—Arriba esos ánimos. —Margot le robó una de las nubes con forma de globo y continuó—: Olvídate de la hermana de Brendon. No era para ti, así que déjalo estar. Tendrás más suerte la próxima vez, ¿vale?

Elle abrió la boca, pero, en cuanto sus labios se separaron, una película húmeda le nubló la visión. Tuvo que tragar saliva antes de poder hablar.

—¿Cuántas próximas veces más va a haber, Mar? ¿A cuántas primeras citas más tendré que ir? ¿Cuántas veces me voy a hacer ilusiones? Sé que no debería… rendirme, pero ¿tan horrible es que quiera… dejarlo estar?

Margot abrió mucho aquellos ojos oscuros, probablemente porque Elle era la optimista de las dos. La habían llamado «feliciana» alguna que otra vez, y en realidad no le importaba que la gente pensara que su optimismo era ingenuo, pero… tal vez se estaba engañando. Quizá era mejor ir a su propio rollo.

—Creo… Creo que deberías hacer lo que te parezca correcto —sentenció Margot con un firme gesto de cabeza—. ¿Que estás agotada y quieres tomarte un descanso del panorama romántico? Yo digo que adelante. Tu persona ideal está ahí fuera, en algún lugar, completamente ajena al hecho de que la chica de sus sueños está sentada en el suelo de su apartamento en este momento, comiendo Lucky Charms sin bragas. Puede esperar.

Elle intentó sonreír, pero no lo logró, no cuando el escozor del rechazo estaba tan fresco. No cuando había tenido tantas esperanzas y, por un momento, había sentido una conexión, una del tipo que no se podía fingir.

Quizá Margot tuviera razón. Tal vez su persona ideal estuviera ahí fuera, pero una cosa estaba clara.

No era Darcy.

Capítulo dos

—*Y* fue entonces cuando le dije a mi nieto: «Johnathon, tienes demasiado talento para estar dejándote los huesos por ese chef. Deberías abrir tu propio restaurante». Y ¿sabes qué? Lo hizo. Tiene tres camiones de comida. Todo un emprendedor. ¿Puedes creerlo?

Los dedos de la señora Clarence, huesudos y artríticos, temblaban alrededor de la correa de su bolsa de la compra reutilizable. Darcy ya le había cogido dos en el camino hacia el ascensor, pero se adelantó y fue a por la tercera, con lo que se ganó una palmadita en el brazo cuando su vecina le dejó cargar con el peso de las tres.

—Eso está muy bien, señora Clarence —respondió. Intentó no hacer una mueca cuando la correa de la bolsa más pesada se le clavó en la fina piel de la parte interna del codo—. Debe de estar muy orgullosa.

La anciana suspiró.

—Oh, ¡ya lo creo! Eso sí, ojalá encontrara una chica, una buena chica. —Observó a Darcy de la cabeza a los pies con mirada astuta—. Dime, no sales con nadie, ¿verdad, Darcy, querida?

Esta le dedicó a la señora Clarence lo que, con suerte, pareció una sonrisa de disculpa y no una mueca.

—Lo siento. El trabajo me tiene ocupada.

Su anciana vecina chasqueó la lengua y frunció los labios en señal de desaprobación, pero guardó silencio. Ojalá fuera tan fácil desalentar a su hermano.

Salvadas por la campana, el ascensor sonó y las escupió en el noveno piso. Afortunadamente, la señora Clarence vivía en el apartamento 901, el más cercano a los ascensores.

Darcy cargó con las bolsas la breve distancia hasta la puerta, con los brazos temblando bajo su peso mientras la señora Clarence se tomaba su tiempo para abrir antes de hacer entrar a Darcy. Esta descargó las bolsas en la cocina y las dejó en la mesa del comedor junto a la peluda gata persa de su vecina, Princesa.

—¿Quiere que la ayude a vaciar las bolsas?

Acariciando entre las orejas a la gata, que ronroneaba, la anciana sacudió la cabeza.

—No, no. Déjalas aquí. Siempre agradezco tu ayuda, Darcy. Eres un cielo.

Con un gesto, salió al pasillo y abrió la puerta de su propio apartamento. En cuanto puso un pie dentro, dejó sus llaves en el cuenco de madera sobre la mesa de entrada y se dejó caer contra la puerta.

Vaya día.

Su vestido favorito, un Óscar de la Renta *vintage* que perteneció a su difunta abuela, posiblemente estaba arruinado; el dolor de cabeza que se le había instalado justo entre los ojos por la tarde le revolvía el estómago, pues solo había empeorado a medida que avanzaba el día; y, por mucho que quisiera a Brendon, cogerlo del cuello con ambas manos y estrangularlo hasta que se le desorbitaran los ojos le resultaba una idea fantástica en ese momento.

¿En qué pensaba? ¿Lo había pensado siquiera? ¿Una astróloga? ¿Y qué si Elle era increíblemente guapa? No tenían nada en común, excepto su mutua incapacidad para apartar la mirada la una de la otra, lo cual habría prometido si Elle no hubiera estado buscando a su alma gemela.

Darcy puso los ojos en blanco.

En primer lugar, nunca debería haber aceptado la cita de Brendon, pero se había entusiasmado tantísimo por verla de vuelta en el ruedo cuando estuvo lista para cabalgar de nuevo... Acceder a ello había sido más fácil que explicar el motivo para negarse, especialmente cuando Brendon había mencionado que la reserva era en un restaurante al que Darcy se moría por ir desde que vio al chef en Food Network. Y por eso había aceptado de mala gana. Una cita, una copa, una comida increíble y un poco de charla superficial. Ella se habría esforzado y Brendon estaría apaciguado. ¿Qué era lo peor que podía pasar?

«Venga, Darcy. Te gustará mucho Clarissa».

«Susanna es tu tipo, sin duda».

«Creo que te llevarás bien con Verónica. Lo juro».

«De verdad, Darce. Creo que Arden podría ser la definitiva».

Brendon no se había conformado con una sola cita. Oh, no. Una cita había ido degenerando hasta convertirse en encuentros semanales (¿cómo demonios conocía a tantas mujeres solteras *queer*?) y, después de tres meses de citas a ciegas, Darcy había llegado oficialmente al límite. La verdad es que había llegado el mes pasado, pero, cuando le confesó a Brendon que no tenía ni el tiempo ni las ganas de buscar una relación seria y que podía relajarse, él se resistió. «¿Unas cuantas citas mediocres y ya tiras la toalla? Venga, esta es perfecta».

Nadie era perfecto.

La próxima vez no iba a ceder, no iba a limitarse a poner los ojos en blanco y acceder a ninguna cita solo para quitarse a Brendon de encima. Ni siquiera si jugaba la carta del hermano pequeño y le hacía pucheros. Se acabó. Ya estaba harta de que proyectara en ella su idealización romántica del amor verdadero. Darcy no estaba buscando a la definitiva. Ya no.

Tras quitarse el vestido, empapado de vino, y dejarlo a un lado para llevarlo a la tintorería (tal vez pudieran hacer un milagro con la seda), se plantó en la cocina, con el estómago rugiendo.

Dirigió la mirada al armario en lugar de al frigorífico.

Después de un día como aquel, la mantequilla de cacahuete la llamaba.

Con el tarro acunado en el hueco del codo, una bolsa de chispas de chocolate en una mano y una cuchara en la otra, Darcy se acurrucó en el sofá y el cuero gimió suavemente bajo su peso. Por fin. En cuanto encendiera el DVR, estaría en Whisper Cove, poniéndose al día con las excentricidades de Nikolai y Gwendolyn, Carlos e Yvette, y toda la sórdida familia Price, que tenía más muertos en el armario que ella zapatos.

Los viernes por la noche con su DVR, poniéndose al día con los episodios de la semana de *Whisper Cove*, eran sagrados. Sagrados y secretos. Era una serie absurda, ridículo que incluso la disfrutara, pero por algo lo llamaban «placer inconfesable».

Tres episodios después, Nikolai y Gwendolyn estaban a punto de besarse, la culminación de meses de tensión y química salpicados de momentos tiernos. La distancia entre sus rostros se reducía mientras Nikolai alargaba una mano y acariciaba con el pulgar la delicada curva de la mejilla de Gwendolyn. A Darcy se le aceleró la respiración mientras se acercaba poco a poco al borde del cojín con la bolsa de chispas de chocolate apretada en un puño. Ahí estaba el momento…

Se oyó un fuerte golpe en su apartamento y las chispas de chocolate volaron por los aires cuando Darcy saltó del sofá con el corazón martilleándole como un poseso contra el esternón.

Había alguien en la puerta.

Joder. Puso los ojos en blanco ante su dramatismo. Tan solo habían llamado a la puerta, pero Darcy estaba absorta en el momento, ajena a cualquier otra cosa. Ridículo.

De puntillas para esquivar las chispas de chocolate desparramadas, cruzó el salón hacia la puerta; sus pasos vacilaron ante otro estruendoso golpe de nudillos contra la madera.

—Darcy, abre.

Cerró los ojos y se le calmó el pulso.

Brendon.

Abrió los ojos de golpe.

«Ay, Brendon».

Retrocedió a trompicones, apagó la tele y luego metió el mando entre los cojines del sofá para ocultar la evidencia de su cita con el DVR. Su hermano volvió a aporrear la puerta, esta vez con más fuerza. Qué barbaridad. Darcy soltó aire.

—¡Voy!

En cuanto abrió la puerta, Brendon entró a empujones, con los ojos desorbitados, demacrado y mirando alrededor del salón antes de finalmente fijarse en ella.

—¿Estás bien?

—¿Sí? —Aparte de que casi le da un infarto.

Brendon cerró los ojos y se llevó una mano al pecho como si fuera él quien hubiese entrado en pánico.

—Te he llamado cuatro veces, Darce.

Ella levantó un hombro.

—Lo siento. Tengo el móvil en silencio.

Por una razón. A Brendon le encantaba analizar sus citas como si fuera una especie de entrevista tras el partido. Esta noche, Darcy había querido saltárselo. No le apetecía hablar de ello, y menos de lo que sentía o dejaba de sentir.

El surco entre las cejas de su hermano se hizo más profundo cuando este bajó la mirada hacia su pijama.

—Darcy.

—¿Qué? —preguntó, girando sobre sus talones para regresar a la sala de estar, donde se agachó a recoger las chispas de chocolate desparramadas antes de que terminaran fusionándose con su bonita alfombra blanca.

Brendon se desplomó en el sillón, con las largas piernas extendidas frente a él mientras la apremiaba con una mirada que le hizo un nudo en el estómago.

—¿Qué tiene Elle de malo? —Apenas hizo una pausa ni le dio la oportunidad de enumerar todas sus muchas y variadas diferencias—. Es dulce, es graciosísima, es… es divertida, Darcy. Y todos sabemos que te vendría bien un poco de diversión en la vida.

El resoplido se le escapó antes de que pudiera detenerlo.

—Y ¿qué se supone que significa eso exactamente?

—Significa lo que parece —respondió Brendon, que extendió los brazos y gesticuló a su alrededor—. Por un lado, es como si Marie Kondo e IKEA hubiesen tenido una criatura y esta hubiera vomitado por todo tu apartamento. Un vomitado impoluto, porque Dios no permita que se ensucie nada.

Eso fue *non sequitur* de mierda.

—Me gusta tener el apartamento limpio. No alcanzo a ver cómo mi inclinación a la organización se correlaciona misteriosamente con mi capacidad para divertirme.

—Mira. —Brendon se pasó los dedos por el pelo y tiró con fuerza de las puntas. Necesitaba desesperadamente un corte de pelo—. Te quiero. Si no fuera así, no malgastaría saliva. Joder, Darcy, ni siquiera estás intentando hacer vida en Seattle. Lo único que haces es pasarte el día mirando hojas de cálculo y números, llegas a casa, miras las hojas de cálculo un poco más y sacas tus conjuntados táperes de colores para comer. Y ¿cómo olvidarlo? —añadió, con un gesto hacia la televisión—. Estás enganchada a la vida ficticia de otras personas.

No. El calor le subió por la nuca y le envolvió la garganta. Necesitaba sentarse.

—¿Disculpa?

Brendon contrajo los labios.

—¿Pensabas que no sabía que te flipan las telenovelas matinales? Venga ya. Soy muchas cosas, pero ciego no es una de ellas.

—No me flipan —se defendió Darcy. Que le fliparan sería escribir fanficción de *Los días de nuestras vidas*, y no había hecho eso desde la universidad.

—¿Qué, pensabas que te juzgaría? ¿Yo? Soy el rey de las obsesiones frikis. Y orgulloso, claro está.

Darcy se mordió el interior del labio para evitar sonreír.

—El rey, ¿eh? Es tremendamente pretencioso coronarse a uno mismo, ¿no?

No es que no fuera cierto, o que no estuviera orgullosa. Brendon era su hermano pequeño. Atrás quedaron los días en los que los llevaba a él y a sus amigos al campamento de verano para jóvenes científicos. Independientemente de sus opiniones respecto al amor y las aplicaciones de citas, Brendon había convertido su pasión en un imperio antes de cumplir veinticinco años. Por supuesto que estaba orgullosa.

—Eh, creo que toda la parte friki lo compensa —se defendió. Se le fue apagando la risa de modestia y su sonrisa se desvaneció—. En serio, Darce, no me vengas con eso de que no estás interesada en una relación. Lo respetaría (de veras que sí, lo juro) si no fuera porque es, a todas luces, una tremenda gilipollez.

Ella abrió la boca para refutarlo, pero él continuó.

—A mí me parece que estabas interesadísima en una relación seria hace dos años, cuando te prometiste.

Casi se le para el corazón.

—No vayas por ahí.

—Te niegas a hablar de ello, así que tal vez tengamos que ir por ahí. —La mueca de dolor que hizo gritaba lástima y Darcy lo odiaba. Lo odiaba tanto que le dolía el estómago—. No todo el mundo es como Natasha.

De repente, le costaba tragar saliva.

—He dicho que no vayas por ahí.

Brendon sacudió la cabeza, con la mandíbula tensa y una expresión feroz.

—Eres mi hermana y también una de las mejores personas que conozco, y eres… eres increíble, Darce. Tienes mucho que ofrecer y hay alguien ahí fuera para ti, la persona adecuada para ti. Sé que la hay. Es solo que… no quiero que termines sola y amargada porque tengas miedo de que te vuelvan a romper el corazón.

Darcy parpadeó rápidamente y se cruzó de brazos, mirando más allá de Brendon, a la concha iridiscente que adornaba la pared sobre su hombro.

Que ella supiera, no le romperían el corazón si no se arriesgaba nunca. Eso no la convertía en una cobarde, sino en una persona realista. ¿Le aterrorizaba ser atropellada por un autobús? No, pero eso no significaba que tuviera intención de plantarse en medio de la carretera.

Brendon podía ser un romanticón, que, si eso lo hacía feliz, genial. Eso que se llevaba. Pero ella sabía la verdad. La vida no era un cuento de hadas y la suya no era la excepción.

A Darcy le retumbaba el corazón en el pecho mientras apretaba los dientes, con la sonrisa que había perfeccionado hacía… mucho.

—No tengo miedo. No digas tonterías.

Brendon entrecerró los ojos, estudiándola con la cabeza inclinada, obviamente observándola en busca de grietas en su armadura. Los músculos del rostro de Darcy se contrajeron y la sonrisa vaciló. «Mierda».

La sonrisa que Brendon puso en respuesta fue una exasperante mezcla de presunción y lástima.

—Mira, creo que la razón por la que no quieres tener estas citas es porque sabes que algún día de estos conocerás a alguien que te hará querer correr ese riesgo y eso te aterroriza.

Por alguna estupidísima razón que estaba mucho más allá de su comprensión, el bonito contorno en forma de corazón de la cara de Elle pasó por la mente de Darcy. El sudor le impregnó el cuello y el pelo se le pegó a la piel húmeda.

—He dicho que no tengo miedo —dijo, pero resulta que se le rompió la voz. Salvando lo que le quedaba de dignidad, se aclaró la garganta y le lanzó a su hermano una dura mirada—. Y, si lo estoy, es porque me preocupa tu comprensión auditiva. ¿Ya oyes bien?

—Claro, Darce, lo que tú digas. —Brendon puso los ojos en blanco.

—Me alegro de que nos entendamos.

—Pues si no tienes miedo…

—No lo tengo.

Brendon levantó las manos.

—Entonces no tendrás ningún problema en que nos inscriba a los dos en un evento de citas rápidas el próximo sábado en Kirkland. Ocho en punto. Dura dos horas y hay un buen descanso en el medio. Tapas, vino, confraternizar, intimar. Ya sabes, divertirse.

—No puedo. —Se pasó la lengua por el contorno de los dientes superiores—. Tengo… tengo planes. Tengo, eh… —El sábado—. Esa tarde me reúno con mi grupo de estudio para el examen de acceso a la Sociedad de Actuarios.

Ni siquiera era mentira. Estaba a un examen de convertirse en miembro de la Sociedad de Actuarios, la más alta designación que otorga la asociación. En abril, cuando se entrevistó para el puesto en Devereaux & Horton Mutual Life, el señor Stevens le dejó claro que tenía garantizado un ascenso a un puesto directivo en cuanto aprobara este décimo y último examen.

Así que no, Brendon se equivocaba. No era una cuestión de miedo, se trataba de tomar una decisión lógica, una que centrara sus prioridades. Se negaba a ser como su madre y meterse tanto en una relación que se perdiese en ella, olvidándose de todas las demás cosas importantes: su trabajo, sus pasiones e incluso sus hijos. Sí, Darcy había superado a Natasha, pero ¿quién le aseguraba que sería capaz de superar la siguiente ruptura, que algo dentro de ella no se fracturaría irreparablemente? Es mejor no tentar al destino que correr ese riesgo.

Brendon ladeó la cabeza.

—No hay problema. Hay otro evento de citas rápidas el martes. Ya sabes, para toda la gente que no pueda asistir el sábado porque tiene planes —apuntó con retintín.

Darcy puso los brazos en jarra.

—Caray, Brendon. ¿Quieres parar de tocarme las narices? Deja de presionarme para que haga cosas que no quiero, ¿vale?

Su hermano apretó los labios y la miró fijamente, con los ojos muy abiertos mientras deslizaba la mandíbula hacia delante y hacia atrás. Ella se apresuró a desviar la mirada, sin ningún interés en ser la destinataria de su estúpida cara de cordero degollado.

—Ni que te estuviera pidiendo que te hagas una endodoncia —resopló Brendon, y se presionó los ojos con las palmas de las manos—. Llevas en Seattle seis meses y no has hecho amigos, Darcy.

Ella entrecerró los ojos.

—Tengo amigos, muchas gracias.

Cuando Brendon se limitó a quedarse mirándola fijamente desde el sillón, ella insistió:

—Está Annie…

—Que vive en la otra punta del país.

—Y… y mis compañeros de trabajo. Mi grupo de estudio para el examen de acceso a la Sociedad de Actuarios.

Brendon arqueó una ceja.

—Tu grupo de estudio, tuyo. Sí, parecéis de lo más unidos.

Darcy resopló.

—Lo estamos. Están Amanda y Lin y… y… Ma… ¿Mariel?

—¿Era una pregunta?

Menudo impertinente. Darcy lo fulminó con la mirada.

Brendon ni siquiera sonrió con sorna. Simplemente la miró con lástima, lo cual era un millón de veces peor que todas sus lisonjas.

—Sé que lo que pasó en Filadelfia te destrozó…

—No lo hizo.

—Te jodió —se corrigió Brendon—. Pero tienes que abrirte a la gente, Darcy. Tienes que aprender a confiar de nuevo. Sal, haz amigos, conoce a alguien. Por favor, Darce. Hazlo por mí.

«Hazlo por mí». Mierda. Hacía que todo pareciera simple, cuando no lo era.

—Vale, Brendon. Me pondré a ello, ¿de acuerdo?

—¿Vendrás conmigo a las citas rápidas? —insistió.

Eso no era lo que había querido decir, pero Brendon no iba a parar hasta que Darcy tuviera la agenda llena de clases de cocina, clubes de lectura y citas. Muchísimas. Citas. Seguiría organizándoselas hasta que estuviera felizmente emparejada.

Un momento.

Eso era todo.

Brendon no iba a parar hasta que Darcy estuviera saliendo con alguien o hasta que él pensara que estaba saliendo con alguien.

—No puedo. No te conté nada porque no quería hacerte ilusiones, pero me estoy viendo con alguien —mintió. Hala. Se había ganado algo de tiempo.

Solo que Brendon frunció el ceño.

—Pero has salido esta noche. Con Elle.

«Elle. Maldita sea».

A menos que…, no. Con cierta sutileza, Darcy podía elaborar absolutamente este enfoque.

—Cierto —asintió ella—. Elle. Quizá «verse con alguien» suena un poco prematuro, pero sin duda es… es algo. Es guapa.

Brendon frunció el ceño más profundamente y la frente se le arrugó tratando de adivinar lo que le ocultaba. Al cabo de un momento, se le iluminó la cara y los ojos duplicaron su tamaño.

—Para el carro. ¿Tú y Elle?

Darcy no ponía los ojos en blanco.

—Elle y yo.

—¿Habéis congeniado? —insistió.

Darcy se mordió el labio y se quedó mirando el tarro de mantequilla de cacahuete sobre la mesita de café mientras consideraba la pregunta y su respuesta cuidadosamente.

Lo aterrador era que sí habían congeniado. Al principio no, porque Elle llegó tarde, pero hubo química. Por un momento. Hasta que sus muchísimas diferencias, y aspiraciones, se hicieron evidentes.

—Elle no se parece a nadie que haya conocido. Eso seguro.

Brendon se rio, lo que atrajo su atención de nuevo al rostro de su hermano. Este sonreía como si fuera la mejor noticia que le hubiesen dado en todo el día y, por un momento, Darcy sintió una punzada en el estómago cuando la culpa le carcomió las entrañas.

—Te has pillado en serio, ¿no?

—No, estoy... —La negación le resultaba instintiva, pero se suponía que debía hacer que se lo tragara—. Somos totalmente opuestas, eso sin duda, pero tiene... algo. Potencial.

—Y yo pensando que, al llegar temprano a casa y estar en pijama, la cita no había ido bien —respondió Brendon, que tenía una tímida sonrisa picarona y se le marcaban las arrugas en el rabillo de los ojos.

—Bueno, ya sabes lo que pasa cuando das cosas por sentado. —Darcy sonrió para suavizar la pulla.

Brendon se encogió de hombros dándose por vencido y se inclinó hacia delante, apoyando los codos en las rodillas.

—Cuéntame cómo ha ido la noche.

Para él, cada momento podía ser un potencial encuentro cuco, por lo que memorizaba cada primera cita que tenía por si encontraba a la persona definitiva y necesitaba contarles a sus futuros hijos la noche en la que su madre y su padre se conocieron.

Darcy tenía que conseguir que colara. Nada fácil. Por suerte para ella, los encuentros cucos estaban hechos de polos opuestos y desastres en restaurantes.

—En realidad, es una historia divertida.

Brendon negó con la cabeza.

—No me dejes con la intriga, que me va a dar algo.

—Calma. —Si hizo una pausa demasiado larga, fue solo porque estaba ordenando sus pensamientos. Y, bueno, vale, estaba exprimiendo el tiempo, pero solo un poco—. No te voy a mentir: al principio hemos empezado con el pie izquierdo. Elle ha llegado tarde, y sabes que soy muy exigente con la puntualidad.

Brendon puso los ojos en blanco.

—Se ha ofrecido a invitarme a una copa y me ha hablado de su trabajo, con el que está muy entusiasmada. Aunque no creo en la astrología, su pasión me ha resultado atractiva.

Brendon meneó las cejas.

—Para —se rio ella.

—Lo siento. —Brendon sonrió—. No quería interrumpir. Sigue.

—Vale, veamos... Hemos tomado vino —continuó Darcy con una sonrisilla, no porque lo que había pasado fuera gracioso, sino porque estaba deseando ver la reacción de Brendon—. O eso habríamos hecho si Elle no me lo hubiera tirado por encima.

Su hermano puso los ojos como platos.

—Cállate.

—Eh. —Darcy lo ignoró encogiéndose de hombros—. Estoy segura de que en la tintorería podrán hacer un milagro con la mancha.

«Crucemos los dedos».

—Detalles, Darce. Vamos. Descríbeme las chispas —la apremió Brendon, con un gesto impaciente de la mano para que siguiera hablando.

—Me ha dicho que tengo los ojos bonitos —continuó Darcy, que no había querido susurrar, pero terminó siendo una confesión más honesta de lo que pretendía.

Tenía los ojos marrones. No es que les pasara nada malo, pero nunca se los habían elogiado. La gente optaba por los atributos obvios: el pelo, las piernas, los pechos si le echaban morro... Pero ¿los ojos?

Ridículo. Si alguien tenía unos ojos bonitos, esa era Elle. Grandes y azules, tan azules que era como contemplar el estrecho de Puget a medianoche con la luna llena.

—Te estás poniendo roja.

Claro que no. Excepto que, cuando se llevó las manos a las mejillas, tenía la cara caliente, encendida bajo las yemas de los dedos. Se aclaró la garganta. Pues no se había perdido en los ojos de Elle. Más bien se había tirado de cabeza.

—No me gusta andar chismorreando.

A Brendon se le desorbitaron los ojos y se quedó boquiabierto, y fue solo entonces cuando Darcy se dio cuenta de lo que había dicho, cómo podía ser interpretado, o malinterpretado. Pero... ¿no era ese el objetivo? ¿Hacerle creer que hubo chispas, suficiente química para quitárselo de encima?

En verdad sí que hubo chispas. Eso sí, ninguna con la que tuviera intención de hacer nada. Las chispas crepitan o prenden fuego, y te queman. Mucho. No, gracias.

Ofuscar no era exactamente lo mismo que mentir. Brendon podía creer lo que quisiera. En teoría, ella solo había adornado la historia.

—¿Cuándo la volverás a ver?

—Estoy muy ocupada esta semana.

La expresión de Brendon se hundió, así que Darcy se apresuró a añadir:

—Pero le voy a enviar un mensaje e iremos viendo sobre la marcha.

No es que disfrutara exagerando la verdad, en especial con Brendon, pero fue algo brillante. Ir viéndolo sobre la marcha, escribirle cuando pudiera. Si su hermano le preguntaba, ella inventaría alguna excusa diciendo que estaba ocupada; se libraría de él y ganaría un poco más de tiempo. Incluso podía enviarle un mensaje a Elle de verdad, solo para agradecerle de manera breve que pagara la cuenta. Eso sería lo más educado, sobre todo porque no había tenido la oportunidad de hacerlo en el restaurante. Para cuando regresó del baño, Elle ya se había ido. Un hecho que no debería haberle dolido y, sin embargo, por alguna razón inexplicable, lo había hecho. Con la seda húmeda haciéndole cosquillas en la barriga, Darcy se había quedado quieta frente a la mesa desierta. Ver la marca rosada de los labios de Elle en su copa de vino, ahora vacía, pero no a Elle había sido como descubrirse un moretón que Darcy no sabía que tenía hasta que lo tocó. Inquieta, había salido pitando del restaurante para poner la mayor distancia posible entre ella y ese sentimiento.

El plan era perfecto… siempre y cuando Brendon no le dijera nada a Elle.

—Escucha. —Darcy se enderezó y lo miró intimidantemente, aunque desde abajo. Puede que fuese más alto que ella, pero Darcy era su hermana mayor y no le convenía olvidarlo—. No te entrometas, ¿vale? No le digas nada. No quiero que te cargues esto.

—¿Yo? ¿Entrometerme? —respondió Brendon, llevándose una mano al pecho como si estuviera ofendido.

—Brendon.

Él puso los ojos en blanco.

—Caray, Darce, relájate. No voy a decirle nada. La verdad es que, por pura potra, la oí hablar de lo duras que son las citas. Que eran, supongo.

Le lanzó el guiño más espantoso del mundo, cerrando ambos ojos. Darcy estaría casada dentro de un año si fuera por él.

—Lo digo en serio. —Lo fulminó con la mirada—. Esto es cosa mía. Gracias, pero ya has hecho suficiente, ¿vale?

Brendon sacudió la cabeza.

—Sí que te gusta, ¿no?

No importaba que le gustara Elle. Lo más probable era que nunca se volvieran a ver. Pero, si Darcy jugaba bien sus cartas, podría mantener a Brendon alejado, tal vez no indefinidamente, pero al menos el tiempo suficiente para evitar varias semanas de citas rápidas sin sentido.

Capítulo tres

¿Qué tipo de *brunch* eres según tu zodiaco?

Aries: picadillo picante
Tauro: sándwich Montecristo
Géminis: pollo con gofres
Cáncer: gachas de avena cortada
Leo: tostada francesa rellena de fresas y crema
Virgo: tortilla de espinacas y clara de huevo con tostada integral
Libra: dos tortitas con dos huevos y dos lonchas de beicon
Escorpio: barra libre de bloody mary
Sagitario: gofres belgas
Capricornio: pudín de chía con bayas de azaí
Acuario: huevo en hojaldre con kimchi y beicon
Piscis: rollo de canela gigante

—Elle. Elle.

Elle apartó los ojos de la aplicación de notas de su teléfono. Al otro lado de la mesa, su madre la miraba expectante, con sus oscuras cejas arqueadas. Con el bolígrafo sobre una libreta, el camarero sonreía tensamente.

—Ay, ostras, lo siento —se disculpó. Dejó el móvil en la

silla de al lado y cogió la carta plastificada de la mesa para echarle un rápido vistazo. Todo sonaba delicioso y los olores que llegaban de la cocina no la ayudaban a decidirse. Café recién hecho. Tortitas de plátano y nueces con sirope de arce por encima. Pringosos rollos de canela recién salidos del horno. ¡Beicon! Uf, beicon. Lo quería todo y de inmediato, y su estómago soltó un ávido gruñido de aprobación. Se lamió los labios. El hambre la transformaba en una Veruca Salt que buscaba la satisfacción instantánea, aunque con suerte menos cabrona que la niña.

—Eh, tomaré crepes azucaradas de canela con mermelada de frambuesa y... ¿Tenéis nata montada?

El camarero asintió y anotó el pedido.

—Claro.

—Elle —la riñó su madre, frunciendo los labios y el ceño.

—Tacha la nata montada. —Elle sonrió, mirando a su madre, que parecía entre divertida y exasperada, y al camarero, que había comenzado a golpear la libreta con la punta del bolígrafo.

—Te va a dar un coma con tanto carbohidrato, cariño.

—Por eso mismo estaba pidiendo nata montada. Los lácteos equivalen a proteínas.

Su madre puso los ojos en blanco y cogió su té verde con leche. Elle se encogió de hombros ante el camarero.

—También quiero huevos revueltos como guarnición, por favor.

El camarero asintió y se apresuró hacia la parte trasera del abarrotado restaurante.

—¿Cómo está Margot?

—Bien. Ha estado moderando un festival de fanficciones sobre *rare pairs* en uno de sus grupos de *Harry Potter* y hubo tres veces más inscripciones de lo previsto, pero sus pinitos en la escalada parecen estar ayudándola con el estrés. Y su instructora de rápel es supermona, así que... —Elle cogió su moka con menta y lo sopló—. Sí, está bien.

Tocándose el interior de la mejilla con la lengua, su madre asintió lentamente.

—He entendido la mayor parte.

Elle resopló teatralmente y fingió enjugarse una lágrima.

—Estoy muy orgullosa.

—Adorable. —Su madre dio un sorbo de su té con leche antes de dejarlo a un lado—. Es curioso que hayas mencionado la escalada, en realidad.

—Ah, ¿sí?

—El novio de Lydia, Marcus, es un ávido escalador. También le encanta el senderismo. Ha metido a tu hermana en esto.

—¿Lydia hace senderismo? ¿Nuestra Lydia? —Imaginarse a su hermana con un par de botas de montaña era demasiado para Elle. Lydia, que se negaba a admitir que sudaba y, en cambio, se refería a la transpiración como «relucir». No es que Elle fuera de ir al gimnasio, pero venga ya—. Espera, repite eso. ¿Lydia tiene novio nuevo? ¿Desde cuándo?

Cuando su madre hacía con las cejas el equivalente a un encogimiento de hombros, era que Elle estaba metida en un lío.

—Marcus no es nuevo. Si no te hubieras perdido las últimas tres cenas familiares, tal vez estarías al día.

Elle apretó las muelas. Había escuchado versiones similares de la misma reprimenda por teléfono.

—He estado supersaturada con... —El contrato con OTP, pero eso su madre no lo sabía y Elle no tenía claro que estuviera lista para abordar el tema después de enterarse de lo del (nuevo) novio de Lydia—. La vida. He estado supersaturada con la vida. Cosas de adultos. Facturas, impuestos, crisis existenciales... Nunca me avisaste de que esto era tan coñazo.

Su madre estudió a Elle con una expresión inescrutable en el rostro.

—¿Y tú? ¿Te ves con alguien?

Huir del fuego para acabar en las brasas. Elle dio un sorbo de su café y se lamió el sirope de chocolate que le había quedado en el labio inferior.

—Me veo con mucha gente, mamá. De hecho, me estoy viendo contigo ahora mismo.

—Sí, cariño, eres una listilla, lo sé muy bien. —Su madre apoyó los codos sobre la mesa y la barbilla en las manos, que había entrelazado—. Eso no es lo que he preguntado.

—Ay. Necesitas que al menos uno de tus hijos te mantenga ocupada y nadie ha asumido el reto. Lo estoy haciendo por el equipo.

—Cuánto altruismo. —Ella sonrió—. Ahora, responde la pregunta.

Elle suspiró.

—Sí. Tengo citas. Montones de ellas. Ya lo sabes.

—Citas. Pero nada serio.

—No porque no lo intente —murmuró Elle.

—Tu padre ha contratado un nuevo gerente y es...

—Mamá, mamá —la increpó Elle, que dejó caer la cabeza contra el respaldo y gimió.

Si su madre terminaba esa frase, Elle acabaría aceptando (nunca se había negado, y menos cuando existía la posibilidad de que esta cita fuera la definitiva), a pesar de que la última persona con la que sus padres la habían emparejado llevaba pantalones cortos con bolsillos y unas repipis zapatillas Adidas de padre. Había divagado sobre CSS y JavaScript, se había burlado de sus gustos cinematográficos y le olía el aliento a peperoni. No habían comido nada con peperoni. Sus padres no eran unos absolutos negados para el amor, ya que el pasado junio habían celebrado su trigésimo quinto aniversario juntos, pero, cuando se trataba de Elle, no apostaban demasiado alto. Ella tampoco, estaba claro.

—Craig es de lo más amable, Elle. Lo conocí el otro día cuando le llevé la comida a tu padre. Es brillante y tiene el escritorio impecable. —Su madre se inclinó hacia delante y apuntó—: Tiene una aspiradora de mano para las migas del teclado y una foto de su madre junto al monitor. Adorable.

Elle se estremeció. Un no rotundo.

—Gracias, pero creo que me arriesgaré con una aplicación de citas.

—Al menos dime que estás usando las buenas. ¿Cómo se llama esa…, Coffee and Muffin? —Sacudió la cabeza y su perfecta media melena rozó las perlas de los pendientes que llevaba—. ¿Fumble?

Elle disimuló una risotada tosiéndose en el puño.

—Sí, mamá. También he probado la de Cupido.

—Bien, eso está… —Entrecerró los ojos y torció los labios—. Te estás burlando de mí.

—Solo un poco —asintió Elle, levantando una mano con el pulgar y el índice casi tocándose—. Hablando de aplicaciones de citas…

Su madre suspiró.

—Elle, sabes que yo solo quiero que seas feliz. —Esta contuvo la respiración a la espera de lo inevitable, pero su madre apuntó—: Sin embargo, a veces no puedo evitar pensar que te haces la vida más difícil de lo necesario.

—¿Qué se supone que significa eso?

Su madre inclinó la cabeza hacia un lado.

—Podrías haber terminado el posgrado y conseguir un trabajo fácilmente en…

—Mamá. —Elle levantó una mano, con el estómago revuelto por la repentina tensión en la voz de su madre—. ¿Cuántas veces vamos a tener que pasar por esto?

—Vale. Tienes razón. Es cosa del pasado —sentenció su madre, encogiéndose de hombros suavemente—. Pero mira cuántas personas te hemos buscado tu padre y yo porque dijiste que querías algo serio. Y ¿no te gustó ninguna? —Chasqueó la lengua y añadió—: No es que sea una experta, pero empiezo a preguntarme si no te asustará el éxito, porque siempre pareces estar abocada al fracaso, cariño.

«Au».

Elle se mordió el interior de la mejilla. El amor, como todas las cosas, había sido muy fácil para sus hermanos mayores. Jane y Daniel ni siquiera lo buscaban cuando conocieron a Gabe y Mike. En la escuela igual. Elle sacaba buenas notas, sí, pero tuvo que esforzarse para conseguirlas. Jane y Daniel apenas habían tenido que estudiar para sacar excelentes.

Por otra parte, Elle no buscaba algo fácil, sino a la persona definitiva. ¿Le habría gustado que algunos de sus sueños hubieran sido más fáciles de lograr? Obviamente, pero deseaba que su familia entendiera que solo porque su camino hacia el éxito no fuera una línea recta, y que su definición del éxito fuera un poco diferente, eso no la convertía automáticamente en un fracaso.

—Mira, estoy…

La campanilla de la puerta resonó cuando alguien entró corriendo para guarecerse del aguacero. Elle miró dos veces al reconocer el despeinado pelo cobrizo y las pecas…

—Porras —gruñó, hundiéndose en el reservado. Hizo un ruido desagradable contra el cuero al deslizar el culo hacia abajo y las rodillas chocaron con las de su madre por debajo de la mesa.

—¿Qué demonios estás haciendo? —le preguntó, mirando a Elle como si le hubiera salido una segunda cabeza.

De todos los locales en la zona metropolitana de Seattle, Brendon Lowell tenía que entrar en el Gilbert's justo cuando ella estaba de *brunch* con su madre.

A Elle le caía bien Brendon. Estaban a punto de convertirse en buenos amigos. Cualquier otro día de la semana, lo habría saludado. Pero no hoy, no cuando estaba con su madre, y muchísimo menos después de lo desastrosa que había sido la cita con la hermana del chico. Una cita a la que nunca habría accedido si hubiera tenido la más remota idea de que habría ido tan mal. Seguro que las cosas con Brendon serían incómodas ahora; solo esperaba que fuera lo bastante decente como para no permitir que eso afectara a su relación laboral. Lo último que Elle necesitaba era que su mierda de vida amorosa arruinara su carrera, y más aún ahora que los años de arduo trabajo que habían pasado ella y Margot estaban dando frutos por fin.

Dirigiendo su mirada más allá de la confusión en el rostro de su madre, vio a Brendon charlando con el recepcionista. Le dio una palmada en el hombro al hombre y se encaminó hacia la vitrina de las pastas. ¡Aleluya! Debía haber hecho un pedido para llevar.

—Cariño, ¿qué te pasa? —preguntó su madre, con arrugas en los ojos por la preocupación.

Elle sacudió la cabeza y se agarró al borde de la mesa, obligándose a sentarse.

—Nada. Nada, solo estoy…

Era lógico que, si creía en la buena suerte, y así era, también existiera la mala suerte. Como quedó claro cuando Brendon se volvió con las manos metidas casualmente en los bolsillos de sus vaqueros lavados.

Elle cogió la carta y se apresuró a desplegarla. Cuando hubo formado un buen cubículo, se agachó detrás de ella y apoyó la mejilla contra la mesa.

—Elizabeth Marie, ¿qué te pasa?

¿Qué no le pasaba?, más bien.

—¿Elle?

Se acabó. Se apartó el flequillo de los ojos y le dedicó una sonrisa a Brendon, que le sonreía con expresión de desconcierto.

—¿Brendon? ¡Guau, hey! ¿Cómo estás?

—Genial. —Se le iluminó la cara y sonrió de oreja a oreja cuando el desconcierto se transformó en diversión. Se señaló la mejilla. Brendon tenía hoyuelos como Darcy, pero le faltaba esa estúpida peca especial, la que había querido besar hasta que la cita se fue al infierno—. Tienes algo en…

Se pasó una mano por la mejilla y los dedos se le pringaron de algo marrón; rezó por que fuera sirope de chocolate.

—Gracias. Mmm, ¿qué estás haciendo aquí?

Lo más probable es que pedir comida. «Genial, Elle».

Brendon se rio entre dientes y señaló con el pulgar por encima del hombro.

—Vivo justo al final de la calle, junto al parque. Paso por aquí casi todas las mañanas. No queman el café, como en las grandes cadenas. ¿Qué estás haciendo tú aquí? ¿No vives en el centro?

Sintió una patada en la espinilla. «Au». Cierto, su madre la estaba mirando con los ojos muy abiertos y una sonrisa tensa.

—Yo sí, pero mi familia no. —Hizo un gesto al otro lado de la mesa—. Brendon, esta es mi madre, Linda. Mamá, este es mi amigo Brendon.

La sonrisa de este se ensanchó cuando extendió la mano.

—Encantado de conocerte.

—Igualmente —respondió su madre, que dirigió la mirada a

Elle mientras le estrechaba la mano a Brendon—. Siempre es un placer conocer a un amigo —apuntó con tonillo— de mi hija.

Elle cerró los ojos ante la nada sutil insinuación de su madre. Brendon, sin embargo, pareció encontrar la confusión desternillante.

—Oh, no, Elle y yo solo somos amigos. Y supongo que también socios comerciales. —Se le torció la amplísima sonrisa y Elle sintió que el estómago le daba un vuelco anatómicamente imposible, que se le descompuso de un modo disparatado antes de amenazar con salírsele por el culo—. Aunque me gusta pensar que nuestra amistad está por encima de esas nimiedades.

—¿Verdad? —se rio Elle nerviosamente, evitando la inquisitiva inclinación de cabeza de su madre.

—No es que tu hija no sea increíble —continuó Brendon, cavando más profundamente la tumba de Elle—. Pero tendría que enfrentarme a mi hermana por ella y estoy convencido de que Darcy me daría una paliza.

Escuchar el nombre de Darcy le revolvió aún más el estómago a Elle, cuya risa adquirió un deje histérico que hizo que tanto Brendon como su madre la miraran extrañados. Cerró la carta y se abanicó con ella en busca de algo de brisa.

¿No había hablado con su hermana?

—¿Elle? —Con las cejas arqueadas, la expresión en el rostro de su madre no admitía discusión.

Ella se aclaró la garganta.

—Sí, lo siento. Brendon es el creador de OTP. Ya sabes, ¿la aplicación de citas?

Él asintió.

—Todo el equipo está más feliz que unas pascuas —sonrió marcando hoyuelos— por trabajar con Elle y Margot. Nuestros algoritmos son sólidos, pero esperamos que, con su ayuda, nuestra tasa de éxito supere el umbral del cuarenta por ciento en relaciones que duran más de un mes.

Por el ceño de la madre de Elle, Brendon bien podría haber estado hablando klingon.

—¿Y tú estás... trabajando para esta empresa, Elle? ¿Es un puesto asalariado?

A Elle le ardía la cara mientras le lanzaba una sonrisa de disculpa a Brendon.

—Mamá —masculló—. Colaboramos con OTP como consultoras independientes. Esto es... es importante, ¿vale?

Su madre frunció más el ceño, lo que hizo que Elle perdiera el apetito por completo. Se acabó.

Sintió que le flaqueaba la sonrisa cuando miró a Brendon.

—Margot y yo también estamos entusiasmadas con esto. Justo hablábamos de eso anoche, de las ganas que tenemos de arrancar.

Brendon se metió las manos en los bolsillos y se balanceó sobre los talones.

—Hablando de anoche...

Mierda. Allá va.

—Darcy me hizo prometer que no diría nada, pero ojos que no ven..., ¿verdad?

Le lanzó un guiño de complicidad que bajo cualquier otra circunstancia la habría hecho sonreír, porque se le daba como el culo guiñar un ojo, pero en un sentido de lo más entrañable, porque o no tenía ni idea o lo sabía y no le importaba. En ese momento, a Elle simplemente le agrió el *macchiato* en el estómago.

—¿Hablaste con Darcy? —Tragó saliva, ignorando la mirada de curiosidad de su madre y centrándose en el rostro de Brendon, estudiándolo en busca de cualquier pista de la bomba que estaba a punto de soltar aunque hubiese jurado guardar el secreto—. ¿Sobre... sobre lo de anoche?

—Oh, sí. Darcy está… —Brendon se calló, sacudiendo la cabeza con una expresión inescrutable. A Elle se le disparó el pulso mientras contenía la respiración. Brendon agachó la barbilla y soltó una risilla hacia la mesa—. Nunca la había visto así.

¿Qué narices? Quería cogerlo por los hombros y sacudirlo. ¿Qué significaba eso? Nunca la había visto tan ¿cómo?

—¿Oh?

Brendon levantó la cabeza, aún con una adorable sonrisa ladeada.

—Dijo que congeniasteis de veras.

Elle se quedó boquiabierta. ¿Qué coño?

—¿Eso dijo?

Brendon asintió.

—Está… Uf, Elle, va en serio cuando digo que nunca había visto a mi hermana tan… coladita.

—Coladita —repitió Elle tontamente.

—¿No se lo notaste? —se rio Brendon, como si los sentimientos de su hermana fueran de lo más obvios.

Elle no pudo más que encogerse de hombros.

—Darcy no… no es fácil de leer.

Brendon asintió como si lo entendiera.

—Juega sus cartas con cautela, eso no te lo niego. Pero créeme cuando te digo que se lo pasó genial.

Quizá se había equivocado.

O se trataba de un malentendido gigantesco o Darcy le había mentido a su hermano. Pero ¿con qué fin? Elle fue la que llegó tarde y derramó vino por todas partes, así que ¿por qué mentir?

Se le borró la sonrisa.

—Lo pasasteis bien, ¿no?

«Ay, mecachis».

Elle se arriesgó a echar un vistazo rápido a su madre, que ni siquiera fingía que no estaba escuchando, y se tiró del lóbulo de la oreja.

—Eh…

¿Casi llora de camino a casa?

¿Perdió su ropa interior nueva en un baño público que se vio obligada a usar porque le había dado vergüenza enfrentarse a Darcy en el restaurante?

¿Había tenido auténticas esperanzas de que congeniaran y se había llevado una decepción del quince cuando la química, a pesar de dejarlas sin aliento, no había sido suficiente?

Todo lo que se le ocurría como respuesta parecía malo.

La expresión en el rostro de Brendon era de absoluta esperanza, como si creyera con toda sinceridad que la felicidad de su hermana dependía de Elle. No ayudó que la madre de esta la estuviera mirando fijamente con esa misma esperanza reflejada en el azul de sus ojos.

Mentir era algo que Elle evitaba, pero ¿asumir la responsabilidad de la desastrosa cita de anoche? ¿Reconocer el vino derramado, el retraso y los reveses a su trabajo y sus esperanzas? Estaba cansada de que todo el mundo la mirara como si fuera un desastre, cuando ella solo intentaba hacerlo lo mejor que podía.

—Es que… Me he quedado un poco sin palabras —confesó, forzando una risa.

Su madre la miró extrañada porque, si algo sabía cualquiera que conociera a Elle, que la conociera realmente, era que rara vez se quedaba sin palabras.

—Darcy igual. —La sonrisa de Brendon se volvió socarrona mientras se inclinaba y dijo bajando la voz—: Hasta que desembuchó por fin y me contó con todo detalle que tuvisteis una química fuera de serie.

Entonces no fue un malentendido. Al menos no entre Darcy y Brendon.

Indecisa entre una justa indignación (porque, ja, había chispas, ¡lo sabía!) y una profunda melancolía (porque la confirmación de esas chispas no significaba nada), se rio nerviosamente por encima del borde de su *macchiato*.

—¿Qué puedo decir?

Brendon, que seguía un pelín demasiado crecidito, como si sus habilidades para buscar pareja fueran la leche, la miró expectante, claramente esperando que terminara de hablar, pero... ¿qué podía decir Elle? Darcy la había metido en un berenjenal, en un callejón sin salida.

Por suerte, el camarero apareció con la comida, evitando que el momento se volviera aún más incómodo. Independientemente de lo maleducado que fuera empezar con Brendon todavía allí de pie, Elle se apresuró a meterse un buen cacho de crepe en la boca. El azúcar con canela se le deshizo en la lengua, no como mantequilla, sino como ceniza.

Con ojos brillantes y una sonrisa apenas contenida, su madre parecía excesivamente complacida por el giro de los acontecimientos. Elle tragó el bocado de crepe e hizo una mueca cuando le bajó despacio y en seco, y se le pegó con fuerza al esófago.

Brendon se pasó una mano por el pelo.

—Bueno, será mejor que os deje almorzar, pero espera un mensaje de Darcy, ¿vale? Dijo que se pondrá en contacto contigo.

Por un momento, a Elle se le llenó el pecho de una extraña oleada de algo que se parecía sospechosamente a la esperanza. ¿Había interpretado mal la situación? ¿Tal vez...?

No.

De ningún modo. Es que era imposible.

Eso no significaba que no tuviera preguntas. Y Darcy tenía que dar algunas explicaciones. Le debía muchas.

Elle fingió sonreír.

—No si yo le escribo antes.

 *Capítulo cuatro*

La taza de Darcy humeaba y el vapor le hacía cosquillas en la nariz cuando se acercaba la cerámica a los labios. Se le cerraron los ojos al dar un sorbo y luego dejó escapar un suspiro de satisfacción mientras se hundía profundamente en el cojín del sofá.

Aquello era la gloria. Su apartamento estaba en silencio, y el café, casi hirviendo, y no tenía que ir a ningún sitio en todo el fin de semana. Dos días enteros en los que podía hacer lo que quisiera, cuando quisiera. Nada de citas inútiles ni Brendon quejándose de que era demasiado casera.

Darcy abrió un ojo y se quedó mirando la mesita de café. Su teléfono bailaba sobre la superficie del mueble, vibrando ruidosamente.

NÚMERO DESCONOCIDO (11.24): me debes alguna q otra explicación

Darcy arrugó la nariz y deslizó el dedo por la pantalla, introduciendo rápidamente su contraseña con el pulgar.

DARCY (11.26): Creo que te has equivocado de número.

Después de enviarlo, Darcy se tomó un momento para considerar qué tipo de explicación tendría que dar esta persona, que desde luego no era ella, y a quién. ¿Sería una riña de enamorados? ¿Un niño a punto de recibir una severa reprimenda de sus padres? Darcy dejó el móvil a su lado. No era problema suyo.

El teléfono le vibró contra la cadera y la pantalla se iluminó.

NÚMERO DESCONOCIDO (11.29): eso crees, ¿Darcy?

«¿Qué demonios?». Darcy se sentó y pasó el dedo por la pantalla.

DARCY (11.31): ¿Quién eres?

Se quedó mirando cómo bailaban los tres pequeños puntos en la pantalla. Mientras tanto, realizó un rápido inventario mental de quién podría ser.

Tenía guardado el número de Brendon, con una foto realmente horrible de cuando tenía dieciséis años, tirado en el sofá, babeando y con salsa de pizza en la barbilla. Tenía a sus padres guardados con sus respectivos nombres. Tenía el número de Annie, y su jefe nunca le enviaba mensajes de texto. Nunca. Luego estaba... Bueno, eso era todo. Principalmente. Aparte de conocidos que pudieran tener o no su número. Su círculo de contactos con los que escribirse era pequeño, selecto. Escrupuloso. Darcy tensó las comisuras de los labios. Por supuesto, siempre existía la posibilidad de que fuera... No. Había bloqueado el número de Natasha hacía mucho.

NÚMERO DESCONOCIDO (11.36): tu peor pesadilla

Apretó el móvil con más fuerza, con lo que clavó los dedos accidentalmente en el botón lateral del volumen. Esto hizo que el aparato emitiera un fuerte pitido en su puño. El pulso de Darcy imitó el estallido y casi se le sale por la garganta. «Pero ¿qué coño?».

Con el pulgar tembloroso sobre el teclado, echó un vistazo instintivamente a la puerta principal para comprobar que estuviera cerrada con llave. El cerrojo estaba echado, así como la cadenilla, y ella parecía estar poniendo a prueba los límites de su capacidad de reaccionar exageradamente. Entre la debacle de los golpes de Brendon en la puerta anoche y esto, necesitaba calmarse, aunque aquel mensaje fuera espeluznante.

Preparada para bloquear el número y seguir adelante con su vida, le llegó otro mensaje antes de que pudiera apretar el botón.

NÚMERO DESCONOCIDO (11.39): vale, ha sonado a asesino en serie
NÚMERO DESCONOCIDO (11.39): lo cual no soy

¿No es exactamente eso lo que diría un asesino en serie?

NÚMERO DESCONOCIDO (11.40): que es lo q diría un asesino en serie
NÚMERO DESCONOCIDO (11.40): ups…

Al menos, era consciente de su psicopatía.

NÚMERO DESCONOCIDO (11.41): quería q sonara como q estoy enfadada contigo y exigiendo respuestas, no como si te estuviera respirando en la nuca con una máscara de hickey
NÚMERO DESCONOCIDO (11.41): *hockey
NÚMERO DESCONOCIDO (11.42): esto no ayuda, eh?
NÚMERO DESCONOCIDO (11.42): ni caso

Darcy levantó una mano y apoyó los dedos en el hundimiento en la base de su garganta. ¿Ni caso? No, ni caso no. ¿Alguien pensaba que Darcy le debía explicaciones?

Mirando atónita la absurda conversación, solo el tonillo predeterminado de su móvil hizo que saliera de su aturdimiento. Un número desconocido estaba llamando. Se le aceleró el pulso. ¿Debería contestar o dejar que saltara el buzón de voz? Odiaba hablar por teléfono, incluso con Brendon. Pero ¿realmente se conformaría con un mensaje de voz? ¿Y si no dejaba ninguno? Al tercer timbrazo, el ardor de la curiosidad pudo con ella.

—¿Hola?

Silencio.

—¿Hola? —La exasperación hizo que Darcy se enderezara y se le pusiera rígida la columna—. ¿Quién eres?

Con suerte, el «ve al grano» estaba implícito.

—Sí. Hola. Soy Elle. Jones. Elle Jones. Anoche tomamos unas copas…

—Sé quién eres. —Darcy cerró los ojos y una imagen del bonito rostro de Elle apareció detrás de sus párpados. No era fácil de olvidar.

Elle se rio entre dientes, pero sin entusiasmo, así que sonó forzado.

—Vale. Te estarás preguntando que por qué te llamo. Aparte de, ya sabes, querer asegurarme de que no pienses que era un asesino en serie de verdad.

Lo de la peor pesadilla no era descabellado. Brendon sí que sabía elegir.

—Mira, ¿puedes dejar de dar tantas vueltas y decirme qué quieres? Estoy bastante ocupada en este momento.

Se le estaba enfriando el café y calentarlo en el microondas sería un pecado capital. Cuanto antes acabaran con esto, antes podría volver a hacer su vida normal.

Se hizo el silencio, seguido de un ruido lo suficientemente fuerte como para que Darcy tuviera que apartarse el teléfono de la oreja.

—Porque no adivinarías jamás con quién me he topado esta mañana.

Darcy se pellizcó el puente de la nariz.

—¿Con quién?

Elle se rio secamente.

—Tu hermano, y no veas la de cosas interesantes que tenía que contarme.

Se había topado con Brendon, pues qué bien. Ni que...

Uniendo los cabos, las implicaciones del encuentro estaban claras. Desastrosamente claras.

—Mierda —murmuró Darcy.

—Y aquí —Elle hizo una pausa dramática— es donde tú me das algunas explicaciones.

Darcy hizo girar el sencillo anillo de platino que llevaba en el dedo corazón de la mano derecha y se quedó mirando fijamente la puerta principal.

Lo que había esperado que fuera una mañana tranquila, productiva y sin sujetador ahora estaba dando paso a una tarde estresante, improductiva y con sujetador. Elle estaba a punto de llegar, y todo porque Brendon no podía mantener esa bocaza cerrada.

Por supuesto, en alguna parte de su ser, Darcy sentía un poco de culpabilidad, pero fue su hermano quien se había cargado su plan, que habría sido perfecto de no haberse entrometido durante un mes como mínimo. Le había pedido que no le dijera nada a Elle, que no echara esto a perder, pero él la había pasado por encima. Ahora tendría que explicarle a Elle toda esta complicada situación. Lo peor era que no tenía un plan de acción para esta conversación, nada; lo que dijera dependía de lo que su hermano le hubiese dicho, cuánto le hubiese dicho y cómo hubiese reaccionado ella.

Lo único que tenía a su favor era que Brendon aún no le había avasallado el móvil ni había derribado la puerta de su casa. En el mejor de los casos, esta sería una conversación breve y relativamente indolora, después de la cual podrían, una vez más, tomar caminos separados. No sin antes advertirle que no podía contarle nada a Brendon. Todavía no, al menos. En el peor de los casos…

Darcy se crujió los nudillos. Lo de «indolora» podía ser más fácil de decir que de hacer. Ya había empezado a dolerle la cabeza, justo entre los ojos.

Llamaron a la puerta principal dando los cinco clásicos y rítmicos golpeteos. A Darcy le dio un vuelco el corazón, que balbució las dos notas finales de la tonadilla. A jugar. Se levantó, se alisó los pantalones, anchos y de un azul jaspeado, y fue descalza hacia la entrada. Respiró hondo y descorrió el cerrojo antes de abrir la puerta como si arrancara una tirita.

Encorvada contra el marco de la puerta, con los brazos cruzados sobre el pecho, Elle fulminó a Darcy con la mirada. Una mirada que se volvió aún más desconcertante cuando Elle volvió a pegarle un repaso de los pies a la cabeza. Darcy se sintió mareada por la ferocidad con la que le subió la sangre a la piel; su rubor era una señal que ninguna pose podría ocultar.

Elle repasó el cuerpo de Darcy de abajo arriba con esos ojos azules y se detuvo en su rostro, con una mirada penetrante.

—Eres más baja sin los tacones.

Darcy resopló.

—Así es como funciona, sí.

Elle resopló y se impulsó con el hombro contra la puerta. Pasó junto a Darcy sin esperar una invitación y sus brazos se rozaron.

Llevaba un cárdigan suave y grueso de color azul que le caía de un hombro, dejando al descubierto una amplia extensión de piel clara y la protuberancia de la clavícula. Darcy apartó la vista y se obligó a concentrarse en los defectos: llevaba el bajo de los tejanos deshilachado y empapado de lluvia, así como unas Converse desgastadas que seguramente dejarían huellas en la alfombra.

—¿Podrías...? —Estuvo a punto de quebrársele la voz. Se aclaró la garganta y levantó la barbilla para mirarla con altivez—. ¿Podrías quitarte los zapatos?

Elle la miró con las cejas levantadas por la sorpresa antes de encogerse de hombros.

—Vale. Supuse que querrías que me largara enseguida, pero, sí, puedo ponerme cómoda.

Darcy puso los ojos en blanco. Le daba igual si estaba cómoda o no.

—No quiero que me ensucies la alfombra.

Elle se tocó el interior de la mejilla con la lengua con expresión hundida. En lugar de discutir, se dobló y se deslizó los dedos por detrás del talón de una zapatilla, y luego de la otra; después, se enderezó para quitárselas. El movimiento hizo que el suéter le bajara más por el brazo, lo cual reveló una piel de apariencia más suave y la sutil curva de sus pechos. Las posibilidades de que llevara algo debajo de ese suéter parecían cada vez más escasas.

Dejó las zapatillas en medio del vestíbulo y se adentró en el apartamento de Darcy, observando a su alrededor, sin cortarse. Examinó las obras de arte de la pared con una curiosa inclinación de la barbilla antes de tocar los lomos de los libros en un estante. De vez en cuando, arrugaba la cara, expresión que en ocasiones acompañaba sacando la lengua nada adorablemente.

Darcy se quedó atrás y se tragó la incomodidad que le crecía en la garganta. Elle era una intensa nota de color contra el lienzo en blanco de su apartamento: suéter azul cobalto, tejanos manchados de lejía y calcetines desparejados, uno verde neón y el otro lila, con una filigrana rosa en zigzag en la punta y un agujero cerca del tobillo.

Darcy se colocó un mechón de pelo detrás de la oreja.

—Por supuesto, siéntete como en casa.

Elle giró sobre el talón cubierto de agujeros y entrecerró los ojos.

—Descuida —dijo, antes de tomar asiento y colocarse ambas rodillas contra el pecho, con los pies sobre el impecable sofá de Darcy.

Esta permaneció de pie, con los brazos cruzados y la barbilla levantada.

—Bonita casa. —Elle recorrió el salón con la mirada y se detuvo en la ordenada pila de guías de estudio para el examen de acceso a la Sociedad de Actuarios antes de fijarse en el helecho (el único toque de color de Darcy) que había en un rincón. Frunció el ceño—. ¿Acabas de mudarte?

Darcy curvó la lengua detrás de los dientes.

—No.

—Ah. —El hecho de que fuera capaz de concentrar tanto juicio en una palabra tan pequeña habría sido impresionante si Darcy no hubiera estado, primero, ligeramente ofendida y, segundo, deseando terminar aquella conversación cuanto antes.

—Tienes preguntas —dijo esta, sin molestarse en preguntar. Con todo, Elle se había tumbado perezosamente sobre el sofá modular de Darcy aparentando relajación, con los dedos crispados contra los muslos y moviendo los pies, cuyos dedos encogía y estiraba mientras paseaba la mirada de una superficie a otra.

Se abrazó las espinillas.

—¿Hemos terminado con el parloteo?

—En aras de la brevedad —respondió Darcy, mirándola—. Como te dije, estoy ocupada.

Elle, demasiado perspicaz, pasó la mirada de la solitaria y ahora fría taza de café a Darcy recreándose en los pantalones de esta y luego en el pelo, que llevaba apresuradamente trenzado.

—Ya. Pues, en aras de la brevedad, iré directamente al grano. —Elle levantó las caderas y sacó el móvil del bolsillo trasero. Toqueteó la pantalla varias veces antes de aclararse la garganta—: Primera pregunta, ¿qué coño?

Darcy cerró los ojos y respiró profundamente contando hasta cuatro, contuvo el aire contando hasta siete y exhaló contando hasta ocho. Habría repetido el proceso si la mirada de Elle no hubiera sido palpable, lo que hizo que le picara la piel entre los omóplatos.

—¿La segunda pregunta será más específica?

Elle carraspeó y miró el teléfono que tenía en la mano.

—No lo sé, veamos. Segunda pregunta, ¿cómo te atreves?

Darcy dejó de hacer respiraciones yoguis y fue al grano.

—Lo siento, ¿vale?

Lo mejor era pedir disculpas generalizadas, porque no estaba del todo segura de lo que Brendon le había dicho; tan solo sabía que la reacción de Elle no fue positiva.

Esta dejó caer la mano sobre el sofá y su teléfono rebotó un poco.

—Lo sientes. ¿Qué sientes exactamente?

—Lo que sea que te tenga tan —agitó una mano en dirección a Elle— consternada.

Los hombros de esta se sacudieron con una risa que fue creciendo lentamente. Luego se inclinó hacia delante y dejó caer la cabeza entre las manos antes de soltar un grito de desconsuelo que sonó ahogado.

—Consternada. —Levantó la cabeza, con el rostro sonrojado—. Dios. ¿Te metes un palo por el culo cada mañana o es más como un diu, que te dura cinco años?

Darcy se quedó boquiabierta.

—¿Sabes qué...?

—No —la interrumpió Elle, que se puso de pie y se dirigió hacia Darcy esquivando la mesita de café—. No he terminado. ¿Quieres saber qué es lo que me tiene tan consternada? Veamos, ¿tal vez sientes haber sido una borde anoche? ¿Despreciar aquello que me importa, como mi trabajo? ¿Pedir una copa de vino de cincuenta y seis dólares? ¿Hablar mal de mí por teléfono con quienquiera que fuera sin conocerme? —Dio otro paso adelante, enumerando con los dedos mientras exponía sus quejas—. ¿O tal vez mentirle a tu hermano? ¿Decirle que congeniamos cuando obviamente no fue así? Me obligaste a tener que elegir entre seguir tu mentira, que te juro que no entiendo, o cargar con la culpa del desastre que fue anoche. Así que no sé. Tú decides, Darcy.

El calor le subió por el pecho y el cuello hasta inundarle las venas, y la vergüenza la hizo sentirse mareada. Contradictoria e inoportunamente, un zarcillo de calor se extendió hacia abajo hasta posarse bajo el ombligo de Darcy, pues el enfado había conferido al azul de los iris de Elle una ferocidad como la del mar durante una tormenta. El color se apoderó de sus mejillas y se le deshizo el moño desenfadado que llevaba, y algunos mechones de pelo enmarcaron la redondez de su rostro. Por un momento, Darcy se preguntó qué aspecto tendría Elle con el sudor goteándole por el cuello desnudo y la espalda arqueada sobre sus sábanas. La temperatura subió en el apartamento y la camiseta se le pegó al sudor que le salpicaba la parte baja de la espalda.

—Lo siento —se disculpó observando a Elle, cuya feroz mirada se vio suavizada por un nítido abatimiento que reemplazó la necesidad de verla enredada entre las sábanas por el deseo de envolverla en algo suave, una manta o el edredón favorito de Darcy. Qué cosa… más extraña. Se aclaró la garganta—. No quise… No fue mi intención ser borde. —Ni disgustarla.

Elle resopló ruidosamente y se cruzó de brazos, con una mirada mordaz una vez más.

—Ya. Pues lo fuiste, así que…

Su voz se apagó. Había una pregunta tácita. ¿Por qué?

Esta era la parte que Darcy había estado temiendo con toda su alma: dar explicaciones. Por su comportamiento en la cita. Por qué había dado a entender a Brendon que tenía alguna intención de volver a ver a Elle.

Una parte de ella estuvo tentada de no molestarse. ¿No era suficiente una disculpa sincera?

Pero, si quería tener alguna esperanza de salvar su plan para quitarse a Brendon de encima, debía compartirlo con Elle. Sin una explicación, esta no tenía ningún motivo para no ir directamente a su hermano a chismorrear. O, al menos, contradecir como si nada el panorama que con tanto cuidado había elaborado Darcy.

—Mira. —Se acercó un paso a Elle y descruzó los brazos,

relajando la actitud defensiva que había adoptado durante el arrebato de su invitada—. Mi hermano es… Lo quiero. Pero, cuando se le mete una idea en la cabeza, es como un perro con un hueso. Y tiene la idea, tan manida, de que yo debería estar buscando el amor, de que —Darcy infló las mejillas, buscando las palabras más adecuadas, las que tendrían la menor probabilidad de enfadar a Elle— necesito encontrar a mi media naranja, cuando no estoy buscando una relación seria. En este momento.

No estaba segura de cuándo cambiaría eso, si es que cambiaba. Elle ladeó la cabeza y frunció el ceño.

—¿Por qué no?

Algo en sus entrañas le decía que Elle no se contentaría con un simple «porque sí». Darcy suspiró.

—Porque estoy ocupada. Estoy estudiando para el examen de acceso a la Sociedad de Actuarios. Una vez que lo apruebe, habré alcanzado la designación más alta otorgada a los actuarios por dirección. Los exámenes son rigurosos y la tasa de aprobación es solo del cuarenta por ciento. Estudiar ocupa todo mi escaso tiempo libre.

—¿Estás demasiado ocupada ahora? Pues díselo.

Como si no lo hubiera hecho.

—Brendon cree que debería encontrar el equilibrio entre el trabajo y la vida personal, y actúa como si fuera su máxima vocación asegurarse de que así sea.

Elle se encogió de hombros.

—Tiene razón.

Darcy sabía cómo sonaba aquello: demasiado ocupada para tener citas, amigos, cualquier apariencia de vida social. Sí, era cierto que todavía no había hecho amigos en Seattle, pero iba a su propio ritmo, no al de Brendon.

—No le digo cómo debe dirigir su negocio.

—Dile que simplemente no te interesa.

Ojalá fuera tan fácil. Darcy lo había intentado y nunca funcionaba. Su hermano la conocía demasiado bien, por lo que sabía exactamente qué teclas apretar para salirse con la suya. Darcy no tenía ganas de contarle a Elle que la razón por la que Brendon insistía tanto era porque sabía que alguna vez había querido una relación, un matrimonio, una familia y toda la pesca. Que le fastidiaran los planes no era algo que hubiera podido controlar, pero sí la forma en la que decidió seguir adelante con el resto de su vida.

Darcy desechó el comentario poniendo los ojos en blanco y resoplando.

—Es más fácil decirlo que hacerlo. Conoces a Brendon; es un romántico y está obsesionado con los finales felices. No para de buscarme citas y, cuando intento echarme atrás, se hace el dolido, como si me estuviera rindiendo con demasiada facilidad. Anoche tuvo menos que ver contigo y más con que finalmente llegué a mi límite. Me dolía la cabeza y lo único que quería era irme a casa. Tú fuiste una… víctima. El sitio equivocado en el momento equivocado.

En una cita con la persona equivocada.

Elle apretó la mandíbula.

—Lo que tú digas. Tampoco tenía que gustarte sí o sí ni nada por el estilo.

No tenía nada que ver con que le gustara Elle o no. Si no hubiera estado buscando el amor, si a ella le hubiera parecido bien algo menos serio y más esporádico, a Darcy no le habría importado explorar a qué podrían haber llevado aquellas miradas acaloradas. Pero Elle estaba buscando algo serio y Darcy no, por lo que no tenía sentido perder el tiempo en conjeturas cuando eran inherentemente incompatibles.

—Podría haber sido más amable —admitió.

—Sí. —Los labios de Elle se curvaron en una sonrisa breve, el sol asomándose entre las nubes—. Todavía se me escapa algo. ¿Por qué mentir a Brendon diciéndole que querías volver a verme cuando claramente no es así?

Eso no era del todo cierto. Dejando a un lado el tema de la conversación, hablar con Elle no había sido horrible. Por supuesto, habría estado mejor si llevara menos ropa. En cuyo caso, Darcy habría estado encantada de conocerla a fondo. Varias veces.

—De nuevo, fue fruto de un mal momento —dijo Darcy, levantando un hombro y dedicándole a Elle una sonrisa triste—. Brendon vino aquí, con toda la artillería, diciéndome que debería apuntarme a un evento de citas rápidas y, para serte sincera, eso se parece a mi idea del infierno. Cuando mis excusas habituales, mis razones, no funcionaron, le dije que estaba saliendo con alguien. Pero luego se preguntó por qué había accedido a quedar contigo si me estaba viendo con otra persona.

Hubo un destello de comprensión en los ojos de Elle cuando lo entendió.

—Entonces le dijiste que era conmigo con quien congeniaste.

Darcy se mordió el borde del labio y asintió.

Por un momento, Elle guardó silencio. Con la boca torcida hacia un lado y el ceño fruncido, preguntó:

—¿Cuál era tu apoteosis?

—¿Mi qué?

—Ya sabes. Cómo imaginaste el desenlace de esto. Le dices a Brendon que nos estamos viendo y, luego, ¿qué se suponía que pasaría? ¿No pensaste que acabaría dándose cuenta? O, no sé, ¿que me preguntaría por ti?

Darcy se rascó un costado del cuello. Se la había jugado, sí.

Debería haberlo pensado mejor, pero Brendon no le había dado más opción que pensar rápido. En consecuencia, su plan estaba plagado de agujeros. Podría haber funcionado, pero se había visto frustrado por la absoluta incapacidad de su hermano de mantener la bocaza cerrada.

—Para empezar, le hice jurar que guardaría el secreto. Le dije que no quería que me lo echara a perder. Pretendía aprovechar que tenía la intención, y solo la intención, de llamarte y usar eso tanto tiempo como pudiera antes de que Brendon acabara dándose cuenta. No mentí exactamente: omití información y dejé que él llenara los espacios en blanco.

Elle se quedó boquiabierta.

—Qué maliciosa. Eso es… eso es… muy de Slytherin.

—¿Cómo dices?

—Slytherin. —Elle se quedó alucinada—. Ay, madre. No me digas que no conoces tu casa de Hogwarts. ¿Pottermore? ¿El sorteo del Sombrero Seleccionador? —Cuando Darcy se limitó a quedarse mirándola fijamente, Elle gimió y se cubrió la cara—. No tienes redes sociales, no crees en la astrología y ahora no te gusta *Harry Potter*. En nombre de nuestra generación, me siento ofendida, cavernícola.

Darcy resopló.

—No soy una cavernícola. Sé de lo que estás hablando, pero he preferido ignorarte porque tu suposición sobre mí no tenía fundamento.

Y no es que fuera asunto de Elle, pero Darcy era una Ravenclaw.

—Como he dicho, no mentí —reiteró Darcy, evitando que la conversación se desviara aún más—. Exageré la verdad.

—¿Exagerar la verdad? ¿Estás de coña? —exclamó Elle, que exhaló ruidosamente por la nariz con la mandíbula apretada—. Mira, lo que tú decidas o no contarle a tu hermano, lo que sea, es asunto tuyo. Pero, a sabiendas o no, me arrastraste a una narrativa de la que me gustaría mucho ser excluida. Además, me has metido en una chumbera.

Darcy se aguantó la risa al escuchar esa frase y la miró con lo que esperaba que fuera una expresión cuidadosamente pensativa.

—¿Te he metido en una chumbera?

—Sí, en un berenjenal del quince.

Era un misterio cómo había logrado decir aquello con cara seria. Darcy no pudo aguantarse la risa al escuchar la palabra «chumbera» para describir sinceramente la situación de una persona.

—No pensé que sería tan tremendo calabacín.

Elle echó los hombros hacia atrás y la fulminó con la mirada.

—No tiene gracia. Estaba almorzando con mi madre cuando tu hermano apareció tan campante y soltó tu historia. Me dijo que estás coladita —apuntó con énfasis—. Ahora mi madre, y muy probablemente toda mi familia, piensa que voy a tener una relación que funciona por primera vez. Apuesto a que está preparando un pastel mientras hablamos: «Elle ha sentado la cabeza por fin». Confeti para todos.

Darcy se puso seria. Esta era una faceta diferente a la de chica ingenua en busca de su alma gemela que había conocido la noche anterior.

—Eh... Lo siento. De veras. Fui una negligente al suponer que mi hermano podría mantener la boca cerrada. Pero esto no está perdido. —Se humedeció los labios, cambiando su peso de un pie al otro bajo la atenta mirada de Elle—. ¿Por qué no le dices a tu madre que Brendon estaba equivocado?

Elle se mordió el labio inferior y dejó caer los hombros.

—Ya, claro. Eso irá genial. Y ¿qué se supone que debo decirle a tu hermano?

—¿Tal vez podrías... —hizo una mueca— no decirle nada? Todavía.

Elle parpadeó amenazadoramente con esos ojos azules.

—Perdona, pero ¿estás sugiriendo que le mienta a tu hermano? ¿Tu hermano, el que resulta ser mi amigo y nuevo socio comercial? Porque eso me ha parecido.

A Darcy se le estaba desmoronando el plan, el prometedor y, en la práctica, brillante plan.

—No te he pedido que mientas, sino que no digas nada. Es diferente.

Elle se la quedó mirando.

—Oye, no quise involucrarte en esto, lo juro, pero tal vez... —titubeó Darcy, intentando, sin éxito, terminar la frase. Los quizá eran débiles, imprecisos. Prefería las probabilidades y las pruebas a la incertidumbre. Se encontró con los ojos de Elle y, sin saber cómo, en ellos halló la respuesta—. Si miramos el lado positivo, ambas podríamos salir beneficiadas de esto.

Ese era el tipo de ingenuidad que movía a Elle, ¿verdad?

Esta entrecerró los ojos.

—¿Cómo?

Darcy sabía en qué la beneficiaría a ella, pero la situación de Elle estaba un poco menos definida. Difusa, incluso.

—No puedo más con las citas que me monta mi hermano —le explicó—. Y tú... ¿quieres que tu familia piense que puedes mantener una relación?

—Yo... —Elle cerró la boca y frunció el ceño—. Lo que yo quiero es una relación real, una sobre la que no tenga que andar mintiendo.

Cada vez que Darcy sentía que estaba recuperando el control, el plan se le complicaba más.

—Nadie está diciendo que no puedas tenerla. Esto sería solo

durante… un mes, tal vez dos. El tiempo suficiente para que Brendon piense que lo estoy intentando.

Elle se cubrió la cara con las manos. Se presionó la piel debajo de las cejas con los dedos, masajeándose el borde de las cuencas de los ojos; después, dejó caer las manos y clavó la mirada en Darcy.

—Quieres que… ¿finjamos una relación? ¿Hablas en serio?

¿Era eso lo que quería Darcy? No. Ni de lejos. Esto había llegado a un punto que ella no había planeado. Esto implicaba decididamente involucrarse más, requería asociación, cuando lo que ella había estado buscando era la solidez de la soltería, el equipo de Darcy en solitario. Pero podía adaptarse. No le quedaba otra.

—Podemos decir que estamos pasando tiempo juntas. Conociéndonos, viendo si surgen sentimientos. No tiene por qué ser nada serio. Simplemente algo implícito. No tenemos que… definir la relación.

Elle se pasó la lengua por la mejilla.

—Esto suena a un plan de una estupidez suprema. Terrible, de hecho. Hasta a mí me lo parece —resopló.

—Un mes o dos, Elle. Lo único que tienes que hacer es decirle a Brendon que estamos hablando y habrás hecho tu buena obra del año. Entonces podrás volver a intentar encontrar a tu alma gemela —dijo Darcy, que luchó contra el impulso de encogerse.

—¿En serio crees que tu hermano se lo va a tragar? ¿Sin hacer preguntas? ¿Estamos hablando del mismo tío? —Levantó una mano sobre su cabeza—. ¿El alto de pelo cobrizo, con una bonita sonrisa y al que se le da como el culo guiñar un ojo?

Darcy suspiró. Tenía razón. Brendon vivía para los detalles, los detalles cursis. ¿Qué pasaría si sus historias no coincidían? Su hermano era espabilado, demasiado para aceptar inconsistencias.

Se olería las mentiras de Darcy y entonces ella estaría de veras con el agua hasta el cuello.

—Ese es un buen argumento —admitió Darcy. Por no mencionar la molesta fiesta que organizaba cada Navidad. ¿Cómo iban a hacer ver que eran pareja si no asistían juntas?—. Puede que necesite que vengas a uno o dos eventos.

Los hombros de Elle comenzaron a temblar y Darcy tardó un segundo en darse cuenta de que se estaba riendo.

—¿Estás de broma? Tienes ovarios, ¿lo sabías? —le dijo, sacudiendo la cabeza—. ¿A mí qué narices me importa lo que tú necesites?

—O-O-Obviamente te devolvería el favor —apuntó Darcy, haciendo una mueca ante su ofrecimiento—. Si es lo que quieres.

Elle parpadeó.

—¿Estás diciendo que vendrías a algo como…, qué, Acción de Gracias? ¿Con mi familia?

«Ay, madre mía». Darcy se tragó un gemido.

—Podría hacerlo.

—Y… ¿actuar como si estuvieras coladita? ¿Como si fuera la última Coca-Cola del desierto?

Darcy asintió.

—Claro. Lo que sea.

¿Qué era un día festivo? Mientras se quitara de encima a Brendon, podría sufrir un Acción de Gracias con la familia de Elle. Tan malo no podía ser.

Con los brazos cruzados, Elle se mordió la comisura de los labios mirando al vacío por encima del hombro de Darcy con los ojos vidriosos. Con un rápido movimiento de cabeza, apartó cualquier pensamiento al que estuviera dando vueltas dentro de la cabeza.

—Darcy…

—Por favor —soltó esta instintivamente. Lo que fuera para que Elle aceptara—. Tan solo… Por favor, Elle.

Ella parpadeó, abrió apenas la boca y frunció los labios mientras dejaba escapar el aire.

—Vale.

Darcy la miró con sorpresa.

—¿Vale?

Un músculo en la mandíbula de Elle se contrajo.

—No puedo creer que esté diciendo esto, pero me apunto.

Pasó junto a Darcy, rozándole un brazo con el suyo a pesar de que había mucho espacio en el salón. El olor a jarabe de arce y especias impregnaron la nariz de Darcy, a quien se le hizo la boca agua. Tragó saliva y giró sobre sí para observar cómo se ponía Elle los zapatos y abría la puerta principal.

Con los dedos apoyados en el pomo, esta hizo una pausa.

—Ya arreglaremos los detalles de este… —hizo una mueca, torciendo los labios— acuerdo más tarde. —Miró por encima del hombro y añadió—: Guárdate mi número en el móvil. Estaré en contacto.

Capítulo cinco

—¿Me estoy volviendo loca o acabas de decir que vas a fingir una relación con Darcy Lowell?

Elle hizo una mueca ante la estridencia que adoptó la voz de Margot.

—Estás perfectamente cuerda.

Margot se la quedó mirando.

—¿Y tú?

—Tengo mis razones, ¿vale?

—Dime una.

—Aún no hemos ultimado los detalles, pero hemos acordado que será solo durante uno o dos meses como máximo.

—Eso no es una razón, es una excusa. ¿Sabes qué? En realidad ni siquiera sé de qué va esto, pero no tiene ningún sentido.

—Darcy me puso en un verdadero aprieto, ¿vale? Mintiéndole a su hermano, que luego soltó el rollo durante el desayuno frente a mi madre.

Margot cerró de golpe su portátil y lo tiró sobre el cojín a su lado.

—Pues dile a Darcy que se vaya a la mierda.

—No es tan fácil, Mar.

—Abres la boca y lo dices. A. La. Mierda. —Margot negó con la cabeza—. Elle. ¡Elle! Esto no es lo que quieres. Esto es lo contrario de lo que quieres.

Una relación falsa no era lo que ella quería. Lo que le había dicho a Darcy era verdad: quería una relación real. Y no una cualquiera, sino la definitiva. Su apoteosis. No era quisquillosa, dijera lo que dijera su madre, pero estaba cansada de tener primeras citas que nunca se convertían en segundas porque o ninguna encajaba con ella o ella no encajaba con ninguna.

—Deberías haber visto la expresión de mi madre —dijo Elle—. Cinco minutos antes me había estado acusando de tener miedo al éxito, de prepararme para el fracaso y de hacer la vida más difícil de lo necesario. Luego Brendon llegó tan fresco diciendo que su hermana está loca por mí. Me vi entre la espada y la pared. ¿Qué se suponía que debía decir?

—No lo sé. ¿La verdad, tal vez? —respondió Margot, ceñuda—. Mentirle a tu familia no es la manera de lograr que te tomen en serio. Lo que tienes que hacer es decirles que se vayan a la mierda si no les gusta cómo vives tu vida, porque no es la suya.

—Caray, Margot. ¿Esa es tu solución para todo? ¿Limitarme a decir a todas las personas que conozco que se vayan a la mierda?

Eso era pasarse simplificando. Puede que su familia la pusiera de los nervios, pero ella no estaba tan disgustada como para quemar las naves.

Margot respiró hondo y exhaló ruidosamente antes de hablar.

—Es mejor que mentir. Estás intentando encontrar una solución a corto plazo para un problema a largo plazo. Qué vas a hacer después de esos dos meses, ¿eh?

—Cuando llegue el momento, ya... ya me preocuparé por eso. Hasta entonces, tan solo... —Estaba haciendo todo lo posible y esperando, como siempre, que fuera lo suficientemente bueno—. Aprovecharé al máximo una situación extraña.

Margot cogió su portátil y se lo guardó en su bandolera, cuya correa se echó al hombro.

—Mentirle a tu familia ya es bastante malo, Elle. No empieces a mentirte a ti misma también.

¿Qué comedia romántica eres según tu signo del zodiaco?

Aries: *Solo los tontos se enamoran*
Tauro: *Sweet Home Alabama*
Géminis: *Alguien como tú*
Cáncer: *Mientras dormías*
Leo: *Cómo perder a un chico en diez días*
Virgo: *La proposición*
Libra: *Algo para recordar*
Escorpio: *La boda de mi mejor amigo*
Sagitario: *The Holiday (Vacaciones)*
Capricornio: *Amor con preaviso*
Acuario: *Clueless (Fuera de onda)*
Piscis: *Nunca me han besado*

—¿Qué estás mirando?

Con el corazón bombeándole en la garganta, Darcy apretó con fuerza el botón para retroceder de su teléfono y fulminó a Brendon mirándolo por encima del hombro.

—Joder. ¿Podrías intentar no acercarte sigilosamente a mí?

—Muermo —se quejó Brendon, que se enderezó desde donde había estado agachado, rodeó la mesa y se dejó caer en la silla frente a la de ella—. Además, es prácticamente mi derecho de nacimiento como hermano menor hacerte la vida un infierno.

—Tienes veintiséis años.

Brendon cogió una carta y pasó el dedo por la lista de bebidas.

—¿Y?

—Pues que no deberías darme la tabarra a diario. ¿No tienes cosas más importantes de que preocuparte? ¿Dirigir una empresa? ¿Aparecer en la lista «Treinta menores de treinta» de *Forbes*?

Brendon le dio la vuelta a la carta y se encogió de hombros.

—¿Has terminado de desviar el tema? ¿Podemos hablar del hecho de que estabas navegando por Oh My Stars?

—No es verdad —se defendió Darcy, que deslizó su móvil detrás del salero y el pimentero, como si quitarlo de la vista pudiera refutar aún más la acusación de Brendon. Por la forma en que a este se le ensanchó la sonrisa mientras estudiaba el menú, no fue así—. Estaba... Vale, sí, estaba echando un vistazo. Eso no significa que crea en nada de eso. Es ridículo. ¿Cómo se correlaciona mi signo astrológico con mi preferencia por las comedias románticas? No lo hace. Ni siquiera me gusta *Amor con preaviso*.

Brendon la miró boquiabierto.

—Blasfemia. Salen Sandra Bullock y Hugh Grant. La realeza de las comedias románticas. Que no te pille diciendo ese tipo de cosas otra vez o me sentaré contigo y te obligaré a soportar un maratón de comedias románticas como tratamiento.

Darcy tomó un sorbo de su agua con gas y fingió estremecerse.

—Oh, qué horror.

—Yo, por mi parte, creo que es mono —pronunció la palabra en dos repelentes sílabas— que estés leyendo Oh My Stars. Es importante interesarse por el trabajo y las aficiones de tu pareja, Darce.

Que le ahorrasen toda esa palabrería sensiblera, por favor. Para empezar, ella no era una ignorante en cuanto a las relaciones y, segundo, no había nada mono en ello. Elle no era su pareja. Tal vez cómplice, pero que leyera la cuenta de X de Elle no tenía nada que ver con ningún interés en la astrología, sino con la preparación. Como estudiar para un examen. Claramente, todas estas chorradas astrológicas significaban algo para Elle. Si Darcy quería vender esta relación, necesitaba entender qué le motivaba. Si es que tal cosa podía siquiera ser identificada. Hasta ahora, el veredicto estaba claro: los entresijos de Elle Jones no eran tanto un pulcro paquetito que desenvolver como un coche de payaso lleno de peculiaridades cada vez más aleatorias y aterradoramente entrañables.

Tomó un sorbo de agua.

—Cierto. Estaba haciendo... eso.

La camarera pasó junto a la mesa y le trajo el café antes de anotar lo que quería tomar Brendon. En cuanto se fue, este se inclinó, apoyó los codos en la mesa y le dedicó su mejor sonrisa de oreja a oreja.

—Hablando de Elle...

Darcy dio un largo y lento sorbo de café, y lo miró fijamente por encima de la taza.

—¿Qué pasa con Elle?

Brendon puso los ojos en blanco.

—Darcy.

Esta alisó la servilleta de lino que tenía en el regazo y ladeó la cabeza.

—Vale. ¿Debería empezar con cómo hiciste lo único que te pedí expresamente que no hicieras? No habían pasado ni doce horas desde que me prometiste que no cotorrearías con Elle y ¿qué hiciste? Te fuiste de la lengua, y nada menos que con su madre delante. Le dijiste que estaba coladita, Brendon. ¿Sabes el bochorno que pasé cuando me lo contó?

Era cierto, pero no por las razones que él podría pensar.

—¿Se chivó? —Brendon tuvo la decencia de parecer avergonzado durante dos segundos completos antes de que en su expresión apareciera una sonrisa de satisfacción—. Vamos. Dime que esto no será el mejor brindis de tu boda algún día.

Boda. La reacción visceral que le provocó la palabra fue casi pavloviana: sintió escalofríos por la columna, un sudor frío le perló toda la nuca y le rechinaron las muelas.

—Frena, joder, Brendon. Elle y yo no nos vamos a casar.

Le asombró poder articular frases completas cuando tenía la garganta más cerrada que el palito para mover el café. Le pareció un milagro, en absoluto pequeño, poder siquiera pronunciar la palabra «casar» en ese momento.

Brendon cogió su taza de café y tomó un sorbo, tras el cual contrajo toda la cara ante el sabor. Y él la llamaba esnob.

—No lo sabes.

Sí lo sabía. Pero no podía decírselo. No sin desvelar su farol.

—Deja de intentar casarme como si fuera una solterona de la Regencia en una de tus novelas favoritas de Austen.

—Te llamas Darcy.

—Y puede que sea una mujer soltera, poseedora de una gran fortuna, pero no necesito esposa —respondió. Hubo una vez en que quiso. Y mira cómo le había ido. No, gracias—. Estás vendiendo la piel del oso antes de cazarlo. Elle y yo ni siquiera estamos oficialmente juntas. Estamos tanteando el terreno. Conociéndonos. Solo te pido que no te hagas ilusiones.

La camarera dejó el té con limonada de Brendon y tomó nota de sus pedidos: ensalada de salmón para él y carpacho de ternera para Darcy.

Por cómo iba Brendon por ahí diciéndole a todo el mundo, incluida Elle, lo coladita (uf, detestaba esa palabra) que estaba su hermana, Darcy se había superado a sí misma. Esto, decir que iban despacio, era parte del plan. Hacerle pensar a su hermano que lo estaba intentando con Elle, abriendo su corazón, erradicando cualquier creencia que pudiera tener de que Darcy tenía miedo de enamorarse. Pero debía contenerse lo suficiente para que su ruptura fuese creíble. Era una cuestión de equilibrio: mostrarse cautelosamente optimista sin hacer promesas excesivas.

—Alucino contigo ahora mismo.

Darcy levantó la cabeza de golpe.

—¿Cómo dices?

Brendon se reclinó en su silla.

—Has empezado algo grandioso con Elle, estás en pleno momento mágico al comienzo de una relación, cuando deberías estar en las nubes pensando que no hay nada imposible y, sin embargo, aquí estás, siendo una ceniza.

—Brendon...

—No. —Su hermano echó la silla hacia atrás y chirriaron las patas, que eran de metal, y luego se enderezó apoyando los codos en la mesa—. Te estás saboteando ahora mismo, Darce. Sé que no siempre es fácil perder el hábito, no con... con lo que pasó, pero tienes que dejar de ver un callejón sin salida en cada esquina o lo convertirás en una profecía autocumplida. Y la única persona culpable serás tú misma.

Darcy trazó el borde de su taza de café con el dedo índice y se detuvo para limpiar la mancha de pintalabios rojo de la porcelana. Si estaba evitando la mirada de Brendon, era completamente una coincidencia.

—No me estoy saboteando. Estoy conociendo a Elle y es... es más de lo que esperaba —admitió, y que Brendon hiciera de eso lo que quisiera.

Darcy no había visto jamás que alguien pusiera una cara tan parecida al equivalente humano del emoji con ojos de corazón. Como un helado chorreante en un caluroso día de verano, Brendon se derritió en su silla con los hombros hundidos mientras se le contraía toda la cara y apretaba los labios para, sin duda, evitar soltar un gritito.

—Darcy.

Esta tuvo que morderse la punta de la lengua para mantener su mirada furiosa.

—Te lo juro por lo más sagrado: si haces un solo chiste ahora mismo o berreas alguna canción infantil sobre árboles, besos y cochecitos de bebé, entraré en tu apartamento y usaré tu colección de cómics como leña. *Capisci?*

Si bien sabía que su hermana era perro ladrador, pero poco mordedor, Brendon se estremeció de los pies a la cabeza.

—Entendido.

Le dio las gracias a la camarera cuando le trajo la ensalada. Con el tenedor en ristre, listo para hincarlo, Brendon hizo una pausa y su mirada se volvió seria y sincera.

—Me alegro de que estés contenta.

A Darcy se le retorció el estómago como un *pretzel.*

—Gracias, Brendon.

—¿Sabes? —empezó a decir este, quitando los tomates de su ensalada y poniéndolos en el plato de su hermana—. Me debes una especie de presentación.

Le debía algo, vale.

—¿Sabes cómo podrías compensármelo?

Darcy arqueó una ceja.

—¿Cómo?

Brendon sonrió, todo hoyuelos.

—Este sábado a las ocho. Tú, Elle, Cherry y yo. Cita doble. Di que sí.

Darcy cerró los ojos.

—Perdona, ¿has dicho Cherry?

90

Cuando abrió los ojos, Brendon torció la comisura de los labios.

—Es toda dulzura.

Darcy decidió ignorar las insinuaciones implícitas en esa declaración por asquerosas.

—Brendon, no sé si es…

—Por favor, Darce —le suplicó—. Di que sí. Por favor, di que sí. Por favor, por favor, porfiii…

—¡Uf, vale! —Esta levantó las manos en señal de rendición. Cualquier cosa para que dejara de insistir.

Todo el semblante de Brendon cambió y recuperó su habitual postura distendida y desgarbada. Sonrió de oreja a oreja, complacido por haber tocado las teclas correctas para salirse con la suya.

—Gracias. Tú y Elle, Cherry y yo. Va a ser la bomba.

Capítulo seis

DARCY (16.57): Creo que debemos discutir los detalles de este acuerdo lo antes posible.
ELLE (17.08): y eso?
ELLE (17.09): o sea, vale
ELLE (17.09): xo q ha pasado?
ELLE (17.09): algo q deba saber?

No quería que la dejaran al margen nuevamente.

DARCY (17.16): Mi hermano nos ha invitado a una cita doble este sábado. Y con «invitar» me refiero a que acepté bajo coacción. Con el fin de vender esto, creo que sería mejor poner las cosas en orden con antelación.

Elle ya había tenido varios sueños estresantes en los que Brendon descubría que todo aquello era una artimaña y que la odiaba por ello. En el último, se había visto en un programa sensacionalista telebasura. Brendon la había obligado a someterse al detector de mentiras y, cuando la pilló, rompió el contrato entre OTP y Oh My Stars antes de salir furioso del plató. Entre el público, toda su familia la había abucheado. Darcy había estado perceptiblemente ausente.

Era solo un sueño (en realidad, no creía que el acuerdo con OTP estuviera ligado de ninguna manera al éxito de su relación con Darcy), pero la hermana de Brendon tenía razón. No sabía su fecha de nacimiento o…, bueno, nada sobre ella aparte del hecho de que era actuaria y adicta al trabajo. Necesitaban conocerse mejor antes de la cita doble o, de lo contrario, se descubriría la farsa que eran.

ELLE (17.20): q vamos a hacer?
ELLE (17.20): en la cita doble, quiero decir
DARCY (17.24): No pregunté. ¿Es relevante?

Elle puso los ojos en blanco. Al parecer, tendría que preguntárselo a Brendon.

ELLE (17.25): Ok, no problem
ELLE (17.26): puedes esta noche?
ELLE (17.26): sobre las 7?
ELLE (17.26): podemos vernos en tu casa, q ya sé dnd vives
DARCY (17.33): De acuerdo.

Elle se guardó el móvil en la bandolera y se echó la correa al hombro. Eran las seis menos diez según el reloj de Kit Cat que colgaba torcido en la pared junto al microondas. Tenía tiempo suficiente para pasar por el súper antes de salir hacia el pijo apartamento de Darcy, en el barrio de Queen Anne.

Saltó del taburete y miró a Margot, que continuaba tecleando en su ordenador, deteniéndose de vez en cuando para mirar amenazadoramente la pantalla.

—Me voy. Supongo que nos veremos más tarde si sigues despierta.

Había recorrido la mitad del camino hacia la puerta principal (los dos pasos que había hasta esta), cuando Margot suspiró.

—Elle, espera.

Esta se mordió el interior de la mejilla y se preparó para otra pulla sobre lo que estaba haciendo con Darcy.

—Dime.

Margot dejó su portátil a un lado y se apoyó los codos en las rodillas, con los dedos perezosamente entrelazados frente a ella.

—Cuando la otra noche te dije que estabas cometiendo un error épico, estuve fuera de lugar. Lo... Lo siento.

Elle cerró la boca. Las disculpas de Margot eran escasas. Tan escasas como las discusiones entre ellas.

—No tienes por qué...

—No, sí tengo por qué —la interrumpió Margot, que dejó escapar un suspiro y el grueso flequillo se le abrió como una cortina—. Estoy cabreada, ¿vale? Por ti. Y sé que piensas que todo va bien porque Darcy se disculpó, pero a veces una disculpa no es suficiente, Elle. Lo último que quiero hacer es chafarte los ánimos o cortarte el rollo, pero no pienso aguantar que te joroben. No lo he hecho desde el día en que nos mudamos a la residencia, en el primer año de universidad, y me pediste que nos quedáramos despiertas toda la noche comiendo palomitas de microondas quemadas mientras nos conocíamos porque tuviste, y cito, «el presentimiento de que íbamos a ser mejores amigas». No voy a empezar ahora.

Elle no estaba segura de si debía reír o llorar. Atrapada en la indecisión, hizo ambas cosas al mismo tiempo. Se frotó la cara, sin duda esparciéndose el delineador de ojos por todas partes. Pero la presión que se le había instalado en el pecho durante su riña con Margot, por llamarlo de alguna manera, se desinfló, dejando espacio para que lo ocupara el corazón.

—Margot. Eso fue hace nueve años.

—Para de llorar —le pidió esta, sorbiendo por la nariz, y frunció el ceño—. Me vas a hacer llorar. Detesto llorar. No me odies, pero, por favor, escúchame.

Haría falta un acto completamente inusual por parte de Margot, como asesinar a alguien, para que Elle la odiara. E, incluso entonces, al menos le preguntaría por qué antes de juzgarla.

—Estabas muy disgustada la otra noche. Sé que intentabas poner buena cara, pero era obvio que Darcy te había hecho daño. Más de lo que expresaste. ¿Ahora aceptas fingir una relación con ella? ¿Por tu familia? Elle, si no pueden ver lo increíble que eres…, esto no vale la pena.

Elle hundió la punta de su bota en la alfombra y recorrió la marca chamuscada en el estampado de cachemira que dejó un incidente con una bengala en su cumpleaños de 2017.

—En realidad, no sé lo que estoy haciendo —admitió. El nudo en su garganta creció, obligándola a tragar saliva para evitar que se le quebrara la voz—. Estoy cansada de ser un chasco, Mar.

El rostro de su amiga se crispó.

—Elle…

Esta sacudió la barbilla y sorbió con fuerza por la nariz, parpadeando para alejar la película de lágrimas que le nublaba la vista. Luego sonrió y se encogió de hombros.

—Si logro que mi familia me tome en serio en una sola cosa, que vean que mi vida tiene cierto sentido para ellos, tal vez acepten el resto.

Margot negó con la cabeza.

—Entonces ¿estás tirando la toalla? ¿Ahora vas a ser como Lydia? ¿Saldrás con quien quiera tu familia y te rebajarás para que te acepten personas que no te entienden y ni siquiera lo intentan?

No. Claro que no. En realidad, no iba a poner en riesgo quién era ni cómo vivía. No, esto era un punto en su radar, una parada en boxes, un medio para lograr un fin. Elle no se estaba conformando. Tan solo quería que su familia estuviera orgullosa de ella por lo que era. ¿Qué tenía de malo que tuviera que hablar su idioma un tiempecito?

—De ninguna manera. Esto es un embuste. Solo quiero que entiendan que no soy el chasco que creen que soy. Tal vez los ayude escuchar lo increíble que soy de boca de otra persona, alguien como Darcy, del tipo que cumple todo ese rollo suyo de la adulta seria porque tiene un trabajo estable a tiempo completo.

Margot sacó la lengua y puso los ojos en blanco.

—¿Aburrida, quieres decir?

Elle se encogió de hombros.

—Además, es temporada de emparejamientos y Lydia tiene novio. Jane tiene a Gabe y Daniel tiene a Mike, y yo solo soy... Elle. No es que me flipe tener que pasar otras vacaciones sola como la oveja negra de la familia.

—Solo Elle es bastante genial —sonrió Margot—. Pero lo entiendo. O sea, puede que no esté en tu lugar, pero entiendo a qué te refieres. Solo quiero que recuerdes que mereces a alguien con quien no tengas que fingir. —Levantó ambas cejas—. Y lo digo en todos los sentidos.

Elle esbozó una sonrisa.

—Gracias.

—Pero, en serio, ¿has pensado en lo que vas a hacer cuando se acaben esos dos meses? ¿Qué giro vas a darle a vuestra ruptura sin que parezca que no puedes mantener una relación?

Elle hizo una mueca. Eso iría contra toda lógica.

—He pensado que podríamos romper por culpa de alguna incompatibilidad crucial pero irreprochable, como..., no sé, que yo quiero tener hijos y ella no.

La gente rompe todo el tiempo. No tiene por qué haber

culpables. Podía ser una ruptura madura que no supusiera de ninguna manera una lacra para Elle.

—¿Darcy quiere tener hijos?

—No lo sé.

Margot frunció el ceño.

—¿No crees que eso es algo que deberíais discutir antes de empezar a hacer planes? Puede que lo de los hijos sea excesivo, pero ¿otras cosas? Su color favorito. Alergias a los alimentos. No sé.

Elle asintió.

—Voy a su casa ahora, en realidad. Vamos a conocernos para que podamos hacer todo esto un poco más creíble.

Margot se mordió el labio. Elle se dio cuenta de que no estaba del todo convencida, pero un poco era preferible a nada.

Se encogió de hombros una última vez.

—No es ideal, pero supongo que lo prefiero a nada. Es como contratar una escort, pero mejor, porque ambas salimos beneficiadas y, mirando el lado bueno, no tengo que pagar.

—¿Estás sacando algo más de esto que no hayas mencionado? —preguntó Margot arqueando las cejas.

A Elle se le encendió el rostro.

—No creo que vaya por ahí.

—¿Algo más que trabajarte? —La sonrisa de Margot se tensó hasta convertirse en una línea—. Tú solo ten cuidado. No quiero que te hagan daño.

—Tampoco es que Darcy pueda herir mis sentimientos más de lo que ya lo ha hecho. Sé que no le gusto, así que ¿qué es lo peor que podría pasar?

Elle se pasó las bolsas del brazo izquierdo al derecho e intentó (para fracasar después) sofocar su sonrisa cuando Darcy abrió la puerta. Iba vestida con una falda de tubo color cámel ceñida a las caderas y una blusa de lunares con lazo y de color hueso, que ella probablemente describiría como cáscara de huevo, mascarpone o algo así de sofisticado. A cualquier otra persona aquel atuendo le habría quedado insulso, pero el pelo cobrizo cayéndole sobre un hombro y las curvas le daban a Darcy un aspecto de bibliotecaria chic nada aburrida. Elle nunca había conocido a nadie tan guapa que la cabreara tanto.

Darcy cambió su peso de un pie al otro ladeando las caderas, lo cual marcó la curva de su cintura. Miró de reojo las bolsas que colgaban del brazo de Elle, entre intrigada y desconfiada a partes iguales.

—Hola.

Elle levantó las bolsas.

—Traigo brebajes y suministros para las artes.

Darcy alzó las cejas hasta la línea del pelo.

—¡¿Suministros para las artes?!

Elle pasó junto a Darcy y entró en el apartamento reprimiendo una sonrisa. Punto para ella por lograr pasmarla.

—Ajá. Se me ha ocurrido que podríamos ultimar los detalles de este acuerdo y compartir algunos datos sobre nosotras mismas.

Dejó las bolsas en el suelo junto a la mesita de café. De la primera sacó dos cuadernos, uno negro y otro blanco, y un paquete de doce bolígrafos de gel.

—Datos que podemos apuntar en estos prácticos cuadernos. He traído bolígrafos por si quieres codificar algo con colores. Porque si hay algo que deberías saber sobre mí... Bueno, hay un montón de cosas que deberías saber sobre mí. Pero ahora mismo es importante que quede claro que no hay mucho de Virgo en mi carta natal. O sea, tengo a Júpiter, que está en retrogradación, y a Virgo en la séptima casa, pero esa es otra historia —parloteó. Demasiado por una noche—. Sin embargo, aspiro a un nivel de detallismo como el de los virgo, cosa que hago combinando colores en manualidades. ¿Entendido?

Esto era una ultrasimplificación, pero Elle dudaba que Darcy quisiera detalles. Ella creía en la astrología, creía que el cosmos controlaba más de lo que parecía a simple vista, y eso era lo que Darcy necesitaba saber para que aquello funcionara, para que esta relación de pega que tenían llegase a engañar a una sola alma. Debía saberlo, y puede que por dentro le hiciese poner los ojos en blanco y desesperarse por lo tonta que era Elle, pero de puertas hacia fuera no podía burlarse de ello. A pesar de toda esta farsa, debía respetar sus creencias. O respetaba a Elle o no había trato.

Esta contuvo la respiración mientras Darcy fruncía el ceño pensativamente.

—Vale, entendido. ¿Puedo hacer una pregunta?

—Desde luego. —Le hizo un gesto para que continuara—. No existen las preguntas estúpidas. Sin duda, esto tiene su curva de aprendizaje.

Darcy asintió.

—Vale. Si tienes a Júpiter en... ¿Virgo? —Elle asintió—. ¿Dónde tienes a Urano? —preguntó, enfatizando las tres últimas letras de la palabra.

—Tengo a Urano en Capri... —Elle se quedó helada—. Guau.

A Darcy se le marcaron los hoyuelos mientras sonreía con picardía.

—Lo siento, me lo has puesto a tiro. Probablemente te lo digan mucho.

—Universitarios y críos de cinco años, no… —Se detuvo, gesticulando arriba y abajo con la mano libre en dirección a Darcy—. Gente como tú.

—¿Gente como yo? —preguntó Darcy, que enarcó las cejas y luego las bajó—. ¿Como yo en qué sentido?

Gente que toma copas de vino de cincuenta y seis dólares, que lleva ajustadas faldas de tubo y tacones de Christian Louboutin, y que trabaja como actuaria. Sabelotodos insufribles con pensamientos granujas y tentadoras pequitas en forma de luna. Gente con los ojos de color caramelo tostado y labios carnosos de aspecto tan dulce como las manzanas de feria. Gente que… que…

Elle agitó los cuadernos en el aire.

—No lo sé. Por eso estoy aquí. He pensado que podríamos beber un poco de vino, jugar a las veinte preguntas, tomar algunas notas y conocernos un poco. Hacer que esta farsa sea un poco más creíble, si no veraz. O lo suficientemente como para calmar mi conciencia.

Darcy la observó fijamente, estudiándola con esos ojos marrones desde el otro lado del salón. Fue solo una mirada y, sin embargo, hizo que Elle se sintiera extrañamente desnuda.

—Si crees que es una tontería, podemos…

—No —la interrumpió Darcy sacudiendo la cabeza. Luego se acercó y empujó la bolsa con la punta del pie.

Llevaba medias. Mierda. Elle se clavó los dientes en el labio inferior. Los pantis eran su peor pesadilla (si intentaba ponerse un par, conseguía hacerles una carrera inmediatamente), pero en Darcy… Apartó la mirada y fingió interés en abrir el envoltorio de cartón de los bolígrafos. Darcy prosiguió.

—No es una tontería. Sin duda, Brendon hará preguntas. Es importante que nos pongamos de acuerdo. Buena idea.

«Buena idea». Entre el atuendo de bibliotecaria sexy, que incluía pantis, y el diminuto elogio, Elle tuvo un *flashback* de cuando su guapa maestra de quinto le puso estrellas doradas a sus mejores trabajos.

—¿Has dicho vino? —insistió Darcy al permanecer Elle muda, en silencio por la incómoda fantasía que se desarrollaba en su cabeza, repleta de sensual música de peli porno de los setenta y cabelleras alborotadas a cámara lenta.

—¡Vino! Sí, vino. —De rodillas, Elle dejó los cuadernos a un lado para poder coger el...—: ¡Tachán! Vino.

Con la nariz arrugada y la boca entreabierta del asco, Darcy miró la caja de Franzia rosado en las manos de Elle como si fuera una afrenta personal.

—¿Qué cojones es eso?

—Vino —canturreó Elle—. Mi favorito. ¿El merlot que bebí la otra noche? Asqueroso. Me da igual lo sofisticado que sea un vino o los cócteles de moda; a mí me gustan las bebidas con un sabor delicioso de verdad. Si vienen en forma de granizado, aún mejor.

Darcy frunció aún más el ceño mientras digería ese pequeño dato.

—¿Tiene que venir en caja?

Con dicha caja en mano, Elle se dirigió directamente a la cocina. Vasos, vasos..., ¿dónde guardaría Darcy las copas? Bingo. Cerca del fregadero, lógico. Lógico era su apellido.

—Todas mis comidas favoritas vienen en caja. Vino. Cereales. Para llevar —fue numerando mientras hundía el sello de cartón en la caja y sacaba la boquilla. Llenó dos copas con el rosado antes de pasarle una a Darcy, que la miraba recelosa—. Brindemos por...

Levantó su copa en el aire y el ímpetu hizo que se salpicara vino sobre la parte posterior de la muñeca, que luego goteó al suelo del apartamento de Darcy, formando un charco de color rosa pálido sobre las impolutas baldosas blancas.

—Brindemos por no salpicar.

Darcy se la quedó mirando inexpresivamente antes de bajar la vista al charco y arquear una ceja, la orden tácita para que lo limpiara. Salió de la cocina sacudiendo la cabeza y el pelo mientras contoneaba las caderas.

Elle tomó un buen trago del dulce vino y suspiró.

—Salud.

Con una copa de rosado en la mano, Elle se acomodó en el suelo frente a la mesita de café. Levantó su copa, dio un trago generoso y la dejó antes de abrir su cuaderno por la mitad.

—Bueno, vamos a conocernos un poco, ¿vale?

—¿Te importaría poner eso en un posavasos? —le indicó Darcy, señalando la pila blanca de posavasos de mármol de Carrara.

Elle sacó uno y luego cogió un bolígrafo.

—Rasgo número uno: maniática con el uso de posavasos.

Darcy resopló suavemente y tomó un sorbo de vino, ignorando el cuaderno que había junto a ella, en el cojín del sofá.

—No soy maniática.

Elle hizo clic con el extremo del bolígrafo.

—Entonces ¿qué eres? O sea, cuéntame algo sobre ti. ¿De dónde eres? ¿Dónde fuiste a la escuela? ¿Tienes mascotas? ¿Tu mayor deseo, tu gran sueño? ¿Qué tal algún secreto supersórdido que deba saber?

Darcy hizo girar el vino en su copa, por costumbre obviamente, porque incluso Elle sabía que mover un Franzia era bastante inútil por muy refinado que quedara.

—No creo que necesites saber todo eso si solo nos conocemos desde hace una semana.

Elle garabateó una flor sonriente en el margen del papel.

—¿De qué habláis vosotras, las triunfadoras, en las primeras citas?

—Nací en San Francisco —empezó Darcy, sin responder del todo a su pregunta—. Pero crecí al otro lado de la bahía, en el condado de Marin.

Elle cogió el bolígrafo de color verde y lo anotó.

—California, ¿eh? Debió de ser agradable.

Darcy esbozó una sonrisa ladeada.

—Lo fue.

Elle esperó a que Darcy dijera algo más, que continuara, que añadiera una anécdota, cualquier cosa. Cuando se limitó a quedarse mirando fijamente su copa de vino, Elle contuvo un suspiro.

—Vale. Así que naciste en San Francisco y ya sabemos que tienes un hermano menor. ¿Algún otro hermano o hermana?

Cuando Darcy simplemente negó con la cabeza, Elle cogió su copa y tomó otro trago. Sonsacarle detalles era como arrancarle los dientes.

—¿Qué me dices del resto de tu familia?

Darcy se mordió el labio inferior por un breve momento antes de que levantara su copa y se la acabara de un trago. Impresionante.

—Éramos… Somos una familia pequeña. Solo somos Brendon, mi madre, mi padre y yo. Mi abuela por parte de madre falleció hace cinco años.

Elle dejó caer el bolígrafo a mitad de la frase y se quedó mirando a Darcy.

—Lo siento. ¿Estabais unidas?

—¿Mi abuela y yo? —preguntó Darcy levantando las cejas.

Elle asintió.

—Sí. —El anillo de platino que llevaba en el dedo corazón golpeó el pie de su copa de vino, ya vacía—. Mi, eh, mi padre viajaba mucho, por trabajo. Mi madre no soportaba que estuviera tanto tiempo fuera, así que Brendon y yo pasábamos los veranos en casa de mi abuela para que mi madre pudiera acompañarlo en sus viajes de negocios. —Darcy apretó los labios—. El verano anterior a mi tercer año de instituto, mis padres se divorciaron. Mi madre, Brendon y yo nos mudamos con mi abuela. Me encantaba vivir allí. —Se pasó el pelo por detrás de las orejas y añadió—: Y eso es probablemente mucho más de lo que necesitas saber después de una semana saliendo conmigo, entre comillas.

Pillaba la indirecta.

—Muy bien. Ciudad natal, familia…, ¿cuándo te mudaste aquí? ¿Por qué te mudaste aquí?

—Hace seis meses —respondió Darcy, que hizo girar el pie de su copa entre sus dedos. Un movimiento elegante que Elle no habría podido realizar sin derramar vino o salpicar—. Me mudé de Filadelfia, donde me especialicé en Ciencias Actuariales en la Fox Business School, en la Universidad de Temple, antes de entrar a trabajar en una compañía mediana de seguros de vida. En cuanto a por qué me mudé… —Darcy frunció los labios y se encogió de hombros—. Era hora de un cambio.

—Era hora de un cambio —repitió Elle—. Eso no es ningún eufemismo de «cometí un delito y ahora soy una prófuga», ¿verdad?

Darcy arqueó una ceja y esbozó una sonrisilla.

—Si te lo dijera, tendría que matarte.

Elle sintió un escalofrío por la columna ante la mirada de Darcy, con los párpados entrecerrados, y el tono burlón y travieso que había adquirido su voz. Evasivo. Elle se enderezó y sonrió.

—En serio. ¿Qué te trajo a Seattle?

Los labios de Darcy se aplanaron y esta desvió la mirada hacia la pared con ventanas al otro lado de la estancia.

—No había muchas oportunidades de crecimiento en la empresa en la que estaba y… y pasé por una ruptura y, por desgracia, aparte de mi mejor amiga, Annie, la mayoría de nuestras amistades eran mutuas, nuestros círculos se entremezclaban, por lo que mi vida social se estancó —dijo Darcy, cuya garganta se sacudió cuando tragó saliva—. Era hora de un cambio de veras. —Se volvió, entrecerró ligeramente los ojos y levantó la barbilla—. Y eso es una barbaridad más de lo que necesitas saber después de una semana saliendo conmigo, entre comillas.

Una ruptura. Interesante, pero Elle no se entrometería. No era asunto suyo.

—Así que hiciste las maletas y cruzaste todo el país para comenzar de nuevo. Eso es genial. Como zafarrancho para el alma.

Darcy esbozó una sonrisa.

—Parecía que me iba a la guerra, así que es una metáfora sorprendentemente precisa.

—Qué puedo decir, soy una caja de sorpresas.

Darcy se rio entre dientes.

—Eso estoy viendo.

Elle se mordió el interior de la mejilla para evitar sonreír.

—¿Y tú? —Darcy le hizo un gesto a Elle con su copa de vino vacía.

—¿Qué pasa conmigo?

—Ya sabes. ¿Cuál es tu historia? De dónde eres, tu familia y ese tipo de cosas.

—Ah. —Cierto, se había concentrado tanto en aprender cosas sobre Darcy, quien hasta ahora había sido como un libro cerrado, que había olvidado que ambas debían abrirse a la otra—. Eh, nací en Seattle el 22 de febrero, pero crecí en Bellevue. Tengo dos hermanos mayores, Jane y Daniel. Ambos están casados. Y también tengo una hermana menor, Lydia. Jane tiene un hijo de tres años, Ryland, y está embarazada de gemelos.

—Una familia grande —observó Darcy con una mueca, y Elle no habría sabido decir si fue el agobio o la melancolía lo que hizo que Darcy torciera los labios y abriera mucho los ojos—. ¿Tus padres siguen juntos?

Elle asintió.

—Están perdidamente enamorados el uno del otro. Mi padre todavía le regala flores todos los viernes.

Darcy sonrió.

—Qué adorable.

Lo era, pero hablar de ello era algo estúpido que le dolía a Elle en lo más profundo.

—Esa es básicamente mi familia inmediata, pero puedo darte más información cuando se acerque el día de Acción de Gracias, ¿vale?

Darcy asintió y cogió un bolígrafo negro, a diferencia del espantoso color brillante que Elle había escogido. Anotó los conceptos básicos que había averiguado hasta el momento.

—Muy bien. Naciste y creciste en Seattle. ¿Estudiaste aquí?

Elle se tiró de una oreja.

—Así es. Fui a la Universidad de Washington. Allí conocí a

Margot. Compartimos habitación durante el primer año y, cuando estábamos deshaciendo las maletas, vi que tenía un montón de libros sobre astrología. Yo llevaba estudiando sobre el tema desde el instituto y, en cuanto me saqué el carnet de conducir, solicité un trabajo a tiempo parcial en Wishing Well Books, una librería de metafísica no lejos de donde vivo ahora. Los fines de semana y durante el verano, cuando no estaba trabajando en caja y reponiendo los estantes, la dueña se hacía cargo de mí como si fuera su aprendiza. Margot y yo nos unimos y creamos Oh My Stars el año siguiente. Realmente, no obtuvimos ningún impulso hasta hace un par de años, cuando nos contrataron para escribir la columna de astrología en *The Stranger*. Aumentaron nuestros seguidores, una de nuestras publicaciones se volvió viral y prácticamente despegamos.

De haberle preguntado alguien a Darcy dos semanas atrás si sentía curiosidad acerca de lo que implica ser astróloga en las redes sociales, sin duda habría respondido que no. Ahora, después de familiarizarse con la cuenta de X de Oh My Stars, admitía que sí sentía curiosidad…, pero solo esa parte de ella a la que no le gustaba no entender las cosas.

—¿Y ahora te ganas la vida haciendo memes?

Elle echó la cabeza hacia atrás y se rio.

—No. O sea, ¿algo así? Es mucho más que eso.

—Entonces ¿qué haces exactamente? ¿Cómo es un día en la vida de Elle?

Esta se encogió de hombros.

—Me despierto, me tomo mi dosis de cafeína y reviso el correo electrónico y las cuentas en las redes sociales. Eso me lleva entre una o dos horas. Margot y yo llevamos al cincuenta por ciento la mayoría de los aspectos del negocio, pero cada una tiene sus puntos fuertes. Al especializarse en Telecomunicaciones,

Margot tiende a encargarse del mantenimiento de la web y de nuestras cuentas en las redes sociales, mientras que yo asumo más las lecturas porque tengo más experiencia en este terreno. Entre sesiones, hacemos directos de preguntas y respuestas, y en nuestro tiempo libre creamos contenido, porque, sí, los memes nos dan retuits y seguidores, lo que a su vez aumenta nuestra audiencia. Pero no es con eso con lo que ganamos dinero en realidad.

Darcy intentó no fruncir el ceño.

—¿Cómo ganáis dinero? Si no te importa que te lo pregunte.

Elle se reclinó sobre la alfombra apoyándose en los codos.

—Ganamos un poquito con anuncios y patrocinios, pero solo si es un producto o servicio que podemos respaldar, como ropa con motivos astronómicos que realmente nos pondríamos nosotras o un perfume inspirado en el zodiaco que huela bien de verdad y se ajuste a tu carta natal.

Cómo podía un aroma ajustarse a la carta natal de una persona era un misterio, pero Darcy no quiso interrumpir.

—Nuestro libro, que es un manual astrológico y una guía de compatibilidad, ya está en preventa, pero la mayor parte de nuestros ingresos provienen de las lecturas de cartas natales. Ofrecemos sesiones telefónicas de treinta minutos o una hora de duración, en las que analizamos la carta de un cliente y la desglosamos o, dependiendo de cuánto sepan sobre el tema, podemos tocar un tema específico sobre el que quieran respuestas, como el retorno de Saturno. Si un cliente es de la zona y prefiere reunirse en persona, tenemos un trato con la librería en la que yo trabajaba antes para que podamos usar su trastienda. De vez en cuando, paso el día allí y hago sesiones sin cita previa. También tenemos planes de suscripción, en los que los clientes pagan una cuota mensual o anual por sesiones mediante mensajes de texto, más breves y puntuales, en las que pueden hacer cualquier pregunta que los carcoma por dentro sobre tránsitos o movimientos retrógrados. Esa clase de cosas.

—¿En serio la gente paga por eso? —preguntó Darcy, que hizo una mueca en cuanto las palabras salieron de su boca—. Lo siento, eso ha sido de mala educación por mi parte. Solo quería decir que... ¿no es algo así como hacerse una y listo? ¿No sería suficiente con una sola lectura? Si uno cree en... eso.

Si Elle se sintió ofendida, no lo demostró. Inclinó la cabeza hacia un lado mientras una sonrisa se asomaba a las comisuras de sus labios. Darcy lanzó una mirada afligida a su copa, deseando que estuviera llena, aunque el vino fuese demasiado dulce.

—Los planetas no son estáticos y nosotros tampoco. Es bueno consultar las estrellas y, por lo menos, es tiempo que dedicas a la autorreflexión. —Elle curvó los dedos de los pies en el suave pelo de la alfombra y su esmalte de uñas, de un rosa chillón, captó la luz—. En cuanto a las lecturas en general, no las descartes hasta que las hayas probado.

Darcy dejó su copa de vino a un lado.

—¿Alguna vez has trabajado para una empresa en la que hayas tenido que completar algún cuestionario de personalidad? ¿INFJ? ¿ENTP? ¿O un eneagrama? —preguntó Elle.

Solo todas las empresas para las que Darcy había trabajado, incluidas las de prácticas.

—¿Y?

—Hay mucha gente que considera las pruebas de personalidad una pseudociencia y se sabe que carecen de validez y adolecen de repetibilidad. Pero a la gente le molan porque les ofrece una manera de describirse a sí mismos y aquello que valoran. Cómo funcionan.

Darcy nunca había sido alguien que se preocupara por el resultado de esas pruebas. La mayoría de las veces sus respuestas cambiaban dependiendo de su estado de ánimo, la hora del día, si había comido y cuánto había dormido.

—Por eso estamos obsesionados con las pruebas de personalidad. Sí, hay artículos de opinión que nos describen como narcisistas, aunque no lo seamos. Estamos asustados y confundidos. La angustia existencial es real. Nos gusta sentirnos reconocidos, así que nos aferramos al significado allá donde podemos encontrarlo, incluso si es en algo tan básico como lo que dice sobre ti tu producto favorito de Cheesecake Factory.

Darcy se rio.

—Mi producto favorito de Cheesecake Factory no es un reflejo de ninguna faceta más profunda de mi personalidad. Ni siquiera me gusta Cheesecake Factory. La carta es del tamaño de una novela y utilizan aceitunas rellenas de queso azul en sus dirty martinis de vodka. Por no mencionar que la decoración es confusa. Lo grecorromano junto con lo egipcio y el Ojo de Sauron. Todo el local es una porquería. Prefiero ir a una cena con espectáculo del Medieval Times. Puede que sea cursi, pero al menos es coherente.

—Como si eso no dijera un huevo de ti —comentó Elle, que se golpeó los dientes con el bolígrafo y sonrió ampliamente—. Lo que digo es que todos intentamos entendernos tanto a nosotros mismos como a los demás, así como el significado de todo esto. Por qué es importante. La astrología nos da un lenguaje para hacerlo. Nos ayuda a practicar la empatía, lo que nos hace menos imbéciles —dijo, levantando un pie y golpeando a Darcy en el tobillo. Esta se quedó helada ante el contacto inesperado—. Va. ¿A qué hora naciste?

—No lo sé.

—¿Cómo no sabes tu hora de nacimiento?

—Simplemente no lo sé —mintió ella. Sabía exactamente a qué hora había nacido, pero ya le había contado a Elle más sobre sí misma de lo que había pretendido.

Elle clavó la mirada en el rostro de Darcy y esta obligó a sus ojos a no… Maldita sea. Se removió. Elle tiró su bolígrafo y cruzó la sala a gatas. Se subió al sofá.

—Pedazo de mentirosa. No quieres decírmelo.

Darcy infló las mejillas y cerró los ojos.

—Once minutos después de mediodía.

Elle cogió su teléfono y deslizó el dedo por la pantalla, ingresando valores en cuadros de texto antes de mirar lo que parecía una rueda dividida en porciones de diferentes tamaños.

—Mmm.

Darcy puso los dedos sobre los de Elle para ocultar la pantalla.

—Para. Esto es… raro.

Elle sacó de repente la lengua, que le humedeció el labio inferior.

—Pensaba que no creías en esto.

Darcy aflojó y sus dedos se deslizaron por el dorso de la mano de Elle, recorriendo la fina piel de la muñeca. Dejó caer las manos sobre su regazo.

—No. —Pero Elle sí—. Vale. Como quieras. Léeme mi carta.

Elle pasó un momento estudiando la carta de Darcy.

—Interesante.

Darcy resopló.

—No se puede decir que algo es interesante y no explicarse.

Elle levantó la mirada, sonriendo con picardía.

—¿Qué ha pasado con lo de no creer en esto?

—No creo —espetó Darcy y, con otro suspiro apesadumbrado, señaló con impaciencia el teléfono de Elle—. Pero tú sí. Y claramente me estás juzgando basándote en tus creencias. Así que, venga, cuéntame algo sobre mí.

—No se trata de juzgar. Se trata de empatía, ¿recuerdas? —Deslizando el pulgar hacia abajo por la pantalla, volvió a la parte superior de la página—. Vale. Vamos a ver. Tienes el Sol en Capricornio, la Luna en Piscis y el ascendente en Tauro.

Nada de eso tenía el más mínimo sentido para Darcy.

—El Sol simboliza tu ego, tu sentido de identidad. Capricornio es un signo de tierra. Eres realista, reservada y probablemente un poco cautelosa. No sueles correr riesgos. Pero eres responsable, así que te felicito. Tu ascendente es el signo que se elevaba al este en el horizonte en el momento de tu nacimiento. A menudo dicta la primera impresión que la gente tiene de ti, incluso más que tu signo solar. Tauro significa que puedes ser terca y reticente al cambio, pero probablemente seas leal y de fiar. Además, tiendes a desear estabilidad y comodidades como ropa de calidad y buena comida. Considerando todas las posiciones, no me extraña que seas una escéptica —se metió con ella sutilmente.

Darcy puso los ojos en blanco.

—Ahora bien, esta Luna en Piscis es interesante. Tu Luna representa tu yo interior; dice cómo gestionas y expresas tus emociones. Eres imaginativa, compasiva y, en ocasiones, valoras escapar de la realidad.

Darcy se rascó un costado del cuello, negándose siquiera a mirar el televisor, donde tenía grabadas las telenovelas de dos días.

Elle se humedeció los labios.

—Tienes un *stellium* en Capricornio, lo que significa que tienes cuatro o más planetas en ese signo. Mucha energía de Capricornio, básicamente. No te aburriré con todos, pero entre ellos está Venus, es decir, que probablemente seas cautelosa en el amor y valores a las parejas ambiciosas. Te tomas el amor en serio y sabes que se necesita compromiso y devoción para que una relación perdure. Anhelas encontrar a la persona adecuada con quien compartir tu vida.

Darcy bufó con sorna y sacudió la cabeza. Se apartó el pelo del cuello y se lo echó sobre el hombro izquierdo. Madre mía, estaba a punto de estallar en llamas del calor que tenía.

—Tu Mercurio está en Acuario, por lo que disfrutas los debates intelectuales e incluso contradecir las opiniones de los demás por diversión.

—Ahora solo estás tratando de ponerme a parir.

Elle se inclinó y puso su teléfono en la cara de Darcy.

—Todo está aquí: escrito en las estrellas. Yo no soy más que una intérprete.

—¿Has terminado de interpretar, pues?

Elle puso los ojos en blanco teatralmente y se estiró en el espacio entre el sofá y la mesita de café para dejar el móvil. Aguantando el equilibrio a duras penas sobre las rodillas como estaba, se tambaleó al enderezarse. El cojín del sofá se hundió bajo su peso y el de Darcy, obligándolas a acercarse aún más, tanto que Elle prácticamente se le subió al regazo. Darcy debió darse cuenta al mismo tiempo que ella, porque casi se le salen los ojos de las órbitas, y bajó la mirada de golpe hacia la mano de Elle, que la agarraba del muslo para no perder el equilibrio. A Darcy la falda se le había subido hecha un gurruño, dejando al descubierto la gruesa banda de encaje de sus medias. Elle se sonrojó y se quedó sin aliento, con los dedos crispados. Dos centímetros más arriba y le estaría tocando la piel en lugar del nailon.

Elle levantó la cabeza y vio a Darcy mirándola fijamente.

A su alrededor, el aire crepitaba y a Darcy le hormigueaba todo el cuerpo, desde el cuero cabelludo hasta las plantas de los pies. Se estremeció cuando Elle se inclinó un poco más cerca, lo bastante como para sentir el calor que irradiaba de ella, su cálido aliento, dulce por el vino, contra el rostro de Darcy. *Demasiado cerca.* Se suponía que Darcy no debía acercarse a nadie.

Se puso de pie rápidamente, tambaleándose un instante antes de estabilizarse en el borde del sofá.

—¿Quieres más vino?

Sin esperar la respuesta de Elle, se alejó en dirección a la cocina con ambas copas en la mano.

Darcy apoyó la frente contra el acero inoxidable de la puerta de la nevera y respiró hondo. «Contrólate». Claramente había química, pero, por muy satisfactorio que fuera dejarse llevar por el momento, las consecuencias serían catastróficas. Elle buscaba el amor, y Darcy no. Fin de la historia.

Después de llenar ambas copas con la boquilla de plástico negro de la atroz caja de vino, dio un trago generoso de la suya y regresó a la sala de estar sin saber si tendría que desalentar a Elle.

—Ya basta de astrología —dijo esta, cogiendo su copa de las manos de Darcy con una sonrisa—. Probablemente deberíamos hablar de cómo hacer que se traguen esto.

La tensión en los hombros de Darcy disminuyó. Estaban de acuerdo entonces.

—¿Más todavía?

Elle emitió un suave ruido desde el fondo de su garganta.

—O sea, me refiero a la logística de todo.

A Darcy le gustaba la logística. La logística era segura. Podían hablar de eso.

—Vale.

—Tenemos la cita doble el sábado. Luego el día de Acción de Gracias en casa de mis padres y la fiesta de Navidad de Brendon. ¿Ya está?

¿Ya está? Como si aquello no fuera ya demasiado.

—A menos que Brendon nos meta en algo más, lo cual está

completamente dentro del ámbito de lo posible —respondió Darcy, y luego hizo una pausa—. Tú solo tendrías un evento. No es muy equitativo que digamos.

Elle se rio por lo bajo.

—No has conocido a mi familia. De todos modos, Acción de Gracias es algo que dura todo el día, así que es como un dos por uno. No te preocupes.

Sí que se preocupaba.

—Si tú lo dices.

Elle tiró de un hilo suelto en la parte inferior de su suéter.

—En cuanto a hacer que se lo traguen..., ¿con qué te sientes cómoda exactamente?

—¿Cómoda?

—Ya sabes —resopló Elle—, conseguir que todo el mundo piense que estamos saliendo requiere algo más que saber el apellido de la otra y dónde estudiamos. —Sacó la lengua para humedecerse el labio inferior—. En plan, sentirse cómoda con cierto grado de... intimidad. Darse la mano, tocarse...

—Sí. —Darcy se aferró a su vino. El muslo le ardía allí donde Elle la había tocado—. Está... bien.

Elle arrugó la frente.

—¿Sí? ¿Te parece bien?...

—Lo que sea —la interrumpió. Una vertiginosa ola de calor la arrolló cuando se dio cuenta de lo que había dicho. ¿Cuánto tiempo había pasado exactamente desde que había echado un polvo? Al parecer, demasiado. Darcy tosió—. Lo que sea necesario para que se lo traguen.

—Vale. —Elle se mordió la comisura del labio inferior un momento antes de recoger los bolígrafos esparcidos por la mesita de café—. Pues eso es todo lo que yo tenía. A menos que haya algo que quieras añadir tú.

Cierto. Había algo. Había hecho una lista mental. Si lograra recordarla, si dejara de distraerse con...

—En realidad, sí. Estaba pensando que sería una buena idea que fijáramos una fecha de vencimiento.

Elle, encorvada sobre las bolsas de artículos de papelería, se enderezó.

—Perdona, ¿una qué?

Darcy se tiró del dobladillo de la falda antes de cruzar remilgadamente las piernas a la altura de los tobillos con las rodillas inclinadas hacia un lado.

—Una fecha de vencimiento, el día en que finaliza un contrato y expira un acuerdo. Deberíamos establecer una fecha.

Elle asintió.

—¿Cuándo habías pensado?

Darcy cogió su móvil de la mesa y, tras deslizar el dedo por la pantalla varias veces, le mostró a Elle su calendario. El teléfono temblaba levemente en su mano, pero con suerte no lo suficiente como para que Elle lo notara.

—Hoy es 5 de noviembre. ¿Por qué no lo hacemos fácil? ¿El 31 de diciembre?

Elle parecía uno de esos muñecos cabezones de los coches, asintiendo rápidamente y durante demasiado rato.

—Claro.

—Sé que ninguna de las dos quería esto —añadió Darcy—. Estoy segura de que ambas nos alegraremos de no tener que seguir fingiendo.

Ella seguro que sí. Todo esto era más complicado de lo que había previsto. Conocer a Elle, estar tan cerca de ella... Era demasiado, no podía pensar y le hacía querer cosas que no tenía por qué desear con Elle.

Ojalá llegara pronto el Año Nuevo.

Capítulo siete

ELLE (19.15): sobre la cita doble

ELLE (19.15): tu hermana se olvidó de preguntarte q haremos

ELLE (19.16): info?

BRENDON (19.20): ¿Conoces las galerías subterráneas de Seattle? La entrada está en Pioneer Square.

ELLE (19.22): las conozco, sí

BRENDON (19.24): Hay un *escape room*. Pensé que sería divertido. Actividad contrarreloj, ¿sabes?

BRENDON (19.25): Y luego ¿ir a tomar algo? ¿Trivial y unas copas? ¿Qué te parece?

ELLE (19.27): un *escape room*?!?

ELLE (19.27): siempre he querido hacer uno!

ELLE (19.28): y sí al Trivial y las copas

BRENDON (19.30): ¡Guay!

BRENDON (19.32): ¡Por cierto! Recursos Humanos se ha puesto con los contratos. Debería llegarte el borrador final al correo a principios de la semana que viene.

ELLE (19.33): 😃 síííííí q ganas!

ELLE (19.35): y es el momento perfecto xq Mercurio aún no estará en retrogradación

ELLE (19.35): y nadie debería firmar contratos durante un periodo retrógrado

BRENDON (19.36): ¿Ves? Incluso al universo le porro que trabajemos juntos.

BRENDON (19.37): Mierrrda. Le pirra. Perdón. ☹

ELLE (19.38):

—Sé sincera. ¿Cómo estoy? —Elle dio una vuelta sobre sí misma, lo que hizo que el dobladillo de su vestido ondeara contra sus muslos, y terminó con una enérgica sacudida de dedos.

En el sofá, con las piernas dobladas debajo de ella, Margot ladeó la cabeza con expresión inescrutable.

—¿Que sea sincera dices?

Elle dejó caer los brazos y suspiró.

—No te gusta.

Margot se mordió ambos labios.

—No es que no me guste, sí que me gusta. Pareces una versión punk rock de Rubita en *La tierra del arcoíris*.

Oh. Margot no iba del todo equivocada con la comparación. Había combinado su vestido azul marino favorito de ModCloth, el que tenía estampado un unicornio arcoíris, con las Doc Martens negras iridiscentes que había conseguido de oferta en Buffalo Exchange. Zapatos que, con suerte, serían perfectos para deambular por las galerías subterráneas de Seattle. Pero, sin duda, la parte más importante de su atuendo no eran los zapatos, sino su cómoda ropa interior. Estaba lista para cualquier cosa que el universo le deparara, incluidas, entre otras, telas irritantes.

Treinta minutos después de despedirse de Margot, que le aseguró de nuevo que iba guapa, entró en la sofocante oficina de turismo de las galerías y vislumbró el pelo rojizo de Darcy junto a la ventanilla. Justo a tiempo.

—Bu —dijo tocando a Darcy en el costado antes de apoyarse en la taquilla.

A esta se le sacudió la garganta y le pegó un repaso a Elle de los pies a la cabeza.

—Guau.

A Elle le flojearon las rodillas, así que decidió seguir la reacción de su cuerpo en lugar de luchar contra ella. Hincó una rodilla e hizo una reverencia burlona, tirándose de un lado del dobladillo del vestido.

—Interpretaré eso como un cumplido, bombón.

Darcy arrugó la nariz.

—¿Bombón?

—¿Nena? ¿Cariño? ¿Mi luna y estrellas? —El placer que sintió ante la cara de asco, cada vez más intensa, de Darcy fue insuperable—. Se nos olvidó pensar en apodos cariñosos.

—Olvídalo —sentenció Darcy, que le dio las gracias a la vendedora cuando esta deslizó un montón de entradas por debajo de la pantalla de plexiglás—. Estamos intentando que mi hermano se lo trague, no hacerle creer que me han hecho un trasplante de personalidad.

—¿Dónde está Brendon, por cierto? —Elle estiró el cuello, buscando entre la multitud la figura alta y la mata de pelo cobrizo de su colega.

—Ha ido a por su cita —le explicó Darcy, señalando un banco vacío pegado a la pared junto al letrero que rezaba «Entrada al *tour*»—. Ha pensado que nos encontraríamos en el bar primero.

Elle siguió a Darcy, tratando de no mirarla fijamente mientras atravesaban la oficina. Llevaba unos vaqueros oscuros de cintura alta y ceñidos, con un par de botas de montar marrones por encima que hacían que su diferencia de altura no fuera tan dispar, y el verde de su suéter resaltaba las motas color miel de sus ojos. No es que a Elle le importaran los ojos de Darcy o que hicieran juego con los colores que vestía. Fue una observación puntual, nada más. El cielo era azul. La hierba era verde. Darcy era preciosa. Verdades universalmente reconocidas.

Darcy apenas había apoyado el culo en el banco cuando se reincorporó.

—Allí están. —Señaló al otro lado de la oficina hacia las puertas dobles antes de girarse rápidamente para mirar a Elle. Frunció las comisuras de la boca y se le dilataron delicadamente las fosas nasales—. Vale, este es el plan. Si Brendon se pone a fisgonear, déjame hablar a mí.

—Ese es un plan horrible, cariño.

—Es un gran plan, y no me llames «cariño».

—No me voy a quedar callada para contentarte. A mí sí que parecerá que me han hecho un trasplante de personalidad. Además, tenemos un plan de acción. Lo discutimos. No puedes elegir el juego y poner todas las reglas, Darcy.

Elle había aceptado fingir una relación, pero se negaba a ser otra persona que no fuera exactamente ella misma, ni para su familia, ni para el que las había emparejado, ni, definitivamente, para Darcy. Si la idea de salir con ella era tan inadmisible que le cabreaban unos cuantos apodos cariñosos, debería haberlo pensado dos veces antes de mentirle a su hermano.

Darcy lanzó una rápida mirada por encima del hombro y frunció el ceño.

—Vale. Intenta no exagerar y no des información a menos que Brendon pregunte.

Antes de que Elle pudiera responder, este las vio entre la multitud y las saludó con una mano a la vez que se acercaba con una morena de piernas largas que se contoneaba como una posesa y que calzaba un par de taconazos de diez centímetros de color rojo manzana de caramelo. Despampanante, pero no exactamente el atuendo adecuado para bajar a las catacumbas.

—Hey, qué bien que hayas podido venir. —Brendon envolvió a Darcy en un enorme abrazo antes de darle a Elle un rápido achuchón entusiasta—. Chicas, os presento a Cherry. Cherry, esta es mi hermana, Darcy, y su novia, Elle.

Novia, ¿eh? Elle miró a Darcy de reojo: parecía estar a punto de rebatírselo, pero lo pensó mejor y, en lugar de eso, extendió una mano para apoyársela con cierta rigidez en la parte baja de la espalda a Elle. Esta aceptó el contacto y dirigió una sonrisa deslumbrante a Darcy. No había sido tan difícil, ¿a que no?

—Encantada de conoceros. —Cherry asintió con la cabeza mientras deslizaba los dedos por el codo de Brendon y apuntó—: Bonito vestido.

—Gracias —respondió Elle tirándose de la falda—. Tiene bolsillos.

Se les acercó un hombre con bigote hípster.

—¿El grupo de cuatro a nombre de Lowell para el *escape room*?

Brendon dio un paso adelante y se palpó los bolsillos.

—Sí, tengo las entradas… Espera.

—Yo las tengo. Me pediste que las recogiera en la taquilla, ¿recuerdas?

Darcy se las pasó al hombre cuya placa decía «Jim». Este miró por encima el montón antes de guardárselo en el bolsillo interior de la chaqueta.

—Seguidme, y cuidado con las escaleras. —Suspiró profundamente y meneó el bigote cuando vio los tacones de Cherry—. El terreno se vuelve un poco irregular.

Bajando unas desvencijadas escaleras de madera, el hombre los condujo a un pasillo iluminado por varias bombillas incandescentes que parpadeaban. El aire era fresco y húmedo, y olía un poco a moho, a tierra incluso. El musgo (o tal vez era mildiu) crecía en el ladrillo gris de las paredes, concentrado alrededor de las juntas. En algún lugar, una tubería perdía agua y el goteo constante confería la decadente sensación de abandono.

—¿Habíais estado alguna vez aquí abajo? —preguntó Jim.

Todos negaron con la cabeza.

—Un poco de historia antes de poneros en el contexto de la experiencia única que viviréis en el *escape room*. En 1889, treinta y un bloques fueron destruidos en el gran incendio de Seattle. Los edificios fueron reconstruidos y las avenidas se elevaron un par de pisos más de lo que antes era el nivel de la calle, una decisión estratégica tomada por Elliott Bay para evitar inundaciones.

Jim señaló a su alrededor, hacia donde el pasillo se bifurcaba a izquierda y derecha.

—El metro de Seattle, tal como lo conocemos ahora, es una red de pasadizos que existían a nivel del suelo antes de la elevación. Durante un tiempo, los peatones y los empresarios continuaron utilizando estas aceras subterráneas, pero todo eso cambió en 1907, cuando la ciudad condenó el lugar por miedo a la peste bubónica. Como resultado, partes del metro se deterioraron. Surgieron fumaderos de opio, bares clandestinos, salas de juego, burdeles y casas de asilo, que operaban literalmente en las sombras de la sociedad, justo bajo los pies de todo el mundo.

Si las paredes de aquí abajo pudieran hablar, la de historias sórdidas y aterradoras que contarían.

—Lo que nos lleva a vuestro *escape room* —anunció Jim, que se dirigió rápidamente por el pasillo hacia la izquierda, haciéndoles señas para que lo siguieran. Cuando Cherry tropezó con un adoquín suelto, Darcy puso los ojos en blanco.

—¿Hay alguna temática? ¿O simplemente estamos atrapados en el metro tratando de escapar? —preguntó Elle.

Jim se alisó el bigote con un dedo.

—¿Que si hay alguna temática, dices? —respondió. Se detuvo frente a una puerta anodina, de madera y sin ventanas ni marcas especiales—. Corre el año 1908. Cada uno de vosotros tuvo la mala suerte de perder a sus familiares durante la reconstrucción que siguió al gran incendio, lo que os llevó a buscar una sesión de espiritismo para comunicaros con vuestros seres queridos y así pasar página.

Siempre escéptica, Darcy resopló.

Elle no pudo dejar pasar la oportunidad de meterse con ella.

—Pssst. Te sale la vena capricornio.

—Chisss —le chistó Darcy, cuyas mejillas se sonrojaron a la tenue y parpadeante luz del metro—. Eso ni siquiera tiene sentido.

—Qué mona estás cuando te sonrojas —soltó Elle.

Brendon sonrió, con cara de tremenda arrogancia y balanceándose sobre sus talones. Darcy simplemente se quedó mirando a Elle, cada vez más roja, hasta el punto en el que sus pecas desaparecieron.

En la sala hacía fresco y había corriente, pero, aun así, Elle sintió calor por todo el cuerpo ante su falta de filtro verbal.

Jim continuó su perorata.

—Os remitieron a una espiritista llamada madame LeFeaux, que trabaja en una de las ilustres salas de juego del metro de Seattle. Juntos al amparo de la oscuridad, madame LeFeaux comienza la sesión y un frío premonitorio se apodera del ya de por sí gélido lugar. Una brisa imposible, pues la estancia está cerrada, atraviesa la sala y apaga las luces. Alguien grita. —Jim fue mirando a las tres mujeres con esos ojos azul pálido. Elle entrecerró los suyos ante aquella suposición.

—Yo —apuntó Brendon señalándose al pecho—. Yo gritaría fijo.

Darcy sonrió con cariño a su hermano.

—De repente, vuelve la luz. Parpadeáis para acostumbrar la vista y veis que madame LeFeaux no está.

—Tal vez porque era una estafadora —murmuró Darcy. Menuda escéptica.

—Estáis atrapados en la sala y los espíritus a los que llamó madame LeFeaux se han enfadado por haber sido molestados. Tendréis una hora para encontrar la llave que abre la puerta, la puerta correcta, aquella por donde salir del metro a un lugar seguro. Pero id con cuidado: hay más de una. Elegid bien o no iréis a parar a la calle, sino a una de las peligrosas salas de juego ilegales. Y si no lográis escapar en una hora… —Jim arqueó una ceja blanca y poblada, y dejó la pregunta en el aire un momento para generar suspense. Giró el pomo de la puerta y los hizo pasar a la sala—. Quedaréis a merced de los espíritus, cuya fuerza aumenta con cada segundo que pasa.

Dentro de la sencilla sala de paredes de piedra había una gran mesa redonda cubierta con un mantel que llegaba hasta el suelo. Se veía una bola de cristal encima. Varias sillas habían sido volcadas para ambientar aún más la escena. Apoyado contra una de las paredes había un espejo, robusto y con un elaborado marco de madera tallada.

—Recordad. —Jim hizo una pausa dramática. Aquello era tan teatral que ofendía. A Elle le encantaba—. Creáis en esto o no, aquí hay algo más que humo y espejos. Buena suerte. El tiempo comienza… ya.

Jim cerró la puerta y los encerró dentro.

Por un momento, se quedaron en silencio, empapándose de lo que los rodeaba. La sala era austera, de piedra y de superficies duras, y, aun así, comenzar fue un poco abrumador. En especial con el gigantesco cronómetro rojo que había en la pared, contando los segundos, recordándoles lo que había en juego, aunque no fuera real.

—Bueno... —Brendon se balanceó sobre sus talones, levantando la vista para observar el techo—. ¿Alguien tiene alguna idea de por dónde empezar?

Darcy señaló la mesa, donde la bola de cristal descansaba sobre un soporte de peltre de tres patas.

—Por ahí.

No era mala idea.

La bola de cristal no tenía nada de especial, al menos nada que Elle viera. Nada aparte del hecho de que no era perfectamente lisa, sino más un eneágono que una esfera, y el soporte estaba pegado al mantel. Este no tenía adornos y también estaba pegado al centro de la mesa. Al levantar los bordes, no se reveló nada más que una superficie lisa de madera. Resoplando suavemente, Elle se dejó caer de rodillas.

—¿Qué estás haciendo? —quiso saber Darcy, acercándose.

—Llámalo una corazonada —respondió, mirando a Darcy desde abajo.

—Creo que Elle va por el buen camino. Vosotras mirad por abajo y Cherry y yo buscaremos por arriba, ¿sí?

Darcy dejó su bolso en el suelo junto a la puerta antes de arrodillarse al lado de Elle.

—¿A qué ha venido eso? —preguntó en voz baja.

—¿El qué?

—¿Estoy mona cuando me sonrojo? —Darcy entrecerró los ojos.

—Bueno, es la verdad —admitió Elle, barriendo el suelo con las manos.

Darcy bufó con sorna, desdeñando efectivamente el cumplido de Elle y haciéndola sentir como una tonta de remate por molestarse en ser amable.

—Sé que es terriblemente difícil, pero al menos intenta fingir que te gusto. De eso se trata, ¿no?

Elle agachó la cabeza bajo el mantel y entrecerró los ojos en la polvorienta oscuridad. Estornudó dos veces seguidas y sorbió por la nariz. Coladita, y una mierda. Si Darcy no se ponía las pilas, Brendon se daría cuenta fijo, y eso era lo ultimísimo que Elle necesitaba. Puede que esto no hubiese sido idea suya, pero se había comprometido. Si se desmoronaba, Brendon la consideraría una mentirosa integral. No es la mejor manera de iniciar una relación comercial.

Valiéndose de las manos para ver, Elle palpó las patas de la mesa en busca de algo que sobresaliera, algo diferente, cualquier cosa que pudiera ser una pista. Oía al otro lado a Darcy arrastrando los pies, pero no podía verla, no veía nada.

—No lo es —susurró Darcy.

—¿No es qué? —preguntó Elle entre hormigueos de nariz mientras se aguantaba otro estornudo.

—Terriblemente difícil. Fingir que… me gustas, esto… —suspiró profundamente—. Me has tomado por sorpresa, ¿vale?

De repente, Elle sintió una mano sobre la piel desnuda del muslo, allí donde el dobladillo de su falda daba paso a la pierna. A Elle se le cortó la respiración y a Darcy se le escapó un grito ahogado, sin duda al darse cuenta de lo que estaba tocando, de dónde estaba tocando. Solo que no apartó la mano de inmediato. En lugar de eso, se le crisparon los dedos y Elle la oyó tragar saliva en la oscuridad a la vez que se le aceleraba la respiración.

Se quedó tan quieta que casi tembló cuando Darcy mantuvo el contacto, paralizada, antes de que finalmente retirara la mano como si se hubiera quemado. No le hubiera extrañado a Elle que el resto del cuerpo le ardiera tanto como la cara.

Sorprendida, no se equivocaba. De no haber sido por el «joder» que murmuró Darcy, podría haberse preguntado si no se habría imaginado toda la situación.

—Eh, las manos quietas ahí abajo —bromeó Brendon, lo que hizo a Darcy lamentarse.

Elle se sacudió la conmoción y soltó una risita, aunque aún tenía el pulso acelerado y la piel le hormigueaba donde Darcy la había tocado.

—Ya sabes que no puedo, Brendon.

Este se rio.

—No es por cortar el rollo, pero nos quedan cincuenta minutos.

Elle cambió de trayectoria, trazando con los dedos el bajo de la mesa, que tenía sobre la cabeza. Tocó con el pulgar una muesca áspera, una inconsistencia en la madera.

—He encontrado algo —anunció. Salió de debajo de la mesa y parpadeó para acostumbrar la vista. Apartó el mantel mientras Darcy, con el rostro rojo como un tomate, se enderezaba y se sacudía un polvo invisible de las rodillas. Sus miradas se encontraron y Darcy curvó en una sonrisa las comisuras de los labios, lo que hizo que a Elle se le acelerara el pulso.

Al presionar la palanca, se había abierto un compartimento secreto en un costado de la mesa. Dentro había un juego de llaves maestras y, junto a ellas, una vieja baraja de cartas, desgastada y con los bordes deteriorados. No era una baraja cualquiera. Era una baraja de cartas del tarot.

Brendon levantó un puño en el aire.

—Toma. Lo petamos en esto.

Siempre realista, Darcy miró el cronómetro.

—¿Ahora qué?

—¿Podríamos probar las llaves? —sugirió Cherry.

Brendon sacudió la cabeza, haciendo una ligera mueca.

—No sabemos cuál es la puerta correcta.

Y había media docena de llaves, cada una marcada con un número diferente. Ocho, veintiséis, treinta y cuatro, cuarenta y dos, cincuenta y cinco, noventa.

Elle ojeó la baraja. No tenía nada de especial. Estaban todos los arcanos mayores y menores.

—Hum, creo que he encontrado algo.

Al otro lado de la habitación, Cherry había levantado una esquina de la alfombra con la punta de sus zapatos, revelando con ello una serie de símbolos escritos en la piedra del suelo con una siniestra pintura roja.

Brendon ladeó la cabeza.

—¿Son jeroglíficos?

Elle dio saltitos de puntillas. Era como si estuviera en *Indiana Jones* o, mejor aún, *La momia*. Aquello era superguay.

—Vale, pues tenemos que descifrar un código —observó Darcy con las manos en las caderas y el ceño fruncido, mientras paseaba la mirada de los jeroglíficos al cronómetro.

Cherry metió la mano en su bolso y sacó su teléfono.

—¿No podemos buscarlo en Google?

—¡No! —gritaron Darcy y Brendon al unísono.

Darcy la fulminó con la mirada.

—Eso es hacer trampa. Vamos a ganar esto y lo haremos limpiamente.

Brendon asintió.

—Tiene que haber un códice en alguna parte. ¿Ves alguno de esos símbolos en las cartas?

Un códice. Elle se tapó la boca para ocultar su sonrisa. Brendon y Darcy se estaban tomando esta mierda en serio y a Elle le encantó que lo hicieran. Se le pasó por la cabeza una imagen de Darcy con un fedora de ala ancha y copa alta, una chaqueta de cuero y un látigo.

—¿Elle? —Brendon la miró expectante.

«¿Qué? Oh. Sí». Elle barajó las cartas. Nada.

—Qué va.

Darcy se crujió los nudillos.

—Revisad cada superficie. Nos quedan cuarenta y cinco minutos.

Veinte minutos más tarde, habían volcado todas las sillas, examinado el mantel y dado la vuelta a la alfombra. Darcy se pasó los dedos por el pelo y se tiró de las raíces.

Alegando que le dolían los pies, Cherry se había sentado en el suelo, pasando del juego y quedándose absorta en su teléfono.

—Ajjj. Esto es una gilipollez.

Brendon le lanzó a su cita una mirada llena de exasperación, y se pasó la palma de una mano por la mandíbula.

—Tiene que haber algo que se nos esté escapando. Algo obvio.

Tenía razón. Seguro que tenían la pista justo enfrente, burlándose de ellos por no verla. Quedaban veinticuatro minutos. Elle se negaba a perder la esperanza.

—Vamos, chicos, podemos hacerlo. Volvamos a echar un vistazo a esos glifos —sugirió Elle, que se dejó caer de rodillas e hizo una mueca cuando el suelo de piedra se le clavó en su piel desnuda. Suspirando, Darcy se puso de pie a su lado y la suave tela vaquera de sus desgastados tejanos rozó el brazo de Elle, lo que la hizo estremecerse. Luego tragó saliva y bajó la mirada.

El primer símbolo era una estrella de cinco puntas. Luego había ¿un faraón? Acostado de lado. ¿Muerto? ¿Una momia? Elle contuvo un suspiro. Lo siguiente era una forma curva. ¿La luna? Y después de eso había…

—Oh. ¡Oh! —Tras ponerse de pie a duras penas, Elle corrió hacia la mesa y sacó las cartas del tarot, ojeando rápidamente la baraja.

Pisándole los talones, Darcy preguntó:

—¿Qué pasa? ¿Has encontrado algo?

Era tan obvio que ofendía.

—Después de todo, la baraja es el códice. Los símbolos en sí no están en las cartas, pero representan algunos de los arcanos mayores.

Darcy parpadeó.

—¿Qué significa eso?

Elle desparramó las cartas sobre la mesa para que Darcy y Brendon, que se había unido a ellas, pudieran mirar por encima del hombro.

—Ese primer símbolo en el suelo es una estrella —les explicó, removiendo las cartas hasta que encontró la de la estrella y la separó del resto—. El siguiente es una momia. —Buscó hasta que encontró la carta de la muerte—. Hay una luna. Y unas balanzas. —Balanzas…, balanzas…—. ¡La templanza! —exclamó Elle, que frunció el ceño ante el último símbolo—. No tengo ni idea de qué se supone que es esta cosa con ruedas.

Brendon entrecerró los ojos antes de barajar las cartas, claramente buscando algo.

—¿Una especie de carruaje?

Eso fue brillante. Elle se acercó y estampó una carta sobre la mesa.

—El carro.

El rostro de Darcy se iluminó.

—Qué… gran trabajo, Elle.

La aludida se mordió el interior de la mejilla para evitar sonreír como una tonta.

Al otro lado de la sala, Cherry tosió.

—Eh, ¿chicos? Está pasando algo.

Así era. Una niebla espesa, del tipo que se forma con el hielo seco, entraba en la sala por debajo de las puertas. Oh, oh…

—No os distraigáis, chicos —dijo Darcy, chasqueando los dedos—. ¿Qué se supone que debemos hacer con las cartas?

Tenía razón. Las cartas debían servir para algo, algo que a Elle se le… Un momento.

—Estos números están mal.

—¿Qué quieres decir? —Darcy se acercó más a ella, tanto que el delicado aroma de su champú le hizo cosquillas en la nariz. Romero y lavanda, terroso y dulce. Elle quería enterrar la cara en el pelo de Darcy y aspirar profundamente.

Se mordió el interior de la mejilla. El aire de allí abajo le estaba afectando.

—Todos los arcanos mayores siguen una numerología. La estrella es el diecisiete —les explicó. Luego golpeó la parte superior de la carta—. Esta tiene un cinco escrito.

Brendon leyó los otros números en la secuencia correspondiente a los glifos en el suelo.

—Ocho, trece… Oye, Darce, a ti se te dan bien los números, tal vez deberías…

—Dame.

Darcy le arrebató las cartas a su hermano y, varios segundos después, se echó a reír.

—Veintiuno, treinta y cuatro —sentenció, y lanzó las cartas sobre la mesa antes de cruzar los brazos sobre el pecho—. Es la sucesión de Fibonacci. Luego viene el cincuenta y cinco.

Elle podría haberle soltado un besazo de no haber sido porque era una mala idea por razones obvias. Aunque se suponía que tenían que vender lo suyo… No. Mala, Elle, mala.

—Eres brillante.

Darcy sonrió con expresión burlona y, mierda…, Elle cambió de opinión: ser mala parecía la mejor idea que había tenido jamás.

Brendon levantó la llave maestra de latón que tenía grabado el número cincuenta y cinco.

—¿Puedo hacer una pausa para decir que la unión hace la fuerza?

Darcy señaló con el pulgar por encima del hombro la puerta marcada con el número cincuenta y cinco.

—¿Quieres ponerte en marcha y ganar esto?

—Por favor —gimió Cherry—. Me muero por una copa.

Todo el grupo, excepto Elle, se dirigió hacia la puerta. Tenía un mal presentimiento. Había sido demasiado fácil.

—Esperad. —Tres pares de ojos se posaron sobre ella con expresiones expectantes. Elle se tiró del lóbulo de la oreja—. No creo que esa sea la puerta correcta.

Darcy puso los brazos en jarra.

—Tiene el número cincuenta y cinco y coincide con la clave. No me equivoco acerca de la sucesión de Fibonacci.

Elle no estaba sugiriendo lo contrario. En absoluto.

—Creo que es la llave correcta, pero no hemos encontrado ninguna pista para la puerta.

—No es necesario —la apremió Darcy, sacudiendo la cabeza y entrecerrando los ojos—. Coincide con la clave.

Elle se mordió el interior de la mejilla. Sintió nervios en el estómago.

—No sé. Tiene demasiado sentido.

Darcy miró a Elle como si hubiera perdido la cabeza.

—¿Cómo puede algo tener demasiado sentido?

Brendon bajó el brazo, con la llave a su lado.

Elle no sabía cómo expresar con palabras su corazonada, esa sensación de que algo andaba mal.

—Tengo un pálpito.

Darcy arrugó la frente y se le tensó la mandíbula.

Elle se la quedó mirando, deseando con cada fibra de su ser que la entendiera.

—Confía en mí.

Sabía que estaba pidiendo demasiado: no solo que confiara en ella, sino también en su difusa e indescriptible intuición. Nada sólido, nada real, no en el sentido de «ver para creer».

Darcy miró el reloj.

—Vale. Sigue tu pálpito, Elle. Pero date prisa.

Cuatro minutos era el tiempo que tenía para descubrir qué había de malo en aquella puerta. Con el corazón acelerado, se apresuró a regresar a la mesa, que revisó dos veces más por si había algo, cualquier cosa, una señal de que su instinto no la estaba llevando a ella y al resto del grupo por el mal camino.

Nada. No había nada que no hubiera tocado y a lo que no le hubiera dado la vuelta. La niebla se espesaba a sus pies y les llegaba hasta las rodillas. Se dio la vuelta y quedó de cara al espejo, donde vislumbró el reflejo de Darcy con los labios apretados. Se le hizo un nudo en el estómago.

Sobre su cabeza, el temporizador ya había pasado de los dos minutos.

Mierda. No veía nada en el suelo; se le estrechaba el campo visual. Por no mencionar que el humo era demasiado espeso, prácticamente opaco, y el...

Humo.

¿Qué había dicho Jim? Elle se tiró de un pendiente. Había

estado tan emocionada por empezar que había dejado de prestarle atención.

—Jim ha dicho algo. Antes de cerrar la puerta. Algo sobre humo y espejos.

Con el rostro relajado, Darcy abrió los labios.

—El espejo. Ve al espejo.

Ambas llegaron al mismo tiempo, justo cuando les quedaban segundos.

—¿Qué hacemos? —Darcy pasó los dedos por el marco del espejo.

—Haced algo —les instó Brendon.

Elle se tragó los nervios y agarró el marco del espejo. No podía ser solo atrezo, no podía. Un momento. Si estuviera apoyado contra la pared, en ángulo contra la pared…

Era una posibilidad remota.

—Intentemos inclinarlo.

Cuarenta y cinco segundos.

Juntas arrastraron el espejo hacia una línea de tiza apenas perceptible dibujada lo suficientemente lejos de la pared para poder inclinarlo hacia atrás, con cuidado de no dejarlo caer. A sesenta grados, el reflejo de la luz del techo rebotó en la inerte bola de cristal y se extendió a través de la sala hasta aterrizar en la segunda puerta, la que no estaba marcada con el número cincuenta y cinco.

—La hostia —se rio Brendon, que corrió hacia la puerta iluminada con la llave extendida frente a él como un testigo. La deslizó dentro de la cerradura, giró el pomo y abrió la puerta. Confeti y una docena de globos de vivos colores llovieron sobre ellos cuando sonó la alarma.

Lo consiguieron.

Habían ganado.

La alegría burbujeó dentro de Elle como en una fuente de champán desbordante y la risa brotó de sus labios.

Darcy cogió un globo azul al vuelo y se lo lanzó a Brendon, luego soltó un chillido cuando este lo atrapó y se lo frotó en la cabeza, lo cual hizo que la estática le levantara algunos mechones y el confeti se le enganchara en los rizos.

A través de la creciente niebla y la lluvia de confeti, Darcy captó la mirada de Elle y sonrió de oreja a oreja.

—¡Por Elle! —brindó Brendon, levantando su cerveza en el aire—. Por seguir su instinto.

Darcy chocó su copa de vino contra la botella de su hermano y asintió con una sonrisita moderada. Pero no pasaba nada. Todavía tenía brillantes motas doradas de confeti pegadas al pelo revuelto. Era lo más cerca que Elle había visto a Darcy de ir hecha un desastre, y le gustó. Un poco demasiado.

—Por Elle.

Esta se rio y levantó su cóctel de bastón de caramelo, adornado con palitos de menta, en respuesta a los elogios. Dio un sorbo por la pajita e hizo una mueca al sentir el ron de su bebida. Sorprendentemente fuerte para estar a mitad de precio una noche de Trivial.

Ese mismo presentimiento que la había llevado a buscar con más ahínco le hizo levantar la cabeza. Al otro lado de la mesa, Darcy la estaba mirando, con las paletas apoyadas sobre el labio inferior.

Elle masticó su pajita y falló épicamente en su intento de no sonreír.

Unos comentarios a través del sistema de sonido del bar inundaron el local, a los que siguió una algarabía de quejas. Al frente de la sala, cerca de la barra, un hombre con una espesa barba pelirroja y una brillante calva hizo una mueca de tristeza antes de dar unos golpecitos en el micrófono.

—Lo siento, amigos. ¿Quién está listo para algunas preguntas?

—Cherry lleva un rato fuera —señaló Darcy—. No se tarda tanto en fumarse un cigarrillo. O vapear. Lo que sea —especificó con un gesto de mano.

Brendon hizo una mueca y se tocó el cuello.

—Sí. Me ha escrito. Al parecer, se ha topado con una amiga y… Supongo que no lo ha visto claro.

Los ojos de Darcy relampaguearon y se quedó boquiabierta.

—Se ha ido. ¿Sin despedirse?

En un visto y no visto, Darcy miró al otro lado de la mesa, con las fosas nasales de su respingona nariz dilatadas.

Elle se puso rígida. ¿Pretendía ser eso una comparación, una pulla hacia Elle por haberse largado durante su cita mientras Darcy estaba en el baño? Porque, en ese caso, era mezclar churras con merinas. Una acusación injusta, porque ambas situaciones no podrían haber sido más diferentes. Brendon había sido dulce, reflexivo y divertido. Darcy se había mostrado rígida, escéptica y francamente maleducada.

Y Elle no se fue, con la vejiga a punto de reventar, el ego destrozado y las esperanzas aplastadas, porque no lo hubiese visto claro. Había sentido la chispa, pero Darcy había hecho todo lo que estaba en su poder para apagarla. La química daba igual cuando las creencias de Darcy, o la falta de ellas, las hacían incompatibles. No puedes pedirle peras al olmo.

Ajeno a la tensión entre Elle y Darcy, Brendon se encogió de hombros afablemente y frunció los labios.

—No estaba destinado a ocurrir.

Él era mejor perdedor que su hermana, eso desde luego.

—Siempre adelante —asintió Elle—. Si no ha sabido ver lo cojonudo que eres, no te merecía.

Brendon se rio y Darcy le lanzó una mirada llena de curiosidad, una que esta no pudo analizar del todo. Darcy le dio unas palmaditas en el brazo a su hermano.

—Ya, eh, ya encontrarás a alguien. La… definitiva.

Con los labios apretados, Brendon miró a Elle a los ojos. Ambos se echaron a reír.

Darcy se removió en su taburete, con los brazos cruzados sobre el pecho.

Brendon le pasó un brazo sobre los hombros.

—Gracias, Darce. —Le dio un beso rápido en la coronilla—. Tengo que admitir que estoy empezando a pensar que la definitiva será un unicornio, o algo así.

—Uy, eso podría ser un problema —bromeó Elle—. Los unicornios solo se sienten atraídos por vírgenes. —Meneó las cejas y cogió su copa.

Darcy trató de, sin éxito alguno, disimular su risa con una tos.

—Eso sería irónico.

—Darcy —le advirtió su hermano, sonrojándose—. No te atrevas.

Ella le hizo un gesto de desdén.

—No hay nada de que avergonzarse.

—Es humillante —refunfuñó Brendon sobre la boca de su botella—. Y te lo dije en confianza. Estando bo-rra-cho.

Darcy se volvió hacia Elle.

—Brendon no perdió la virginidad hasta los veinte años porque se estaba guardando para mi mejor amiga, Annie, de quien estuvo coladísimo durante prácticamente toda su infancia. Se pasó años convencido de que estaban destinados a estar juntos —le contó. Cuando Brendon dejó caer la cabeza contra la mesa, Darcy soltó una risilla—. Eso es lo que te pasa por decirle que estoy coladita.

Brendon levantó la cabeza y la fulminó con la mirada.

—Me estás haciendo parecer patético. Mancillando mi buen nombre.

—¿Buen nombre? —bromeó Elle.

Brendon soltó un grito ahogado.

—¡Elle! Pensaba que éramos amigos. —Sacudió la cabeza—. Ya veo de qué va esto. Has elegido un bando. Mi propia hermana poniendo a mis amigos en mi contra.

—Oh, por favor. Además, a Annie le parecías muy mono —apuntó Darcy, que le pellizcó la mejilla a Brendon antes de darle un cachete suave.

—Eres cruel, Darce. Después de todo lo que he hecho por ti —señaló a Elle—, ¿así es como me lo pagas? ¿Burlándote de mí?

En los altavoces estalló otra sarta de comentarios, seguida de la primera pregunta.

Entre el conocimiento de Elle en ciencias naturales, el de Brendon del sector tecnológico, lo que dominaban entre ambos la cultura pop y lo que sabía Darcy de todo, desde pintores del siglo XVII hasta diseñadores de moda y béisbol, respondieron casi todas las preguntas correctamente, de modo que iban en cabeza empatados con otros dos equipos.

Ya con el puntillo, Elle estaba en ese divertido estado en el que las luces del bar eran brillantes y no se sentía la punta de la nariz. Entonces, el presentador se aclaró la garganta para hacer la última pregunta.

Elle sorbió por la pajita los restos de su cóctel mientras Darcy cogía el lápiz, con los dientes hundidos en el labio inferior.

—El Emmy de 1999 a la mejor actriz principal en una serie dramática fue para Susan Lucci, ¿por interpretar qué personaje en la telenovela matinal de ABC *All My Children*?

Varias cosas sucedieron simultáneamente.

El bar quedó en silencio, salvo por varios gemidos exasperados que se filtraron entre la multitud.

Brendon se puso de pie tan rápido que derribó su silla, se arrodilló y señaló a Darcy.

Con todas las miradas del bar sobre ella, Darcy se quedó helada.

—Levántate —siseó. El cuello se le fue salpicando de un tono rosado.

Brendon inclinó la cabeza y entrecerró los ojos.

—Darcy.

Esta cerró los ojos, murmuró unas palabras en voz baja y garabateó en el papel antes de lanzárselo a Brendon, a quien habían escogido como mensajero. Se abrió camino hacia el frente de la barra, jadeando mientras alcanzaba al desconcertado presentador.

Fue el único equipo que dio una respuesta, pues la pregunta había dejado perplejo a todo el mundo.

Excepto a Darcy, que tenía la mirada clavada en la mesa, los labios apretados y la cara roja, y se retorcía las manos ansiosamente por encima de la mesa.

El presentador sacudió la cabeza y se llevó el micrófono a la boca.

—La respuesta correcta es: Erica Kane. ¡Un hurra por la mesa tres!

Elle tardó una fracción de segundo en darse cuenta de que el grito exultante provenía de su propia boca. ¿Darcy Lowell, con ese culazo prieto, con cabeza para las matemáticas y sin lugar para la frivolidad de Elle, veía culebrones?

Los pies de Elle se movieron sin el permiso de su cerebro. Antes de darse cuenta, había rodeado la mesa y echado los brazos alrededor del cuello de Darcy, estrechándola en un entusiasta abrazo que unió sus cuerpos.

Darcy se tensó, rígida como una tabla, entre los brazos de Elle. Esta contuvo la respiración y estaba lista para soltarla, cuando Darcy finalmente le devolvió el abrazo. A pesar de lo mordaces que eran sus ocurrencias, su lengua afilada y su bonita mandíbula puntiaguda como el filo de una navaja, abrazar a Darcy era cualquier cosa menos cortante. Desde su sedosa melena, que olía a lavanda, contra la mejilla de Elle hasta la turgencia de sus pechos presionados contra ella, el abrazo fue todo suavidad y lo último que Elle quería era soltarse.

Houston, tenía un problema.

Capítulo ocho

«No pienses en ello» se convirtió en el mantra de Darcy mientras seguía a su hermano fuera del bar hasta la acera, con Elle a su lado. Cada dos pasos, esta se tambaleaba hacia Darcy y chocaban de brazos, con el dorso de las manos, los dedos, rozándose.

«No pienses en ello».

La cita doble podría haber ido peor. Claro, a Elle le había encantado ver a Darcy retorcerse de vergüenza con cada apodo cariñoso, pero no había habido ningún cabreo monumental. Ni peleas, ni vino derramado, ni vestidos de seda estropeados, ni desapariciones repentinas que hicieran que a Darcy le doliera el pecho. Habían logrado dejar de lado sus diferencias, sus claramente distintas formas de ver el mundo, para unirse y resolver el rompecabezas, superando así el *escape room*. Brendon tenía razón. La unión hacía la fuerza aunque, al principio, Darcy se hubiera mostrado reacia a confiar en algo tan impreciso como el pálpito de Elle.

Habían escapado de la sala, habían ganado el concurso de preguntas y, por lo que Darcy sabía, Brendon no se daba cuenta de que todo aquello con Elle no era más que una pantomima. En definitiva, la noche había sido un éxito.

Excepto por cuánto había mareado a Darcy la exultante risa

de Elle. O por cómo la expresión de pura alegría en el rostro de su cita cuando los globos y el dichoso confeti habían caído sobre ellos hizo que Darcy sintiera como si alguien le hubiera dado un puñetazo en el estómago y luego le hubiera partido las piernas.

Pero no estaba pensando en ello. No. No iba a pensar en lo suave que había sentido la piel de Elle, su muslo, debajo de aquella mesa, en que habría querido permanecer escondida tras el mantel. No iba a pensar en las cosquillas que le había hecho en el cuello el aliento de Elle durante su abrazo ni en cómo esta le había rozado la mandíbula con el labio al ponerse de puntillas y pasarle los brazos alrededor del cuello.

No, Darcy no iba a darle oxígeno a esa... esa chispa. Si le diera vida, crecería y eso...

Darcy curvó los dedos de los pies dentro de las botas y se clavó las uñas en las palmas de las manos. Definitivamente no iba a pensar en lo que podría suceder si dejaba que eso pasara, porque no tenía sentido hacerlo. Elle era un caos en tecnicolor y los sentimientos que despertaba en Darcy eran un mal sacado directamente de la caja de Pandora. Peligroso y confuso, era mejor mantenerlo bajo llave. Darcy no necesitaba desorden en su vida.

Elle se detuvo y señaló con la barbilla hacia la derecha.

—Hey, yo me voy por aquí.

Abrió la boca para desearles buenas noches, cuando Brendon frunció el ceño y sacudió la cabeza.

—¿Dónde vives?

Elle se metió las manos en los bolsillos de su disparatado vestido, el color azul marino a juego con su piel (así como con el resto de ella). Prácticamente resplandecía.

—Hay que subir por Second Avenue hasta Union Street, girar por Pike Street y luego todo recto hasta Belmont Avenue —les explicaba, cuando la brisa sopló y le alborotó el flequillo y la hizo temblar—. No está lejos.

Darcy no llevaba mucho tiempo en la ciudad, pero sabía que había un rato hasta Capitol Hill, más de un kilómetro y medio. Pasaban de las once, estaba oscuro y la temperatura estaba descendiendo, no bajo cero, pero sí lo suficiente como para que se formara vaho al respirar. Elle ni siquiera llevaba chaqueta. Caminar (y nada menos que sola) no era inteligente.

—Compartiremos un Uber —sugirió, agradecida cuando Brendon asintió.

Elle no parecía convencida.

—No os pilla de paso. Tú vives en Queen Anne y Brendon en el Eastside, así que…

—Conduciré —apuntó Brendon, metiéndose las manos en los bolsillos y balanceándose sobre los talones—. He dejado el coche en el aparcamiento de Darcy, en la zona para invitados. Sitio gratis.

Elle pareció un poco más convencida, su expresión se suavizó.

—Vale. Gracias.

En cinco minutos llegó su Uber, un Prius azul con un asiento trasero que no era lo suficientemente grande para los tres, por lo que Brendon se sentó delante, como si hubieran elegido cualquier otra configuración.

Arrugando la nariz por el olor a comida para llevar pasada y a ropa de deporte rancia, Darcy se deslizó en el asiento trasero y se arrastró para hacer hueco. Al sentarse Elle, con las manos en la parte trasera de su falda mientras acomodaba las piernas dentro del vehículo, esas extrañas y brillantes botas militares reflejaron la luz de la calle y convirtieron el charol negro en una mancha de petróleo contra su pálida piel. Piel desnuda hasta donde el dobladillo del vestido le rozaba los muslos.

«No pienses en ello».

Con el rostro hormigueándole por el calor, Darcy apartó la vista y miró resueltamente por la ventana. Las luces de los bares y restaurantes nocturnos pasaban borrosas y, aunque los semáforos que se reflejaban en los charcos convertían la ciudad en un paisaje nocturno de neón, ni de lejos era tan colorido como la chica que estaba sentada a su lado.

Música de estilo tecnopop sonaba a través de los altavoces y el motor, que era eléctrico, ronroneaba debajo de Darcy. El ritmo de ambos le retumbaba por el cuerpo y le calaba hasta los huesos, haciéndola consciente de los latidos de su corazón. Tenía el pulso demasiado acelerado, más incluso cuando el conductor giró a la derecha en un semáforo y una rueda se subió a la acera, lo que las apretujó tanto que Elle, una vez más, casi se le sube al regazo.

Elle le apoyó una mano en el muslo para mantener el equilibrio. Decirse «no pienses en ello» no sirvió de una mierda cuando esos dedos con las uñas pintadas de azul desconchado se relajaron lo suficiente como para deslizarse hacia la mano de Darcy, que tenía los nudillos blancos de apretarse la rodilla.

«No pienses en ello». «No pienses en ello». «No pienses en ello».

Lo único que Darcy pudo hacer fue pensar en ello. En lo suave que era la mano de Elle y lo cálido que era el espacio entre sus dedos mientras esta separaba los de Darcy, hasta que estuvieron cogidas por fin de la mano en la oscura parte trasera del coche, con Brendon sentado al frente, incapaz de verlas siquiera.

Darcy intentó tragar saliva, pero tenía la boca demasiado seca.

Se quedó mirando sus manos unidas, lo largos que tenía los dedos, que hacían que la mano de Elle pareciera minúscula. Elle era brutal, un imponente huracán; tenía unas manos demasiado pequeñas, demasiado delicadas, para alguien que había irrumpido en la vida de Darcy con toda la delicadeza de una bola de demolición.

El coche frenó demasiado rápido y a Darcy se le encogió el estómago, como en la bajada de una montaña rusa.

No buscaba emociones fuertes ni le gustaban las montañas rusas. Se estimaba que las probabilidades de acabar herida en una atracción eran de una entre veinticuatro millones. Escasas, pero ciertamente más altas que quedarse en casa leyendo un libro. De joven, las soportaba, más que nada por Brendon.

Sorprendentemente, lo que no le gustaba no era la caída, sino los momentos previos, cuando el desvencijado vagón traqueteaba por la vía, cada vez más alto, y el corazón se le subía a la garganta mientras se agarraba a la barra con todas sus fuerzas. Como si cogerse de una estúpida barra de metal fuera a salvarla en caso de emergencia, un desastre total. En los angustiosos segundos justo antes del descenso, se te pasaban por la cabeza los peores escenarios, pero bajarse de la atracción no era una opción. Atrapada, sabiendo lo que se venía, aterrada y sin poder hacer nada, Darcy odiaba no tener el control, estar a merced del azar.

Así se sentía en ese momento, como si, aferrada a la mano de Elle, hubiese salido despedida y pasara zumbando junto a un borrón de luces amarillas y gente saliendo de los bares a trompicones. Se había subido a esta atracción y ahora no podía bajarse. Aún no.

El coche se detuvo en la acera de un edificio, deslucido, pero no con aspecto de ser peligroso, y a Darcy empezaron a sudarle las palmas de las manos a medida que aumentaba su nerviosismo. Elle le apretó los dedos y Darcy sintió como si aquella mujer tuviera un dominio absoluto sobre su palpitante corazón.

—Me bajo aquí.

—Sí. —Darcy intentó sonreír por si Brendon estaba mirando—. Buenas noches.

Se oyó una tos del asiento delantero. Sí que las estaba mirando, y con una ceja arqueada.

Darcy puso los ojos en blanco.

—Te acompañaré hasta la puerta.

El coche permaneció en la acera. Elle finalmente le soltó la mano a Darcy para salir del asiento trasero. Sin los dedos de Elle entre los suyos, no sabía qué hacer con las manos y, de repente, fue absurdamente consciente de ellas, de todas sus extremidades y de dónde existían en el espacio. ¿Se las metía en los bolsillos? No, llevaba unos vaqueros demasiado ajustados y los bolsillos eran pequeños. Decidió cruzar los brazos, con los dedos sobre los bíceps, mientras seguía a Elle por las escaleras hasta la entrada de su edificio.

Esta se llevó una mano a la nuca y se desabrochó el cuello del vestido. Del interior se sacó dos llaves, ambas colgando de una sencilla cadena de plata.

«No pienses en ello».

—Estaba pensando… —Elle se tocó el labio inferior con los dientes de una de las llaves. El metal debía de estar caliente tras haber pasado toda la noche sobre su piel.

—Oh, no —bromeó Darcy, tratando de recomponerse.

Elle le dio una suave patada en la espinilla y al rabillo de sus ojos asomó una sonrisa.

—Me he divertido esta noche.

También Darcy, pero las palabras, un simple «yo también», se le atascaron en la garganta cuando la luz de la farola iluminó los ojos de Elle. Sus iris no eran solo azules, sino también grises, estrías plateadas que manaban del centro de la tormenta que abrazaba sus pupilas.

—Deberíamos besarnos —soltó Darcy.

Los ojos de Elle duplicaron su tamaño.

Darcy lo sabía, sabía que besarla era una idea terrible. Aquello no podía acabar en nada, no dejaría que condujera a nada. Y, sin embargo, algo en su interior, una minúscula y disparatada parte de ella, se rebeló ante la idea de no besar a Elle. Aunque no sería más que eso. Un beso.

Su parte abrumadoramente racional necesitaba explicar aquello, justificarlo, aplicar la lógica a un deseo del todo ilógico.

—Seguro que mi hermano nos está mirando.

Elle arrugó la nariz.

—¿Se supone que eso debería hacerme querer besarte?

No, pero hacía que aquello fuera menos peligroso. Las probabilidades de salir herida en una montaña rusa eran escasas. Estaban bien diseñadas y puestas a prueba. Había cinturones y medidas de seguridad. En cuanto a los riesgos, eran seguras. Aquí no había peligro porque, si todo esto era una pantomima, no existía la posibilidad de que Darcy cayera.

Se rio y el sonido le gorjeó en la garganta.

—Quiero decir que seguro que lo está esperando.

Elle bajó la vista al suelo, al pequeño espacio entre ellas. De repente sacó la lengua, lo que le humedeció el ya reluciente labio inferior y se llevó de paso un poco de brillo labial. Darcy se moría por besarla.

—Cierto. Claro. Deberías… —Elle se aclaró la garganta y levantó la cabeza, con los ojos resplandeciendo bajo el brillo ámbar de la farola—. Deberíamos venderlo entonces, sin duda.

Darcy dejó de pensar en Brendon y se arrimó a Elle, borrando la distancia entre ambas. Levantó una mano, a la que ordenó que no temblara mientras la posaba en la cintura de Elle, y se la acercó hasta que sus rodillas se golpearon suavemente.

«No pienses».

Si tenía suerte, sería un beso horrible y no querría volver a hacerlo nunca más. El inquietante ardor en su pecho se apagaría y todo volvería a la normalidad, el mundo retomaría su camino.

Se inclinó y rozó los labios de Elle con los suyos, y fue como si encendiera una cerilla: esa chispa que se había negado a admitir prendió con el más mínimo roce de sus labios.

Fue mutuo, tenía que serlo, porque Elle jadeó, abrió la boca y convirtió lo que se suponía que era un maldito beso escénico en un frenesí exploratorio, salvaje y apasionado. De repente, Elle hundió los dedos, esos dedos que habían tocado los lomos de todos sus libros y habían dejado manchas en su mesita de café, en el pelo de Darcy para acercarla y mantenerla allí.

Darcy tropezó, le daba vueltas la cabeza, y empujó a Elle contra la pared junto al portal. Si no hubiera sido porque la tenía cogida del pelo y lo pegadas que estaban la una a la otra, Darcy podría haberse desmoronado ante la cálida y húmeda lengua de Elle acariciando el borde de su labio inferior. Aun así, un escalofrío le recorrió la espalda y le flaquearon las rodillas.

Darcy apretó las caderas contra Elle, lo que provocó una intensa palpitación en su interior. Algo se rompió y el deseo prevaleció sobre todo lo demás. Presionó a Elle firmemente contra la pared, le rozó los bordes de los dientes, luego hundió la lengua más profundamente, le trazó el paladar y dejó caer las manos a las caderas de Elle. Esta se derritió con un estremecimiento. Dulces, los labios de Elle sabían a fresa, y la lengua, a menta. Darcy quiso más y de pronto sintió ansias de saborear…

La realidad la arrolló cuando alguien tocó el claxon de un coche. Elle juntó los labios y apartó la vista rápidamente. Darcy se volvió para fulminar con la mirada al vehículo del cual su hermano se asomaba por la ventana, sonriendo como un idiota.

—Id a un hotel —les gritó, guiñando un ojo. Intentando guiñar un ojo.

Iba a regalarle a Brendon unos putos calcetines por Navidad. Unos aburridos, negros y a rombos.

Darcy se volvió hacia Elle, que se mordía una de las comisuras de los labios. Sintió que se le encogía el estómago, no porque el mundo se hubiera enderezado y el repentino cambio la hubiese trastocado. No, todo había ido como el culo, peor que antes, porque, ahora que había besado a Elle, quería más.

Capítulo nueve

$\mathcal{A}$ Darcy no se le daba bien hacer regalos. Tampoco en circunstancias normales, y esta era todo menos normal.

¿Qué ibas a regalarle a alguien con quien estabas saliendo de mentira, alguien que se suponía que no te gustaba, pero a quien le estabas cogiendo cada vez más (para su preocupación) cariño? ¿Alguien que no podías sacarte de la cabeza en el trabajo por mucho que te esforzaras, alguien cuya risa no lograbas dejar de escuchar en tu mente, cuyos labios jurarías que todavía podías saborear, incluso días después de haberlos besado? Darcy estaba bastante segura de que la *Cosmopolitan* no tenía una guía de regalos para la categoría específica de novias falsas. Vete a saber.

Fuera lo que fuese, el regalo tenía que ser una felicitación, pero sin resultar exagerado, y tenía que ser algo que Elle realmente agradeciera. Un desafío interesante porque, por regla general, solía negarse a regalar cualquier cosa que no le gustara a ella misma. Pero los gustos de Elle eran tan… particulares que necesitaba pensar en algo original.

Por eso estaba de pie en medio del Northwest Beer and Spirits, mirando no los preciados cabernets de Napa, sino (reprimió un escalofrío) los vinos en caja.

Una caja de cinco litros de Franzia sunset blush costaba dieciocho dólares con veintiocho centavos. El envase decía que daba para treinta y cuatro copas, por lo que cada una sería de unos ciento cincuenta mililitros y costaba aproximadamente cincuenta y cuatro centavos. ¡Cincuenta y cuatro centavos! Menos de un dólar por una copa de vino.

Darcy frunció el ceño ante la caja. A su billetera le gustaban esos números, pero pagar tan poco por un vino se le antojaba… irreal. Como si alguien fuera a aparecer por el otro lado del estante para ponerle una cámara en la cara y decirle que le habían tomado el pelo antes de abofetearla con un billete de cincuenta dólares.

Apretó el asa y la levantó; el cartón se le clavaba en los dedos. Puede que estuviera tirado de precio, pero pesaba como un muerto. ¿No podrían al menos intentar hacer un diseño un poco más ergonómico? Habría pagado cinco dólares más solo por un envase mejor.

Dentro de su abrigo, su teléfono vibró. Si esa no era una excusa para dejar la caja, no sabía lo que era.

«Annie».

Darcy sacó el móvil y se lo llevó a la oreja.

—Hola, Annie.

Se oyó un claxon de fondo, seguido de palabrotas ahogadas.

—¡Darce! ¿Cómo van las cosas?

Esta empujó la caja de vino con la punta del pie. ¿Por dónde empezar? No había hablado con Annie desde que le dio la tabarra contándole el lío en el que se había metido al mentir a Brendon.

—Pues están… complicadas.

—Complicadas. Mmm —dijo Annie—. Eso no tendrá nada que ver con cierta monada rubia, ¿no? ¿Una menudita que solo tenía ojazos para ti?

—¿Qué se supone que significa eso?

154

Se oyó otro claxon, mezclado con el sonido de la risa de Annie.

—Brendon publicó fotos de vuestra cita la otra noche. Elle sale mirándote embobada y tú estás igual de mal. Cuando la miras, ella mira hacia otro lado. Y viceversa. Es mono.

A Darcy se le hizo un nudo en el estómago y el pulso le hizo piruetas.

—Es una pantomima.

—Lo que tú digas —respondió Annie, probablemente poniendo los ojos en blanco—. ¿Cuándo volverás a verla?

Darcy echó un vistazo a la caja a sus pies.

—Dado que ahora mismo estoy comprando una caja de vino, diría que pronto.

—Espera. Frena. Marcha atrás, joder. —Annie suspiró—. *Ich spreche mit meinem freund.*

—¿Estás hablando en alemán?

—Estoy en Berlín. Viaje de negocios. ¿Olvidé mencionarlo?

La pregunta era: ¿desde cuándo hablaba Annie alemán?

—Perdona. El taxista ha pensado que estaba hablando con él. ¿Qué decías?

—No es nada. Brendon me ha contado que el trato con Oh My Stars se cerraba esta mañana y luego me ha preguntado si teníamos planes para celebrarlo. Yo no he sabido qué decir y Brendon me ha mirado como si hubiera metido la pata. Como si fuera, no sé, una mala novia. Así que le estoy comprando a Elle una caja de vino de Franzia porque es su favorito. Ya sabes. Para felicitarla.

Annie se quedó callada durante tanto tiempo que Darcy miró la pantalla del móvil para comprobar que la llamada no se había cortado.

—Eh. Vale. Eso es… Mmm.

—Eso ha sido un montón de ruido por no decir nada en absoluto.

—Estaba gesticulando, cabrona. Lee entre líneas.

—Si tienes algo que decir, dilo.

Annie se rio.

—¿Tu hermano estará con vosotras cuando le regales a Elle esta caja de vino?

—No seas pedante, Annie.

Como la melodramática que era, la aludida ahogó un grito.

—Le dijo la sartén al cazo. Deja de evitar mis preguntas.

—No. —Darcy se apoyó en un exhibidor al final del pasillo—. Brendon no estará con nosotras. ¿Adónde quieres llegar?

—Simplemente observo lo interesante que es todo. ¿A qué viene hacerle un regalo a Elle si tu hermano no estará allí para verlo? A menos que te guste la chica —apuntó con énfasis.

—Yo...

Sí. Le gustaba Elle. Simplemente no sabía qué significaba ni si significaba algo. Era lo último en lo que quería pensar, pero, claro, como su cerebro era un puto traidor, aquel beso era en lo único que podía pensar. Ese beso. La sonrisa de Elle. La forma en que le brillaban los ojos a la luz de las farolas. Su risa.

Puede que Brendon hubiese plantado la semilla que la había llevado a aquella licorería, pero ella quería ver a Elle de veras.

Annie ahogó un grito.

—Ay, madre. Estás de coña. ¿Te gusta? ¿Elle? ¿La chica que derramó el vino sobre tu vestido favorito y se cree que vive en un cuento Disney? —Annie soltó una risilla—. Esto es perfecto. Te das cuenta, ¿verdad? Estás protagonizando tu propia comedia romántica, Darcy. De repente estaréis en un hotelito y solo habrá una cama, por lo que tendréis que acurrucaros para calentaros bajo una pequeña manta y...

—Para —la interrumpió Darcy, que se pellizcó el puente de la nariz y gimió—: Annie.

—Acabas de gimotearme. —Su amiga soltó una risotada—. Ay, madre. Me muero. Estás en la mierda. Me encanta.

Tenía razón. Darcy estaba en la más absoluta mierda.

—Te odio.

—Me adoras.

—Y tienes el descaro de comparar mi vida con una comedia romántica —bufó Darcy con sorna—. Te pareces a Brendon.

—Hablando de tu hermano —dijo Annie—. No me habías contado lo mono que está ahora.

Darcy quería morirse.

—No seas asquerosa, Annie. Estás hablando de mi hermano pequeño.

—Lo sé. —Annie le dijo algo más en alemán al conductor, demasiado rápido para que Darcy lo entendiera—. Siempre ha sido adorable, pero ahora está…

—Para. No te pases y, hagas lo que hagas, no termines esa frase —le advirtió Darcy, estremeciéndose.

—¡Ahí lo dejo! Objetivamente. Rara vez publica fotos de sí mismo y, cuando lo hace, son selfis cutres en primer plano con una luz malísima, y en la mitad ha puesto el pulgar sobre la cámara. Cree que siendo tan larguirucho alcanzaría a hacerse una de cuerpo entero, pero no. Publicó esa foto en grupo donde salíais todos y me quedé de piedra. Yo solo digo que no veas cómo ha crecido el pequeño Brendon.

Darcy sorbió por la nariz.

—Brendon es guapo, sí. Claro que lo es. Es mi hermano.

Annie se rio entre dientes.

—Bueno, bueno. Ya vale de babear por tu hermanito. Lo pillo. Puaj.

—Gracias.

Por un momento, Annie guardó silencio.

—¿Cómo estás realmente, Darcy?

Esta se sorbió el labio inferior y se encogió de hombros, a pesar de que Annie no estaba allí para verla.

—Estoy bien.

—Darcy —insistió su amiga.

Ella hundió la barbilla.

—Estoy confundida.

El suspiro de Annie fue suave.

—No pretendía burlarme. No si no te ríes tú también.

Amigas desde primero de secundaria, Annie había estado siempre con ella: el divorcio de sus padres, la mudanza a la misma universidad, la muerte de su abuela, nuevos trabajos, nuevas relaciones, amoríos fallidos... Annie había recogido casi todas las cosas del apartamento de Darcy, el apartamento que había compartido con Natasha, solo para que ella no tuviera que lidiar con eso. Puede que se metiera con ella, pero, si alguien podía hacerse una idea de lo confundida que se sentía Darcy, esa era Annie.

—Sé que no. No pasa nada. Es que... Solo necesito calmarme. Estoy sacando las cosas de quicio.

Le daría a Elle su vino y se marcharía a casa a echarse un rato. Faltaban ocho semanas para el examen de acceso a la Sociedad de Actuarios, por lo que necesitaba centrarse. No en el sabor de Elle ni en cómo su risa hacía que Darcy tuviera palpitaciones, sino en estudiar. Ayer mismo, su jefe le había preguntado cómo llevaba el examen antes de soltarle la bomba de que su compañero Jeremy también tenía previsto presentarse al examen final, en enero. El señor Stevens quería darle el ascenso a Darcy, ya que Jeremy solo llevaba cuatro meses en la empresa y ella seis, pero si no aprobaba...

Aprobaría.

Se oyó un poco más del atropellado alemán de Annie. Darcy miró el vino a sus pies.

—Oye, Annie, debería dejarte. Llámame más tarde, ¿vale? Cuando no estés en un taxi.

—Darcy, espera. No voy a ser como tu hermano y presionarte para que te abras si no estás preparada, pero la vida es corta. *Carpe diem.*

¿Qué actividad navideña te pega según tu signo del zodiaco?

Aries: guerra de bolas de nieve
Tauro: hornear galletas
Géminis: escapada para esquiar
Cáncer: maratón de películas navideñas
Leo: cantar villancicos
Virgo: amigo invisible
Libra: voluntariado
Escorpio: sesión de fotos con Papá Noel
Sagitario: correbares en Nochebuena
Capricornio: decorar el árbol de Navidad
Acuario: de compras por el mercado navideño
Piscis: patinaje sobre hielo

A Elle se le había dormido un pie y le hormigueaban los dedos, donde empezó a sentir pinchazos en cuanto apoyó su peso sobre él. Quien fuera que estuviera en la puerta volvió a llamar.

—¡Solo un segundo!

Había pasado más o menos un minuto cuando cruzó cojeando el salón y abrió la puerta. Darcy estaba de pie frente a su apartamento, con una caja de vino envuelta con un lazo rosa chillón. Elle parpadeó. Estaba teniendo alucinaciones. Tenía que ser eso.

Solo que Darcy se aclaró la garganta y levantó la caja de vino. No era un producto de su imaginación.

—Hola.

—Hola —repitió ella—. Lo siento, eh, pasa.

Dio un paso atrás para dejar entrar a Darcy. Esta se detuvo justo antes de llegar a la entrada a la cocina, adentrándose apenas lo suficiente para que Elle pudiera cerrar la puerta.

—Toma —le dijo Darcy, poniéndole la caja de vino en los brazos—. Te he traído esto.

Elle sujetó la caja. El lazo de satén se sentía fresco al entrar en contacto con el interior de su muñeca.

—¿Gracias?

—Para felicitarte. Por cerrar el contrato —se explicó Darcy, que se pasó el pelo por detrás de la oreja y se encogió de hombros. Llevaba otra falda de tubo, esta de color azul marino, que se ajustaba perfectamente a sus caderas. A Elle se le quedó la boca seca—. Mi hermano me lo ha contado.

—Y ¿me has comprado una caja de vino?

—¿Sí?

Ella se rio por lo bajo.

—No me lo esperaba, eso es todo. ¿No te ha dolido comprar vino de caja?

Darcy cruzó los brazos sobre el pecho.

—Bueno, a ti te gusta, así que…

Elle se mordió el labio inferior, sintió una fuerte presión en el pecho y calor.

—No tenías por qué hacerlo, pero gracias. ¿Quieres pasar? ¿Tomar una copa?

Darcy arrugó esa respingona nariz y se le formó una línea a lo largo del puente.

—Tengo que volver a casa. Estudiar para el examen final. Solo quería pasar a darte esto y...

—¿Y?

¿Verla?

¿Besarla de nuevo?

Elle contuvo la respiración.

—Y felicitarte.

«Por supuesto».

No es que Elle no estuviera emocionada, por no decir aliviada, ahora que el acuerdo era oficial, pero había esperado que la visita de Darcy significara que su beso le había hecho replantearse las cosas. Que ella también había sentido que la tierra se había sacudido bajo sus pies. Que había algo más.

Tal vez no.

Y, sin embargo, Darcy se quedó allí de pie.

—Bueno. —Se aclaró la garganta antes de señalar la caja de vino—. No sabía si querrías subir alguna publicación de esto o algo así, como Brendon te sigue...

A Elle se le cayó el alma a los pies. Por supuesto, se trataba de convencer a Brendon. Ese era su trato. Qué tonta era por pensar lo contrario.

—Claro. Buena idea.

Darcy tensó la mandíbula, levantó la barbilla y, resuelta, endureció la mirada.

—Mira, Elle...

Se oyó un gruñido de otro mundo procedente del estómago de Darcy, tan fuerte y feroz que Elle abrió los ojos como platos.

Darcy se puso roja, cerró los ojos lentamente y apretó los labios, formando una línea recta.

Elle sintió en los dedos la necesidad de trazar el rubor de Darcy, sentir el calor de sus mejillas con las yemas de los dedos.

—¿Tienes hambre?

—Claramente —resopló Darcy—. Debería irme antes de que mi estómago se autodigiera.

—Qué sexy. —Elle apoyó un hombro contra la pared y cambió el peso de la caja de vino; empezaban a arderle los bíceps—. O podrías quedarte. Tengo…

Realizó un rápido inventario mental del contenido de su frigorífico. Salsa. Zumo. Bocadillos de huevo resecos en el congelador.

—O podríamos salir.

Darcy torció los labios con auténtico remordimiento.

—No puedo. Tengo…

—Que comer, ¿sí? Podríamos salir a comer juntas —apuntó Elle. Al no negarse Darcy de inmediato, siguió insistiendo—: Podría publicar en Instagram una foto de las dos por ahí. Mejor que subir alguna de una aburrida caja de vino. Y podría contarte cómo pasamos el día de Acción de Gracias, qué deberías esperar.

Darcy bajó la barbilla y se rio entre dientes.

—Tengo demasiada hambre para cocinar.

—¿Eso es un sí?

Ella asintió.

—Claro. ¿Por qué no?

Solo había cuatro manzanas hasta el Katsu Burger, un cuchitril donde servían las mejores hamburguesas fritas al estilo japonés que Elle había probado en su vida. No era elegante ni por asomo, pero la comida era fantástica y asequible, el servicio era brutal y no había demasiado bullicio, una combinación nada fácil de encontrar en esta parte de Broadway.

Elle señaló con el pulgar por encima del hombro.

—¿Quieres pillar mesa mientras yo pido?

Darcy miró fijamente el extenso menú en la pared con ojos desorbitados.

—No tengo ni idea de lo que quiero.

—Tú ve y siéntate. Sé lo que está bueno. —Elle la ahuyentó con un gesto—. En serio. Confía en mí.

—Nada con lácteos, ¿vale?

—Oído cocina.

Avanzando poco a poco hacia las mesas vacías, Darcy le lanzó una última mirada cautelosa que hizo que Elle pusiera los ojos en blanco.

Después de pedir, se abrió camino a través del laberinto de mesas hasta llegar a la que Darcy había escogido, en el rincón más alejado. Se desplomó en el asiento frente a ella y observó rápidamente el estado de la mesa.

—¿Qué c...?

El salero y el pimentero, el bote de salsa picante, las dos botellas de salsa de soja y el servilletero habían sido colocados en el centro de la mesa, separando el espacio de Darcy del de Elle. Como un foso, solo que sin agua.

Darcy esbozó una sonrisilla.

—Resulta que me gusta este conjunto.

—¿Qué tiene eso que ver con...? —Oh. ¡Oh! A Elle se le encendió la cara y un innegable rubor le subió por el cuello—. ¿Un accidente, uno, y estás tomando medidas de precaución?

—Dos accidentes —replicó Darcy—. También derramaste vino en mi cocina.

—La primera vez fue un accidente, y la segunda, simplemente una coincidencia. Tres veces sería un patrón —se quejó Elle, que hizo una mueca—. Pero lo siento mucho de veras. Fue... Ajjj. —Volvió a sentir la vergüenza de aquel momento; el recuerdo de haber derramado primero su copa de vino y luego la de Darcy al golpear la mesa estaba tan fresco como si acabara de suceder. Elle dejó caer la cara entre sus manos y gimió—. No es una gran primera impresión.

—No es que yo estuviera mucho mejor —apuntó Darcy. Elle levantó la cabeza y se la encontró compungida, con los labios torcidos hacia un lado—. En retrospectiva, me parece una tontería. Es solo que... llevaba mi vestido favorito. Era de mi abuela. Así que...

A Elle se le cayó el alma a los pies.

—¿Salió? ¿La mancha de vino?

Darcy levantó la mirada y le dedicó una pequeña sonrisa.

—Sí. En mi tintorería hacen milagros.

Elle dejó escapar un suspiro de alivio y hundió los hombros. Menos mal.

—¿Dos sake bombs?

Elle levantó la vista y sonrió a la camarera, que sostenía una bandeja con dos cervezas, dos chupitos de sake y dos pares de palillos.

—Gracias.

Darcy la fulminó con la mirada desde el otro lado de la mesa.

—¿Sake bombs?

Vale, tal vez no era la mejor opción, pero no tenía por qué ser complicado. Podías bebértelo sin liarla... si te lo proponías...

Encogiéndose de hombros, Elle abrió sus palillos y los colocó sobre su vaso de cerveza, lo suficientemente separados para que se aguantara el de chupito. Al parecer, Darcy necesitaba que la agasajaran un poco cuando se limitaba a cruzarse de brazos y mirar fijamente.

—Vamos. Es divertido. Aporreas la mesa hasta que se hunde el vasito e intentas terminar la primera. —Meneó las cejas y preguntó—: No estarás asustada, ¿verdad? ¿Te preocupa no ganar?

Con los ojos entrecerrados, Darcy cogió los palillos de la mesa y los colocó sobre el vaso. Extendió una mano para coger el chupito de sake, pero luego cambió de rumbo y se llevó los dedos al botón superior de su blusa. Con esos ojos marrones, miró directamente a Elle, al otro lado de la mesa, y contrajo las comisuras de la boca mientras se desabrochaba los botones de perlas de la blusa uno a uno.

A Elle se le quedó la boca seca.

—¿Qué estás haciendo?

Con dedos ágiles, Darcy llegó a la mitad del pecho, dejando al descubierto una tira de encaje de color nude. Llevaba camisola.

—Como he dicho, me gusta este conjunto. Si vas a desafiarme a beber contigo, no tengo muchas ganas de estropear la blusa.

Elle apartó la mirada del escote de Darcy y jugueteó con los palillos encima de su cerveza.

—Ah. Buen plan. Me, eh, gusta tu forma de pensar.

Darcy se rio entre dientes y se desabrochó la blusa, que se dejó caer por los brazos antes de colgarla sobre el respaldo de la silla a su lado.

—Nunca me había tomado uno de estos. ¿A la de tres?

—¿Sake bombs? —Elle la miró boquiabierta. ¿Qué hizo Darcy en la universidad que no fuera dar la vuelta al mundo con horteras fiestas temáticas donde solo había alcohol de otros países? ¿Estudiar? Elle levantó su chupito de sake para hacer la demostración—: Vale. Colocas el vasito sobre los palillos, así. Luego cuentas hasta tres, preferiblemente en japonés. *Ichi, ni, san.*

Después gritas «sake» y golpeas la mesa con los puños. El chupito se hunde en la cerveza y te lo bebes todo del tirón.

Darcy cerró los ojos y gimió en voz baja.

—¿Hablas en serio?

Elle se rio entre dientes.

—No tienes por qué.

Darcy echó los hombros hacia atrás para enderezarse y, cuando abrió los ojos, tenía la mirada fría y decidida. Elle se contoneó en su asiento. Pan comido.

—¿Lista?

—Como nunca —murmuró.

—Vale. *Ichi, ni, san…*, ¡sake!

Elle aporreó la mesa y su risilla se mezcló con la alegre carcajada de Darcy, al tiempo que ambas vaciaban sus vasos echándose hacia atrás. Elle cerró los ojos con fuerza y abrió la garganta para tragarse la mayor cantidad de la amarga cerveza lo más rápido posible. Esta, espumosa y un poco demasiado caliente, le goteaba por la barbilla y le resbalaba por la parte delantera del cuello, ardiéndole los ojos y los pulmones, estos últimos le exigían que respirara. Solo un poco más.

El golpe de un vaso contra la formica de la mesa hizo que abriera los ojos. Con las mejillas sonrojadas y los labios y la barbilla húmedos, Darcy sonreía con cara de sobrada, jadeando sin aliento.

Elle bajó su vaso, en cuyo fondo quedaba un dedo de espuma.

—La hostia.

Darcy echó la cabeza hacia atrás para reírse. «Mierda». Una pequeña gota de cerveza le resbaló por el cuello y Elle habría querido lamerla, saborear la piel de Darcy. Apretó las muelas hasta que rechinaron.

—¿Qué gano?

Elle resopló y se acabó el resto de su cerveza.

—¿El derecho a fanfarronear? No lo sé. ¿Hay algo que quieras?

O la cerveza le estaba subiendo de golpe o Elle se estaba imaginando que la mirada de Darcy se había vuelto siniestra.

Esta se encogió de hombros y sorbió por la nariz, echándose el pelo sobre un hombro deliciosamente pecoso.

—Me lo pensaré.

Elle también.

—Estás llena de sorpresas, ¿lo sabías?

Darcy ladeó la cabeza y frunció el ceño suavemente.

—¿Y eso qué significa?

—Lo que he dicho —respondió, rasgando el papel del envoltorio de sus palillos por la mitad—. ¿Acaso eres una campeona de los concursos de cerveza que ve telenovelas? O al menos sabes lo suficiente para responder una pregunta que dejó perplejo a todo el mundo.

Darcy se cerró en banda y, con la mirada vacía, bajó la vista a la mesa.

—¿Qué pasa con eso?

Elle no había querido insinuar nada y mucho menos ofender.

—Nada. Solo fue… inesperado. Yo creo que mola.

Darcy bufó con sorna.

—Seguro que sí.

—Que sí. ¿Por qué te mentiría? En serio, ¿qué sacaría no siendo más que totalmente sincera?

Darcy pareció sopesar sus palabras, porque se le suavizó el ceño.

—Oh.

—Oh —se burló Elle.

—La mayoría de la gente se ríe de ello. Las tramas son forzadas y... los personajes mueren y vuelven a la vida por el amor de Dios, pero mi abuela estaba obsesionada con los culebrones. —La sonrisa de Darcy se volvió suave y nostálgica, y bajó la voz—: En verano, y luego cuando nos mudamos a su casa, los veíamos juntas. Era nuestra costumbre. Cada día, a la una, llevábamos limonada y bocadillitos al salón y veíamos *Whisper Cove* y luego *Los días de nuestras vidas*. Cada día.

—Suena bien —dijo Elle, triturando el papel del envoltorio de sus palillos para no hacer algo tan ridículo como cogerle de la mano a Darcy.

—Sé que son estúpidos —se excusó, como si todavía pensara que necesitaba justificar sus intereses. Templarlos distanciándose emocionalmente de ellos.

—No son estúpidos. No si los disfrutas. Y, aun así, las tonterías no son malas.

Había cosas mucho peores.

—Brendon dijo algo similar.

—Sabía que me caía bien por alguna razón —bromeó Elle con una sonrisa—. Parece un hermano genial.

La sonrisa de Darcy se volvió terriblemente tierna y le arrugó el rabillo de los ojos.

—Lo es. También un controlador a veces...

—Estoy segura de que tiene buenas intenciones.

—Sí, bueno, se le olvida que no es cosa suya cuidar de mí, sino al revés.

Elle amontonó los trozos de papel destrozado y empujó su vaso de cerveza, ya vacío, hacia la derecha para hacer un hueco donde descansar los codos.

—¿Puedo hacerte una pregunta?

Darcy alzó las cejas.

—Puedes preguntar.

Estaba más que implícito el «eso no significa que vaya a responder».

—Tú y Brendon... A veces hablas de él como si lo hubieras criado.

Darcy apretó las comisuras de la boca y Elle vio cómo tragaba saliva. Bajó la mirada hacia la mesa y recorrió una hendidura en la superficie de la mesa con el dedo.

—Yo... No es nada tan radical como eso. Te conté que nuestros padres se divorciaron. Fue el verano anterior a mi primer año de bachillerato. Nuestra madre consiguió la custodia; nuestro padre no la pidió, ya que se pasaba de viaje dos semanas al mes. Pero... —Torció la mandíbula a un lado y presionó el dedo sobre la maltrecha mesa con tanta fuerza que la yema se le puso blanca—. Mi madre no llevó nada bien su separación. Estaba destrozada y por eso, en cierto modo..., se desentendió.

¿Qué significaba eso?

Darcy le ahorró a Elle la dificultad de encontrar una forma educada de preguntarlo.

—Se pasaba todo el día durmiendo y se quedaba despierta hasta altas horas de la noche. Dejó de salir de casa y apenas lo hacía de su habitación. Alguien tenía que hacerse cargo, así que yo llevaba a Brendon a clase y lo recogía, también a sus actividades extraescolares. Nadie pasó hambre conmigo. Pero tampoco es que estuviera pensando exactamente en pagar la hipoteca, y al parecer mi madre tampoco, porque unos meses después embargaron la casa y nos mudamos con mi abuela.

—Primero de bachillerato... Tú tendrías...

—Dieciséis años —terminó Darcy por ella, con la cabeza gacha—. Brendon tenía doce.

Uf.

—¿Tu madre llegó a...?

«Mejorar» sonaba estúpido.

—La abuela la ayudó a encontrar trabajo. La obligó a hacerlo, en realidad. Si eso es a lo que te refieres. Era fotógrafa, hacía retratos, reportajes para bodas, fotos de graduación y ese tipo de cosas, pero, cuando yo nací, dejó de trabajar para poder cuidarme y luego, cuando fui un poco mayor, para poder acompañar a mi padre en sus viajes. Más tarde, tras el divorcio, se pasó a la fotografía de viajes, lo que le permite ir donde quiera y cuando quiera, que es lo que ella prefiere. —Darcy se encogió de hombros y uno de los tirantes de la camisola se le deslizó por el hombro—. Nunca hemos estado unidas.

—Al menos tienes a Brendon.

Un camarero se detuvo junto a la mesa con una bandeja hasta los topes con dos hamburguesas gigantescas.

—¿Dos montes Fuji?

—Qué cojones —susurró Darcy cuando el camarero se fue—. ¡Elle!

Esta se quedó mirando fijamente su propia hamburguesa, de tres pisos, con los ojos muy abiertos.

—No pensaba que fueran tan grandes.

—¿Qué es esto? —preguntó Darcy, tocando el panecillo superior de su hamburguesa y arrugando la nariz de manera adorable.

—Eh, katsu de ternera, katsu de pollo, katsu de cerdo, huevo, beicon, pepinillos, tomate, repollo, mayonesa de wasabi y algunas salsas más que no recuerdo. Les he pedido que le quitaran el queso a la tuya.

Elle cogió un fajo de servilletas del dispensador que había en el centro de la mesa. Tenía la sensación de que las iba a necesitar.

—¿Por dónde empiezo a comerme esto? —murmuró Darcy—. ¿No hay cubiertos?

Elle ahogó un grito.

—Comerse una hamburguesa con tenedor y cuchillo es un delito —apuntó—. Tú no te cortes. Plántatela en la cara y, con suerte, te cabrá en la boca casi entera.

—¿Estás muy acostumbrada a hacer eso?

—Normalmente me pido la clásica de Tokio, que solo tiene una... —Entonces entendió las palabras de Darcy—. Guau.

Esta esbozó una sonrisa que dejó a la vista su perfecta dentadura.

—Prácticamente estaba pidiendo a gritos que alguien lo dijera. Venga ya.

Elle resopló y envolvió con las manos la enorme hamburguesa. Apenas le cabía en la boca, así que terminó dando un bocado tan solo al panecillo y al repollo: había que empezar por algún lado.

Darcy, por su parte, examinó su hamburguesa con los ojos entrecerrados antes de espachurrarla entera con la palma de la mano hasta que la redujo a la mitad de su tamaño original. Se la llevó a la boca, le dio un mordisco poco elegante y le goteó por la barbilla mayonesa de wasabi y salsa tonkatsu mientras gemía, con los ojos en blanco, cuando la combinación de sabores le llegó a las papilas gustativas.

Elle enterró su sonrisa en su hamburguesa.

—En una escala del uno al diez, ¿qué te parece?

Darcy se limpió la barbilla con aspecto pensativo.

—Un nueve coma dos —le aseguró—. ¿Tú?

—Un once sin problema.

—Has dicho en una escala del uno al diez.

—Es una hipérbole. A veces, pintar sin salirte de la raya simplemente no basta. Como cuando estás al doscientos por ciento segura de algo. ¿Nunca has sentido eso?

Darcy se la quedó mirando fijamente durante tanto tiempo que Elle se removió incómoda.

—Es una hamburguesa. No creo que sea tan profundo.

Elle resopló y dio otro mordisco.

—¿Qué hay de ti?

Terminó de masticar antes de preguntar:

—¿Qué pasa conmigo?

Darcy dejó su hamburguesa y cogió otra servilleta.

—¿Estás unida a alguno de tus hermanos?

Eso era... relativo.

—Probablemente esté más unida a Daniel. Solo nos llevamos dos años, lo cual ayuda. Pero, ahora, él y Jane son los que más cosas tienen en común —respondió Elle, que luego cogió su agua y dio un sorbo reconfortante—. No choco con Jane, ni nada parecido, simplemente tenemos rollos superdiferentes. Pero me deja cuidar a mi sobrino, así que al menos se fía lo bastante de mí como para que me haga cargo de un bebé.

Darcy sonrió mientras sorbía de su pajita.

—¿Por qué tengo la sensación de que se te dan sorprendentemente bien los críos?

Elle bufó.

—¿Sorprendentemente? Perdona, pero Ryland tiene suerte de tenerme como tía. Puede que no sepa cocinar, pero hago obras de arte con macarrones, aunque pésimas, y les pongo voces a todos los personajes de sus cuentos.

Que le pidieran encargarse de Ryland en el último minuto era la norma porque, a juicio de Jane, como Elle trabajaba desde casa, su horario era flexible. La única razón por la que no se quejaba era porque lo disfrutaba.

—¿Y con tu otra hermana?

—¿Lydia? —Elle se encogió de hombros—. Somos como el

aceite y el agua. Ella idolatra a Jane y descubrió hace mucho que la forma más fácil de obtener la aprobación de nuestros padres era seguir las normas a rajatabla. Pero, incluso así, es difícil competir con Jane y Daniel, porque todo lo que hagas ya lo habrán hecho ellos primero, y probablemente mejor. Fueron estudiantes de honor en el instituto, Daniel fue presidente de la asociación estudiantil del colectivo LGTBIQ+, ambos practicaban un millón de deportes y ahora tienen un trabajo fantástico y su propia familia. Prepárate porque Lydia se comporta como una niñata: se le ha metido en la cabeza que la mejor manera de sentirse bien es señalar mis defectos.

Darcy frunció el ceño.

—¿Tus padres no aprueban lo que haces?

Aprobar. Ojalá.

—Se han estancado, a su pesar, en la fase de aceptación, por lo que generalmente no hablamos del hecho de que no tengo un trabajo como Dios manda, estable y con un plan de pensiones. Como si existiera algo así siquiera. Mi madre suelta alguna que otra pullita de tanto en cuando sobre mi profesión y sobre cuánto le gustaría que sentara la cabeza con una de las personas tan majas, y aburridas, con las que me han emparejado. De vez en cuando, pillo a Jane mirándome como si yo fuera una especie de rompecabezas de otro planeta que está tratando de resolver, pero la mayoría simplemente me ignora —dijo Elle. «Mierda». Hizo una mueca y apuntó—: O sea, no es que me ignoren, sino que las cosas que me importan en realidad a ellos les traen sin cuidado.

El surco entre las cejas de Darcy se hizo más profundo.

—Pero querrías que fuera distinto. Que les importaran.

—Pues claro —respondió. Por supuesto—. Pero, a diferencia de Lydia, decidí hace mucho que no iba a cambiar quien soy solo para gustarle a alguien.

—¿Dónde encajo yo en todo esto? ¿En Acción de Gracias?

Cierto. Acción de Gracias. Esa era la razón por la que estaban aquí, no para conocerse mejor porque sí.

—¿Actuando como si te gustara? —Elle soltó una risa incómoda, evitando la mirada de Darcy—. Tu trabajo y tu rollo gritan a los cuatro vientos que tienes la vida arreglada, así que, si mi familia cree que te gusto y te oye hablar de lo increíble que crees que soy, tal vez me miren de un modo distinto sin que yo tenga que, ya sabes, hacer nada.

Darcy asintió.

—Puedo hacerlo.

Elle sintió un nudo en el pecho; ojalá Darcy no tuviera que fingir que le gustaba.

—¿Hay algo más que deba saber o es más bien una cuestión de aprender sobre la marcha?

Ajá. Elle todavía estaba aprendiendo a sortear las cenas familiares formales.

—Si te sirve de consuelo, probablemente encajes mejor que yo en mi familia.

A pesar de la creencia popular de que nadie debería comer nada más grande que su cabeza, ambas lograron liquidarse sus hamburguesas y una ración a medias de patatas fritas con alga nori.

De vuelta en la calle, Elle se cruzó de brazos para protegerse del frío y le sonrió a Darcy, que había sido lo suficientemente inteligente como para ponerse abrigo. La inesperada visita de Darcy había tomado a Elle demasiado desprevenida como para pensar en coger su chaqueta.

—Pues me lo he pasado bien.

Darcy asintió con la cabeza.

—Y yo. Gracias por la comida. ¿Estás segura de que no me dejarás pagar lo mío?

Elle hizo un gesto con la mano.

—Yo invito.

No estaba segura de si estaban paradas en la esquina porque el semáforo estaba en rojo o por alguna otra razón.

—Bueno, pues…

—Te acompaño —soltó Darcy—. Se está bien fuera.

Hacía un frío que pelaba, pero bueno. Elle no se lo discutiría. La compañía era agradable.

Elle las condujo dos manzanas hacia el sur y se detuvo en el cruce entre Pike y Broadway a esperar a que cambiara el semáforo. Se asomó por la esquina por si venía algún coche. El letrero de neón que colgaba en una ventana de la siguiente manzana llamó su atención. Agarró a Darcy por la muñeca y tiró de ella en esta nueva dirección.

—¿Qué? ¿Adónde vamos? Tu apartamento está por ahí.

—Cambio de planes —dijo Elle, deteniéndose frente a una tienda cuyo cartel rezaba: «Trastos en el Trastero». La segunda «T» de «trastero» estaba fundida, por lo que el nombre del local se leía «Trastos en el Trasero», lo que hizo que Elle se riera por lo bajo—. Esta es mi tienda de segunda mano favorita.

—Y estamos aquí ¿porque…? —Darcy se quedó mirando embobada el escaparate de maniquíes medio desnudos que posaban como si estuvieran en una orgía.

—Me había olvidado de mi costumbre favorita de Acción de Gracias. Es lo único raro que hace mi familia, si es que se le puede calificar así —respondió Elle, con una mano en la manija de la puerta, ansiosa por entrar para resguardarse del frío—. Todos llevamos los suéteres navideños más horteras que podemos encontrar. Llevamos años haciéndolo. Tienes que llevar uno.

Darcy no discutió, aunque hizo una mueca y torció los labios como si estuviera empezando a arrepentirse de todo aquel plan, si es que no lo había hecho ya.

El interior de la tienda olía a suavizante para la ropa y desinfectante Lysol, que enmascaraba el olor a naftalina y humano, el cual Elle se esforzó por ignorar. Dejando atrás el perchero con chaquetas acolchadas, empujó a Darcy hacia el interior de la tienda, donde guardaban sus prendas más chulas.

—Qué barbaridad —exclamó Darcy, que tiró de un vestido de gala abullonado y con cancán que había entre una vieja camiseta con un mensaje antidrogas y una chupa de cuero—. Nada de esto tiene razón de ser. ¿Cómo encuentras algo aquí?

—No lo haces. La verdad. Las cosas suelen encontrarte a ti.

—Como si eso no sonara siniestro —respondió, que volvió a dejar el vestido en el perchero. La barra que sostenía las prendas hizo un crujido antes de que todo colapsara sobre sí—. Mierda.

Darcy se agachó para arreglar aquel desastre. Algo verde y brillante en la pila de ropa llamó la atención de Elle.

—Espera, espera.

Agarró la prenda en cuestión, sin duda un suéter. Y no un suéter cualquiera, sino una monstruosidad de punto deliciosamente espantosa con un Grinch de lentejuelas.

Darcy retrocedió ante el jersey y golpeó con el codo el estante de zapatos.

—Au. No. Ni en broma. Ni aunque me pagaras.

Elle, dándolo todo, la miró con lo que esperaba que fuera un puchero convincente, abriendo mucho los ojos y sacando el labio inferior.

—Te lo he dicho: las cosas te encuentran.

—Que no —respondió Darcy, negando con la cabeza—. Es odioso.

—¡Mejor! Se supone que tiene que ser feo.

—«Feo» es quedarse corta, Elle. Me ofende.

Esta le lanzó el suéter a Darcy, que soltó un gritito y retrocedió.

—Pruébatelo.

Darcy palideció.

—¿Que me lo pruebe? ¿Estás de coña? No sé dónde ha estado ni quién se lo ha puesto. No voy a comprarlo y, si lo hiciera, lo lavaría primero, eso ni lo dudes, vamos.

—Ufff —gimió Elle, dejando caer la cabeza hacia atrás—. Ay, por favor. No seas tan gruñona, que te pareces al Grinch. Puedes ponerte tu camisola. No pasa nada.

Con un resoplido, Darcy le quitó el suéter a Elle de las manos y se fue hecha un basilisco en dirección al probador, refunfuñando burradas en voz baja.

Elle esperó frente a la cortina del probador, riéndose con disimulo mientras escuchaba a Darcy murmurar para sí misma sobre los suéteres de los cojones, que más le valía no coger chinches o algo así, y que Elle debería estar contenta.

«Contenta» fue quedarse corta. Cuando Darcy descorrió la cortina y salió del probador, Elle se dobló de la risa. El suéter, tres tallas más grande, se la comía entera y le llegaba casi hasta las rodillas. Cuando Darcy levantó un brazo para hacerle la peineta, las mangas se le subieron y el exceso de tela hizo que pareciera que tenía alas. Por no mencionar siquiera la atrocidad de que los ojos del centelleante Grinch se alinearan perfectamente con el pecho de Darcy.

Esta se rascó la base de la garganta, torció el gesto y abrió los ojos como platos.

—Me pica. ¿Por qué me pica?

—Probablemente sea psicológico. —Elle se encogió de hombros—. ¿O te has acostumbrado tanto a llevar telas caras que el poliéster te produce urticaria?

—Puaj —exclamó Darcy, que se sacó el suéter por la cabeza y el pelo se le erizó por la estática. El tirante de la camisola se le deslizó por el brazo nuevamente, seguido del tirante del sujetador. Elle se esforzó para tragar saliva—. ¿Contenta? —le preguntó.

—Mmm. ¡Oh! —asintió—. Lo estaré si lo compras.

Darcy tiró el suéter al suelo y cogió su blusa.

—Es horrible —apuntó.

—Es brutal. Tienes que ponértelo.

—Póntelo tú si tanto te gusta.

Elle ya tenía un suéter.

—Te ha encontrado, Darcy. Es el destino.

Esta suspiró.

—¿Todos llevaréis uno?

—Cantarás como una almeja si tú no.

Darcy paseó la mirada entre el rostro de Elle, que le hacía pucheros, y el suéter tirado en el suelo.

—Por favor. Es costumbre.

Se le hundieron los hombros.

—Vale. Pero lo voy a lavar primero.

Elle no pudo evitarlo. Dio un paso adelante y abrazó a Darcy con fuerza.

—Gracias.

Como la primera vez que la abrazó, Darcy se puso rígida. Pero esta vez se relajó antes y ella misma le pasó los brazos por la cintura a Elle. Tuvo que sentir el batacazo que dio el corazón de esta, retumbándole en el pecho, con lo apretados que estaban sus cuerpos.

Darcy fue la primera en alejarse, echándose hacia atrás, deslizando las manos, cuyos dedos rozaron la parte baja de la espalda de Elle mientras dejaba caer los brazos. Sus rostros estaban cerca, tan cerca que Elle podría haberse inclinado y presionado sus labios contra los de Darcy. Se tambaleó y las rodillas le flaquearon ante la suave sonrisa que esta le dedicó.

—No... no es nada. Solo es un suéter.

No se trataba solo del jersey, pero Elle no dijo nada por miedo a hablar demasiado. En lugar de eso, dio un paso atrás y señaló el estante de las novedades.

—Voy a echar un vistazo un minuto, si no te importa.

Darcy asintió y comenzó a abrocharse la hilera de botoncitos de perlas de su blusa.

Lo que más le gustaba a Elle de Trastos en el Trastero era que ofrecían un poco de todo. ¿Buscabas cubiertos antiguos? ¿Trajes que parecían sacados directamente de *Fiebre del sábado noche*? Tenían artículos para el hogar, disfraces, quincalla..., algo para todos los gustos.

Darcy encontró a Elle justo cuando salivaba por una cazadora universitaria, solo que, en lugar de ser de una escuela o equipo, tenía una gigantesca caricatura bordada de Samantha, de *Embrujada*, en la espalda.

—Brendon y yo la veíamos cuando éramos pequeños —le dijo Darcy, mordiéndose el labio—. Cuando pasábamos los veranos en casa de la abuela, nos dejaba construir fuertes con almohadas en el salón y quedarnos despiertos hasta tarde viendo *Embrujada* y *Mi bella genio* en la tele hasta que nos quedábamos fritos en el suelo.

Elle recorrió las costuras de la chaqueta y sonrió.

—Cuando era pequeña estaba convencida de que era bruja y el resto de mi familia eran simples mortales, y que por eso yo era diferente. No logré nunca mover la nariz como Samantha. —Sonrió—. Tú tienes una nariz muy parecida a la suya, ¿lo sabías?

Darcy se llevó los dedos a la punta de la nariz y se le arrugó la frente.

—¿Qué se supone que significa eso?

—¿Por qué siempre piensas que lo que digo tiene un doble sentido? Era un cumplido. Significa que… —«Me gusta tu cara»—. Creo que tienes una nariz muy mona.

Elle sintió como si alguien hubiera subido la temperatura de la tienda un millón de grados, como si estuviera sobre la superficie del sol en lugar de llevar puesta una camiseta poco adecuada para mediados de noviembre. Ignoró el rubor que le subía por los lados de la garganta y miró a Darcy con el rabillo del ojo, a la que vio sonrojarse de forma idéntica.

—Oh. —Darcy se aclaró la garganta—. Gracias.

Elle se mordió el interior de la mejilla y tarareó mientras giraba la etiqueta de la chaqueta para ver el precio. Alzó las cejas hasta casi la línea del pelo. «Olvídalo».

Mientras avanzaba por el pasillo, Elle se detuvo frente a una caja de muñecas espeluznantes que Darcy se negó a mirar. Había visto suficientes películas de terror para saber cómo iba la cosa, muchas gracias. Cuando Elle hizo una pausa para examinar los accesorios antiguos para el pelo, Darcy se escabulló para pagar su suéter.

Elle lanzó una última mirada triste a la parte trasera de la tienda, donde estaba la chaqueta de *Embrujada*, y se dirigió al frente para encontrarse con Darcy en la puerta.

Preparándose para el frío, Elle cruzó los brazos con fuerza sobre el cuerpo y agachó la barbilla mientras caminaba hacia la acera. Unos dedos cálidos la agarraron suavemente por el codo para impedir que se alejara.

—Toma —dijo Darcy, poniéndole algo de tela encima y apretándoselo contra el pecho.

Era la chaqueta, la que tanto le había gustado, la que costaba noventa dólares. Demasiado. Con el corazón encogido, a Elle se le hizo un nudo en la garganta, un bulto inamovible que le dificultaba tragar.

—Darcy...

—Siempre olvidas ponerte una chaqueta. Empiezo a preguntarme si tienes alguna siquiera —dijo ella, mirando fijamente un punto por encima del hombro de Elle.

Esta se arrebujó la chaqueta contra el pecho con veneración, sin palabras.

—De veras que no es nada —dijo—. Me has invitado a cenar. Y pagaste las copas la noche en que nos conocimos. Considéralo un regalo adicional por cerrar el trato con OTP.

Darcy sorbió suavemente por la nariz y el gesto hizo que se le crispara la nariz. Cada vez que se pusiera la chaqueta, Elle solo podría pensar en Darcy frunciendo esa respingona naricilla.

La caja de vino no había sido nada; esto..., esto era definitivamente algo. Y gordo. Solo que Elle no sabía qué. Pero le gustaba, le gustaba que Darcy hubiera pensado en ella, que se hubiera esforzado tanto para tener un detalle con ella solo porque sí. A pesar de lo que había dicho, de lo que ambas habían dicho, Darcy no había insistido ni una sola vez en todo el rato para que Elle inmortalizara la tarde con una foto que publicar para que Brendon las viera juntas. Elle no sabía qué significaba nada de aquello, sentía como si algo entre las dos hubiera cambiado.

Metió los brazos por las mangas de la chaqueta y sacó las manos por las muñecas. La talla perfecta.

—Y te ha gustado, así que...

Allí estaban esas palabras otra vez. «Así que...». Imaginar lo que venía después de esa diminuta expresión era demasiado tentador.

Tan tentador que, más tarde esa noche, mientras Elle estaba en la cama, mirando las estrellas fosforitas que tenía pegadas al techo, las que tanto le entusiasmaban por estúpidas que las consideraran algunas personas, se permitió tener la esperanza de que podía surgir algo real de este falso acuerdo.

—Los programadores quieren saber cómo se podrían representar visualmente los planetas. En plan, con emojis. Yo estaba pensando en una berenjena y un melocotón al lado de Marte, ya que son los más representativos del acto y el deseo sexual. Y la cara con el beso y un anillo de diamantes junto a Venus, para los valores y... ¿Elle? Elle.

Elle parpadeó, apartando la vista de la cortina de cuentas moradas que separaba el reservado del Wishing Well Books de la parte pública de la librería y con la que se había distraído mirándola embobada. Había tenido una lectura en persona a las cinco y media y otra a las ocho, por lo que Margot la había acompañado para que pudieran dejar algunas cosas listas para OTP entretanto.

—Lo siento. Berenjenas —dijo, y frunció el ceño—. ¿Cuándo hemos empezado a hablar de rabos?

Margot resopló y le lanzó el bolígrafo.

—Déjame adivinar, soñando despierta con —fingió desmayarse sobre el brazo de su silla— Darcy.

—Para —le advirtió Elle, devolviéndole el bolígrafo a Margot, en cuyo brazo dejó una raya fucsia. Luego abrió la boca para discutir, pero se contuvo. Cualquier cosa que dijera para negarlo habría sido una mentira descarada—. Vale, sí, es verdad.

Si bien Margot todavía no estaba satisfecha con las circunstancias que habían unido a Darcy y a Elle, o cómo se había comportado aquella en su cita a ciegas, sostenía que, mientras Elle estuviese contenta, ella se alegraba.

—Por supuesto que sí —respondió Margot, dejando su cuaderno en la mesa entre ellas, junto a la vela con aroma a salvia, ciprés y citronela, cuya llama titilaba suavemente en la sombría habitación—. ¿De qué se trataba esta vez? ¿El beso? ¿La chaqueta? ¿El vino? ¿Su nariz?

—¿Todo? —Elle sonrió apocadamente y se encogió de hombros—. Solo… quiero gustarle. ¿Es eso una tontería? Probablemente pienses que soy una payasa.

—¿Que si creo que eres una payasa por querer gustarle a la chica que te gusta? —Margot chasqueó la lengua—. Por supuesto que no, Elle. Me preocupa que estés jugando con fuego, pero si crees que esto con Darcy, sea lo que sea —apuntó, poniendo los ojos en blanco—, merece la pena, entonces te apoyo. Aunque, hablando del tema, ¿le has dado más vueltas a cómo se supone que terminará esto?

—No lo sé —respondió, tirándose de un hilo suelto del dobladillo del suéter para evitar la perspicaz mirada de Margot—. ¿Quién dice que tenga que terminar?

Al no responder su amiga, levantó la vista y se estremeció ante la absoluta expresión de lástima en su rostro, desde el ceño fruncido hasta los labios apretados.

—Elle…

—Tal vez —insistió esta—. Tal vez no termine. Tal vez Darcy… Nosotras… —Se hundió en su silla con un suspiro—. Que empezara siendo falso no significa que no pueda volverse real, ¿no?

Margot se encogió de hombros.

—Claro, Elle. Todo es posible.

Exacto.

—Gracias. No pretendía que nos fuéramos por las ramas. ¿Qué estabas diciendo? ¿Programadores y emojis?

Margot cogió su cuaderno de la mesa y se subió las gafas hasta el puente de la nariz. Al lío de nuevo.

—Tenemos que elegir una muestra de posiciones en la carta porque, según el equipo, no se podrá acceder al resto a menos que los usuarios se hagan prémium.

Era justo. OTP tenía que ganar dinero de alguna manera y, en lo que respecta a los incentivos, el acceso al resto de la carta de su pareja sería un buen reclamo para que los usuarios mejoraran su suscripción. La curiosidad tenía un increíble poder de motivación. ¿Acaso no lo sabía Elle?

—Está bien. Una muestra... El Sol ya viene dado, así que yo diría... La Luna, el ascendente, Marte y Venus. Uy, Mercurio también es importante.

Sin una carta completa, era difícil determinar la compatibilidad. Pero la mayoría de las personas que no habían estudiado astrología exhaustivamente (y, la verdad, pocas lo habían hecho, a pesar del absurdo número de cuentas que habían surgido sobre el tema afirmando saber de qué hablaban) no serían capaces de dilucidar los matices de una carta natal.

Entre bastidores, Elle y Margot estaban trabajando con los programadores de OTP para ajustar los algoritmos de compatibilidad para conferirles un enfoque más completo de la sinastría. La mayoría de los usuarios preferían ir al grano. Pero, si querían detalles, tendrían que pagar.

Margot hizo girar su pendiente entre los dedos y frunció el ceño, pensativa.

—Estoy contigo en lo de Mercurio. Gran parte de la comunicación no es lo que decimos, sino cómo lo decimos.

Qué gran verdad. Y no solo en las conversaciones cara a cara. Es igual de importante, más de hecho, cuando escribimos. Pásate con los signos de exclamación y parecerás demasiado ansioso. Ya fueras de «ja, ja, ja» o «xD», eso dice algo sobre ti, sobre la conversación. Importa la forma en que dices «vale», pues cada palabra tiene un tono distinto. «Ok», por supuesto, es una categoría aparte y, si viene con un punto detrás, lo más probable es que las cosas no estén bien en absoluto.

Pero no todo el mundo era experto en eso, en entender la importancia de lo que decían o de cómo podía ser percibido. Cómo una sola respuesta podía hundir una conversación o un mal chiste acabar haciendo que te bloquearan. O que te ignoraran. Y nunca más se supo.

Enviar mensajes de texto era un campo de minas lleno de malentendidos e incertidumbre, especialmente porque cada persona tenía su propia forma de…

—Margot, eres un genio —exclamó Elle, que se inclinó sobre la mesa y besó a su amiga en un lado de la cabeza.

—¿Qué? —Esta abrió mucho los ojos tras las gafas—. ¿Qué he dicho?

—La función de chat de OTP. ¿Sabías que ya hacen un trabajo fantástico a la hora de fomentar el diálogo? Por ejemplo, cuando una conversación se atasca y nadie escribe en dos horas, recibes una notificación con una sugerencia útil sobre el perfil de la persona. «A Jenna le gusta *Euphoria*. ¿Por qué no le preguntas por el último episodio?».

Margot asintió.

—¿Qué tal si le plantéasemos a Brendon y al resto del equipo que, además de esas útiles sugerencias para que arranque la conversación, los usuarios prémium también reciban orientación sobre la mejor manera de comunicarse con la otra persona según el signo en que está su Mercurio?

—Entonces los usuarios prémium nos contratarían básicamente como... ¿casamenteras virtuales?

—Si lo pintas así... —Elle hizo una mueca socarrona.

Por alguna razón, era más fácil resolver los problemas de los demás que los suyos propios.

Una sonrisa se fue asomando lentamente a las comisuras de la boca de Margot.

—Esto es increíble, Elle. No solo aumentaríamos potencialmente la cantidad de conversaciones que conducen a una primera cita, sino que alentar a los usuarios a seguir escribiéndose a través de nuestra aplicación en lugar de pasar a su plataforma habitual aumentaría la permanencia, lo que incrementaría los ingresos de los anuncios. Brendon se lo va a comer con patatas.

Elle cogió su teléfono, ansiosa por contárselo a su socio antes de que se enterara durante su próxima reunión junto con los programadores.

ELLE: a mar y a mí se nos ha ocurrido una idea chulísima sobre la función de chat de la app. vas a flipar

Pensándolo bien, fliparía y luego exigiría quedar para tomar un café y hablar sobre su idea lo antes posible, porque «impaciencia» era el segundo apellido de Brendon. Sin duda, esa conversación acabaría dando paso a cómo iban las cosas con Darcy. Y no, Elle ya estaba bastante chalada sola; añadir la intromisión de Brendon a la mezcla solo enredaría más la maraña de sentimientos que tenía. Le dio al botón de retroceso para borrar el mensaje. Quizá, por ahora, la opción más inteligente era evitarlo y dejar que Margot se encargara.

Mientras su amiga tomaba algunas notas para la próxima reunión con OTP, comenzó una nueva lista para la entrada de Oh My Stars: «¿Cómo escribes según tu signo del zodiaco?».

En cuanto terminó, pasó a sus propios mensajes y releyó los últimos que había intercambiado con Darcy esa mañana.

ELLE (3.14): crees q hotel california inspiró la 5 temporada d american horror story?

ELLE (3.19): con todo eso d salir xo q nunca te vas

DARCY (5.32): ¿Qué hacías escuchando *Hotel California* a las tres de la mañana?

ELLE (7.58): es el mejor momento del día xa escuchar a los eagles

ELLE (7.59): obvio

DARCY (8.07): Sabes que la canción en realidad no trata sobre un hotel, ¿verdad?

DARCY (8.09): Habla de la desilusión y el sueño americano.

ELLE (8.16): guaaau

ELLE (8.16): q canción me vas a arruinar la próxima vez, Darcy?

ELLE (8.17): you're beautiful? time of your life? every breath you take?

DARCY (8.20): Solo es una sugerencia, pero tal vez deberías buscarlas en Google.

Ambas tenían formas de escribir extremadamente diferentes: Darcy usaba la puntuación adecuada y oraciones completas, mientras que Elle ni se molestaba. Podría intentarlo, pero hasta el momento no parecía obstaculizar su comunicación ni su tasa de éxito. Darcy siempre respondía, incluso si no lo hacía tan de inmediato como Elle. Por su forma de escribir, podía imaginársela respondiendo en persona, con ese evidente sentido del humor (a menudo seco, a veces sucio).

Margot todavía estaba absorta en sus notas, por lo que Elle abrió un nuevo mensaje.

ELLE (16.16): película favorita

ELLE (16.16): dispara

DARCY (16.19): ¿Solo una? Es demasiado difícil.

ELLE (16.20): vale

ELLE (16.20): acción comedia comedia romántica y no sé drama?

DARCY (16.25): La comedia sería *La loca historia del mundo*. De acción… Uf, no lo sé. ¿*La momia*, tal vez? Comedia romántica… *La pareja del año*. El drama tendría que ser *El club de los poetas muertos*.

ELLE (16.26): la momia?!?

ELLE (16.26): esa peli fue la q provocó mi despertar bisexual

Esperó, observando los pequeños puntos bailar arriba y abajo, arriba y abajo…

DARCY (16.28): ¿Sí?

ELLE (16.29): sí

ELLE (16.30): quería ser evelyn o quería cabalgar hacia el atardecer con ella?

ELLE (16.30): ambas obvio

DARCY (16.32): Entonces ¿saliste del armario tras ver *La momia*?

ELLE (16.33): no

ELLE (16.33): de hecho, tardé un tiempo en aclararme

ELLE (16.34): intenté heterotextualizar mis sentimientos durante una época

ELLE (16.34): en retrospectiva, no sé p q

ELLE (16.35): todo es parte del proceso, supongo

DARCY (16.37): ¿Intentaste qué?

Tardó un segundo en comprender qué había confundido a Darcy.

ELLE (16.39): aplicar contexto hetero a una situación supergay
ELLE (16.40): hetero + contextualizar = heterotextualizar
DARCY (16.42): Ah. Palabra nueva. Gracias por ampliar mis horizontes.

Elle se mordió el interior de la mejilla para evitar reírse.

ELLE (16.43): inventada
ELLE (16.43): xo de nada
DARCY (16.45): 😊Por supuesto.
DARCY (16.49): Y ¿cuándo paraste? ¿De heterotextualizar?

Elle se rio entre dientes mientras escribía.

ELLE (16.50): poco después d heterotextualizar a una amiga q me lo estaba comiendo en una fiesta del grupo d teatro en el insti
ELLE (16.51): d coleguo entre amigas
ELLE (16.52): mi mente iba a lo loco, dando volteretas
DARCY (16.53): Suerte que no te hiciste nada.

Traviesilla. Elle también podía ser descarada.

ELLE (16.55): tenía buena cabeza. igual me dio un tirón. no me acuerdo

Un minuto después, le sonó el móvil. Con el estómago hecho un manojo de nervios, deslizó el dedo por la pantalla sin mirar.

—Estaba de broma. En realidad, no me dio ningún tirón cuando me lo estaba comiendo, solo...

—¿Elle?

Esta se estremeció tan fuerte de la vergüenza que probablemente fuera a necesitar un quiropráctico.

—¿Mamá?

Margot la miró compungida, cogiendo aire suavemente entre dientes.

Incómoda, la madre de Elle se aclaró la garganta.

—Supongo que esperabas otra llamada.

Por Saturno, el Sol y la Luna. ¿Por qué no había mirado quién llamaba? Quería morirse.

—Eh, ¿podemos hacer como si esto no hubiera pasado?

—¿Que hagamos como si esto no hubiera pasado? —preguntó su madre.

—Ya, bueno. —Elle tosió—. Me has llamado.

—Así es. No sé nada de ti desde hace tiempo.

—Supongo que no tenía mucho que contar —respondió. Aparte de que habían cerrado el trato con OTP, no había nada que destacar. Aunque podía probar—: Excepto que…

—Quería asegurarme de que venías por Acción de Gracias.

—¿Por qué no iba a ir? —Era Acción de Gracias. Claro que estaría allí.

—No estaba sugiriendo que no vengas, Elle. Era una pregunta.

No valía la pena discutir.

—Ya. Pues allí estaré.

—Bien. Lydia traerá a Marcus el jueves, y Jane y Gabe vendrán obviamente con Ryland. Daniel y Mike llegarán el miércoles, así que ya somos nueve…

—Yo llevaré a Darcy —saltó Elle.

Su madre hizo una pausa.

—¿A quién?

—Conociste a su hermano, Brendon. ¿Hace un par de semanas mientras desayunábamos?

Pasaron varios segundos antes de que su madre asintiera con un murmullo.

—Ah, sí. ¿La actuaria?

Su madre tenía la terrible costumbre de reducir a todo el mundo a su profesión. Jane, la farmacóloga. Daniel, el programador. Lydia, la estudiante de Odontología. No quería ni imaginarse cómo se referiría a ella. Elle, la decepción.

—Sí, es actuaria.

—¿Todavía sales con ella?

—Todavía salgo con ella.

—Ya hace varias semanas.

—Pareces sorprendida.

—Sinceramente, Elle, ¿acaso puedes culparme?

Elle apretó los labios para contener las palabras en su garganta, ninguna de ellas correcta.

Su madre siguió parloteando, ajena a las penurias de su hija.

—Cenamos a las diez. Tendré que pensar en alguna otra guarnición. Ojalá me hubieras dicho antes que ibas a traerla. Pero supongo que no podías saberlo, ¿verdad?

Después de un par de minutos más dale que te pego, Elle logró colgar.

Margot silbó entre dientes.

—Eso ha sonado divertido.

—Divertidísimo. ¿No ves lo contenta que estoy ahora mismo?

Margot resopló.

Elle solo esperaba que esa llamada no fuera una señal de lo que le tocaría aguantar en Acción de Gracias.

Capítulo diez

$\mathcal{D}$arcy tomó un sorbo de café y, mordiéndose la lengua, miró fijamente la luz en el salpicadero del coche de Elle, que le indicaba que debía revisar el motor. Cuando esta olvidó apagar los intermitentes después de incorporarse a la I-90, Darcy no pudo evitarlo.

—Tienes los intermitentes puestos.

Elle hizo un suave sonido a modo de asentimiento y los apagó.

—Lo siento. Estoy un poco distraída. Anoche no dormí mucho.

Darcy tampoco.

Había estado despierta hasta las dos estudiando. Intentando estudiar. Entre ejercicios de práctica, su mente había divagado; Elle llenaba todos sus pensamientos. Lo suaves que eran sus labios cuando se besaron. Que sabía a fresas y el ruidito que había hecho, no más que un sonido entrecortado en el fondo de su garganta, cuando Darcy le mordió el labio. La forma en la que se le iluminaban los ojos, absurdamente azules, cuando sonreía. La alegre risotada que soltaba cuando Darcy hacía una broma malísima. Cómo se aferraba a la cazadora que le había regalado (una compra impulsada por el deseo de volver a hacerla sonreír), con la veneración que la mayoría de la gente reservaba para aquellos preciosísimos hallazgos que atesorarían.

Puede que Elle no llevara puesta la cazadora, pero sí un suéter navideño verdaderamente estelar. De veras. Unos coloridos adornos con forma de planetas con anillos de lentejuelas sobresalían del fondo negro, pero eran las estrellas, que se iluminaban de verdad mediante una batería en la espalda de Elle, lo que hacía el suéter especial. Darcy tocó el dobladillo de su atroz jersey del Grinch, que solo había comprado para hacer sonreír a Elle. Se sentía un poco menos fuera de lugar que cuando se lo probó la primera vez.

Tamborileando distraídamente con los pulgares sobre el cuero desgastado del volante, Elle se detuvo en el arcén frente a una casa de color verde pálido con dos plantas en un vecindario tranquilo y de aspecto más antiguo. Todas las viviendas parecían haber sido construidas en los años cincuenta, tal vez sesenta, pero estaban bien conservadas, el césped muy cuidado y las escaleras sin hojarasca. En el camino de entrada había un ostentoso deportivo verde aparcado junto a un Honda CR-V blanco y un Tesla plateado.

—Llegamos —anunció, apretando el volante con ambas manos—. Hogar, dulce hogar.

—Es bonita.

Darcy apoyó los dedos en la manija de la puerta y la abrió. Elle seguía mirando por la ventana, mordiéndose el labio inferior. Darcy quiso alargar una mano para que parara. Se aclaró la garganta.

—¿Vamos a entrar?

Elle dejó de apretar el volante y asintió.

—Sí. Probablemente deberíamos. Parece que ya han llegado todos.

Darcy no lo diría, y mucho menos cuando Elle parecía querer estar en cualquier otro lugar menos aquí, pero por algún extraño motivo tenía ganas de pasar un día de Acción de Gracias en familia, aunque no fuera la suya y esta cosa entre ella y Elle fuera una pantomima. El último día de Acción de Gracias que Darcy había pasado en familia había sido cinco años atrás, cuando su abuela todavía vivía. Ya entonces, su familia se había desintegrado y solo fueron su abuela, su madre, Brendon y ella. Ahora, su madre pasaba todos los días festivos, excepto Navidad, deambulando por algún país extranjero, en alguna casita en la nieve o de escapada para tomar el sol en sitios como Bali, según le diera aquella semana, por lo que Brendon y ella se buscaban la vida. Nada nuevo. Era el tipo de comportamiento que había aprendido a esperar de su madre: frívolo, egocéntrico y descuidado. Brendon había aprendido a ignorarlo. De todos modos, Acción de Gracias nunca fue su festividad favorita, por mucho que Darcy hubiese intentado celebrarlo juntos, aunque solo fueran ellos dos. Si no había disfraces de por medio ni estaba relacionado con alguna franquicia cinematográfica, a Brendon no le interesaba. Al menos, todavía le gustaba la Navidad, vete a saber por qué.

Darcy siguió a Elle por los escalones de ladrillo. Cuanto más se acercaban a la puerta, más lentos se volvían los pasos de esta, como si se dirigiera a casa del verdugo y no a la de su infancia. En el rellano, giró sobre sus talones y casi choca contra Darcy, que estaba justo detrás de ella. Crispó los labios en una mueca que dejó a la vista sus dientes.

—Oye, Darcy...

La puerta se abrió, impidiendo que Elle terminara lo que trataba de decir.

—Elle, has venido.

Esa debía de ser la madre de Elle. La mujer que abrió la puerta tenía los mismos ojos azules que ella, así como el pequeño hoyuelo en la barbilla. Unas finas arrugas aparecieron en el rabillo de sus ojos cuando sonrió y estrechó a Elle tirando de ella por los hombros para darle un escueto abrazo antes de retroceder y mirarla a la cara, momento en el que vio a Darcy por encima del hombro de su hija.

—Tú debes ser Darcy. Es un placer conocerte. Yo soy Linda.

Darcy se dejó caer la correa de su bolso, un hobo de cuero marrón, por el brazo y sacó la botella de vino que había envuelto como regalo para la anfitriona.

—Igualmente. Muchas gracias por invitarme. No sabía qué tipo de vino te gusta, así que compré mi favorito.

Linda enarcó mucho las cejas.

—¿Por qué no lo llevo a la cocina y lo abro?

Elle puso los ojos como platos.

—Mamá, apenas pasa de mediodía.

—¿Y?

Linda les hizo un gesto para que la siguieran mientras entraba en casa.

—¿Por qué cuando yo bebo durante las fiestas solo oigo «Elle, modérate. El tequila no es un desayuno»? O «Elle, quítate ese mono de pijama, que asustas a los niños». Pero ahora estás en plan «la vida está para disfrutarla». ¿En qué quedamos?

Linda la ignoró.

—Mamá —reiteró.

—Lo siento. —Ni siquiera miró por encima del hombro—. Pensaba que era una pregunta retórica.

Elle frunció el ceño profundamente cuando su madre desapareció por la esquina, un desaire como una casa a juzgar por Darcy.

Agarró a Elle por el codo.

—¿Tienes un mono de pijama?

—De unicornio, sí. ¿Qué pasa?

Darcy intentó no hacer una mueca cuando el poliéster de su suéter le picó los hombros.

—Qué cuqui.

Las risas llegaron por el pasillo.

—Vamos. Ven a conocer a mi familia —dijo Elle, que entrelazó sus dedos con los de Darcy y tiró de ella por el pasillo, deteniéndose en la entrada de un espacioso salón, con las paredes pintadas de un relajante tono oliva pálido. La conversación se cortó y todos se volvieron hacia ellas.

Elle, con una mano levantada, casi fue derribada por la fuerza de un niño que gritaba.

—¡Tía Elle!

Las voces se sincronizaron en un solo «hola, Elle» y seis pares de ojos se volvieron rápidamente hacia Darcy para estudiarla con miradas que iban desde una curiosidad abierta hasta la astucia.

Elle tosió ligeramente y bajó la mano hasta descansarla sobre la cabeza de su sobrino.

—Familia, esta es Darcy. Darcy, esta es…, bueno, mi familia.

—Yo soy Ryland —se presentó el sobrino de Elle, asomándose desde abajo, donde estaba abrazado a las rodillas de su tía. Levantó una mano, con el pulgar y el meñique pegados a la palma—. Tengo tres años.

Darcy se agachó y sonrió.

—Yo me llamo Darcy. Tengo casi treinta años —respondió con énfasis.

Ryland abrió mucho los ojos cómicamente.

Se oyeron risas procedentes del sofá.

—Vamos, Rye. Dale algo de espacio a tu tía.

El sobrino de Elle corrió hacia un montón de legos que había esparcidos junto a la mesa del comedor.

—Yo soy Jane y este es mi marido, Gabe. —La hermana mayor

de Elle saludó con una mano mientras apoyaba la otra sobre una evidente panza que daba de sí su llamativo suéter rojo y verde, a juego con el de su marido.

—Daniel —se presentó el hermano de Elle poniéndose de pie y tendiéndole la mano con una cálida sonrisa. Señaló con el pulgar por encima del hombro al chico que sostenía un perro salchicha regordete—. Ese es el amor de mi vida. Y el otro es mi marido, Mike.

El aludido puso los ojos en blanco.

—Siempre es bueno saber cuál es mi posición. La perra se llama Penny, por cierto.

Darcy le estrechó la mano y asintió.

—Encantada de conocerlos a ambos. Y a Penny.

Desde el otro extremo del sofá, vestida con un suéter con copos de nieve bordados en tonos azules y crema, y que era festivo, pero no feo, saludaba con la mano una chica que tenía la misma barbilla que Elle, si bien el pelo más oscuro.

—Yo soy Lydia. Y este es mi... —Miró con adoración al chico de pelo rubio con un corte degradado que vestía un suéter gris básico de cuello redondo, sobre el cual estaba acurrucada. Él le devolvió la sonrisa y le dio unos golpecitos en la punta de la nariz—. Marcus.

Inclinó la barbilla a modo de saludo antes de dirigirse a Elle.

—Lyds me ha hablado mucho sobre ti.

Elle se puso rígida y apretó el antebrazo de Darcy peculiarmente. Luego soltó una risita incómoda.

—Todo bueno, espero.

La comisura de la boca de Marcus se alzó sin llegar a esbozar una sonrisa del todo.

Jane se aclaró la garganta y dio unas palmaditas en el sofá.

—Ven a sentarte. Cuéntanos cómo estás.

Darcy tomó asiento junto a Elle en el único espacio libre. Esta se dio unos golpecitos en los muslos con los dedos, lo que hizo que Darcy la cogiera de la mano para evitar que se notara su inquietud. El gesto le valió un rápido apretón.

—Estoy bien. En realidad, estoy…

—Aquí tienes tu vino, Darcy —anunció Linda, que había vuelto al salón con una copa en cada mano.

—¿Y yo? —Elle frunció el ceño.

Linda tomó un sorbo de su copa y se sentó en el sillón más cercano al fuego.

—¿Tú querías? Haber pedido.

Elle frunció aún más el ceño, pero su expresión se aclaró cuando un hombre alto con canas y arrugas de sonreír entró en la sala.

—Papá.

Cuando se puso de pie, Darcy se apresuró a imitarla.

—Mi preciosa Elle —la saludó su padre, que se inclinó sobre la mesita de café y le plantó un beso en la frente—. Y esta debe de ser Darcy, a quien todos nos moríamos por conocer.

Ella no se acabó de creer esta última parte, pero sonrió de todos modos.

—Es un placer conocerlo, señor.

Este dio un golpe al aire, riéndose suavemente.

—¡Uy, señor! Llámame Simon. —Volvió esos ojos color avellana hacia Elle mientras le tendía una botella de sidra—. Te tengo cubierta, hija.

Ella sonrió.

—Gracias, papá.

Simon se sentó en el brazo del sillón junto a su esposa.

—Bueno. Darcy. Cuéntanos un poco sobre ti.

Esta gimió por dentro. Detestaba ser el centro de atención, pero había asistido a suficientes retiros corporativos en los últimos ocho años como para tener preparada una impecable presentación breve.

—Claro. Hace poco que me mudé a la ciudad desde Filadelfia, aunque soy de San Francisco. Y trabajo en Deveraux & Horton Mutual Life como actuaria asociada, aunque actualmente me estoy preparando el examen final para convertirme en miembro de la Sociedad de Actuarios.

Simon silbó.

—Impresionante.

Aquello se suponía que no iba de impresionar a la familia de Elle. En parte, tal vez, si con ello hacía quedar bien a Elle.

—No es tan impresionante como el trabajo de su hija.

Al otro lado del salón, Linda sonrió cortésmente.

—¿Qué tal tu familia? Creo que conocí a tu hermano. ¿Tienes más?

Elle se hundió en el sofá y sus dedos se deslizaron sobre la palma de Darcy mientras intentaba retirar la mano. Esta se los apretó para sujetarla con firmeza.

—Aparte de mi padre, que vive en Toronto, y mi madre, que sigue en California, solo somos Brendon y yo. Está emocionadísimo de trabajar con Elle.

—Cierto —respondió Linda, cuya sonrisa se hizo más tensa—. La aplicación de citas.

Darcy se mordió un lado de la lengua para evitar hacer una mueca ante la forma en la que la madre de Elle pronunciaba «aplicación de citas», como si fuera una palabrota.

—¿Qué aplicación de citas? —preguntó Daniel, inclinándose hacia delante y apoyando los codos sobre las rodillas.

—One True Pairing —dijo.

Su hermano alzó las cejas, sorprendido.

—¿Estás trabajando para OTP?

Elle se aclaró la garganta y se enderezó.

—Con. Hum —apuntó. Se rascó un costado del cuello y recorrió el salón con la mirada. Un suave rubor le subió por la garganta y se le intensificó en las mejillas—. Margot y yo estamos asesorando a OTP para añadir sinastría, o compatibilidad astrológica, al algoritmo de la aplicación. Mola, eh, mola bastante, supongo.

«Mola bastante». «Supongo». Darcy tendría que estar ciega para no darse cuenta de cómo Elle se encerraba en sí misma, por cómo se expresaba y menospreciaba sus logros. No era una experta, pero no pudo evitar preguntarse si no lo estaría haciendo inconscientemente para suavizar el golpe cuando su familia hiciera lo mismo.

A pesar de tener el ceño fruncido, Daniel sonrió.

—Pues felicidades, hermanita.

Linda asintió distraídamente.

—Parece una gran oportunidad para ti, Elle. Estoy segura de que será un… trabajo divertido. Justo lo que buscabas.

«Una gran oportunidad». Darcy tensó la mandíbula; su capacidad para tolerar tonterías era escasa, pero su capacidad para tolerar la condescendencia era nula.

¿Acaso no podían hacer ver que estaban realmente entusiasmados? Puede que Darcy no creyera en la astrología (para ser sincera, la mayor parte le resultaba incomprensible, con tantas casas, retornos y signos interceptados), pero prestaba atención cuando Elle hablaba de ello, porque puede que a ella no le interesara, pero era importante para Elle. ¿Cómo podían no ver eso? ¿Cómo podía darles igual? Al menos, Darcy comprendía que era una oportunidad de la hostia. Grande, y una mierda.

Aún agarrando la mano de Elle con fuerza, Darcy se enderezó.

—Elle está siendo modesta. Lo cierto es que el trato con la

empresa de mi hermano es enorme. El sector de las aplicaciones de citas, en su conjunto, está sobresaturado y, si bien OTP hace un trabajo fantástico al ofrecer una experiencia de usuario única, mi hermano tuvo una idea brillante al fijarse en un sector en rápido crecimiento, aunque aún joven, como la astrología —soltó Darcy, que cogió su vino y tomó un sorbo reconfortante—. ¿Sabíais que se han invertido más de dos mil millones de dólares de capital de riesgo en aplicaciones de astrología porque son populares entre las mujeres de la generación Z y la milenial? Eso significa que se puede ganar dinero. Hay miles y miles de cuentas sobre astrología en las redes sociales y, sin embargo, Oh My Stars tiene más seguidores en X e Instagram que cualquiera de sus competidores, por lo que es posible que no creáis en ello, ni mucha gente, pero hay un gran número de personas que sí. —Se encogió de hombros—. Y, como he dicho, mi hermano es muy inteligente. No se arriesgaría con cualquiera, y mucho menos firmaría un acuerdo tan grande como este.

Linda, que de repente tenía los ojos como platos, paseó la mirada entre ella y Elle.

—¿Cómo de grande?

El rostro de Elle se había puesto de un precioso tono rosa pálido y se quedó mirando a Darcy un buen rato, con unos ojos enormes y vidriosos, antes de volverlos finalmente a su madre.

—Eh. Grande.

—Eso es, hermana, a ganar pasta —bromeó Daniel.

—¿Pasta? —Su padre frunció el ceño pensativamente—. Pensaba que era «ganarse el pan». ¿Qué será lo siguiente, ganarse el guacamole?

Daniel se rio.

—La pasta, papá.

Mientras la familia de Elle discutía sobre la etimología del pan como sustituto de «dinero» y Jane insistía en que procedía de la jerga *cockney*, Elle se inclinó hacia Darcy y le rozó la oreja con los labios para decirle en un tono de voz que no fue más que un susurro:

—Dos mil millones de dólares, ¿eh?

Darcy puso los ojos en blanco, pero madre mía. El aliento de Elle contra su piel provocó una reacción escandalosa en su pulso.

—He investigado.

Elle no tenía ni idea de cuántas noches se había quedado Darcy despierta, peinando las diversas cuentas de Oh My Stars en las redes sociales y leyendo artículos del *New York Times* sobre capital de riesgo y aplicaciones de astrología. Había comenzado como una forma de asegurarse de que tenía todos los puntos sobre las íes por si Brendon parecía sospechar sobre la veracidad de su relación con Elle. Después de aquel beso, aquel beso de los cojones, había sido su manera de comprenderla. Porque, tal vez, si entendiera la astrología, comprendería a Elle; y, si la entendiera, tal vez sería capaz de averiguar por qué no podía dejar de pensar en ella.

Por qué vivía en un ay por esta mujer insoportable que tenía la cabeza en las nubes, pero que le había abierto el corazón. Una mujer con el paladar menos refinado del mundo y la incapacidad de sentarse correctamente en una silla, como una persona normal. Darcy debería querer estar lo más lejos posible de ella y, sin embargo, su risa era contagiosa y le despertaba una calidez en el pecho, como obstinadas flores silvestres que crecen en las grietas del asfalto, donde no deberían estar. Y la forma en la que Elle la miró, con esos ojos azul oscuro, hizo que se sintiera expuesta, como si no la estuviera mirando a ella, sino a través de ella, y aunque se sintió desnuda e incómoda...

Que le hubiera salido la palabra «aunque» debería haber hecho sonar las alarmas dentro de su cabeza. Darcy no quería sentirse expuesta. Así no. Ahora no. Tenía un examen de acceso que aprobar y una carrera en la que centrarse. El único sitio donde Darcy podía verse expuesta era en el espejo cada mañana mientras se preparaba para ir a trabajar, aunque pasara cada momento libre (incluso aquellos que no tenía libres) pensando en Elle. En aquel beso. En el tipo de cosas que Darcy podría hacer para que sonriera. En...

Algo golpeó a Elle en un lado de la cabeza. El tapón de una botella. Al otro lado del salón, Daniel, que iba en calcetines, sonrió con los pies apoyados en la mesita de café.

—Vale ya con el besuqueo.

Elle cogió el tapón del suelo y se lo lanzó.

—No nos estábamos besuqueando, pedazo de idiota.

—Elle —la riñó Jane, que abrió mucho los ojos e inclinó la cabeza hacia el comedor, donde Ryland estaba construyendo una torre con legos sin enterarse de nada.

—Oh, venga ya.

—El mes pasado, después de quedarte con él, Ryland me preguntó qué era un —bajó la voz— soplagaitas y si el suyo podía comer chispas de chocolate.

Darcy apretó los labios, con los ojos llorosos y sacudiendo los hombros mientras se inclinaba hacia Elle, que se estaba aguantando la risa, sin éxito, mordiéndose los nudillos.

—¿Soplagaitas? —se rio Daniel—. Joder, Elle, estabas inspirada.

—Esa boca —lo reprendió Linda, mirando brevemente a Elle antes de volverse hacia Daniel, con los labios curvados hacia abajo en aparente decepción—. Espero este tipo de cosas de tu hermana, pero, sinceramente, no de ti, Daniel.

—Y ¿eso qué significa? —preguntó Elle, frunciendo el ceño profundamente.

Linda cerró los ojos.

—Elizabeth…

—Ejem. No es que esto no sea de lo más fascinante —empezó Lydia, levantándose del sofá para ponerse de pie y arrastrando a Marcus con ella—. Pero, ya que estamos de buenas noticias, a Marcus y a mí nos gustaría anunciaros algo.

Elle, junto a Darcy, se puso rígida.

—Oh, Dios mío —exclamó ahogadamente Linda, juntando las manos frente al pecho.

La hermana pequeña de Elle rebuscó dentro de su suéter y sacó la larga cadena que llevaba al cuello. Colgando en el extremo había un anillo de compromiso con un diamante de corte princesa de tamaño impresionante. Lydia se puso a dar saltitos, sonriendo de oreja a oreja.

—Marcus me propuso matrimonio y yo acepté, obviamente. ¡Estoy prometida!

Darcy se tragó un gemido, aunque tampoco es que nadie lo hubiera escuchado con el alboroto que estaba formando la familia de Elle, pues todos se habían levantado de un salto para abrazar a Lydia y felicitar a la feliz pareja recién comprometida.

No quería pensar mal de la hermana pequeña de Elle, pero ¿en serio? De todos los momentos para anunciar su compromiso, ¿tenía que hacerlo justo cuando Elle había conseguido por fin que le prestaran atención? ¿Cuando la estaban viendo al fin como la mujer brillante, exitosa y emprendedora que era? Darcy habría jurado que había sido premeditado si no fuera por el hecho de que Lydia tenía, en efecto, un anillo.

—Elle —instó Linda a su hija, señalando intencionadamente con la cabeza hacia Lydia.

—Cierto, mierda. Quiero decir, lo siento. Felicidades, hermanita. Eso es… —Elle cerró los ojos un momento y, cuando los abrió, sonrió a Lydia con autenticidad—. Me alegro mucho por ti.

Lydia se había puesto el anillo en el dedo. Lo hizo girar ligeramente para ajustárselo hasta que estuvo derecho.

—Gracias, Elle. —Se rio entre dientes y añadió—: Quién sabe, tal vez tú seas la próxima.

Elle se soltó de la mano de Darcy y esta echó en falta inmediatamente el calor de su piel.

Su risa sonó forzada, falsa.

—Ja. Tal vez.

Una hora más tarde, la madre de Elle, a la cabeza de la mesa, levantó su copa de vino en el aire y miró a Lydia con una sonrisa radiante. Dios, lo que daría Elle por que su madre la mirara así, al menos una vez.

—Un brindis rápido. Por mi pequeñina. Tu padre y yo estamos muy orgullosos de ti y nada podría hacernos más felices que tú y Marcus os embarquéis juntos en este emocionante viaje. Te queremos, Lydia.

Esta se enjugó los ojos mientras todos, incluida Elle, levantaban sus copas en un brindis. En cuanto pudo, Elle se bebió de un trago la sidra, tratando de borrar el amargor que se le había instalado en el fondo de la boca. La envidia siempre hacía que se sintiera culpable; ella no era así y aquella no era una emoción con la que se sintiera cómoda, pero había una parte de sí misma, una parte recóndita, enterrada tan al fondo de su ser que ni siquiera Margot la conocía, a la que le preocupaba estar convirtiéndose en eso. Que su complejo de inferioridad estuviera transformándose en algo feo. En resentimiento.

Se alegraba por Lydia, pero eso no hacía las cosas más fáciles.

Sentada, sonriendo y asintiendo educadamente mientras todos felicitaban a su hermana con alborozo, los propios logros de Elle pasaron una vez más a un segundo plano. Madre mía. Ni siquiera a un segundo plano, porque así al menos estaría incluida. Pero no había lugar para Elle en aquella escena.

Para empeorar las cosas, Darcy había visto cómo se desarrollaba todo, un doloroso testigo de primera mano de sus intimidades. ¿Y ese comentario que Lydia había hecho acerca de que Elle sería la próxima en casarse? Había que joderse. Lydia no podía saber que su relación con Darcy era falsa; esta había interpretado de forma admirable el papel de novia enamorada. Dolorosamente bien, tanto que a Elle casi le pareció real, lo cual fue casi peor, porque al resentimiento que se estaba gestando en su interior se sumó una dosis poco saludable de anhelo. Demasiado confundida, sintió nauseas cuando se le revolvió el estómago.

Había aceptado esta farsa con la esperanza de que su familia la tomara en serio si la veían de un modo diferente, si veían que una parte de su vida seguía una dirección que pudieran respaldar. Por ahora, apenas la veían con buenos ojos, ni siquiera con Darcy poniéndola por las nubes. Para colmo de males, habían planeado «romper» en poco más de un mes.

¿Dónde la dejaría eso? ¿De vuelta donde empezó o peor? Tal vez su familia pensara que era un desastre aún mayor. Esperaba anunciar la ruptura como una decisión mutua y sin culpables, pero, con la suerte que tenía, su familia le atribuiría a ella la responsabilidad sin importar lo que dijera.

La madre de Elle dio unas palmadas y movió su silla hacia delante.

—Muy bien, familia. A por ello.

Las fuentes se fueron pasando por la mesa de persona a persona hasta que todos tuvieron un plato lleno de la mejor comida de Acción de Gracias. Un minuto después, Marcus puso mala cara.

Lydia se apresuró a apoyarle una mano sobre el hombro.

—¿Qué ocurre?

—Eh, creo que le pasa algo al pavo.

La sorpresa en la mirada de disgusto que puso Linda fue reemplazada rápidamente por un ceño fruncido con preocupación.

—¿Qué es? ¿No está hecho del todo?

Marcus movió la mandíbula y se pasó la lengua por los carrillos.

—¿Sabe a jabón? ¿Lo has lavado?

La madre de Elle era muchas cosas, pero no una diosa de las tareas domésticas. Si bien su padre cocinaba los trescientos sesenta y cuatro días del año, ella se había adueñado del día de Acción de Gracias por alguna razón, momento en el que gobernaba la cocina con mano de hierro y se negaba a ceder ni una triste guarnición o postre a nadie. Sus esfuerzos tenían diversos grados de éxito y todos en la familia se veían obligados a sonreír y a tragar. A Elle no le entraba en la cabeza por qué su madre lavaría un pavo («no preguntes» era su lema del día del pavo), pero, en comparación con el pudin de maíz con menudillos de 2008, un poco de lavavajillas no era nada.

Jane probó un bocado y, después de tragarlo, dijo en tono de sorpresa:

—Es cilantro, ¿no?

—Cilantro y lima —asintió su madre—. Siempre uso salvia y tomillo, así que se me ocurrió probar una receta nueva. Alegrar un poco el plato.

Marcus negó con la cabeza y una sonrisa de arrepentimiento le atravesó el rostro.

—Lo siento. No sé qué me pasa con el cilantro. Me sabe raro. Sin ofender.

Linda le hizo un ademán con la mano.

—No pasa nada, Marcus. Lo recordaré para la próxima vez.

Lydia le dio un mordisco a su pavo y luego hizo un sonido de aprobación, con los ojos encendidos. Terminó de masticar y sonrió ampliamente.

—¿Sabes, Elle? Tú eres un poco como el cilantro.

Elle dejó el tenedor. No quería hacer suposiciones, pero tenía la sospecha de que Lydia no había hecho aquel comentario por la capacidad de Elle para darles sabor a las comidas.

—¿Qué significa eso?

Una arruga apareció entre las cejas de Lydia.

—Ya sabes. A la gente o le encanta el cilantro o lo… —Hizo una mueca—. Solo era una broma, porque eres… —añadió, antes de sacudir la cabeza—. No importa.

El amargor en el fondo de la boca de Elle regresó con saña.

—¿Porque soy qué, Lydia?

—Calma, Elle —la reprendió su madre desde el extremo de la mesa—. Creo que lo que tu hermana intentaba decir es que tus intereses tienden a ser un poco peculiares, eso es todo.

—Estrafalarios —asintió Lydia, sonriendo plácidamente como si no acabara de decir que era un puto bicho raro.

Elle dejó su servilleta junto a su plato. No tenía mucho apetito.

—¿Qué tienen exactamente de peculiar mis intereses? —preguntó enfatizando las últimas palabras.

—Lo único que intentaba decir es que tus intereses son únicos. Para la gente que no está acostumbrada a tu… misticismo, puede llevar algún tiempo acostumbrarse a esa filosofía. Cristales, chakras y consejos que bien podrían aparecer en el *Calendario del ermitaño*. Elle. Tienes… Son un gusto adquirido. Creo que eso es lo único que ha querido decir tu hermana.

Un gusto adquirido.

Lo único que Elle escuchó fue «dura de tragar» e «insufrible».

Ya podía firmar contratos editoriales y de asesoría con todas las empresas de la lista Fortune 500 y tenerlo todo en orden que, como no llevaba exactamente la vida que su madre quería, con un empleo como Dios manda y saliendo con las personas que a su madre le gustaban, como no se *conformaba*, jamás estaría a la altura.

—Un gusto adquirido —repitió Elle, que se mordió el labio inferior para evitar que hiciera algo estúpido como temblar—. Nada de lo que haga será lo suficientemente bueno, ¿verdad?

El tenedor de su padre resonó contra el plato y Jane ahogó un grito, lo último que se oyó antes de que se hiciera el silencio en el salón.

—Elizabeth —susurró su madre teatralmente—. ¿Qué demonios...?

—Venga ya, mamá. Es un... es un secreto a voces. Solo porque no tengo un trabajo como el tuyo ni el de papá, porque no he seguido tus pasos ni hecho exactamente todo lo que tú querías, todo lo que tú y solo tú planeaste, soy peculiar.

Su padre se llevó un puño a la boca y tosió.

—Cariño, nadie ha dicho nunca que tuvieras que escoger el mismo trabajo que tu madre o yo. Mira a Jane, ella es...

—Perfecta. —Elle asintió con la cabeza—. Todo lo hace bien. Nada nuevo. No lo decía en sentido literal; me refiero al tipo de trabajo que tenéis vosotros. En una oficina o en un hospital, en algún sitio con jefe, con un cubículo donde colocar fotos familiares y con una sala de descanso donde tomar café tibio y tener conversaciones insustanciales con compañeros que probablemente también odien su trabajo. Queréis que me amolde, pero es que yo... No. No soy así.

Su madre la miraba fijamente desde la cabecera de la mesa, apretando con fuerza los cubiertos. Una vez más, respiró hondo y dijo:

—Solo porque no lo intentas. Seis años de universidad y posgrado desperdiciados, todo ese esfuerzo, todo ese dinero, todo ese tiempo, ¿para poder divertirte siendo una sensación de las redes sociales? ¿Qué será de ti cuando llegue el próximo gran acontecimiento, Elle? ¿Cuando Instagram y X se queden obsoletos y la gente haya pasado de esta moda pseudocientífica de la astrología a otra cosa? Podrías haber sido ingeniera química o climatóloga, o haber trabajado para la NASA si hubieras querido, pero...

—¡Pero no quería! —Sentía los párpados calientes y un nudo amargo se le había formado en la garganta. La bilis y una implacable indignación le subían por el esófago al aflorar a la superficie el resentimiento que había enterrado durante años bajo capas de humor negro y pasotismo—. A eso me refiero. Eso no era lo que yo quería. No me hacía feliz.

Su madre se presionó con los dedos el espacio entre los ojos y soltó un suspiro de cansancio.

—Es Acción de Gracias. Toda la familia está reunida. Tu hermana acaba de anunciar su compromiso. ¿Podríamos no montar una escena? —Dirigió la mirada hacia Darcy, que observaba a Elle con los ojos muy abiertos y la mandíbula apretada.

Elle sentía el pulso con demasiada fuerza en la cabeza.

Una escena. Por supuesto. Para colmo de males, ella también era un desastre. Una lianta. Darcy no estaba buscando una relación, pero ¿y si lo estuviera? ¿Qué podía ofrecer Elle? Ni siquiera su propia familia la consideraba lo suficientemente buena.

Sentía la cara caliente y las piernas débiles, y sus pensamientos se volvieron inconexos, una dispersión dentro de su cerebro de colores y palabras sueltas, de deseos y dolor. Tragó saliva dos veces, con la lengua espesa, curvándose extrañamente alrededor de sus palabras mientras permanecía de pie, con los brazos colgando inertes a los costados y un hormigueo en las yemas de los dedos a medida que le abandonaban las fuerzas para ser reemplazadas por una profunda apatía.

—Voy a por algo de beber y a tomarme un minuto. Ya sabes, para no montar otra escena.

—Elle —la llamó Darcy, pero no se detuvo.

Pie izquierdo. Pie derecho. Un pie delante del otro, hasta que cruzó el pasillo y huyó a la cocina, con sus encimeras limpias y blanquísimos armarios. Bajó la barbilla y pasó los dedos por los cascabeles pegados a su suéter. Azules, rojos y verdes. Planetas naranjas y rosas sobre un cielo estrellado. Parecía como si le hubieran volcado una caja de lápices de colores. A Elle le encantaba ese suéter, aunque fuese la única. Lo había descubierto en el fondo de una caja con artículos a mitad de precio en una tienda de segunda mano a mediados de abril, después de que alguien hubiera vaciado su armario y lo hubiera tirado. Lo había considerado indigno.

A ella le gustó tantísimo que se lo llevó a casa.

Elle se quería a sí misma, pero se preguntaba cómo debía ser que te quisiera otra persona exactamente por cómo eres, con peculiaridades, defectos y todo. Qué sabía ella.

El rostro de punto de Papá Noel se desdibujó ante sus ojos. Por encima del zumbido en sus oídos, oyó que se acercaban unos pasos por el pasillo, cada vez más, y la tabla del parqué que había suelta junto a la puerta de la cocina chirrió. Puñetas. Se pasó una mano por la cara y se enjugó las lágrimas con la manga.

Darcy asomó la cabeza por la esquina y se le encendieron los ojos cuando vio a Elle. Elle, que sin duda estaría hecha un desastre, con el rostro surcado de lágrimas y... Se miró la manga del suéter. Tenía un lamparón color ciruela en la lana por el delineador de ojos. Menuda novedad. Elle se ponía feísima al llorar, con la piel llena de manchas y los ojos hinchados, como si le hubiera dado una reacción alérgica, mientras su cuerpo intentaba expulsar sus emociones violentamente a través de sus conductos lagrimales. Por supuesto, Darcy estaba allí para ser testigo de otra desastrosa versión de Elle en todo su esplendor.

—Pues tu familia da bastante asco —se limitó a decir Darcy.

Elle resopló, pero tenía la nariz tapada, por lo que le salió un pitido incómodo.

—No es para tanto. —Se obligó a reír—. Si lo piensas bien, es una estupidez. No sé por qué estoy tan disgustada. Cilantro, o sea... Mierda. Decir que le sé a jabón a una minoría de la población es... Es ridículo.

No parecía ridículo.

Los hombros de Darcy se alzaron mientras miraba fijamente a Elle. Esta se cruzó de brazos para abrazarse con fuerza y cambió su peso de un pie al otro, levantando levemente una pierna para rascarse la parte posterior de la rodilla con los dedos del pie opuesto.

Cautelosa, Darcy dio un paso hacia ella, luego otro, y otro, hasta que estuvo lo suficientemente cerca como para que Elle pudiera contarle las pecas de la nariz. Solo que tenía demasiadas, un sinfín esparcidas por las mejillas y derramándose por su mandíbula. Por supuesto, tenía esa peca especial con forma de luna en un lado de la boca, antes de llegar al hoyuelo.

Elle estaba tan ocupada tratando en vano de contar las pecas de Darcy, de recordar cómo había sabido cuando se besaron la que tenía en la comisura de la boca, que ni se dio cuenta de que Darcy había extendido una mano para tocarla, hasta que sintió que le rozaba la piel bajo el ojo derecho con el pulgar.

—Por si sirve de algo —le dijo, levantando la mano derecha también para enjugarle las lágrimas y limpiarle los churretones de delineador que tenía bajo los ojos—. A mí me gusta el cilantro.

Elle parpadeó, se le agolparon los pensamientos, de tantos que reclamaban un espacio en su cerebro. Lo más fuerte era el hecho de que Darcy le estaba sujetando el rostro con ambas manos, mirándola a los ojos, con esos dientes tan perfectos hundidos en el labio inferior, tan afilados que la carne se le había puesto blanca por la presión.

Cuando Darcy separó el labio, la carne se hinchó y se enrojeció. Deslizó las manos hacia abajo, de manera que sus pulgares ya no rozaban la fina y delicada piel bajo los ojos de Elle, sino los lados de su mandíbula, y los dedos le abrazaban la nuca.

—Y, cuando nos besamos, me gustó muchísimo tu sabor.

Elle sintió que el calor le corría desde el pecho hasta el estómago, como si se hubiera tomado un chupito de tequila. Se extendió más abajo, hasta instalarse entre sus muslos. Los pensamientos se le volvieron lentos, almibarados y empalagosos como un caramelo, cuando Darcy se inclinó y cerró el espacio entre ambas centímetro a doloroso centímetro.

Esto estaba pasando de veras, y no podía ser para dar el pego, porque solo estaban ellas dos en la cocina, con las caras cada vez más juntas. Elle casi podía saborear el aliento de Darcy, cálido, intenso y afrutado, y empezó a sentir una opresión en el pecho mientras le temblaban los brazos, las piernas y los músculos del vientre, que prácticamente se sacudían por estarse quieta. Esperando…, esperando… La espera fue una tortura de lo más dulce mientras Darcy suspiraba, solo para deleitarse con el gemido que arrancó de la garganta de Elle cuando le rozó la nariz con la suya y usó las uñas para…

214

—Aquí est… Ups.

Elle dio un paso atrás y se dio en la cadera contra la encimera, lo que le provocó que le subiera un escalofrío de dolor desde el hueso por todo el costado. A Darcy le fue subiendo un tenue rubor por la mandíbula mientras se alejaba, con la cabeza gacha y la mirada clavada en el suelo.

El padre de Elle, inmóvil en la puerta, sonrió tímidamente.

—Bueno, solo venía para asegurarme de que estabas bien, cariño.

—Sí, papá —respondió Elle. Al menos apenas le había temblado la voz—. Saldremos en un minuto.

Él, tosiendo ligeramente, ya salía por la puerta.

Pasó un momento, en el que Elle sopesó las palabras que harían justicia a sus sentimientos. Quería recuperar el instante que acababan de compartir, recuperarlo, arrastrarse hasta el interior de esa burbuja donde ella y Darcy respiraban el mismo aire, pero no sabía cómo revivirlo.

Cuando Darcy abrió la boca, a Elle de repente le subió el pánico por la garganta ante lo que pudiera decir, aterrorizada de que sus palabras borraran el progreso que habían hecho.

—¿Qué haces este fin de semana? —soltó Elle.

Darcy cerró la boca y pestañeó.

—¿Por qué?

Elle tragó saliva y se lanzó al vacío.

—¿Te apetece hacer algo? ¿Conmigo?

Su momento se había esfumado, pero podían crear uno nuevo. Varios. Si Darcy quisiera. En todo caso, que la hubiera seguido hasta la cocina y hubiese dicho lo que había dicho significaba lo que Elle esperaba.

Darcy torció la boca.

—Con tu familia no, ¿verdad?

—Para nada —se rio Elle, increíblemente aliviada de que Darcy no se hubiese negado de inmediato.

—¿Ni con mi hermano?

Darcy estaba coqueteando, y allí no había nadie a quien engañar, nadie a quien convencer de que aquello no era exactamente lo que era. Algo real.

Elle negó con la cabeza y se atrevió a extender una mano para apartarle a Darcy un mechón de pelo de la cara antes de que le cayera en los ojos.

—Solo conmigo.

Con suerte, Elle sería suficiente.

La sonrisa de picardía en el rostro de Darcy se ensanchó hasta convertirse en una sonrisa auténtica, que, al mirarla, hizo que el estómago de Elle estallara en una lluvia de alas de mariposa.

—Me gustaría mucho.

Capítulo once

—¿Estás segura de que podemos estar aquí? —susurró Darcy, siguiendo a Elle por un largo y estrecho tramo de escaleras encajadas entre dos paredes de piedra.

El escalón bajo el pie derecho de Elle crujió cuando se dio la vuelta, con una mano apoyada en la barandilla y la otra sosteniendo el móvil, cuya linterna usaba para iluminar la escalera, que de otro modo estaría completamente a oscuras.

—No —respondió. La escasa luz que rebotaba en la pared de piedra proyectaba sombras en el rostro de Elle. Darcy no alcanzaba a verle la boca, pero en el tono de su voz captaba una sonrisa—. En realidad, no podemos estar aquí.

—Elle —la reprendió.

—Vamos. —Le acarició el interior de la muñeca con los dedos y la hizo estremecerse—. Rompe las reglas conmigo, Darcy.

No sabía que Darcy ya estaba rompiendo todo tipo de reglas. Reglas que ella misma se había impuesto.

Darcy debería haberse imaginado que Elle tenía una razón para negarse a responder todas sus preguntas sobre adónde iban y qué había planeado para su... ¿cita? Porque aquello parecía una cita, todo apuntaba a que lo era. Darcy llevaba todo el día hecha un manojo de nervios pensando en ello. Había perdido toda la concentración, incapaz de trabajar. En lugar de estudiar lo más mínimo, se había hecho a ella misma una más bien poco fiable evaluación de riesgos. ¿El resultado? De tratarse aquello de una cita, el riesgo era demasiado alto. Incluso sabiendo esto, no había sido capaz de pensar en nada más que en Elle, en ver a Elle, en lo que significaba aquello, en cuánto le aterrorizaba y en que, a pesar del riesgo, no había sido capaz de cancelar el plan.

«Abrígate y estate lista para las once» era cuanto Elle le había dicho. Al principio, había pensado que se refería a las once de la mañana, porque ¿quién en su sano juicio planeaba una cita a las once de la noche? Pero, según Elle, las mejores aventuras tenían lugar después de anochecer.

Elle zarandeó el pomo de una puerta y sacudió las caderas y el culo en un monísimo bailecito triunfal cuando esta se abrió para revelar una sala redonda iluminada por la luna.

—¡Tachán! Bienvenida al observatorio Jacobsen, el segundo edificio más antiguo del campus —anunció, con los brazos extendidos sobre ella, los dedos señalando hacia la bóveda del techo y girando vertiginosamente sobre sí misma. La falda negra le ondeaba alrededor de sus muslos, cubiertos por las medias. Llevaba la chaqueta que Darcy le había regalado.

Fingiendo interés en la arquitectura del edificio, esta se dio la vuelta y presionó con los dedos una de las piedras frente a ella, ocultando su sonrisa en las sombras.

—¿Cómo encontraste este lugar?

Tan disimuladamente como pudo, miró por encima del hombro y observó cómo Elle dejaba caer los brazos y su sonrisa se apagaba. Fue sutil, pero Darcy lo vio. No tenía muy claro cuándo había empezado, pero se daba cuenta de todo lo que hacía Elle. Cómo se tiraba de la oreja cuando estaba nerviosa. Su manía de morderse el labio inferior, que a Darcy le gustaba mucho. Demasiado. Nunca se había sentido celosa de los dientes de otra persona, pero Elle podía morderse el labio en cualquier momento, y que Darcy no tuviera el privilegio de hacer lo mismo era algo a todas luces injusto.

Loca. Se estaba volviendo completamente loca, perdiendo los cabales, el norte, el control por Elle. Esta mujer había aparecido por sorpresa en su vida y ahí estaba ahora, celosa de los malditos dientes de Elle. Qué barbaridad.

—Vamos —dijo Elle, señalando con la cabeza hacia una de las ventanas francesas en arco.

Darcy respiró profundamente, los pulmones se le hincharon y le ardieron antes de exhalar y seguir a Elle.

Al igual que la puerta, la ventana no estaba cerrada con llave y se abrió con facilidad cuando Elle forzó el pestillo. Pasó la pierna derecha por el alféizar, se sentó a horcajadas sobre el borde, luego salió por la ventana y cayó al balcón que envolvía la mitad de la torreta. Le tendió una mano. Apoyando los dedos en la cálida palma de Elle, Darcy cruzó la ventana y salió al aire fresco de la noche, cuya brisa le azotó la melena.

Sobre ellas, estrellas brillantes titilaban en un profundo fondo azul. La amplia vista era impresionante y a Darcy se le cortó la respiración.

—Oh.

Elle tiró de Darcy, arrastrándola con entusiasmo hacia la barandilla de piedra.

—La vida sería mucho mejor si todos pasáramos un poco más de tiempo mirando las estrellas —dijo. Los mechones de pelo suelto reflejaban la luz de la luna, creando un halo resplandeciente a su alrededor cuando levantó el rostro hacia el cielo—. ¿A que es precioso?

—Sí —respondió Darcy, que no estaba mirando al cielo.

—¿Ves ese cúmulo de estrellas justo ahí? —Elle señaló con un dedo, haciendo que Darcy desviara la atención hacia una constelación a la derecha—. Justo... —cogió la mano de Darcy y la levantó hacia el cielo para trazar una figura en el firmamento— ahí. Esa es la Osa Mayor. Si sigues esas estrellas hacia arriba, las verticales del extremo, llegarás a Polaris, también conocida como la estrella polar. Es fija, nunca se mueve. Si alguna vez te pierdes, encontrarás el norte verdadero, siempre que puedas ver esa estrella.

Soltó la mano de Darcy y apoyó las palmas sobre la barandilla. Hiperconsciente de dónde se encontraban sus extremidades ahora que Elle estaba cerca, pero ya no la tocaba, mantuvo la mano torpemente en el aire a un costado, con un hormigueo en los dedos mientras los flexionaba.

—Conozco este lugar porque era estudiante de Astronomía —le explicó Elle, con una leve sonrisa—. La última persona a la que le conté esto supuso que yo era una ceporra que confundía astronomía con astrología y que me esperaba un duro golpe de realidad. —Se rio con un resoplido—. Para sorpresa de todos, no es así.

Darcy no lo dudaba.

—La gente es gilipollas.

—Pueden llegar a serlo —asintió Elle. Los pendientes que llevaba, unas bolitas cerúleas en forma de planetas, le rozaban la mandíbula. Se aclaró la garganta e inclinó la cabeza hacia un lado, mirando a Darcy a los ojos y torciendo los labios—. Hice un máster en Astronomía y me especialicé en Cosmología.

Se mordió el carnoso labio inferior, lo que hizo que Darcy sintiera una sacudida en el estómago y luego se le encogiera. Ahora estaba celosa del labio de Elle, deseaba con ferocidad que aquella mujer le hundiera los dientes en el labio, y eso la consumía.

—Me estaba doctorando. Era un programa de seis años, los dos primeros se centraban en asignaturas de especialización, y el resto, en enseñar, investigar, escribir la tesis y prepararte para lo que vendría después, fuera lo que fuese. Estaba estancada dando un curso introductorio plagado de estudiantes de primero que buscaban sacar un excelente fácil mientras me pasaba despierta hasta las tantas trabajando en mi tesis y me di cuenta de que aquello no era lo que quería; pero seguía esforzándome porque ¿qué otra cosa iba a hacer? Luego Oh My Stars, que en ese momento era un curro secundario que tenía con Margot, despegó cuando nos contrataron para escribir el horóscopo para *The Stranger*. La facultad había eliminado la magia de aprender, mientras que Oh My Stars era algo que me entusiasmaba, lo que me hacía salir de la cama cada mañana. Me desperté al día siguiente y decidí que no iba a dejar que nadie me arrebatara las estrellas, así que dejé el doctorado.

—Supongo que tu familia no se lo tomó bien —dijo Darcy enarcando una ceja.

Elle agachó la cabeza, riéndose con esa autocrítica que la gente tiende a adoptar cuando lo que dicen significa más para ellos de lo que dejan entrever, de lo que quieren que sepas.

—Mi familia estaba… Diría que preocupada, pero creo que estaba horrorizada. Me hicieron sentarme a hablar con ellos. Todo el mundo creía que estaba quemada o pasando la crisis de los veinticinco. Mi madre pensó que había perdido la cabeza.

Elle apoyó los codos en la barandilla y la barbilla en las manos.

—No… No espero que lo aprueben, ni siquiera que lo comprendan del todo, pero me gustaría que lo respetaran. Mis decisiones. A mí. Ojalá no tuviera que ser tan… tan seria para que me tomen en serio. ¿Tiene eso sentido?

A su madre le gustaba bromear diciendo que Darcy era seria de nacimiento, pero eso no era cierto. Sabía divertirse; sus intereses simplemente tendían a ser actividades tranquilas y en soledad. Leer. Hacer crucigramas. Yoga en lugar de deportes de equipo. Incluso sus aficiones más extravagantes (ver telenovelas y series del año de la pera) la catalogaban firmemente como una señorona milenial.

Eso no significaba que no entendiera cómo se sentía Elle.

—Menos de un tercio de los actuarios son mujeres, e incluso esta cifra es cinco veces mayor que hace aproximadamente una década. No es lo mismo. No quiero decir que... —suspiró—. Tengo un trabajo convencional. Normal y corriente. Nadie te considera peculiar cuando dices que eres actuaria. Aburrida, tal vez.

Elle se rio suavemente.

—Pero algunas personas dan por hecho que soy administrativa. Si saben que soy actuaria, suponen que soy socia profesional (lo cual no tiene nada de malo, no me malinterpretes), pero se resisten a la idea de que llegue a convertirme en miembro de la Sociedad de Actuarios. ¿Por qué hago todos esos exámenes? ¿No estoy contenta como socia? El sueldo es bueno, pero...

—Quieres más que eso —terminó Elle.

Darcy asintió.

—Quiero más que eso.

—Yo sé por qué quiero más, pero ¿y tú? ¿Para demostrar que eres capaz? ¿Que puedes ser la mejor? Porque imagino que el sueldo sí que es mayor...

Lo era, pero no se trataba de eso. O no solo de eso.

¿Cuánto quería contarle a Elle? A Darcy no le apetecía hablar de ello. El simple hecho de remover los recuerdos le revolvió el estómago hasta que sintió náuseas. Pero Elle se había abierto muchísimo, había sido de lo más sincera y se había permitido ser vulnerable. Darcy le debía lo mismo, y una pequeña parte de ella quería que Elle lo supiera. Que la conociera.

—Ya te hablé de mis padres —empezó, y se frotó el hueco bajo la garganta—. Que mi madre dejó de trabajar cuando yo nací. Mi padre ganaba lo suficiente para mantener a la familia con un solo ingreso, así que, incluso cuando crecimos, ella no volvió a trabajar porque no lo necesitaba. Tenía sus pasatiempos y era voluntaria para ocupar su tiempo, y durante el verano acompañaba a mi padre en sus viajes de negocios. No le gustaba que se marchara tan seguido o… no le gustaba no saber lo que hacía por ahí. No confiaba en él y, dado que el motivo de su divorcio fue que él la dejó por su asistente personal de veinticuatro años, supongo que sus preocupaciones no eran infundadas.

—Ostras —murmuró Elle.

—Sí, fue una mierda.

Sopló una ráfaga de viento, una corriente amarga y cortante que mordió la punta de la nariz de Darcy y le revolvió el pelo. Esta se apartó los rizos de la cara y suspiró. No era como si nunca le hubiera contado a nadie esta historia. Annie conocía todos los detalles escabrosos; Natasha también. Quizá por eso era tan difícil hablar de ello. No porque las palabras no le resultaran familiares en la lengua, sino porque esperaba que Natasha, sabiendo esto, lo que eran la desconfianza y la deslealtad para Darcy y cuánto daño le habían hecho a su madre, fuera lo bastante decente para no romperle el corazón. Que fuera lo bastante para no repetir la historia, en cierto sentido.

Darcy se mordió el interior de la mejilla y se clavó los dientes en la tierna carne de la boca con fuerza suficiente para sofocar las lágrimas, que hacían que las estrellas titilaran y se desdibujaran.

—Mi madre obtuvo la custodia, la manutención y una retribución única, pero no es que se le diera muy bien administrar el dinero, por lo que se acabó enseguida. Y hacía más de dieciséis años que no trabajaba, así que le costó encontrar un empleo y recuperarse. Después de verla pasar por eso, me prometí a mí misma que nunca me pondría en la misma situación. Me gustaban los números y se me daban bien las matemáticas, como era lógico. Quería un trabajo con prestaciones, un trabajo con un buen sueldo. Y se me iba a dar bien, iba a ser la mejor, así siempre tendría estabilidad laboral. Quería un trabajo que nunca desapareciera ni en el que yo me volviera obsoleta.

Puede que su madre pudiera recurrir a su abuela, pero Darcy no. Ella solo se tenía a sí misma.

—Pero bueno. Ese es el motivo.

Con una mueca irónica en los labios, Elle sacudió la cabeza.

—Debes de pensar que estoy loca. Tienes el tipo de trabajo que a mi madre le encantaría que yo tuviera. Tú quieres estabilidad y seguridad, mientras que yo quiero… No es lo contrario, como cree mi madre. No estoy desperdiciando mi vida ni intentando autodestruirme, solo quería la opción que más se adecuara a mí. Pero no se equivoca. No tengo estabilidad laboral. Todos nuestros seguidores podrían desaparecer mañana o alguna plataforma podría, puf, ser agua pasada. O tal vez nuestro libro fracase o yo la cague con algo de alguna otra manera. —Sus hombros se curvaron hacia delante sutilmente mientras se encerraba en sí misma—. Eso sería una mierda, no me malinterpretes, pero prefiero fracasar en algo que adoro que triunfar en algo que no.

—No vas a fracasar —apuntó Darcy, que levantó la cabeza para mirar hacia el cielo, hacia las estrellas, y se fijó en aquella que Elle había señalado. La estrella polar—. A pesar de lo que piense tu familia, eres… eres brillante en lo que haces. No es por barrer para casa, pero mi hermano no habría querido trabajar contigo si no fueras la mejor.

—¿En serio? —preguntó Elle, cuyos dientes estaban volviendo loca a Darcy otra vez, hundidos en su labio inferior—. ¿Tú crees?

—Lo sé. —Darcy asintió con la cabeza—. Y, para que conste, yo te tomo en serio.

Elle puso los ojos en blanco.

—Ya, claro. Gracias.

—De veras que sí. —Se agarró a la barandilla y se balanceó sobre los talones—. Lo que dije en Acción de Gracias… Investigué. Parte de lo que me contaste sobre astrología tenía sentido y quería saber más. No fue por venderlo, Elle. No lo dije por eso. Lo que dije era cierto.

Elle giró la cabeza y se encontró con los ojos de Darcy.

—La verdad es que no te he dado las gracias por lo que dijiste. Por defenderme. Fuera cual fuese la razón por la que lo hiciste.

Darcy ni siquiera dudó en defenderla. A Elle, que deseaba desesperadamente que el mundo estuviera lleno de amor y comprensión, o al menos que su propia familia la entendiera.

En retrospectiva, el impulso aterrorizaba a Darcy. Proteger a Elle había sido prácticamente instintivo, pero hacerlo significaba que le importaba, y no debería importarle. Ni Elle, ni sus esperanzas, ni sus sueños, ni muchísimo menos cómo podría Darcy formar parte de ellos. O cómo podría Elle formar parte de los de Darcy.

Se volvió y miró fijamente el edificio que había detrás de ellas.

—Sigues viniendo aquí a pesar de dejarlo. ¿No es un recordatorio? ¿Un tema delicado para ti?

Elle tragó saliva visiblemente y apretó los labios.

—No, todo lo contrario. Cuando tengo una semana de mierda,

vengo aquí a mirar las estrellas y recuerdo que, cuando tenía seis años, vi mi primera lluvia de meteoritos en una acampada familiar y sentí un asombro que no había tenido nunca. Estrellas atravesando el cielo, era como… Fue mágico. Carl Sagan dijo que estamos hechos de materia estelar y es verdad, ¿sabes? Las estrellas, las realmente grandes, no solo producen carbono y oxígeno, sino que siguen ardiendo, ardiendo y ardiendo, y esa combustión produce elementos alfa, como nitrógeno y azufre, neón y magnesio, hasta llegar al hierro. Esto se conoce como nucleosíntesis de supernovas. Dilo cinco veces más rápido —se rio, y a Darcy le dolió el pecho como si algo dentro de ella se estuviera estirando, haciendo espacio. Dolores de crecimiento—. Con el tiempo, cuando esas estrellas masivas llegan al final de su vida, se apagan con un estallido, una supernova tan brillante, tan preciosa, que ahoga a todas las demás estrellas. Y, cuando esto ocurre, expulsan todos esos elementos que crearon. De eso estamos hechos. Tenemos calcio en los huesos, hierro en la sangre y nitrógeno en el ADN… Y todo eso procede de esas estrellas —continuó Elle, cuyos ojos centellearon, brillando tanto como las estrellas de las que hablaba, mientras parpadeaba y señalaba al cielo—. Estamos, literalmente, hechos de polvo de estrellas.

La luz de la luna bailaba en las puntas de las pestañas de Elle, de un rubio pálido, y hacía que sus ojos titilaran. Si alguien estaba hecho de materia estelar, esa era ella.

—No importaba la edad que tuviera o las veces que todo el mundo me dijera que debía bajar de las nubes o ser práctica, nunca dejé de pedir deseos a las estrellas o de soñar con lo imposible. —Una risa acuosa se derramó sobre los labios de Elle, que sacudió la cabeza sorbiendo por la nariz y aclarándose la garganta—. Lo siento. Me tomes en serio o no, sé que piensas que es una tontería. La astrología, la magia y las almas gemelas.

—No. Creo que es bonito —susurró Darcy—. Que todavía creas en todo eso.

Que Elle se despertara cada mañana y esperara lo mejor en lugar de prever lo peor.

—Pero tú no crees, ¿verdad? En las almas gemelas.

Darcy se agarró a la barandilla como si fuera la barra de seguridad de una montaña rusa. Los nudillos se le pusieron blancos y le dolieron los huesos de las manos al tiempo que le flaqueaban las rodillas. Elle se pasó el pelo por detrás de las orejas y giró la cabeza. Al encontrarse sus ojos azules con los de Darcy, por un momento, un brevísimo momento, esta se olvidó de respirar.

No podía hablar y tampoco habría sabido qué decir aunque hubiese podido. En cambio, soltó la barandilla y apoyó una mano en la cintura de Elle, que acarició con el pulgar a través de la tela. Esta levantó la cabeza, las estrellas se le reflejaron en los ojos y el surco de sus labios desafió a Darcy a correr un riesgo, a lanzarse al vacío. Y saltó.

Con los labios sobre los de Elle y los dedos entrelazados en el suéter rosa chillón, se asomó al borde del acantilado y se dejó caer. No al suelo, sino a Elle. Elle, que era magnética y hacía que pareciera que nada era imposible. Que Darcy incluso podía eludir la gravedad si simplemente creía en ello. Que, aunque no lograra eludirla, podía caer sin que le pasara nada porque Elle le ofrecería un lugar suave en el que aterrizar. Que podía confiar en ella con cada frágil centímetro de su ser.

Lo que comenzó lento y suave, una exploración tímida, se volvió desesperado cuando Elle sorbió el labio inferior de Darcy, raspándole la carne con los dientes. Esta se apretó más contra ella, con las manos alrededor de la nuca de Elle, peinándole los suaves mechones de pelo mientras movía las caderas contra las de aquella mujer.

Ahora que se había dado permiso para desear, para desear a Elle, lo quería todo, lo quería todo con una urgencia desenfrenada. Apartando su boca de la de Elle, tomó una bocanada de aire y se le llenaron los pulmones mientras arrastraba sus labios por la mejilla de Elle, rozándole la piel suave y sedosa del cuello, donde sintió el pulso latir salvajemente, un eco del de Darcy. Sacó la lengua para saborear la ligera salobridad del sudor que salpicaba la garganta de Elle y dejó que sus manos vagaran, exploraran, deslizándose desde la cintura hasta las caderas, alrededor de ellas, cogiéndole el culo y apretándoselo, lo que fuera para acercarla más, hacerla jadear, conseguir que el pulso le retumbara con más fuerza bajo sus labios.

Un gimoteo de lo más sexy escapó de los labios de Elle cuando le chupó el lóbulo de la oreja y tiró, raspándole la piel con los dientes. El sonido le llegó a lo más hondo, encendiéndola.

—Yo… Joder, Darcy —exclamó, estremeciéndose entre sus brazos, y se puso tensa para luego derretirse, hundiéndose contra la barandilla a su espalda.

Joder, sí. Darcy colocó una pierna entre las de Elle y se restregó contra ella, deleitándose con la forma en que esta gemía, el sonido vibrando contra sus labios y bajándole hasta los dedos de los pies, que tenía apretados.

Quería más. Quería más jadeos, más de los labios de Elle contra los suyos, los suyos contra los de Elle, la sensación de Elle bajo sus manos y entre sus muslos. Quería quitarle el resto de las capas y dejarla desnuda, físicamente, de la misma manera que Elle había desnudado su alma con valentía bajo ese cielo claro y estrellado. Lo quería todo de Elle: lo bueno, lo malo, lo caótico.

Elle, que había deslizado los dedos bajo el suéter de cachemira de Darcy, rascándole con las uñas la piel sensible sobre la cintura de los tejanos, la empujó para apartarla.

Darcy se tambaleó hacia atrás, con el corazón acelerado.

—Lo siento.

—Cállate —jadeó Elle, pasándole los dedos, esos mismos que habían acercado a Darcy y luego la habían alejado, por las trabillas del cinturón para impedir que se apartara más—. Es que eres... Ajjj. —Dejó caer la cabeza hacia atrás mientras gruñía exasperada, acariciando con los pulgares la fina y sensible piel sobre los huesos de la cadera de Darcy—. Eres imposible, ¿lo sabías?

La risa burbujeó de repente en la garganta de esta.

—¿Yo? ¿Yo soy la imposible?

—Yo sueño con cosas imposibles, ¿recuerdas?

Elle rozó con una uña la piel bajo el ombligo de Darcy, lo que la hizo estremecerse. Tenía una sonrisa, de alguna manera, entre perversa y dulce.

—Ven a casa conmigo —le pidió.

Capítulo doce

«Por favor, que Margot no esté despierta. Por favor, que Margot no esté despierta».

A Elle se le ocurrió, cuando entraron en el aparcamiento que había detrás de su edificio, que debería haber sugerido ir a casa de Darcy, que no tenía compañeros de piso. Pero la había invitado sin pensarlo y no podía retractarse sin temor a que pareciera que se estaba arrepintiendo.

Lo cual no era en absoluto el caso. Ni mucho menos, no ahora, cuando su nebulosa relación había comenzado finalmente a coger forma y convertirse en algo real.

Elle giró la llave para abrir la puerta principal y echó un vistazo por la oscura sala de estar. Todas las luces estaban apagadas, salvo la lámpara con forma de piña que había sobre la barra americana, la que siempre dejaban encendida por las noches, pasara lo que pasara.

Con un suspiro de alivio por su suerte, se adentró en el apartamento y le hizo señas a Darcy para que la siguiera.

Esta había estado allí antes, pero solo una vez, y no había traspasado el umbral. Ahora, observó con curiosidad aquella sala de estar del tamaño de una caja de cereales. De vez en cuando hacía una pausa, deteniéndose en varias figuritas esparcidas por las superficies, recuerdos preciosos que Elle y Margot habían acumulado.

Ahora era su turno; sin duda, Elle se había tomado su tiempo para familiarizarse con el austero mobiliario de Darcy.

Este apartamento era, a todas luces, más colorido. Y estaba más abarrotado. Un soporte para chinchetas con forma de sushi descansaba peligrosamente al borde de la barra americana. Había fotos en marcos de vivos colores que colgaban torcidos de las paredes y un cristal de tormenta en forma de nube sobre el alféizar de la ventana, con pequeños puntos en el líquido que presagiaban un tiempo brumoso. Un tapiz con la rueda del zodiaco ocupaba la mayor parte de la pared junto al sofá, del suelo al techo. Los zapatos estaban amontonados junto a la barra de la cocina, en su mayoría de Elle, salvo un par de botas que pertenecían a Margot. Justo en el centro del suelo había un calcetín solitario y Elle no conseguía recordar ni a la de tres cómo o por qué había terminado allí.

—Supongo que no te acabas de mudar —dijo Darcy, sonriendo con picardía por encima del hombro.

—Ja, ja —fingió reírse Elle, que sonreía—. No. Llevo viviendo aquí... ¿cuatro años? ¿Cinco?

—¿Con Margot? —preguntó.

Elle asintió.

—Con Margot.

Darcy paseó la mirada por la estancia. Sacudió el muñeco cabezón con forma de astronauta que había en la estantería y arqueó una ceja.

—Y ¿dónde está Margot?

Elle señaló con el pulgar por encima del hombro.

—En su habitación, probablemente.

El estómago le dio una voltereta de campana cuando Darcy asintió y se acercó a ella, con los pulgares metidos en los bolsillos delanteros. Relajada y grácil, ni siquiera se tambaleó cuando puso un pie delante del otro hasta detenerse a unos centímetros de distancia.

—Y ¿tu habitación está...?

Elle se tiró del lóbulo de la oreja.

—También al final del pasillo. No hay que confundirla con el baño. No es que mi dormitorio parezca un lavabo. Solo que te esperará una desagradable sorpresa si los confundes. Básicamente, todo está al final del pasillo. Es pequeño. Mi apartamento.

—¿Puedo verla? —preguntó, levantando la mano y pasándose el pelo por detrás de la oreja.

Elle jugueteó con sus pendientes de Neptuno.

—¿Mi habitación?

Darcy dio un paso más cerca, tan cerca que Elle no tuvo adonde ir, tan cerca que los dedos de sus pies chocaron, y le puso una mano en la cadera mientras asentía.

—Claro —respondió Elle en apenas un susurro.

Cubrió la mano de Darcy con la suya, entrelazó los dedos y tiró de ella, guiándola por el pasillo hasta la última puerta a la derecha. Palpó la pared en busca del interruptor y encendió la luz. No las normales, que eran demasiado brillantes, esos fluorescentes toscos que conferían a todo lo que hubiese en la habitación un tono azul poco favorecedor y hacían que su pelo pareciera verde, sino las guirnaldas de luces parpadeantes que había clavado en las paredes. Bañaban el dormitorio con un resplandor cálido de color champán, lo bastante brillante para verse, pero lo bastante tenue para crear un ambiente determinado. Elegantes como velas, pero menos peligrosos. La iluminación ambiental en su forma más segura, por no mencionar la más económica. Además, con suerte evitarían que Darcy viera la montaña de ropa sin doblar que Elle tenía entre el escritorio y la cómoda.

Su preocupación fue en vano. Darcy no miró a su alrededor ni la juzgó en absoluto. Estaba centrada en Elle, con los párpados bajos y el labio inferior entre los dientes.

Elle se agarró la manga y se frotó la tela entre los dedos y la palma.

—Pues esta es mi habitación.

Darcy extendió las manos y acarició los brazos de Elle, los hombros, hasta que sus dedos descansaron a ambos lados de su cuello. Debajo de las yemas de los dedos de Darcy, el pulso de Elle latía con fuerza en una inconfundible señal de nervios.

No solo nervios. Elle la deseaba tanto que el ansia por tocar a Darcy le palpitaba en las puntas de los dedos y le ardía la piel por el deseo de que esta la tocara a su vez, pero no quería cargarse aquel momento. Fuera lo que fuese lo que estaban haciendo, porque a Elle no le quedaba claro, tampoco quería arriesgarse a preguntar por si no le gustaba la respuesta y...

—Hey —dijo Darcy, que dejó que su pulgar vagara por la parte inferior de la mandíbula de Elle, un suave roce que la hizo temblar—. ¿En qué estás pensando?

¿En qué estaba pensando? Uf, ¿más bien en qué no estaba pensando? Una maraña de pensamientos a medio formar pasó rápidamente por su mente. Lo que quería, lo que esperaba... Con tanta fuerza que le dolían los huesos y su cuerpo era demasiado pequeño para albergar aquella esperanza, que de tanto contenerla estaba a punto de estallar. Sentía la piel demasiado tirante, caliente, le picaba, y quería quitársela, desnudarse, dejar que Darcy viera la forma de su corazón al completo, caótico e imperfecto y con un hueco tallado en él, un hueco que llevaba muchísimo tiempo deseando llenar, pero en el que nadie encajaba por tener aristas demasiado agudas, demasiado ásperas, piezas de un rompecabezas que nunca casaban con las de Elle. Había estado esperando, esperando que apareciera la persona adecuada que encajara en el hueco, ese espacio dentro de su corazón creado solo para ella. Para su persona, no una persona perfecta sin más, sino una persona perfecta para ella.

Una persona que deseaba que fuera Darcy.

Elle giró la cabeza y rozó con los labios el interior de la muñeca de Darcy.

—Ya sabes, espero llevar ropa interior bonita.

La risa chisporroteó de la boca de Darcy, cálida y alegre, lo que reemplazó el remolino de nervios que sentía Elle en el estómago por una especie de ingravidez vertiginosa.

—Yo debería ser quien juzgue eso, ¿no crees? —dijo Darcy. Con las manos todavía en la mandíbula de Elle, sosteniéndole el rostro con una delicadeza con la que nadie la había tratado nunca, Darcy se inclinó más hasta que la nariz de ambas se rozaron una vez, dos veces…

La paciencia no era una virtud que Elle poseyera. Poniéndose de puntillas, plantó los labios en los de Darcy, sonriendo durante el beso, y su estómago estalló en un caleidoscopio de mariposas cuando Darcy también sonrió.

Esta deslizó las manos hacia delante para enredarlas en el pelo de Elle y le pasó la lengua por la comisura de los labios. Elle abrió la boca, gimiendo suavemente cuando Darcy le rozó la punta de la lengua con la suya, saboreándola, encendiéndola.

El beso fue vertiginoso y le flaquearon las rodillas con una rapidez la mar de tonta. Y un cuerno los coches deportivos: Elle se ponía de cero a cien en un santiamén. Con los dedos asiendo el dobladillo del suéter de cachemira de Darcy, la agarró con fuerza, balanceándose hacia ella. Gimió cuando la lengua de Darcy le recorrió el paladar, lo que le provocó un hormigueo por la columna e hizo que los pezones se le endurecieran contra la lana del suéter.

Elle se separó y jadeó en busca de aire.

—¿Puedo quitarte esto?

Elle ya se sentía desnuda, nada más que esperanza, huesos y el pulso en las venas, en carne viva por haberse abierto en la torre de astronomía e invitar a Darcy a casa. Era justo desnudarla un poco a ella también.

Darcy asintió con la cabeza mientras levantaba los brazos en el aire, dejando que Elle tirara del suéter hacia arriba y se lo sacara por la cabeza.

Hala. El sujetador de Darcy era negro, todo delicadeza, una transparencia de encaje con tirantes finos que contrastaban celestialmente con el cremoso tono melocotón de su piel. Un rubor le subió por el pecho, donde aparecieron motas rosas y rojas como el ocaso, y unas pecas de color naranja oscuro le salpicaban el borde de los senos. Elle reprimió un lamento y dejó caer el suéter al suelo para quedarse con las manos colgando inertes a los costados.

—Pecas y hoyuelos y... Maldita sea, Darcy. —Elle jadeó—. Eres tan preciosa que haces que me duela la cabeza.

Y el corazón también, en el buen sentido. El anhelo, el mejor tormento. La ilusión de una promesa, la satisfacción garantizada, solo era cuestión de tiempo.

Darcy se rio echando la cabeza hacia atrás y el movimiento resaltó la larga y delicada línea que formaba su garganta. Más piel que Elle quería tocar, saborear, pecas que quería unir en constelaciones que nunca se cansaría de explorar, la peca junto a la boca de Darcy, su favorita, a la que siempre regresaba. Su nueva estrella polar.

—¿Hoyuelos? Aparecen por tener un músculo cigomático mayor más corto de lo normal. Es una imperfección facial.

«Oh, por favor».

—Una imperfección sexy.

Con las mejillas enrojecidas y los ojos brillantes, Darcy extendió un dedo y lo enganchó en el escote en pico del suéter de Elle. Le rozó la piel desnuda justo encima del corazón.

—Lo que es justo es justo.

Elle se levantó el suéter por el dobladillo y se lo pasó por la cabeza, pero se quedó inmóvil cuando la tela se enganchó con fuerza en un pendiente. «Perfecto».

—Eh… Estoy atascada. ¿Podrías…?

Unas manos cogieron el cuello del dichoso suéter de Elle. Con cuidado, Darcy la liberó y luego la ayudó a pasarse el resto del jersey por encima de la cabeza.

Con el cabello revuelto y el flequillo sobre los ojos, Elle parpadeó y se sonrojó aún más cuando Darcy bajó la mirada para contemplarla sin cortarse.

Con las pupilas muy dilatadas, levantó la vista. Sacó de repente la lengua, rosa chicle e igual de dulce, para lamerle los labios.

—¿Puedo?

Sí, sí. Mil veces sí. Elle asintió tan rápido que la cabeza le dio vueltas.

Darcy subió los dedos por el costado de Elle, que se obligó a contener una risita por la forma en la que le hacía cosquillas aquel baileteo tan suave. La risa se le cortó en la garganta y se transformó en un gemido cuando Darcy ahuecó una mano sobre la pequeña protuberancia de su pecho, ahora sin sujetador, y le rozó el pezón con el pulgar, tan ligero como una pluma.

Le temblaron las rodillas y arqueó la espalda bruscamente ante el gesto de Darcy. Su cerebro olvidó por completo cómo formar palabras cuando esta dejó caer la cabeza y, con los labios, le rozó la tersa piel sobre la clavícula y luego fue recorriendo el pecho de Elle a base de besos húmedos hasta llegar a la cima de su seno derecho. Darcy cerró los labios alrededor de su pezón, succionó suavemente y tiró con los dientes hasta que la piel se tensó y se endureció. Luego retrocedió y sopló, y la repentina ráfaga de aire fresco contra su sensible piel hizo que Elle jadeara y estirara la mano para pasar los dedos por el pelo de Darcy.

Esta deslizó una mano más abajo, más allá de la falda de Elle y entre sus muslos, donde la ahuecó sobre la humedad que traspasaba las mallas y la ropa interior, y presionó y frotó con la palma de la mano, lo que hizo que Elle se estremeciera y gimiera.

Antes de que esta pudiera sentir un verdadero alivio, Darcy se enderezó y la hizo retroceder hasta que Elle tuvo las rodillas en un lado de la cama, que estaba sin hacer. Cayó, rebotó contra el colchón y se hundió en el amasijo de suaves sábanas.

Darcy se derrumbó tras ella, con las manos apoyadas a ambos lados, entre su cabeza. Rozó la nariz contra la suya y Elle sintió el aliento de Darcy en la boca, lo que provocó que le hormiguearan los tiernos labios, hinchados por los besos. Con las pupilas dilatadas y los párpados entornados, esas largas y envidiables pestañas que habían llamado la atención de Elle por primera vez en su desastrosa cita a ciegas se extendieron sobre la fina piel bajo los ojos de Darcy mientras esta parpadeaba, al tiempo que tragaba saliva visiblemente.

—¿Tienes idea de cuánto hace que me muero por probarte? —Una pregunta retórica, tenía que serlo, porque la forma en la que asomó la lengua de Darcy a aquellos labios rojos convirtió la pregunta en una confesión—. No puedo pensar en nada más. Dime que me dejas. Por favor.

Con los dedos retorciéndose en las sábanas bajo ella, Elle arqueó la espalda, arrimándose a Darcy. El deseo que sentía entre los muslos se intensificó.

—Joder. Sí.

Un suspiro de alivio se escurrió por entre los labios de Darcy, como si hubiera pensado que Elle fuera a negarse. Como si existiera algún universo en el que Elle fuera a negarse alguna vez.

Se deslizó más abajo, rozando el hueco de la garganta de Elle con los labios, luego el espacio entre sus pechos y le acarició las costillas como un susurro, bajando por su cintura, su cadera, el contorno de su muslo, y a Elle se le erizó la piel ante el contacto. Con los dedos en la cinturilla de la falda de Elle y las mallas que llevaba debajo, Darcy tiró de la tela sobre las caderas y los muslos para bajársela por las pantorrillas y los pies, y los desparejos calcetines se deslizaron con ambas prendas del revés. Las lanzó al otro lado de la habitación.

Desnuda salvo por el culote de encaje azul claro que le abrazaba las caderas, casi tan sexy como el desafortunado par que había perdido después de su primera cita, Elle trató de no retorcerse. La habitación estaba cálida, pero un escalofrío le recorrió la espalda ante la mirada de Darcy. Una mirada que encendió un deseo dentro de ella y cuya desesperación la mareó a pesar de estar acostada.

—Darcy.

Parpadeando con rapidez, se inclinó sobre Elle y trazó su torso con labios ardientes para luego hundirle la lengua en el ombligo, lo que hizo que Elle se retorciera, contoneando las caderas. Continuó besándola más abajo y le rozó la cinturilla elástica de la ropa interior con los labios antes de levantar la tela con los dientes y sumergir los dedos debajo, curvándolos.

—¿Bien?

Elle arqueó la espalda, levantando las caderas sobre la cama en una invitación silenciosa. Sin pronunciar palabra, suplicando a Darcy que, por favor, la desnudara y le hiciera cosas sucias, cosas que la agotaran, que la dejaran sin aliento y exultante como nunca.

Al captar la indirecta, Darcy le bajó poco a poco la ropa interior por el culo y las piernas. Se contoneó entre sus muslos hasta tumbarse bocabajo sobre el colchón. Unos labios cálidos acariciaron la parte interna de su muslo, donde dejaron besos que le cautivaban al tiempo que Darcy iba trazando formas sobre su piel. Le mordisqueó suavemente la ingle, una deliciosa tortura que arrancó un gemido de necesidad de los labios de Elle. Una mano le pasó la rodilla derecha sobre el hombro de Darcy, separándole así las piernas, abriéndola de par en par.

Elle contuvo la respiración y sintió una opresión en el pecho mientras el aliento de Darcy la acariciaba allí donde la deseaba.

—Ay, Dios mío —clamó, arqueándose sobre la cama, ante el primer lengüetazo.

El aliento de Darcy era cálido y sus labios aún más cuando besaba a Elle con una avidez desatada, deslizando la lengua a través de sus húmedos labios, lamiéndole la entrada. Otro gemido de desesperación se derramó de la boca de Elle cuando Darcy movió la lengua y entró en ella, sujetándola por el culo con ambas manos.

Elle cerró los ojos con fuerza y apretó las sábanas con tanta firmeza que casi las arrancó de la esquina de la cama. Darcy la lamía entera, desde la entrada de su sexo hasta el clítoris, y dos finos dedos reemplazaban la lengua en su interior. Estaba tan mojada que los dedos se hundieron con facilidad dentro de ella, donde se curvaron y presionaron con brío su pared frontal, lo que hizo que le temblaran los muslos y pusiera duro el vientre.

En un abrir y cerrar de ojos, los hábiles dedos de Darcy salieron de Elle, que gimió por la ausencia.

—Dios… Estoy…

Darcy se apoyó sobre un codo y se llevó la mano a la boca, cuyos carnosos labios rojos saborearon los dedos relucientes.

Sus pestañas parecieron revolotear y cerró los párpados con un gemido antes de abrir los ojos. Darcy miró a Elle intensamente y curvó los labios en una sonrisa diabólica alrededor de sus dedos, una sonrisa que hizo que, del ombligo para abajo, a Elle se le tensara todo de deseo.

Resbaladizos por la saliva, Darcy volvió a deslizar los dedos, esta vez uno más, dentro de Elle, cuyas paredes se apretaron con fuerza. Temblando, se irguió haciendo una abdominal cuando Darcy extendió una mano sobre su vientre para sujetarla mientras le succionaba el clítoris, suaves lametones intercalados con ávidos besos.

Elle soltó las sábanas y agarró con la mano derecha el sedoso pelo de Darcy. Miró hacia debajo de repente y se le cortó la respiración al ver aquellos ojos marrones fijos en su rostro.

Entre esa mirada y la perfección de tener la boca de Darcy sobre ella, se rindió y, con la espalda arqueada sobre el colchón y sujetando la cabeza de Darcy contra su sexo con una mano, los músculos de sus muslos se sacudieron mientras se deshacía en convulsiones lentas y temblorosas que le robaban el aliento de los pulmones, lo que hizo que le ardiera el pecho.

Un débil gemido salió de sus labios mientras tiraba aún más débilmente del pelo de Darcy. Esta, apretando los dedos con más firmeza que antes, no se detuvo, no aminoró el ritmo ni siquiera cuando Elle se revolcó sobre el edredón, demasiado sensible como estaba. Apenas se había recuperado del primer orgasmo, cuando Darcy le arrancó otro mientras le rozaba suavemente el sensible clítoris con los dientes.

Hubo una explosión de color en la oscuridad de su visión, una supernova detrás de sus párpados. Se le arqueó la espalda y un grito brotó de sus labios, fuerte e incontenible, casi un sollozo mientras Darcy la lamía y le acariciaba suavemente la piel del vientre, resbaladiza por el sudor, con la mano con que la sostenía.

Elle dejó caer sobre la cama la mano cuyos dedos tenía entrelazados en el pelo de Darcy. Esta le dio un beso en el clítoris al separarse de ella y se sentó en cuclillas, sonriendo, con los labios brillantes y la barbilla húmeda. Sus ojos, oscuros, resplandecían en la habitación.

«Joder». Elle miró hacia el techo. Las estrellas de pega brillaban débilmente, una pálida luz verde frente a las guirnaldas de luces que iluminaban la habitación con un tenue resplandor color champán. Los latidos de su corazón disminuyeron a un ritmo que rayaba lo normal mientras su cerebro regresaba a su cuerpo tras haber salido disparado más allá de la estratosfera.

Darcy se arrastró sobre el cuerpo de Elle, toda músculos delgados y curvas deliciosas. Todavía estaba medio desnuda, aunque el etéreo sujetador de encaje que llevaba no lograba ocultar casi nada, sino que dejaba a la vista la rosada areola de sus duros pezones. Inclinándose sobre Elle, con las manos apoyadas a cada lado de su cabeza, se dejó caer y le dio en la nariz un empujoncito con la suya.

—¿Bien?

Agotada y con los músculos como si fueran gelatina, Elle tan solo fue capaz de soltar una risa débil.

—Lo tomaré como un sí —dijo Darcy, que restregó su nariz contra la de Elle y los labios de ambas se rozaron.

Elle abrió la boca indolentemente, dejando que Darcy deslizara la lengua dentro. Un gemido se escapó de sus labios al notar su propio sabor en la lengua de Darcy, la calidez del almizcle y una dulzura entre salada y ácida. «Joder». Elle se dejó llevar y, con las manos en la nuca de Darcy, se arrimó más para saborearse otra vez en aquellos labios.

A horcajadas sobre el muslo de Elle, Darcy empezó a mover las caderas, montándola desesperadamente.

Elle deslizó los dedos por la suave curva del vientre de Darcy para desabrocharle el botón de los tejanos. El sonido de la cremallera bajando se oyó con fuerza en la habitación, que por lo demás estaba en silencio, pero no fue nada en comparación con el grito que ahogó Darcy cuando Elle le metió los dedos por los tejanos para frotarle el clítoris a través de la ropa interior.

—Mierda —maldijo Darcy, gateando hacia atrás y bajándose los vaqueros por los muslos.

Por supuesto, su ropa interior hacía juego. Unas tiras negras se curvaban alrededor de sus caderas y un triángulo de encaje prácticamente transparente apenas le cubría el centro, con unos rizos cobrizos pulcramente recortados.

A Elle le dio un vuelco el corazón antes de estrellarse contra su esternón.

—Ven aquí —susurró, extendiendo las manos hacia Darcy.

Esta volvió a subir a la cama, a horcajadas sobre las caderas de Elle. El pelo le caía sobre un hombro y le bajaba por la espalda en una cascada de rizos cobrizos en los que Elle quiso hundir las manos, y así lo hizo. Le pasó aquellas uñas recortadas por el cuero cabelludo y se la acercó, lo suficiente para besarla.

Bajó por un costado la mano que no tenía enredada en el pelo de Darcy, trazando la pecaminosa curva de su cintura y abriéndose paso hacia abajo, hasta que tiró con los dedos de la delgada cinturilla de la ropa interior de Darcy para soltarla después suavemente contra su piel.

Moviendo en círculos las caderas, Darcy gimió en la boca de Elle, restregándose contra su muslo.

Pillando la indirecta, deslizó los dedos por la ingle de su ropa interior y le pasó uno por entre los labios. Al meterle dos dedos, dejó que el pulgar rozara su clítoris erecto y esbozó una sonrisa de satisfacción cuando Darcy le gimió contra la boca al tiempo que movía las caderas en círculos.

—Más fuerte —susurró esta contra los labios de Elle—. Por favor.

Elle dobló los dedos para hacer más presión sobre la abultada zona erógena en el interior de Darcy, resbaladizo y caliente, y le acarició el clítoris con más rapidez.

—¿Así?

Darcy echó la cabeza hacia atrás y su larga melena le hizo cosquillas a Elle en la parte superior de los muslos cuando se enderezó, montándole la mano. Aquella postura le daba a Elle una vista perfecta del lugar donde desaparecían sus dedos, sumergidos en la cálida humedad del apretado sexo de Darcy. Un resplandeciente fluido se le deslizó por el dorso de la mano mientras esta subía y bajaba, follándose los dedos de Elle, primero despacio y luego con rapidez, y unos suaves gemidos de desesperación brotaron de sus labios mientras movía el pulgar más rápido, más fuerte, decidida a hacer que Darcy se corriera tanto como lo había hecho ella.

Preciosa, Darcy era increíblemente preciosa. El sudor le cubrió el cuello y el espacio entre sus senos. Apoyándose sobre el codo izquierdo, Elle tiró de una de las copas del sujetador de Darcy hasta que este se soltó y cerró los labios alrededor del pezón, que succionó con avidez, los dientes rozando la piel fruncida. El gesto encendió a Darcy, cuyos muslos temblaron mientras se corría a placer alrededor de los dedos de Elle.

Acariciándola mientras acababa de estremecerse, Elle trató de adivinar si Darcy podría continuar, si querría correrse de nuevo. Cuando bajó una mano y apretó débilmente la muñeca de Elle, esta se detuvo y le sacó los dedos, que extendió sin fuerzas sobre la cama junto a ella.

Darcy rodó hacia un lado y se derrumbó sobre el colchón, con el pecho agitado y las piernas enredadas con las de Elle. Tenía la piel sonrojada, el sujetador y las bragas torcidos, y una ligera capa de sudor sobre la piel desde la línea del pelo hasta el ombligo, que subía y bajaba al ritmo de su pulso.

Elle se humedeció los labios, repentinamente resecos. Se estiró hasta su mesita de noche, desenroscó el tapón de su botella de agua y bebió con ganas, para jadear levemente cuando terminó. Giró sobre sí misma, botella en mano, y se quedó mirando a Darcy, que parecía hecha polvo.

Con el pelo pegado a la frente y extendido sobre la almohada formando un halo de fuego, Darcy jadeaba ligeramente, con el pecho agitado y el aire silbando entre sus brillantes labios rojos. Extasiada, Darcy estaba hecha un precioso desastre, tal como se sentía Elle.

—¿Quieres un poco? —le preguntó, balanceando la botella por el cuello. Se mordió el interior de la mejilla mientras miraba cómo Darcy, que había aceptado el agua y se había erguido, tragó hasta que no quedó ni una gota.

—Lo siento —se disculpó con una risa, antes de desplomarse sobre las almohadas—. Por si querías más.

No era para tanto. Elle lanzó la botella sobre la mesita de noche; rodó y aterrizó contra el suelo. La recogería más tarde.

Con un suspiro, volvió a tumbarse en la cama y sus músculos se hundieron en el colchón mientras se daba permiso para dejar de ser una persona y deshacerse en un charco amorfo. O así lo hizo cuando se puso de lado, frente a Darcy, que parecía haber recuperado por fin el aliento.

Elle alargó una mano temblorosa, que apoyó en la cintura de Darcy, y esperó a que esta se alejara o dijera algo que consolidara el hecho de que Elle no había tenido nunca tanta suerte. Pero eso no pasó. Esperó otro instante por si acaso, luego se abrió camino desde las costillas de Darcy hasta su cadera, deleitándose con la forma en la que logró con su torpeza que aquella mujer se estremeciera y se acercara más.

Liberando las sábanas de una patada, Elle se agachó y las tiró sobre ambas, acurrucándolas en su cama, cálida, si bien un poco pequeña, y se arrimó más a Darcy, hasta que las rodillas de ambas chocaron.

—¿Te quedas? —le preguntó en un susurro.

Darcy apretó los labios y recorrió el rostro de Elle con una mirada inquisitiva. Esta contuvo la respiración, con la esperanza de que tal vez, en su conspiración, el destino y el universo hubieran decidido que ya había esperado suficiente. Que podía tener todo lo que quisiera y más.

Un hoyuelo apareció en la mejilla de Darcy, lo que resaltó la peca favorita de Elle, al tiempo que sus ojos se suavizaban.

—¿Por qué no?

Capítulo trece

Quien fuera que le hubiese dado permiso al sol para brillar con tanta intensidad necesitaba relajarse un rato.

Elle cerró los ojos con fuerza para protegerse del sol de media mañana, que entraba por la ventana junto a su cama. Incluso entonces, un cálido resplandor anaranjado penetró sus párpados, obligándola a hundir la cara en la almohada. Con un dormitorio orientado al este, necesitaba seriamente invertir en algunas cortinas opacas. De las de verdad, no del tipo que había comprado en oferta en Amazon a un vendedor externo que tenía una reseña prometedora, de la que ahora estaba segura en un noventa y nueve por ciento que había sido escrita por el propio vendedor.

¿Nadie le había dicho al sol que era fin de semana? Que Elle no tenía que estar en ningún sitio, nada que hacer excepto holgazanear en la cama y…

La cama.

Darcy. Había tenido sexo con Darcy. Y del bueno.

Ahogó su sonrisa contra la almohada.

Ahora, con un incentivo para afrontar el día, se dio la vuelta.

La otra mitad de la cama estaba vacía, las sábanas subidas hasta la almohada y cuidadosamente remetidas.

Con una mirada rápida, vio que la ropa de Darcy ya no estaba en el suelo, ni tirada por la habitación. Se había ido.

El dolor afloró entre sus costillas, abrupto y agudo como si alguien le hubiera clavado un cuchillo en el costado y lo hubiera movido hasta que la hoja encontrara su objetivo. Ni adiós ni nada.

La gente acostumbra a decir que la definición de «locura» era hacer lo mismo una y otra vez esperando resultados diferentes. Quizá Elle estaba loca por esperar que esta vez hubiera sido diferente, que Darcy fuera diferente. Tal vez había perdido la cabeza al asumir que algo real podía surgir de una relación falsa, pero anoche sintió que sí era real. De pie en el observatorio y desnudando su alma ante Darcy, se sintió comprendida como nunca antes. Como si hubiera algo dentro de ella que Darcy hubiese reconocido.

No existía ninguna palabra en su idioma que significara lo contrario de «soledad». Algunas se acercaban más que otras, pero ninguna hacía justicia a la sensación de que alguien te mire a los ojos y conecte contigo en el nivel más profundo.

Una conexión era lo que anhelaba. La comprensión mutua, antes de dar un paso más y que a alguien, a Darcy, le gustara tanto lo que había visto que quisiera quedarse a ver más.

Pero Darcy no se había quedado. Por alguna razón, una razón que Elle probablemente nunca sabría, porque la de rechazos que era capaz de soportar tenía un límite, así como los golpes que su corazón podía aguantar antes de que la esperanza de conseguir algo mejor ya no pudiera sostenerla. Se había enfrentado a Darcy una vez, pero eso había sido antes. Cuando había mucho menos en juego. Darcy no conocía a Elle entonces; el rechazo apenas había sido personal. Enfrentarse a ella ahora, exigirle saber por qué se había ido, por qué no valía la pena quedarse con ella… ¿Acaso no era obvio si tenía que preguntar?

No, Elle pillaba las indirectas.

Apretándose la sábana contra el pecho desnudo, se mordió con fuerza el interior de la mejilla. Con la visión borrosa, cerró los ojos y resolló sonoramente para no llorar. Detestaba llorar.

Entonces olfateó. Alguien en el edificio estaba haciendo tortitas. Al menos olía a tortitas. Un paraíso de mantequilla y dulce vainilla. O eso, o su cerebro se tranquilizaba a sí mismo de forma similar a como hacían los gatos, inventándose sus olores favoritos en vez de ronronear. ¿Sería una señal de un derrame cerebral inminente? ¿Convulsiones? Google le diría que tenía un tumor o alguna extrañísima afección neurológica mortal.

Elle olfateó de nuevo. No, el olor era inconfundible, más fuerte cada vez.

Apartó las sábanas y rebuscó entre su montaña de ropa sin doblar, del fondo de la cual sacó una bata. Atándosela bien, salió al pasillo para investigar más.

Margot estaba sentada en la barra americana y…

Darcy estaba en la cocina, en su cocina, vestida con una de las camisetas de Elle, una de un intenso color caléndula con las letras *Hufflepuff Puff Pass* garabateadas sobre un tejón que se fumaba un porro. Y estaba cocinando. Había sartenes, boles y una espátula (¿desde cuándo tenían espátula?), y todo el apartamento olía a tortitas porque Darcy Lowell estaba cocinando en su piso.

Se había quedado.

No podía permanecer ahí parada, así que se aclaró la garganta y sintió una calidez en el cuerpo ante la forma en la que se le iluminó la cara a Darcy cuando sonrió al ver a Elle.

—Buenos días.

Darcy arrugó la nariz de esa manera adorable que le encantaba a Elle antes de girarse y pelearse con uno de los mandos de la cocina.

—Por poco. Son más de las once.

No se habían ido al apartamento de Elle hasta después de la una y no se habrían quedado dormidas hasta pasadas las dos. Elle no se había levantado tan tarde, considerando todos los hechos.

Margot giró en su taburete y abrió mucho los ojos al pronunciar en silencio las palabras «qué fuerte».

Elle se tiró de la manga de la bata y dobló los dedos de los pies, que llevaba descalzos, sobre la alfombra. Exacto: qué fuerte.

Margot cerró su portátil y saltó del taburete.

—Bueno, yo me voy. No os divirtáis demasiado —se despidió, meneando las cejas.

—¿Adónde vas? Es sábado.

—Curiosamente, voy a escalar con tu —se volvió para apuntar con el dedo a Darcy— hermano.

Esta torció los labios.

—¿Oh?

—Tranquila. No diré nada incriminatorio. —Margot se detuvo en la puerta—. Al parecer, las citas rápidas no salieron como había esperado, así que se le ha metido en la cabeza que tal vez deba apuntarse al gimnasio o algo así. Conocer a alguien en la naturaleza. Me ofrecí a llevarlo a escalar. Vuelvo en unas horas —dijo, saliendo por la puerta—. ¡No hagáis nada que yo no haría!

Enredando los dedos en el cinturón de la bata, Elle entró en la cocina.

—¿Estás cocinando?

Que Darcy no se hubiera ido fue un alivio. Pero ¿tortitas? Eso era prometedor.

Darcy se pasó el pelo por detrás de la oreja.

—Era eso o hacer un pedido a Glovo, y no conozco sitios buenos en este barrio.

Elle se acercó despacio a Darcy, mirando el cuenco de masa.

—Eh, todos son buenos. Esto es Capitol Hill —respondió. Al ver una pequeña pila de tortitas en un plato, a Elle se le hizo la boca agua—. ¿Cómo has conseguido prepararlas siquiera? No tenemos harina. Ni huevos. Ni leche. Ni... nada de lo que se necesita para hacer tortitas.

Darcy la rodeó y cogió una caja de preparado para tortitas. Una de las esquinas estaba abollada y tenía una pegatina anunciando un descuento del cincuenta por ciento que tapaba la primera mitad del nombre de la marca.

—He encontrado esto en el fondo de la despensa. Caducó el mes pasado, pero he supuesto que probablemente fuese seguro.

—No me preocupa —sentenció Elle. Apoyando las manos en el borde de la encimera, se impulsó sobre los azulejos de la superficie, evitando por poco plantar el trasero en el bol con la masa. Una vez sentada, le pasó un pie a Darcy por la parte posterior de la rodilla para acercarla—. Has conocido a Margot.

Darcy subió los dedos por el interior del muslo de Elle. Cuando llegó al dobladillo de la bata, retrocedió hacia la rodilla. Elle dejó escapar el aliento que había estado conteniendo. Qué bajón.

—He conocido a Margot.

—¿Y?

Se echó el pelo por encima del hombro y se rio.

—Y ¿qué? Es maja. Da un poco de miedo —respondió, y volvió a coger la espátula para voltear la tortita que burbujeaba en la sartén con un movimiento experto de muñeca. La parte inferior estaba perfectamente dorada—. Me ha hecho prometer con el meñique no romperte el corazón.

Elle cerró los ojos. Maldita sea, Margot. Qué manera de controlarse.

—Estaba de broma.

Darcy se volvió y se miró por encima del hombro. Tenía un chupetón en el cuello, un moretón con la forma de la boca de Elle, que al verlo se sonrojó de los pies a la cabeza.

—A mí me ha parecido que hablaba en serio.

—¿Ha dicho lo que pasaría si lo haces? —Arrancó un trozo de su tortita y se lo llevó a la boca—. Romperme el corazón, quiero decir.

Darcy se rio, un sonido ligero y alegre.

—No he preguntado.

La sencillez con la que dijo aquello, como si eso no fuera probable, algo por lo que no valía la pena preocuparse, dibujó una sonrisa bobalicona en el rostro de Elle. Recostada de espaldas contra los armarios, esta agitó los pies, que le colgaban ingrávidos; la gravedad no tenía nada que hacer frente a la sensación de estar flotando que crecía dentro de su pecho.

—¿Algo más que deba tener en cuenta? Ya sabes, ¿algún secreto tórrido que pueda habérsele escapado a Margot?

—¿Tienes secretos tórridos?

—Depende de lo que consideres tórrido, supongo —bromeó. En su mayor parte, era un libro abierto. Pero le había mostrado a Darcy incluso aquello de sí misma que no revelaba a bombo y platillo.

Darcy cogió el bol y vertió en la sartén la cantidad de masa exacta para una tortita perfecta. Aparecieron burbujas en los bordes.

—Hemos tenido una buena conversación, de hecho. Margot es divertida cuando no me amenaza.

—¿Una buena conversación sobre qué? —quiso saber Elle, que no quería coger y preguntarle si habían hablado de ella, pero se moría por saber qué se había perdido. Siempre podría preguntárselo a Margot más tarde, pero quería que Darcy se lo contara.

De cara a la cocina, de espaldas a Elle, Darcy se encogió de hombros. El pelo le llegaba por encima de la cintura y Elle quiso enterrar sus dedos en él.

—Estaba leyendo cuando he entrado, así que le he preguntado. Hemos hablado de fanficción.

—¿De fanficción? —¿Había oído bien?—. ¿En serio?

Los hombros de Darcy se pusieron rígidos.

—¿Qué tiene eso de malo?

Elle frunció el ceño ante el tono defensivo de Darcy y se sacudió las migas de la pierna.

—Nada. Margot escribe fanficción. Es superfán de *Harry Potter*. Incluso administra un par de grupos de Facebook.

—Eso me ha dicho. —Con otro movimiento de muñeca, añadió otra tortita a la pila, reemplazando la que Elle había cogido—. Margot ha hecho que pareciera más popular que cuando yo...

Para el carro.

—¿Cuando tú qué?

Echó un vistazo por encima del hombro, sin mirar a Elle a los ojos, sino solo en su dirección.

—Nada.

Como si Elle fuera a dejarlo estar.

—¿Cuando tú qué? Cuando tú... —No se lo creía—. Darcy Lowell. ¿Lees fanficción? Qué fuerte, ¿de qué comunidad? ¿Escribes? ¿Es guarro? Por favor, dime que es guarro. ¿Cuál es tu...?

Darcy levantó una mano. Tenía la cara como un tomate, las pecas difuminadas con el rubor.

—No te voy a decir el nombre de nada sobre lo que escribí. Margot ya lo ha intentado.

Esto era demasiado bueno para ser verdad. Darcy. Escribió. Fanficción. Alucinante.

—Venga. ¿No tengo ningún privilegio por —las palabras «ser tu novia» le asomaron a la punta de la lengua— haberte visto desnuda?

Darcy arqueó una ceja cobriza.

—Verme desnuda ya es un privilegio —apuntó.

Elle se bajó de la encimera y se acercó a Darcy por detrás. Suavemente, le apartó el pelo del cuello y se lo pasó por un hombro antes de inclinarse para rozarle con los labios la protuberancia de la parte superior de la columna. Cuando Darcy se estremeció, Elle sonrió.

—Qué suerte la mía.

Darcy alargó una mano y apagó el quemador delantero.

—¿Prometes no reírte?

Moviendo las manos a la deriva y deleitándose con la forma en que aquello parecía distraer a Darcy, dejó que sus dedos se sumergieran debajo del dobladillo de la camiseta que Darcy había tomado prestada y le acarició provocadoramente la piel sobre los huesos de la cadera.

—Te lo juro.

—Lo digo en serio. No te rías o me voy.

Elle obligó a su rostro a adoptar la expresión de sinceridad más seria de la que fue capaz y esperó.

Darcy se mordió el labio, nerviosa.

—Cuando estaba en la universidad, escribía fanficción de *Los días de nuestras vidas*.

Fanficción de telenovelas. Elle sonrió de oreja a oreja.

—Darcy.

—Ajjj. —Esta arrugó la nariz—. ¡Te he dicho que no te rías!

Elle la cogió por la muñeca antes de que pudiera darse la vuelta.

—No me estoy riendo. Lo juro. Sonrío porque me parece

guay y, si es algo que te hace feliz, pues... —Se encogió de hombros—. Me alegro por ti.

Con los labios apretados y aún sin mirarla a los ojos, Darcy pareció sopesar la veracidad de sus palabras. Un segundo después, la tensión en su cuerpo desapareció y bajó los hombros, que había levantado hasta las orejas.

—Margot no está muy puesta en la comunidad de *Los días de nuestras vidas*, pero dice que hay un sitio buenísimo en el que recogen los escritos y lo mantienen todo organizado. Me ha pedido mi correo electrónico para enviarme una invitación. ¿Archive of Our Own se llama? —Darcy se encogió de hombros—. Al parecer, tiene unos filtros de búsqueda increíbles, pero aun así hace falta un pequeño aprendizaje. Se ha ofrecido a enseñarme cómo funciona. Hacerme un recorrido por el sitio. En caso de que quiera volver a hacerlo. Leer, tal vez escribir.

Sin siquiera pensarlo, Elle pasó los dedos por la piel de Darcy.

—Deberías hacerlo. Sin dudarlo, vamos.

—Bueno, no tengo lo que se dice el lujo de disponer de mucho tiempo libre en este momento —respondió, apoyando una mano en el brazo de Elle, justo debajo de su hombro. Con el pulgar, le trazó pequeños círculos sobre la piel, que a Elle le pusieron la piel de gallina—. Quizá después de aprobar este último examen, podría planteármelo. Si no es demasiado raro.

Darcy estaba meando fuera del tiesto si buscaba a alguien que le asegurara que sus aficiones no eran peculiares. O tal vez no. Elle no lo tenía muy claro. Una cosa le llamó la atención: Darcy no tenía tiempo libre y, aun así, ahí estaba. Con ella. Eso tenía que significar algo, algo grande y por definir. Por definir, de momento. Elle sonrió y se encogió de hombros.

—Yo digo que deberías intentarlo. Déjate llevar, Darcy.

Esta deslizó las manos por el cuello de Elle hasta hundírselas en el pelo. Le echó la cabeza hacia atrás y se inclinó, sonrió y murmuró contra los labios de Elle, un roce que le hizo cosquillas:

—Déjate llevar, ¿eh?

Antes de que Elle pudiera responder, Darcy le cubrió la boca con la suya y la besó en silencio.

Encima de la encimera, al lado del bol de masa, algo vibró. Y siguió vibrando. El móvil de Darcy.

Elle se echó hacia atrás y lo cogió, deseando que se callara para poder seguir besándose. Le pasaría el teléfono a Darcy y así...

Esta tenía una sofisticada aplicación de calendario que Elle no había visto jamás, algo que llevaba la organización al siguiente nivel. El mes actual y el siguiente se veían desde la pantalla de bloqueo. La notificación que había en la parte superior, «Terminar informe E. C.», no le llamó tanto la atención como el texto resaltado en verde el 31 de diciembre: «FDV».

¿Fijar días de vacaciones? ¿Felicitar a mis dos vecinos? ¿Finiquitar el débito del viaje?

No, algo sobre esas siglas le rondaba a Elle por la mente. Significaba otra cosa.

Fecha definitiva de vencimiento.

Fecha de vencimiento. El final que habían decidido para su acuerdo.

A Elle se le cayó el alma a los pies como si fuera de plomo.

La noche anterior había parecido real. Esto parecía real, besar a Darcy, comer tortitas y compartir secretos. Pero ¿qué sabía Elle? No lo que sentía, sino hechos reales e irrefutables.

Nada. Darcy no había dicho nada. La noche anterior había besado a Elle en lugar de responder a su pregunta sobre si creía en las almas gemelas, sobre si su opinión al respecto había cambiado. Y tal vez el hecho de que no le hubiese preguntado a Margot qué pasaría si le rompiera el corazón a Elle tuviera menos que ver con que Darcy viera posibilidades a su relación y más con que no creyera que tuvieran ninguna.

—¿Va todo bien? —preguntó Darcy, que miró de repente su teléfono, en la mano de Elle.

Elle no supo qué decir. No estaba segura de nada.

Capítulo catorce

A Darcy se le subió el corazón a la garganta y se le hizo imposible tragar saliva.

Elle se había puesto pálida, su rostro sin color, y ese bonito rubor en sus mejillas se desvaneció mientras miraba el teléfono de Darcy.

—Elle —repitió, acercándose y apoyándole una mano en su rodilla desnuda.

Ella dio un respingo y levantó la cabeza, con los ojos muy abiertos.

—Lo siento —dijo, sacudiendo la cabeza, y casi le lanzó el móvil a Darcy. Se metió entre los muslos ambos extremos de la bata, que tenía estampado de pavo real, y se miró el ahora cubierto regazo—. Tenías, eh, tenías una notificación del calendario. No quería fisgar ni… nada de eso.

El teléfono de Darcy estaba sincronizado con su cuenta de Outlook; cualquier otro día, tendría al menos media docena de notificaciones en el calendario. Reuniones, citas, almuerzo con Brendon, recordatorios de tareas básicas. Importantes o no, a Darcy le gustaba estar preparada, le gustaba saber con antelación cómo iría exactamente su semana a cada hora. Nada de eso era motivo para que Elle se pusiera de repente…

Darcy clavó la mirada en el evidente texto verde, el único color en su calendario. «FDV». Con razón Elle se había disgustado.

Mentiría si dijera que la fecha no le había estado rondando la mente. Al principio, después de lograr que Elle aceptara su plan para quitarse de encima a Brendon, Darcy había contado los días hasta que pudiera dejar aquella farsa. Hasta que pudiera deshacerse de Elle y volver a la normalidad, como tenía previsto. Pero eso había sido antes, antes de que la conociera. Antes de que Elle se le hubiera metido bajo la piel, más adentro incluso. En algún momento del camino, no sabía cuándo exactamente, es probable que en el asiento trasero del taxi, aquello había dejado de ser una pantomima. La atracción había estado ahí desde el primer día, pero los sentimientos... Sentimientos con los que no había contado. Definitivamente no era ese sentimiento en concreto, sino un conjunto particular de emociones que Darcy había intentado enterrar hacía mucho tiempo.

Eliminar el recordatorio fue instintivo. Quería que ese ostentoso texto verde desapareciera, quería rebobinar el tiempo y borrar esa mirada del rostro de Elle. Que las cosas volvieran a como habían sido antes, antes de que esa pequeña y terrible notificación reventara su burbuja e inyectara una dosis de realidad en el mundo de fantasía en el que Darcy se había sumergido.

El momento siguió roto. Con dedos temblorosos, Elle jugueteó con un hilo deshilachado de su bata, negándose a hacer contacto visual.

Darcy debía decir algo. Nunca se había considerado particularmente hábil en esto de verbalizar sus emociones. No porque tuviera dificultades con la elocuencia, sino porque intentaba racionalizar sus sentimientos y llegaba hasta el punto de convencerse a sí misma de no compartirlos. El año pasado, había hecho todo lo que estaba en su poder para aislarse por completo de ellos (de la mayoría).

Dos impulsos encontrados le revolvieron el estómago y convirtieron sus entrañas en un campo de batalla. Deseaba decirle a Elle que, aunque no se esperaba nada de esto, ahí estaba. Tenía la cabeza hecha un lío, pero Elle era una estrella brillante que iluminaba la oscuridad, evitando que Darcy se sintiera totalmente perdida, totalmente sola en esto. Vale, su relación había comenzado como una farsa, pero ahora sus sentimientos parecían cualquier cosa menos falsos.

A Darcy se le pegó la lengua al paladar y las palabras se le atascaron en la garganta cuando se vio dominada por el segundo impulso, el deseo de no contar nunca por qué no había querido una relación y era tan reticente a la alcahuetería de Brendon, una razón que iba más allá de estar ocupada. La mayor parte del tiempo hacía todo lo que podía para no pensar en ello siquiera. Hablar de ello estaba fuera de discusión.

Tenía que haber un término medio entre decir algo y contarlo todo. Necesitaba encontrarlo, y pronto, porque la expresión de Elle se volvía más sombría a cada segundo.

—Brendon. —«Mierda». Sí que se le había pegado la lengua al paladar. Tragó saliva y volvió a intentarlo—: La fiesta de Navidad de Brendon. ¿Quieres… quieres ir conmigo?

El corazón le retumbó contra el esternón con un ritmo furioso cuando Elle frunció el ceño.

—Ya te dije que sí. Era parte de nuestro trato, ¿no? Tú pasas conmigo el día de Acción de Gracias y yo te acompaño a la fiesta de Navidad y adonde sea. Para convencer a tu hermano.

A Darcy se le daba fatal esto, estaba oxidada en cuanto a compartir lo que sentía. Odiaba que se le dieran mal las cosas, odiaba no saber lo que hacía, que su ineptitud fuera evidente. Resopló, incómoda por cómo sus mejillas se encendían y los sentimientos salpicaban su rostro.

—Ya lo sé. Obvio que lo sé. Me refería… —Respiró hondo

entrecortadamente y se acercó al espacio entre las rodillas de Elle—. ¿Quieres… quieres ir? Olvídate del trato. ¿Sigues queriendo ir conmigo?

Elle levantó la cabeza de golpe.

—¿Qué?

El hecho de que su voz fuera apenas un susurro envalentonó a Darcy, hizo que su corazón latiera con más fuerza, tanto que parecía estar tratando de salírsele del pecho y abalanzarse sobre Elle.

—He dicho que te olvides del trato, Elle —repitió, apoyándole una mano en la parte exterior de la pierna para agarrarle el cálido muslo. Rozó con el meñique el suave y delgado pliegue detrás de la rodilla de Elle y podría haber jurado que sintió cómo a esta se le aceleraba el pulso—. No es por eso por lo que quiero que me acompañes. Ya no.

Elle sacó la lengua de golpe para humedecerse los labios. Parpadeó dos veces y sus hombros subieron y bajaron cuando suspiró, con un dulce aliento por las tortitas.

—¿Por qué?

Porque Darcy no podía dejar de pensar en ella. Porque había tenido claro, muy claro, que no iba a meterse en ninguna relación, pero Elle la había hecho dudar de cada una de sus intenciones. Le hacía querer cosas que no debería querer, no ahora, ni en vete a saber cuánto tiempo. ¿Hasta que estuviera lista? No sabía cuándo llegaría ese momento, pero ahí estaba Elle. Y Darcy también. Quería todo eso, con ilusión a la vez que pavor, pero no estaba dispuesta a dejar ir a Elle.

—No sé lo que estoy haciendo, Elle —admitió, que levantó una mano de inmediato y se agarró el cuello. Su garganta no fue lo único que quedó en carne viva ante esa confesión.

Elle dejó de morderse el labio y abrió la boca. Darcy podía hacerlo. Podía ser valiente, tan valiente como Elle.

—No sé lo que estoy haciendo, pero esto no tiene nada que ver con Brendon. Ya no. No… no estoy preparada para que esto termine —continuó. No quería despertar en un mundo en el que Elle no le enviara mensajes de texto, en el que no existiera la promesa de volver a verla, de escucharla reír. De ser quien la hiciera reír—. No estoy preparada para decir adiós.

No en un mes ni dos. Quizá nunca.

A su espalda, el frigorífico zumbaba. Elle estaba desconcertantemente callada mientras miraba a Darcy, con los ojos desorbitados y la boca abierta. A esta le subió una nueva oleada de calor por la mandíbula mientras esperaba que Elle dijera algo. Cualquier cosa que la sacara de su miseria.

—Ay, madre —murmuró—. ¿Te gusto?

¿Qué clase de pregunta era esa? Era absurdo que lo preguntara siquiera. Se trataba de la cosa más absurda que había salido jamás de la boca de Elle, lo cual era muchísimo, teniendo en cuenta la cantidad de pensamientos extraños que soltaba sin filtro.

¿No era obvio? ¿Acaso no lo tenía escrito en toda la cara?

—Suenas sorprendida.

Elle hizo un ruido entre la risa y el bufido, y dio una patada hacia la pierna de Darcy, aunque se quedó cortísima.

—Es que estoy sorprendida.

—En serio —dijo Darcy, que le dedicó a Elle su mirada más inexpresiva—. ¿Lo que te hice anoche con la lengua no te dio ninguna pista?

Sus palabras tuvieron el efecto deseado. El rostro de Elle se puso escarlata mientras cerraba los ojos y reía. Luchar contra su propia sonrisa habría sido inútil y, de acuerdo con la tónica de la mañana, Darcy no estaba de humor para contenerse. Cuando se trataba de Elle, era toda una hedonista.

Una vez calmada, esta se encogió levemente de hombros.

—Pero en realidad no me lo has dicho nunca y… no sé. Hay mucha gente que tiene un rollo sin conocer especialmente a la otra persona, y mucho menos le gusta.

No se equivocaba, pero ese no era su caso. Darcy había tenido relaciones como las que Elle había descrito y esto no era nada de eso. Ni siquiera se acercaba.

—Esto es diferente. Esto es… —Rozar una línea que no estaba lista para cruzar—. Yo no le preparo el desayuno a cualquiera, ¿sabes?

Ni se quedaba a pasar la noche. Ni hablaba de su madre. Ni compartía sus mejores recuerdos. Compartir, y punto, era algo que Darcy rara vez hacía últimamente.

—Qué suerte tengo —dijo Elle, cogiendo el plato de tortitas. Se hizo con dos de la parte superior y blandió el plato en dirección a Darcy con un movimiento de muñeca—. ¿Gustas de participar de los frutos de tu esfuerzo? Están riquísimas. —Como para hacer hincapié, se metió media tortita en la boca—. *Emferio*.

Darcy se mordió el interior de la mejilla, cogió el plato que Elle le tendía y lo dejó junto a la cocina. Luego agarró a Elle por las caderas y tiró de ella para arrastrarla hasta el borde de la encimera. Se colocó en el hueco que formaban sus muslos y le pasó los labios por la mandíbula, con un gruñido de satisfacción cuando Elle se estremeció entre sus brazos.

—No quiero tortitas.

Capítulo quince

5 de diciembre

MARGOT (21.43): *<enlace>*
DARCY (21.55): ¿Hay alguna razón por la que me has enviado un vídeo recopilatorio de las mejores bofetadas de la historia en telenovelas?
MARGOT (22.02): Elle y yo estábamos viendo telenovelas en YouTube y ahora me salen en bucle.
DARCY (22.03): Ay, madre.
MARGOT (22.04): ¿Has visto alguna vez *Passions*?

ELLE (22.05): q fuerte hay una telenovela d brujas, Darcy
ELLE (22.05): *Tabitha* se llama flipa
ELLE (22.06): me encanta
DARCY (22.10): De hecho, está relacionada con *Embrujada*. Tabitha afirma ser hija de una bruja llamada Samantha y un mortal llamado Darrin. En otra temporada, tiene una hija a la que llama Endora. El doctor Bombay hace algunas apariciones, lo cual sugiere que *Passions* y *Embrujada* pertenecen al mismo universo.
ELLE (22.11): #obsesionada

MARGOT (22.11): Elle acaba de soltar un grito ahogado rarísimo y no para de murmurar «ay, madre».

265

DARCY (22.12): ¿Has intentado apagarla y encenderla de nuevo?

MARGOT (22.12): Serás friki.

MARGOT (22.12): Estás tan mal como tu hermano.

MARGOT (22.13): Tú simplemente estás reprimida. Una friki reprimida.

MARGOT (22.14): Por cierto, encender a Elle es cosa tuya. Puaj.

DARCY (22.43): ¿Tenía que ordenar la búsqueda por reseña o visitas en la web? No me acuerdo.

MARGOT (22.47): Por reseña si buscas calidad. Veo que eres exigente con el porno que lees.

DARCY (22.48): ☺Perdona por querer una gramática y puntuación adecuadas.

MARGOT (22.49): Te perdono. Debes de subirte por las paredes con los mensajes de Elle.

DARCY (22.52): Qué va. No me molestan.

ELLE (22.54): ohhhhhh

ELLE (22.54): no te molesta cómo escribo

ELLE (22.55): q hcs t gstaria si scribiera así

ELLE (22.58): darcy?

ELLE (23.03): DARRRRRRCCCY

MARGOT (23.05): ¡Idea! Deberías escribir fanficción entre *Passions* y *Embrujada*. Yo leo la primera versión.

MARGOT (23.06): Recibirás como dos reseñas y seis visitas porque es un nicho sin apenas audiencia, pero a mí me encantará y a Elle también.

DARCY (23.08): Ya veremos.

ELLE (23.10): deberías hacerlo!

ELLE (23.11): 11 y 11 pide un deseo!

ELLE (23.13): *<gif de Elle haciendo pucheros>*

ELLE (23.13): hazlo, porfa

DARCY (23.15): Vale. Pero solo porque lo has pedido por favor y has usado la puntuación adecuada.

ELLE (23.16): 🙌🥕🫖🫖🍪🍪

DARCY (23.18): Buenas noches. 😳

ELLE (23.19): 😘

DARCY (23.28): 😊

6 de diciembre

ANNIE (14.43): Elle me ha enviado una solicitud para seguirme en Instagram. ¿Acepto?

DARCY (14.56): Me da igual.

ANNIE (14.58): Me preguntaba si no sería pasarse de la raya o algo.

ANNIE (14.58): Ya sabes, como es una farsa.

ANNIE (15.01): No me dijiste que Elle era tan guapa. Es monísima. La foto grupal que publicó tu hermano no le hacía justicia.

DARCY (15.06): Ahora que lo mencionas. No es una farsa.

ANNIE (15.10): Para el carro. ¡¿Qué?!

DARCY (15.15): No es una farsa. Es complicado.

ANNIE (15.20): Ay, madre. Os habéis acostado. Te la has tirado.

ANNIE (15.21): Joder, lo sabía.

ANNIE (15.24): Estuvo bien, ¿no? Seguro que sí.

ANNIE (15.29): <enlace>

DARCY (15.32): ¿De verdad me acabas de enviar un enlace a la canción *Baby Got Back*?

DARCY (15.34): Maldito sea el día en el que me compré un móvil.

Estoy en el trabajo y no para de escribirme todo el mundo. Había olvidado que lo tenía con volumen. He puesto el vídeo y ahora mis compañeros me miran como si fuera un bicho raro.

ANNIE (15.39):

DARCY (15.40): ¡Annie!

ANNIE (15.43): Oh, buaaa. Tienes amigos a los que les gusta hablar contigo. La gente se preocupa por ti. Tus compañeros de trabajo saben que escuchas otra música aparte del dichoso Chopin. Jope. Pobre Darcy.

DARCY (15.46): Qué vida más dura.

ANNIE (15.47): Anda, vete a la mierda.

9 de diciembre

ELLE (14.08): pues annie y yo hemos estado hablando d tu estilo esta mañana y creemos q deberías pasarte a los monos tipo años 70

ELLE (14.08): tienes la altura para lucirlos

ELLE (14.09): vale, ir al wc será una mierda, xo estarás sexy mientras te peleas

DARCY (16.15): ¿Desde cuándo hablas con Annie? Y sobre mí.

ELLE (16.27): annie y yo somos vieeejas amigas dsd el martes pasado

ELLE (16.28): conociéndonos

ELLE (16.29): monos sí o no?

DARCY (16.31): ¿Puede?...

ELLE (16.32):

—¡Darcy!

Apartó la vista del relato sobre *Passions* y *Embrujada* que estaba redactando en Google Docs en su teléfono y buscó la fuente de aquella voz. Allí, sentada en uno de los sofás en el centro del vestíbulo de su edificio, estaba Gillian. Su madre. ¿Qué estaba haciendo en Seattle, y en su edificio de apartamentos encima?

—¿Mamá?

Darcy cruzó el vestíbulo y se detuvo frente a su madre, quien la tomó de los brazos con los dedos fríos y le dio un beso en cada mejilla. Darcy arrugó la nariz ante el empalagoso olor a nicotina y Opium de Yves Saint Laurent que desprendía el pelo de su madre, tan intenso que podía saborearlo.

—¿Qué estás haciendo aquí?

Los coloridos brazaletes esmaltados en la muñeca izquierda de su madre tintinearon cuando soltó a Darcy.

—¿Te has hecho algo diferente en el pelo?

—¿No?

—Ah. —Su madre se rio—. Parece distinto. Bonito, pero diferente. Tienes muy buen aspecto.

—Tú también —respondió Darcy, que recorrió con la mirada el atuendo de su madre. Era de su estilo, aunque aquel floral vestido amarillo largo hasta los pies y la chaqueta de cuero marrón le sentaban bien a su madre—. Pero no has contestado mi pregunta.

Con una mano en la espalda de Darcy, Gillian la condujo silenciosamente en dirección al ascensor.

—¿Por qué no subimos?

Darcy se mordió la lengua hasta que el ascensor las escupió en el noveno piso.

—Y ¿qué te trae a Seattle?

—La fiesta de Navidad de tu hermano es el próximo fin de semana.

Era la primera vez que la madre de Darcy estaba en su apartamento y lo inspeccionó con una inclinación de cabeza llena de escepticismo. La decoración en su pared recibió un murmullo de interés, y sus muebles, una mueca de desaprobación en absoluto sutil.

—¿Sabe él que ya estás aquí?

Su madre resopló a modo de risa silenciosa y cogió un libro del estante, cuya portada examinó antes de volver a colocarlo en cualquier sitio. Cuando Elle tocó las cosas de Darcy, al menos las volvió a dejar donde estaban.

—Imagino que sí, ya que me quedo en su habitación de invitados.

¿Por qué acababa de enterarse Darcy de esto? Brendon no había dicho nada durante el almuerzo de ayer.

—¿Cuándo has llegado a la ciudad?

Su madre se rio entre dientes.

—Dios, Darcy, ¿a qué viene el interrogatorio?

No todos los martes se presentaba su madre en su apartamento sin previo aviso, pero, cuando lo hacía, se venían problemas. Por mucho que Darcy quisiera creer que esto no era más que una visita sorpresa, que tal vez su madre quería saber cómo estaban, ver si ella se estaba adaptando a una nueva ciudad, ignorar el pasado sería una tontería. Su madre no se preocupaba por ellos ni se pasaba por allí porque sí. Sacaba tiempo para Darcy cuando necesitaba algo: ocasionalmente un lugar donde pasar una noche, dinero rápido cuando su último ex la dejaba tirada y, casi siempre, alguien con quien desahogarse.

Cada vez, Darcy se prometía poner fin a aquel ciclo y, cada vez, cedía. Annie (porque no podía hablar con Brendon, no sobre esto) la animó a establecer límites claros si no quería acabar un día quebrándose por la presión. No era saludable ni justo, pero ¿qué lo era en la vida? Había aprendido el significado de «resiliencia» cuando logró salir adelante y cargar con un poco más del equipaje emocional de su madre.

Se pasó los dedos por la cintura de la falda, toqueteándose el pliegue de la blusa.

—¿Quieres una copa, mamá?

Darcy huyó a la cocina, asumiendo que la respuesta sería afirmativa.

—¿Desde cuándo bebes tú vino de caja?

Ni huir podía. Su madre estaba en la puerta de la cocina con el ceño fruncido.

Y ¿Darcy era quien hacía demasiadas preguntas?

Se volvió, metió la mano dentro del armario y sacó dos copas. Cogió la botella de tinto que tenía más cerca y tiró del corcho antes de llenar rápidamente ambos vasos y echarse un chorrito de más al suyo, por si acaso.

—No es mío. —Le ofreció una copa a su madre y pasó de largo, saliendo de la cocina—. Una amiga lo dejó aquí.

—¿Una amiga? —preguntó su madre, intentando parecer indiferente, pero fallando estrepitosamente.

Darcy dio un sorbo generoso, dejó su copa en un posavasos y se sentó en el extremo más alejado del sofá que había junto a la ventana.

—Sí, mamá. Tengo amigos.

Gillian se sentó en el otro extremo del sofá y agarró con fuerza la copa por el pie.

—Bueno, continúa. Quiero saber más sobre esta amiga —dijo con retintín.

El movimiento de su ceja pasó a ser sugerente, rozando la lascivia.

Darcy hizo como si no la hubiera escuchado.

—Así que te quedarás con Brendon.

Su madre se subió el bolso al regazo y rebuscó en el bolsillo interior.

—Sin resentimientos, espero. Lo llamé para que me recogiera en el aeropuerto y me ofreció su habitación de invitados, así que...

Con un cacareo de satisfacción, sacó un cigarrillo y un mechero del bolso.

—No se puede fumar aquí —dijo Darcy.

Con un cigarrillo colgando de un lado de la boca, su madre le hizo un ademán con la mano.

—¿Cómo? Como que la casera se va enterar si...

—No quiero que fumes aquí —la interrumpió Darcy. Sí, era una política del edificio, pero también propia. Una con la que no cedería.

Su madre se sacó el cigarrillo de la boca y señaló la pared de ventanas.

—¿Y si abro una?

Qué paciencia.

—Estamos en el noveno piso. Las ventanas van del suelo al techo; no se abren.

Con un resoplido, su madre se metió el cigarrillo y el mechero en el bolso, que luego arrojó al suelo.

—Vale, mamá —apuntó con retintín—. Uf, no te crie para que fueras tan estirada.

Darcy se mordió la punta de la lengua y se tragó su respuesta. Su madre apenas la había criado.

—Así que has venido para la fiesta de Navidad de Brendon. Supongo que volverás a casa más o menos al mismo tiempo que Brendon y yo.

—Sobre eso quería hablarte —dijo su madre, que apoyó una pierna en el sofá y se volvió hacia Darcy.

Ah, el pero. Solo había sido cuestión de tiempo, de cuántos rodeos daría su madre antes de revelar la verdadera razón por la que estaba allí. No solo en la ciudad, sino también en el apartamento de Darcy, en su sofá, bebiéndose su vino como si fuera agua y cogiendo la copa con tanta fuerza que a Darcy le preocupaba que se rompiera.

—He pensado que este año podríamos celebrar la Navidad aquí —dijo su madre—. Ahorraros el viaje a ti y a Brendon.

—Ya tenemos los vuelos.

Su madre abrió la boca solo para hacer una pausa. Respiró hondo y sonrió forzadamente al exhalar.

—Tu hermano los canceló.

Darcy frunció ceño.

—No me ha dicho nada.

—Le pedí que no lo hiciera. —Se acercó más a ella, deslizándose sobre los cojines del sofá—. Quería contártelo yo misma. Preferiblemente en persona.

A Darcy se le paró el corazón un segundo y luego se le aceleró.

—¿Va todo bien? No habrás…

Su madre le apoyó una mano sobre la suya.

—Todo va bien. Dios, te preocupas demasiado —respondió. Levantó la mano y tocó el espacio entre las cejas de Darcy—. Un día de estos te saldrán arrugas.

Esta le apartó los dedos. Estaba preocupada por una buena razón.

—Entonces ¿qué pasa? ¿Por qué no celebramos la Navidad en San Francisco?

—Bueno, eso sería complicado —dijo— porque voy a vender la casa.

—¿Vas a vender la casa de la abuela? —A Darcy casi se le rompe la voz, por lo que tosió.

Su madre le apretó los dedos.

—Es solo una casa, Darcy. Una casa en la que tu abuela no ha vivido desde hace años. Una casa, la verdad, en la que hace años que tampoco vives tú.

No era solo una casa. El edificio, victoriano y de tres pisos, con su empinado techo a dos aguas, sus relucientes vitrales y su amplio ventanal saledizo, estaba lleno de recuerdos. De los fines de semana horneando bollos que luego untaban con mermelada de fresa casera y de las tardes acurrucada en el sofá viendo telenovelas con la abuela. De los crujidos de las escaleras y la ornamentada barandilla con que Brendon se había roto el brazo al deslizarse hacia abajo cuando tenía once años. De las noches de verano en el columpio del porche bajo una manta y de las fiestas de pijamas con Annie.

Para su madre era una casa, pero, para Darcy, era su hogar.

Hizo girar el anillo de platino que llevaba en el dedo corazón.

—¿Por qué? ¿Necesitas dinero? Porque puedo…

—Es hora de un cambio.

—¿Y si la alquilas? De esa manera, si cambias de opinión…

—No cambiaré de opinión. —Su madre soltó una risa sardónica y torció los labios de un modo que decía que allí había más de lo que dejaba entrever—. La voy a vender. Me mudo. Fin de la historia.

—Vale. —A Darcy no le valía, pero ¿qué más podía decir? No era su casa y, aunque tenía buenos ahorros, no le alcanzaban para comprar una casa en San Francisco.

—Darcy, cariño, tú no eres tan sentimental —dijo su madre, que le dio unas palmaditas en el brazo.

Darcy se apartó, disimulando el gesto y yendo a por su vino.

—He dicho que vale.

Su madre dejó escapar un suspiro.

—Tu hermano y yo hemos quedado para mirar casas este fin de semana.

Darcy volvió la cabeza hacia el lado donde estaba su madre.

—¿Aquí? ¿Estás pensando en mudarte aquí?

—Bueno, no sé dónde exactamente —respondió, moviendo la cabeza de un lado al otro—. A Mercer Island, tal vez. A algún lugar cerca del agua. ¿No te recuerda a la bahía?

Algo no cuadraba.

—Si estás buscando algo que te recuerde a la bahía, ¿por qué te mudas?

Su madre se apretó el ceño con los dedos.

—Darcy. ¿No puedo querer estar más cerca de mis hijos?

Ella se la quedó mirando.

—Vale. —Su madre dejó caer la mano y suspiró—. Kenny y yo rompimos.

Joder, por supuesto que esto tenía que ver con un tío. ¿Cuándo no se trataba del último capricho de su madre?

—Ah.

—Sí, ah —resopló su madre—. Y ¿adónde decidió mudarse? Está de alquiler en un apartamento a dos manzanas de allí. Lo veo todo el tiempo. —Cogió su vino y casi lo apuró—. Estoy segura de que tú, más que nadie, puedes entender a qué me refiero cuando digo que necesito distancia.

Desde luego, su madre había arrinconado a Darcy. Porque ¿qué podía decir ella? Había hecho las maletas y se había mudado a Seattle después de... después de haber roto su compromiso con Natasha. Después de haberse visto obligada a romper su compromiso. No fue tanto una elección como un acto de supervivencia. No iba a seguir con aquello, no sabiendo lo que había hecho. Y quedarse en Filadelfia había sido demasiado duro, pues su vida allí estaba demasiado integrada con la de Natasha como para facilitar la ruptura. Había sido un desastre juntar los grupos de amigos de cada una por completo. Darcy no solo quería un nuevo comienzo, sino que lo necesitaba.

—Claro —asintió—. Lo entiendo.

Excepto que ella había aprendido la lección, mientras que su madre claramente no. Saltaba de una relación a otra, construyendo su vida en torno a quienquiera con que se estuviera viendo. No sabía limitarse a vivir, y mucho menos estar sola, así que pasaba al siguiente hombre hasta que el patrón se repetía y terminaba con el corazón roto. Otra vez.

Su madre alzó las comisuras de la boca.

—Me lo imaginaba. —Su fachada de felicidad era, en el mejor de los casos, endeble, y la sonrisa no se le reflejaba en los ojos—. Brendon y yo iremos a buscar casa este sábado, luego tomaremos unas copas y asistiremos a un espectáculo en la sala Can Can. Deberías acompañarnos. Te vendría bien un poco de diversión en la vida.

Puede que no culpara a su madre por intentar empezar de nuevo, pero ¿buscar casa con ella? ¿Salir a tomar algo? Podía sentir el dolor de cabeza en la base del cráneo.

—Ya veremos. Quizá tenga planes.

—¿Planes? —preguntó su madre meneando las cejas—. ¿Con una amiga?

Darcy se llevó una mano debajo del moño y presionó con los dedos el espacio donde su cabeza se encontraba con su cuello.

—Sí, mamá. Con una amiga.

—¿La misma amiga que deja vino barato en tu cocina?

Darcy sintió que subía por el pecho un extraño sentido protector.

—¿En serio, mamá?

—Tú te has puesto maternal conmigo —se defendió su madre, que se la quedó mirando con esos ojos oscuros abiertos de par en par. Levantó una mano y se acarició ligeramente la parte delantera del cuello—. Brendon me contó que estás saliendo con alguien y que es serio, pero no me lo pude creer. Parece que le debo veinte dólares.

No iba a dejarlo estar. Darcy apretó los dientes hasta que le rechinaron las muelas.

—Brendon no sabe de lo que está hablando.

—Entonces ¿no es nada serio? —insistió su madre.

—¿A ti qué te importa?

Su madre abrió los ojos como platos.

—Darcy, soy tu madre.

—Ya, bueno, pues podrías intentar actuar como tal —soltó. Las palabras salieron de su boca antes de que pudiera contenerlas—. Mamá…

—No. —Su madre sorbió por la nariz y forzó una sonrisa, con los ojos húmedos por las lágrimas no derramadas—. Me alegra saber lo que piensas realmente. Conmigo siempre eres tan reservada con tus sentimientos… Retraída y estirada. —Resopló a modo de risa y añadió—: No pasa nada.

A Darcy la pulla apenas le dolió, pues el escurridizo sentimiento de culpa que le pululaba en el estómago se impuso. Había hablado en serio, pero eso no significaba que no retiraría sus palabras, pues retrocedería si pudiera.

—Mira, lo que tengo con Elle… es complicado, ¿vale?

—¿Complicado? —Su madre enarcó las cejas hasta la línea del pelo—. Darcy, cariño. Eso no suena bien. ¿No has tenido suficientes relaciones complicadas?

Ella se puso rígida. No era lo mismo en absoluto y ya estaba harta de que Brendon se entrometiera. No necesitaba a su madre husmeando también.

—Eso no ha sido una invitación a opinar.

—No has respondido a mi pregunta. Pero sé captar una indirecta. —Se puso de pie y rebuscó dentro de su bolso, de donde sacó el cigarrillo y el mechero—. No te molestaré más, pero déjame decirte esto. Tu hermano… es como una goma elástica. Tiene una inmensa capacidad de amar: cuando está bien se pone eufórico y cuando está de bajón se hunde, pero siempre se recupera. Tiene el corazón de goma. Tú y yo somos más parecidas de lo que quieres creer. Pero es verdad —le dijo—. Sentimos las cosas profundamente, hasta los huesos. No nos recuperamos como tu hermano y no tenemos el corazón de goma. Es frágil y, una vez roto, cuesta recomponerlo. —Levantó la cabeza y miró a Darcy con los ojos muy abiertos y brillantes. A esta no se le daban bien las lágrimas, ni las suyas ni las de nadie. Y mucho menos las de su madre. Estaba muy familiarizada con ellas.

Le costaba tragar.

—Mamá…

—Lo sé. No quieres hablar de Natasha más de lo que yo quiero hablar de tu padre, y lo entiendo. De verdad. Ibas a pasar el resto de tu vida con ella y eso no es moco de pavo. Natasha te rompió el corazón y, aunque estoy segura de que Elle es maja (Brendon parece pensar que lo es), ¿qué sacas metiéndote en algo que es ya complicado a estas alturas después de haberte recuperado, Darcy?

Esta sintió un frío en el pecho y un peso en el estómago.

—Lo cual no quiere decir que debas pasar el resto de tu vida sola —apuntó su madre, con un ademán para desechar el pensamiento—. La vida es corta y mereces divertirte. Pero eres sensata, mucho más sensata que yo, por suerte. Solo estoy sugiriendo que el corazón a veces nos miente. Tienes una buena cabeza sobre los hombros, cariño. Úsala.

Natasha había sido todo lo que Darcy quería, todo lo que pensaba que quería. Era lógico que estuvieran juntas. Era una elección sensata y segura, y Darcy estaba dispuesta a pasar el resto de su vida con ella. Nunca se le pasó por la cabeza, ni por un segundo, temer aquel tipo de traición antes de que ocurriera, antes de que Darcy la viera con sus propios ojos. Incluso sabiendo por lo que había pasado su madre, al enterarse de que su padre la había engañado durante aquellos largos viajes de negocios, y de que su madre, borracha, le hubiese dicho que su amor era mentira más veces de las que podía contar, no había pensado que aquello pudiera pasarle a ella hasta el día en que ocurrió.

¿Tenía razón su madre? ¿Eran más parecidas de lo que quería creer? Ahí estaba Darcy, que se suponía que debía estar dedicando las horas a estudiar para el examen final y, en cambio, estaba sacando tiempo para Elle, creando un espacio para ella en su vida, una chica de espíritu libre que no podría parecerse menos a Natasha ni aunque lo intentara. Elle era lo único en lo que podía pensar la mitad del tiempo y aquello era más que diversión, era…

Ay. En momentos como este, habría dado cualquier cosa por tener solo cinco minutos para hablar con la abuela. Sería directa con ella, le diría si se estaba comportando irracionalmente, si estaba a punto de perder la cabeza. La abuela había sido la única persona que logró poner a su madre en algo parecido al buen camino en la vida, mientras que Darcy, por mucho que lo intentó, no pudo hacer lo mismo, sola no. Era demasiado, un peso aplastante.

Pero la abuela no estaba y pronto su casa también desaparecería.

Darcy se clavó las uñas en la piel cuando se cruzó de brazos.

—Aunque aprecio tu preocupación, es innecesaria —sentenció. Atravesó el salón en dirección a la puerta, esperando que su madre captara la indirecta—. Si este año vamos a celebrar la Navidad en casa de Brendon, ¿cogiste al menos los adornos de la abuela?

Su madre frunció el ceño, con el cigarrillo a medio camino de su boca.

—¿Esas antiguallas? Darcy, se estaban haciendo pedazos. Doné todo lo que había en las cajas del sótano. Apestaban a naftalina.

A Darcy le dio un vuelco el corazón. No eran antiguallas, eran piezas únicas. Delicados ángeles de encaje y cascanueces tallados a mano. Árboles de fieltro y bolas de vidrio argentado. Representaban la tradición y la familia, y su madre se había deshecho de ellos sin pensárselo dos veces.

Darcy abrió la puerta con manos sudorosas y se hizo a un lado.

—No estás enfadada conmigo, ¿verdad? —le preguntó su madre, cuyo cigarrillo le hizo cosquillas en el cuello a Darcy cuando le apoyó una mano en el hombro al pasar.

—Estoy... —Sacudió la cabeza—. Buenas noches, mamá.

En cuanto se cerró la puerta, se apoyó de espaldas contra ella y se hundió lentamente hasta el suelo.

Hablar con su madre era como hacerlo con una pared de ladrillo y esperar que la entendiera o empatizara lo más mínimo. Pero Darcy necesitaba hablar con alguien o se volvería loca.

¿Con quién? Normalmente podía hablar con Brendon sobre cualquier cosa, casi cualquier cosa, pero en absoluto sobre esto. Annie seguía en Berlín en representación de su empresa, una consultora independiente de recursos humanos, tratando de agilizar una fusión corporativa. Eran poco más de las siete, lo que significaba que allí era media noche. Y luego estaba…

Nadie. Había hecho un trabajo admirable al lograr lo que se había propuesto: aislarse. Hasta ese momento, nunca se había dado cuenta de lo solitario que era proteger un corazón frágil.

Darcy cogió el teléfono y miró sus contactos. No. Ni un alma. Tenía el móvil pegado a la oreja antes de que pudiera pensárselo dos veces.

—Holi —la saludó la voz de Elle a través de la línea, tan animada y alegre que hizo que a Darcy le doliera por dentro—. ¿Darcy?

Esta sorbió por la nariz tan silenciosamente como pudo, cubriendo el auricular.

—Hey.

Le tembló la voz, pero se mantuvo firme, débil pero entera.

La línea estaba en silencio y el sonido de la respiración de Elle era un silbido casi mudo.

—¿Qué pasa? Déjame adivinar, no puedes dejar de pensar en mí, ¿verdad?

Darcy se rio, su dominio de sí misma raído, cada vez más frágil, completamente perdida como estaba. Elle no se imaginaba cuánta razón tenía.

—Algo así.

—¿Sabes? Esta es la primera vez que me llamas.

Darcy tomó una pequeña bocanada de aire.

—Odio hablar por teléfono.

Ella se rio entre dientes.

—¿Y, aun así, me has llamado? Podrías haberme enviado un mensaje.

Darcy cerró los ojos con fuerza.

—Odio hablar por teléfono, pero…

«Quería hablar contigo». Elle era la excepción a tantas reglas que aquello hacía que le diera vueltas la cabeza.

—¿Darcy?

—Perdona. —Tuvo que aclararse la garganta—. Es solo que… Mi madre está aquí.

Oyó a Elle moverse, la fricción de alguna tela, tal vez una manta.

—¿Ahora mismo?

—No, o sea, sí. Está en la ciudad, pero estaba en mi apartamento. Acaba de marcharse, pero va a pasar aquí las Navidades. Va a, eh, va a vender la casa de mi abuela. Sin preguntar, así, sin más. Va a vender la casa y se deshizo de los adornos navideños y… y yo solo quería…

Se detuvo, no porque no supiera lo que quería, sino porque lo sabía. Sabía lo que quería, pero ya no tenía la menor idea de lo que necesitaba. Si era lo mismo o bien polos opuestos.

Elle maldijo en voz baja.

—Ostras, Darcy. ¿Estás bien?

—Estoy… —La palabra estaba allí, en la punta de su lengua. «Bien». Darcy siempre había tenido que estar bien, porque, si no era así, ¿quién lo estaría? Siempre había tenido que mantener la compostura, ser fuerte y llevar la cabeza en alto. Pero no estaba bien. Estaba de todo menos bien—. No precisamente.

Dos palabras y se partió por la mitad, con la voz rota y el pecho abierto, todos los sentimientos que había mantenido compartimentados, guardados cuidadosamente en cajas que había colocado con pulcritud en un estante en lo profundo de su ser, se derramaron. Desbordándose a borbotones, los sentimientos se filtraron a los lugares más inoportunos, haciendo que le lloraran los ojos y le moqueara la nariz. «Mierda».

—Darcy…

—Lo siento —se disculpó, odiando cómo le temblaba la voz—. No quería llamarte y soltarte toda la monserga.

—No lo has hecho —le dijo Elle, que sonaba sincera, incluso vehemente, con un tono de voz que contrastaba firmemente con la debilidad general de Darcy—. No me has soltado ninguna monserga. Lo juro.

Fue amable por su parte decir eso, pero no era cierto.

—Aun así. —Cuando Darcy se pasó una mano por la cara, se le manchó la palma de rímel y de churretes de sombra de ojos marrón y crema mezclada con corrector—. Se está haciendo tarde. Simplemente no podía hablar con Brendon sobre esto y...

—Tenía que callarse. No sacaba nada exponiendo su vulnerabilidad más de lo que ya lo había hecho, y menos frente a alguien como Elle, alguien que no tenía garantía alguna de que sería un elemento permanente en su vida. Se expondría, se abriría y... ¿luego qué?—. ¿Sabes? Debería dejarte tranquila. Debería...

—Aquello era incómodo de narices, así que cerró los ojos con fuerza y encogió los hombros hasta las orejas—. Adiós.

—Espera, Darcy, no...

Darcy colgó y dejó caer el teléfono en el suelo antes de dar con la cabeza contra la puerta con un ruido sordo.

Con un pitido en los oídos, repasó todo lo que había dicho; por desgracia, tenía una memoria prácticamente perfecta. La vergüenza se apoderó de ella, le picó la piel y se le revolvió el estómago.

Quizá Elle fingiría que aquello no había sucedido. Tal vez pudieran hacer como si no hubiera llamado y se hubiera puesto tan sensiblera, soltándolo todo. Quizá pudiera cambiarse el nombre y el número, y mudarse a un pequeño pueblo en el sur de Francia. Podría atiborrarse de mantequilla y vino hasta que la humillación no importara.

Cambiarse de identidad llevaría algún tiempo, pero podía empezar por el vino. Darcy se arrodilló, se puso de pie y se llenó otra copa con el rosado barato y empalagosamente dulce que vendían en caja, porque le recordaba a Elle y porque, al parecer, sin que ella lo supiera hasta casi su trigésimo año en este planeta, era masoquista. Cada día se aprende algo nuevo.

Sentada en medio de la cocina, con la falda de tubo que llevaba puesta levantada hasta la cintura para mayor comodidad, Darcy apuró su segunda copa y estaba yendo a por la tercera cuando alguien llamó a la puerta de su casa.

«Brendon». Darcy cerró los ojos. Probablemente su madre le habría contado lo mal que se había tomado la noticia. Ahora iba a tener que hacer control de daños, calmar sus emociones, barrerlas debajo de la alfombra. Demostrarle a Brendon que estaba bien, que preferiría que su madre no vendiera la casa, pero que eso no le había afectado de la manera que ella afirmaba.

Lista como nunca, se ajustó la falda y estiró la mano hacia el pomo. En cuanto abrió la puerta, se le llenó la cara de agujas de pino de plástico.

—¡Lo siento! Mierda, se me está resbalando. Déjame solamente...

Las ramas, presionadas contra el rostro de Darcy, se movieron para revelar a una Elle con aspecto de estar agobiada. Se le había soltado el moño desenfadado que llevaba a la nuca, el sudor le brillaba en las sienes y respiraba trabajosamente dando pequeñas bocanadas de aire.

—¿Te importa si...?

Darcy cogió el… ¿árbol?, ¿arbusto? Y dejó que Elle pasara. Abrazada a una caja de cartón a reventar, con las solapas levantadas y dobladas hacia los lados porque el contenido rebosaba de su interior, se dirigió caminando como un pato en dirección a la pared con ventanas, donde se inclinó y dejó la caja con un gruñido.

—Joder, cómo pesa.

Darcy cerró la puerta de una patada y las agujas de pino de plástico se le clavaron en la piel de los bíceps.

—¿Qué es todo esto?

Elle paseaba la mirada entre la caja a sus pies y Darcy.

—Suerte que me has llamado cuando lo has hecho. Trastos en el Trastero solo abre hasta las ocho de lunes a viernes. He podido colarme justo antes de que cerraran. —Empujó la deforme caja con la punta de la bota—. Había poco donde escoger a estas alturas del año, por lo que los adornos son… eclécticos.

Darcy dejó el árbol junto a la caja y se quedó mirando impávida el botín de Elle, intentando, sin éxito, entender qué era aquello.

—En cuanto al árbol —prosiguió Elle con una mueca—. Solo había dos, pero el otro era descomunal. En plan que no podía rodearlo con los brazos aunque lo intentara…, lo cual he intentado, lo admito. No ha funcionado. Pero sí que he podido coger este y meterlo en la parte trasera del Uber con el que he venido. Parece un poco… —cerró un ojo y miró fijamente el montón de ramas desaliñadas— un arbusto. Pero creo que tiene cierto encanto. Un *je ne sais quoi*, ¿sabes?

Darcy se llevó los nudillos a los labios.

—Pero… ¿por qué?

Elle rozó el suelo con la punta del pie, luego pareció pensárselo mejor y rápidamente se quitó las botas, cojeando cuando estuvo a punto de caerse. Los pantalones de su pijama (madre

285

mía, iba en pijama) eran demasiado largos y los llevaba arremetidos hasta la mitad en unos calcetines de peluche. Darcy sintió en el estómago el vacío de una montaña rusa.

—Has dicho que tu madre se deshizo de las decoraciones navideñas de tu abuela, así que he pensado que... —Se encogió de hombros—. Supongo que no lo he pensado demasiado en realidad. Quizá ya tenías árbol y adornos, o Brendon tal vez, pero quería asegurarme de que tuvieras algo. Sé que el árbol es un poco feo y ninguno de los adornos combina, pero si...

—Es perfecto —susurró Darcy. Le picaban los ojos y le ardían las fosas nasales con cada rápido parpadeo que daba para sofocar las lágrimas—. Es realmente perfecto.

Demasiado perfecto. Perfecto en un sentido aterrador, porque nada tan bueno duraba para siempre. Nunca lo hacía.

La sonrisa de Elle no solo iluminó su rostro, sino también el salón entero.

—¿Sí?

Darcy pasó por encima del árbol y cogió a Elle de ambas manos. Tenía los dedos congelados, por lo que los entrelazó con los suyos y la atrajo hacia sí. Elle se dejó llevar hacia delante, su pijama barrió el parqué y los dedos de los pies de ambas chocaron. Darcy usó el impulso de Elle a su favor para hundir la barbilla y robarle un beso, en el que se deleitó. Solo un poquito más, un ratito más.

Capítulo dieciséis

—A mí me parece... bonito.

Elle ladeó la cabeza, estudiando el árbol, aunque tampoco es que hubiera mucho por estudiar. Las ramas eran más bien ramitas, y las agujas, escasas. Ninguno de los adornos hacía juego: un jeep rosa de Barbie con purpurina colgado junto a un copo de nieve de camuflaje y varias ramas bajo un domo de nieve lleno de arándanos chocaban contra un calcetín de fieltro y un espantoso elfo de papel maché. Pero al menos el árbol ya venía con luces, ninguna de las cuales estaba fundida.

Darcy debió darle al interruptor, porque las ambarinas luces de la estancia parpadearon y, de repente, el arcoíris bañó el salón. Bombillas de color rosa, verde azulado, naranja y violeta titilaron en las ramas como pequeños puntos de luz de colores.

—Es...

Darcy echó la cabeza hacia atrás y se rio.

—Me encanta.

Para alguien que parecía ser un pozo de esperanza sin fondo, Elle era toda desesperación cuando se trataba de Darcy. Desesperada porque no había cura para cómo se sentía. Desesperada porque, cada vez que Darcy reía como si su propia alegría la tomara por sorpresa, a Elle se le hacían las entrañas malvavisco. Desesperada porque quería hacerla reír sin parar, hasta que la novedad de la euforia desapareciera, si bien sin perder nunca su atractivo. Elle estaba desesperada y no quería una cura.

Tiró de la manga de Darcy con fuerza mientras se arrodillaba frente al árbol.

—Ven, siéntate.

Sin rezongar siquiera, se dejó caer en el suelo y miró a Elle con una ceja levantada, como si preguntara «y ¿ahora qué?».

Predicando con el ejemplo, Elle se deslizó hacia atrás, hacia el árbol, y se tumbó cuando tuvo suficiente espacio para hacerlo sin golpearse la cabeza. Moverse bajo las ramas más bajas era un arduo empeño, pero lo hizo sin tocar un solo adorno.

Mirar las ramas brillantemente iluminadas no tenía el mismo atractivo que cuando era niña, seguro que porque estas estaban más pobremente decoradas, pero aun así era agradable. En especial cuando Elle frunció los ojos y las luces centellearon como estrellas. Pero fue aún mejor cuando Darcy se unió a ella, acurrucándose y entrelazando las manos con las suyas.

—¿No hacían esto en *Anatomía de Grey*? —preguntó en un susurro.

Elle resopló suavemente.

—Sí, pero yo lo hice primero. Hacía a Jane y Daniel gatear conmigo hasta debajo del árbol. Aquello volvía loca a mi madre porque levantábamos la falda del árbol e íbamos dejando agujas de pino por toda la casa.

—Brendon y yo nunca gateamos debajo del árbol, pero recuerdo haber intentado trepar una vez.

—¿Qué? —balbució Elle.

—Bueno, nos olvidamos de poner la estrella —dijo Darcy, cuyo hombro rozó el de Elle cuando se encogió de hombros—. Supongo que lo vi como un error que necesitaba corregir y Brendon era más pequeño, así que, en cierto modo…, lo aupé hasta arriba.

—¿Le pasó algo?

—Qué va —resopló Darcy—. Nunca lo habría dejado caer. Además, la abuela nos pilló cuando apenas lo estaba levantando del suelo.

Elle se rio y le ardieron los músculos del vientre al imaginarse una pequeña Darcy aupando a Brendon al lado del árbol de Navidad para colocar el adorno. Las agujas de pino de plástico de la rama más baja le hicieron cosquillas en la nariz y una rebelde logró metérsele hasta arriba. Sintió una picazón sospechosa en las fosas nasales. Sería lo peor si…

Elle estornudó y se comió un montón de agujas de pino. Pensándolo bien…

—Si vamos a hablar, tal vez no deberíamos hacerlo debajo del árbol.

Darcy hizo un murmullo de asentimiento y fue la primera en salir. Cuando ambas estuvieron libres y apoyadas contra el sofá, Darcy golpeó suavemente a Elle con el codo.

—Gracias. No por animarme a arrastrarme bajo un árbol de segunda mano que podría estar lleno de, yo qué sé, chinches, sino por…

—Ay, madre. Tranquila, que no tiene…

Darcy le puso un dedo sobre los labios. Estaba sonriendo.

—Estoy bromeando. No es por las chinches, mi agradecimiento. Significa mucho que hayas venido, por no mencionar que se te ocurriera traer un árbol y adornos, y luego lo hicieras de verdad.

Darcy sacudió la cabeza, pero no dejó caer la mano. En lugar de eso, trazó el arco de los labios de Elle con la yema del dedo, tan suavemente que esta sintió el delicado roce de cada cresta y remolino de su huella dactilar.

Elle se estremeció y le besó la punta del dedo.

Con la respiración acelerada y una mirada perversa, a Darcy se le dilataron las pupilas (o tal vez fue solo un efecto de la luz) y dejó caer la mano, no sobre su regazo, sino sobre la rodilla de Elle. El calor de su palma penetró a través de la franela del pijama.

—Eh…, espero no haberte fastidiado los planes que pudieras haber tenido.

—Planes —repitió Elle, bajando la mirada hacia su pijama. No se había molestado en ponerse más que una chaqueta (la chaqueta) después de que Darcy colgara. No le había visto el sentido, no cuando le pareció que el tiempo apremiaba. Que Darcy la necesitaba, la necesitaba en ese momento.

—Solo estaba perdiendo el tiempo, escribiendo memes. No estaba ocupada.

—¿Puedo verlos?

—¿En serio?

Darcy se limitó a quedarse mirándola, esperando.

Elle sacó su móvil, cuyo led parpadeaba para avisarle de una notificación. Otro mensaje de texto de Daniel y dos llamadas perdidas de su madre. Se le hizo un nudo en el pecho cuando los ignoró a ambos y abrió la nota que había escrito, la que había terminado en el Uber, de camino allí. Se la pasó a Darcy y observó, mordiéndose el labio, mientras esta leía la lista.

Villancicos según tu signo del zodiaco

Aries: *Jingle Bell Rock*
Tauro: *The Twelve Days of Christmas*
Géminis: *Merry Christmas, Happy Holidays*
Cáncer: *I'll Be Home for Christmas*
Leo: *All I Want for Christmas Is You*

Virgo: *The Christmas Song*
Libra: *Walking in a Winter Wonderland*
Escorpio: *Baby, It's Cold Outside*
Sagitario: *Santa Baby*
Capricornio: *White Christmas*
Acuario: *Do They Know It's Christmas*
Piscis: *Last Christmas*

—*White Christmas*. ¿Estás de coña?

—¿Qué tiene de malo *White Christmas*? A todo el mundo le encanta esa canción. Significa que envuelves tus regalos de Navidad con la precisión de uno de los duendes de Papá Noel. O Martha Stewart. Y probablemente sigas encantadoras tradiciones chapadas a la antigua, como enviar por correo tarjetas navideñas escritas a mano y asar castañas, o algo así. Mientras que Margot y yo nos ponemos ropa interior roja y yo descuelgo las guirnaldas de luces de mi habitación para reutilizarlas durante un mes.

—Pues no a todo el mundo le gusta esa canción. A mí no me gusta.

—¿Cómo puede ser? Habla de nieve.

—Exacto —asintió Darcy—. Y odio la nieve.

Elle se tapó la boca.

—¿Qué? ¿Cómo? ¿Por qué? Darcy, ¿quién te hizo daño?

Esta arrugó la nariz.

—¿Alguna vez te has pasado media hora raspando el hielo del parabrisas?

—Eso es hielo, no nieve. La nieve es bonita.

Le sacó la lengua.

—Oh, por favor. Durante diez minutos, antes de que se convierta en un lodo gris que se vuelve a congelar, formando un hielo negruzco que es responsable del veinticuatro por ciento de los accidentes automovilísticos relacionados con el clima, en los que salen heridas más de setenta y cinco mil personas y mueren casi novecientas cada año.

Aquello era deprimente y, sin embargo, algo en la capacidad de Darcy para recitar estadísticas al tuntún (por morbosas que fueran) era extrañamente excitante. Un desconcertante material pornográfico.

—Bah, gilipolleces. Cambiaré tu canción. —Volvió a coger su teléfono—. ¿Qué opinas de *You're a Mean One, Mr. Grinch*?

—Es divertida —respondió Darcy, sin siquiera inmutarse, pero había un destello en sus ojos que contradecía su inexpresividad—. No soy el Grinch porque no me guste la nieve. En San Francisco nunca nieva, o al menos no desde que nací, y el clima es bastante templado. El año que me mudé a Filadelfia, tuvimos cuatro tormentas de nieve en el lapso de un mes. Y hacía un frío que pelaba. —Se estremeció como si solo pensar en ello le provocara un escalofrío—. Odio pasar frío.

Elle se inclinó hacia su costado.

—¿Por eso siempre intentas que me ponga una chaqueta?

—No es que no me guste ver tu piel desnuda, pero me entra frío con solo mirarte —dijo Darcy, que sonrió y le echó un vistazo con el rabillo del ojo—. Puedes dejar *White Christmas*. Sí que me gustan las tradiciones, especialmente las navideñas. —Se quedó mirando el árbol, contra todo pronóstico iluminado con sus luces de colores, y la garganta se le sacudió al tragar saliva con fuerza—. Sé que los adornos son solo... cosas. Cordeles, fieltro, vidrio y... Me parece un poco ridículo disgustarse porque mi madre se deshiciera de ellos, pero así me siento.

El apego de Elle a los objetos materiales siempre había sido más fugaz, sus recuerdos más preciados eran escasos y era más probable que fueran fotografías que cualquier otra cosa. Pero eso no significaba que no la entendiera.

—Eran… representaciones materiales de tus recuerdos. No es ridículo estar disgustada, Darcy. Cualquier cosa que sientas es legítima, ¿vale?

Darcy asintió.

—Eso son exactamente. Recuerdos. Esos adornos eran únicos y valiosísimos, e incluso teníamos esas delicadas bolas de vidrio con nuestro nombre escrito en ellas con pintura dorada. Es un milagro que nunca se rompieran. —Resopló y añadió—: Aunque faltó poco.

—¿Por trepar al árbol?

Negó con la cabeza.

—No, es una tontería.

Hasta el momento, todos los secretos e historias más tontos de Darcy habían sido revelaciones.

—Cuéntame.

Se humedeció los labios.

—Yo tenía… ¿doce? Creo que doce años, o tal vez estaba a punto de cumplirlos. Brendon siete u ocho. Teníamos la costumbre de hornear galletas con la abuela. Siempre hacíamos pepas y les poníamos mermelada casera. Estrictamente de fresa. —Sus labios se curvaron en una sonrisa—. Colocábamos las galletas y un vaso de leche junto a la chimenea para Papá Noel. Mi padre bajaba las escaleras, se bebía la leche y comía unas cuantas galletas. Hasta esa Navidad, que estaba fuera por negocios. Volvía en avión esa noche, en Nochebuena. Yo ya no creía en Papá Noel, pero Brendon sí, así que me quedé en la cama esperando a que mi padre regresara a casa para que se bebiera la leche y se comiera las galletas, pero las once se convirtieron en medianoche, que dieron paso a la una, luego a las dos, luego a las tres, y él seguía sin llegar a casa. Supongo que su vuelo se retrasó.

—¿Llegó a tiempo? ¿Para Navidad?

Darcy negó con la cabeza, con una sonrisa triste en el rostro, como si estuviera recordando la decepción.

—Para Navidad sí, pero no para ser Papá Noel —respondió, y soltó una carcajada—. Yo fui Papá Noel ese año. Pasadas las tres, bajé las escaleras con mucho cuidado de no hacer ningún ruido porque, te lo juro, crujía cada escalón. Engullí seis galletas y luego cogí la leche, pero recordé que habíamos puesto leche de vaca, porque mi padre no es intolerante a la lactosa, pero yo sí.

Elle puso los ojos como platos al ver hacia dónde iba aquello.

—No.

Darcy hizo una mueca.

—No sabía qué hacer. Tenía doce años y estaba intentando ser sigilosa. Cogí el vaso con intención de dirigirme a la cocina y vaciarlo por el desagüe, cuando me pareció escuchar a alguien en las escaleras. Entré en pánico, me bebí la leche de un trago y me escondí detrás del árbol. Uno de aquellos adornos de cristal cayó, pero, en un magnífico giro del destino, fue a dar con mi zapatilla, que amortiguó el aterrizaje. Me escondí allí durante al menos veinte minutos antes de volver escaleras arriba en silencio. Brendon estaba profundamente dormido y no se enteró de nada. Y me quedé en la cama con retortijones durante el resto de la noche. —Su sonrisa se volvió cariñosa y su voz se convirtió en un susurro cuando dijo—: Pero Brendon creyó en Papá Noel un año más, que era lo único que me importaba.

Elle podía imaginárselo perfectamente. Una Darcy demasiado joven trajinando a espaldas de Brendon. Todavía lo hacía, seguía cuidándolo, incluso ahora.

Se mordió el interior de la mejilla para serenarse.

—Lo quieres de veras, ¿no? —le preguntó, y luego se rio—. O sea, obvio. Por supuesto que sí. Solo quería decir que yo quiero a mi hermano y a mis hermanas, y, por muy belicosas que se pongan las cosas entre nosotros, sé que ellos también me quieren a mí. Pero no puedo imaginarme a ninguno de los tres complicándose la vida para hacer algo así por mí.

Darcy se encogió de hombros.

—Me enteré de que no existía demasiado pronto, a los seis años, cuando me di cuenta de que Papá Noel usaba exactamente las mismas etiquetas de regalo que mi madre y mi padre. Quería que Brendon creyera en él cuanto fuera posible. Con mi padre de viaje la mitad del tiempo y mi madre bien con él o bien lamentándose por no estar con él, no era gran cosa, pero sentí que era lo mínimo que podía hacer.

Aquello no tenía nada de irrisorio. Darcy no hizo lo mínimo, fue más allá, más de lo que cualquier hermana debería sentirse obligada a llegar. Llevarlo a la escuela, prepararle la cena, asegurarse de que creyera en la magia un poco más de tiempo.

Darcy miró a Elle y le apretó la rodilla, sonriendo suavemente antes de volverse hacia el centelleante árbol de Navidad. Fue un vistazo rápido, pero en ese breve momento en el que sus miradas se encontraron, algo cambió en el pecho de Elle; todas sus dudas se convirtieron en certezas, se aclararon sus angustiosas cavilaciones sobre qué era y qué significaba lo que había entre ellas.

Darcy estaba sentada ahí, tan mona con los labios fruncidos, completamente perdida en sus pensamientos, ajena a cómo se tambaleaba la tierra a los pies de Elle, sacudiéndose, dando vueltas y haciéndola girar como esas nauseabundas tazas de té en Disneyland en las que se montaba cada vez que iba, porque, al parecer, su memoria era una amiga caprichosa.

Pero no olvidaría esto: tener el culo dormido por estar sentada en el suelo del apartamento de Darcy, con el corazón a cien por hora tras casi parársele, la cabeza dándole vueltas y un nudo en el estómago.

Tragó saliva, de repente tenía la boca seca.

—Cuidas de tu hermano. Cuidas de todo el mundo. ¿Quién… quién cuida de ti?

Lo único en lo que podía pensar era en la noche en la que se sentó en el suelo junto a Margot después de aquella cita desastrosa. Desesperada, en carne viva y cansada de narices. En que había decidido dejarlo estar, tomarse un descanso, dejar de buscar el amor y esperar a que este la encontrara.

Vaya que sí.

Algo parecido al pánico brilló en los ojos de Darcy, un destello fugaz y frenético. Esta sacudió la cabeza lentamente, con los hombros caídos, y abrió la boca para luego cerrarla antes de que una risa de desesperación que sonó casi como un sollozo brotara de sus labios.

—Tú no lo estás haciendo nada mal.

Nadie le había dicho eso nunca. Elle nunca se había visto en la tesitura de tener que cuidar a alguien, no realmente, no más allá de un fin de semana con sus sobrinos. Margot era demasiado testaruda para eso y nadie más confiaba lo suficiente en Elle como para dejarse cuidar por ella.

Con los nervios en el estómago como la primera vez que vio una lluvia de meteoritos, observando mientras los desechos celestes caían del cielo, alargó una mano y la puso sobre la mandíbula de Darcy. Volvió su rostro hacia ella y se inclinó para darle un tierno beso en la boca que inmediatamente hizo que se le encogiera el estómago como si fuera una de aquellas estrellas, cayendo y cayendo hasta desaparecer.

Dejar la escuela de posgrado y entregarse, en corazón y alma, a Oh My Stars no había sido fácil. Dar ese salto hacia lo desconocido había sido aterrador, pero siempre se había sentido bien, porque ella no era de las que se conformaban. Quería más. Esto, besar a Darcy junto a las luces del arcoíris en un árbol de Navidad con más tronco que hojas, era lo más cerca que Elle había estado alguna vez de experimentar la magia real, del tipo que le chisporroteaba en las venas y la encendía desde las puntas del pelo hasta los dedos de los pies.

Moviendo las manos sin rumbo, deslizó los pulgares por debajo de la blusa de Darcy; necesitaba sentirla, necesitaba más. Le pasó las uñas por la fina piel de los huesos de la cadera y aquello hizo que Darcy ahogara un pequeño grito.

Esta retrocedió, pestañeando, cuando posó la mirada inmediatamente en la boca de Elle como si ya echara de menos sus besos. Tal vez Elle le estuviera dando demasiada importancia a esa mirada, tal vez fuera solo una mirada, nada más y nada menos, pero considerarlo hizo que le retumbara el corazón.

—Elle, yo... —Por un momento, Darcy pareció total y completamente perdida, y aún más aterrorizada por ello. Parpadeó dos veces, con la respiración entrecortada en aquellos labios entreabiertos, que esbozaron una sonrisa—. Deberíamos ir a mi habitación —dijo.

Extendió una mano y trazó con los dedos el contorno del rostro de Elle, cada roce de los cuales hacía que el deseo que esta sentía por ella aumentara. Quería que la tocara, quería que Darcy la tocara por todas partes.

—Ah, ¿sí? —Dejó que sus dedos se deslizaran hasta el dobladillo de la falda de Darcy—. ¿A qué?

Rozándole la suave piel de la parte interna de los muslos mientras le subía la tela por las piernas, Elle se mordió el interior de la mejilla para evitar sonreír cuando Darcy prácticamente jadeó. Piel. Ahora, seguía mordiéndose la mejilla, pero por otra razón completamente distinta. Darcy llevaba medias y la banda de encaje se perdía más arriba.

Con los ojos cerrados, Darcy se pasó la lengua por el labio inferior para humedecérselo.

—Elle.

Se inclinó hacia la mano de Elle, levantando las caderas como si estuviera tratando de acercarse más a ella. Elle deslizó la mano más arriba e introdujo los dedos por la ropa interior de Darcy y a través de sus rizos, hasta que encontró su clítoris.

Con avidez, Darcy soltó un gemido de lo más suave mientras le clavaba las uñas a Elle en el brazo, meciendo las caderas contra su mano, retorciéndose. Luego, se escurrió hasta que ya no estuvo apoyada en el sofá, sino tirada sobre la alfombra. Miró a Elle con los párpados entornados bajo aquellas pestañas espesas y oscuras, y el hambre en sus ojos le robó a Elle el aire de los pulmones.

—Bésame —jadeó Darcy, que usó el brazo por el que sujetaba a Elle para tirarla al suelo sobre ella. La mantuvo allí con ambos brazos alrededor de los hombros.

Elle se inclinó y le mordió el labio inferior. Le acarició la barbilla con la boca y fue bajando, dejándole un rastro de besos por el cuello, sacando la lengua de vez en cuando para saborear aquella sedosa piel. Cuando sus labios alcanzaron el escote de Darcy, Elle se sentó sobre las rodillas de esta y la cogió por el dobladillo de la blusa.

Darcy se inclinó y la ayudó a quitársela. Una vez que se hubo deshecho de la blusa, Elle se tomó un minuto para observar toda la piel que había quedado a la vista. Llevaba un sujetador rosa, transparente y con lunares. Se le marcaban los pezones, que reclamaban su atención.

Elle agachó la cabeza y le lamió el derecho a través del delicado encaje. Cerró los dientes a su alrededor y lo mordisqueó suavemente primero, pero con más fuerza después, cuando Darcy le puso una mano en la parte posterior de la cabeza y, con los dedos enredados en su pelo, la sostuvo allí, animándola con pequeños gemidos. Retrocediendo un poco, Elle sopló la arrugada areola, sonriendo cuando Darcy levantó las caderas y arqueó la espalda.

—Elle, Dios —gimió, rayando en la exaltación, mientras le pasaba las uñas por el cuero cabelludo y le provocaba un cosquilleo por la columna—. Me estás matando con esa boca.

Su cabeza estaba apoyada sobre la alfombra, su pelo extendido alrededor, el tono cobrizo en marcado contraste con la lujosa badana blanca. Tenía la espalda arqueada en un ángulo pecaminoso, con las caderas levantadas del suelo tanto como se lo permitía el peso de Elle, a horcajadas sobre sus muslos.

Pasando los labios por el vientre de Darcy, buscó a tientas la cremallera de la falda, que encontró a un lado de las caderas. Al bajarla, el sonido de los dientes de la cremallera fue tan fuerte que hizo que el momento pareciera un poco más cargado. Metió los dedos por la cintura de la falda y tiró de la elástica lana para bajársela por el trasero y los muslos. Esta se contoneó para ayudar a Elle a deslizar la ajustada tela por el resto de su cuerpo, más allá de sus pantorrillas y sobre sus delgados pies, cuyas pulcras uñas se veían a través de sus finas medias.

«Joder». Decir que Darcy era bastante increíble sería quedarse corta.

Llevaba un liguero negro sujeto a las medias de color carne, que le llegaban a la mitad del muslo. Elle tragó saliva y pasó un dedo por debajo del fino tirante de satén para dejarlo ir con un suave chasquido. El sutil latigazo, o tal vez solo fue el sonido, hizo que Darcy jadeara.

Parecía estar ansiosa, porque se llevó una mano entre las piernas y se tocó por encima de la ropa interior.

—No. —Elle le apartó la mano y se inclinó hacia ella para besarle la piel allí donde la pierna de Darcy se unía a su cuerpo—. Yo te cuido, ¿recuerdas?

La respiración de Darcy se aceleró, ronca entre sus labios, y dejó caer la mano al suelo.

Elle le succionó la piel de la parte interna del muslo hasta que los músculos de Darcy se sacudieron y un grito ahogado se escapó de entre sus labios.

—Elle.

Esta se quedó mirando la zona, que se había puesto de un rojo intenso. En lo que respecta a calentones repentinos, no se esperaba que el rubor carmesí que le brotó a Darcy de aquel chupetón la excitara. Pero no podía negar que imaginársela yendo por ahí el resto de la semana con un moretón en forma de boca (de la boca de Elle) debajo de sus impecables vestidos y entalladísimos pantalones era de lo más sexy. Su pequeño secreto, prueba de que Darcy podría parecer circunspecta, pero que Elle tenía la capacidad de desarmarla hasta lo más hondo y convertirla en algo dócil y perdido de lo que también había que cuidar.

Darcy se removió y gimió suavemente, con las caderas arqueándose sobre la alfombra.

Apartando la mirada de la marca que le había dejado en la piel, Elle la besó en el muslo y le recorrió con los labios el borde de la ropa interior. Le tocó la cadera para que la levantara y le bajó las bragas por el culo y los muslos antes de dejar que Darcy se las quitara del todo a patadas. Se puso cómoda entre sus piernas, frente a su sexo, y le separó los labios con ambos pulgares. Darcy estaba empapada, reluciente por la excitación, y sintió la humedad pegajosa de sus muslos cuando intentó frotarse contra sus piernas.

Elle suspiró y su aliento acarició a Darcy, luego se acercó y le lamió los labios internos, gimiendo suavemente ante el sabor de aquella mujer. Las caderas de esta se sacudieron, lo que las acercó más a su boca.

Elle balanceó la pelvis, apretándose contra la alfombra, buscando fricción, algo, cualquier cosa que la aliviara mientras se agarraba de los muslos de Darcy con los brazos para mantenerla en el suelo, para mantenerla abierta. Lamió con la punta de la lengua el hinchado clítoris, con ímpetu, antes de cubrirlo con sus labios y succionar, a lo que añadió un ligero roce con los dientes.

—Joder —jadeó Darcy, que agarró a Elle por el pelo y tiró lo bastante fuerte como para hacer que le hormigueara el cuero cabelludo. La sensación que la atravesó hizo que se humedeciera—. Más. Por favor.

Ignorando la calentura entre sus muslos, Elle succionó con más fuerza y movió la lengua más rápido mientras subía una mano por el muslo de Darcy. Un leve gemido de satisfacción escapó de los labios de esta, cuyo cálido sexo se tensó cuando le introdujo los dedos y los curvó hacia delante.

—Ay, mad… Joder —clamó, echando la cabeza hacia un lado. Los músculos de su abdomen se contrajeron mientras se balanceaba contra la mano de Elle.

Segura de que Darcy estaba a punto, curvó aún más los dedos, los movió más rápido y…

Darcy arqueó la espalda y sus muslos temblaron contra los hombros de Elle al tiempo que las paredes de su sexo, calientes y húmedas, se contraían alrededor de aquellos dedos. Un grito ahogado salió de entre sus labios, seguido de un gemido bajo que prendió fuego a la sangre de Elle.

Esta retiró los dedos y jadeó suavemente al ver que Darcy seguía sacudiéndose con los últimos coletazos de placer. Besó el chupetón que le había dejado y rodó hacia un lado, con la cabeza apoyada en el muslo de Darcy.

Esta le masajeó la cabeza con los dedos, rascándole suavemente el cuero cabelludo. A pesar de estar más excitada de lo que recordaba haber estado jamás, Elle saboreó el momento y lo memorizó. Todo aquello, la tranquilidad, la paz, la expectativa, la forma en que la blanca decoración de Darcy servía como el fondo perfecto para el arcoíris de luces que brillaban desde el despeluzado árbol de Navidad. Cómo, por primera vez, no solo le parecía que todo en su vida iba bien, sino que era perfecto.

—Margot —gritó Elle, dejando caer su bolso junto a la puerta y apoyándose contra la pared. Después de la noche que había tenido, apenas se sentía las piernas y sus brazos no estaban mucho mejor—. ¿Estás en casa?

Margot asomó la cabeza por la cocina.

—Hey. ¿Te has divertido?

—Se podría decir que sí.

Elle pasó junto a la barra y se dirigió directamente a la cocina. Darcy la había atiborrado de tortitas (no de caja), pero todavía tenía hambre. Era lo que le pasaba a una chica cuando dormía poco y tenía un maratón de sexo.

Abrió la nevera…, la nevera vacía. A excepción de un frasco de pepinillos y un táper lleno de salsas picantes que habían cogido del Taco Bell porque los mensajes de los sobres eran graciosos, no tenían nada.

—Mar, tenemos que ir a comprar.

Margot rebuscó en su cesta de cápsulas variadas y sacó una de café tostado oscuro superrobusto, del tipo que ponía nerviosa a Elle con solo olerlo.

—¿Quieres que compre alguna cosa cuando salga?

Elle cerró la nevera y se apoyó contra ella, frunciendo el ceño.

—¿Vas a alguna parte?

—Sí. Mi ordenador de los cojones es prácticamente una reliquia, ¿sabes? Ayer me salió el pantallazo azul de la muerte, así que Brendon se ofreció a acompañarme a comprar uno nuevo. Está ocupado con su madre esta tarde, pero me dijo que tenía algo de tiempo por la mañana.

—No te lo tomes a mal, pero tu amistad con Brendon se me hace suavemente aterradora.

—¿Cómo puede algo ser suavemente aterrador?

—Cállate. Ya sabes lo que quiero decir.

Tal vez fue una consecuencia de que esto que había entre Darcy y ella comenzara de manera desastrosa y luego con una farsa, pero Elle se había cuidado de pasar demasiado tiempo con Brendon si no era por temas laborales. ¿Qué pasaría si se le escapaba algo, algo incriminatorio que pudiera echar a perder toda la farsa? Con suerte, ahora que lo suyo con Darcy era real, extremadamente real, podría conocer más a Brendon. Como habían hecho él y Margot, que de pronto eran grandes amigos, pues la pasión que sentían ambos tanto por *Harry Potter* como por la escalada les había proporcionado motivos de sobra para estrechar lazos, además de trabajar juntos.

La cafetera pitó cuando el café de Margot estuvo listo. Esta cogió su taza y se la llevó a la boca, soplando sobre ella suavemente.

—Apenas hablamos de ti y Darcy.

—Pero habláis de nosotras.

—Solo porque Brendon se monta sus películas con vosotras y

se regodea por, y cito, «unir a la pareja del siglo». Yo, por supuesto, me burlo de él por hablar de «la pareja del siglo» —dijo Margot, que dio un trago de café, aunque debía estar hirviendo—. Luego se pone nostálgico por su propia situación sentimental. Déjame decirte que Brendon podría ser más romanticón que tú. Pareció ofendido cuando le dije que necesitaba echar un polvo.

—Le dice la sartén al cazo.

—Es una mala racha, Elle.

—Una sequía —le tosió esta.

Margot se inclinó hacia el fregadero, cogió un puñado de pompas de jabón y se las lanzó a Elle, pero falló por un pelo cuando esta se agachó.

—Me metí en Tinder y te juro que un tío pensó que ser pansexual significaba que me atraen las jodidas barras de pan integral. «Oh, sí, nene, cómo me pone tu hogaza. Menea esa rebanada. Más fuerte».

Elle se aguantó la risa.

—No tiene gracia.

—Me río para no cometer un puto homicidio —sentenció Margot, cogiendo un trapo para secarse las manos—. Que no esté buscando algo serio no significa que no tenga ningún criterio sobre con quién me acuesto.

Elle sabía cómo se sentía Margot. Al menos la mitad de las personas con las que conectaba en aplicaciones de citas, antes de conocer a Darcy, buscaban hacer un trío, pensando que le interesaría por ser bisexual. Buscar pareja, independientemente del tipo de relación que estuvieras buscando, era duro.

—Mantienes el listón alto. —Elle asintió, resuelta—. Para eso fabrican vibradores.

Margot se pasó la lengua por el interior de la mejilla.

—En caso de duda, hazte un dedo, ¿no? —Suspiró y se apoyó contra la encimera—. ¿Crees que sería muy horrible si me metiera en OTP?

Elle hizo una mueca. Si bien no iba expresamente en contra de los términos y condiciones, OTP no era la aplicación para echar un polvo. Eso no impedía que la gente la usara para sus escarceos, pero el propósito de la aplicación era ayudar a los usuarios a encontrar a su media naranja, no una aventura de una noche.

—No dejes que Brendon se entere.

—Qué va —se rio Margot—. Me miraría decepcionado con esa cara de cordero degollado que pone y yo me odiaría a mí misma durante una hora por lo menos.

—Por lo menos.

Tal vez estuviera cansada por haberse pasado media noche despierta deleitándose en las cosas sucias que le hacía a Darcy en el suelo de su salón, pero no se había fijado hasta ese momento en el arreglo de lirios fucsias, su flor favorita. Siempre se paraba a suspirar por ellos cuando los veía en el mercado, pero pagar treinta dólares por algo que moriría en una semana (antes, probablemente, gracias a su pésima mano con las plantas) le parecía atroz.

—¿De dónde han salido?

Margot se encogió de hombros, esforzándose tanto en hacerse la tonta que parecía todo lo contrario.

—Lee la tarjeta.

Elle sacó la elegante tarjeta en relieve del palillo de plástico que sobresalía entre los suaves pétalos aterciopelados de los lirios.

—¿La has leído?

—Ajá —asintió Margot, que cogió su café—. Léela.

La forma en la que actuaba Margot la hizo dudar. ¿De quién sería? Acababa de estar con Darcy hacía media hora; a menos que tuviera el número de alguna floristería en el marcado rápido (lo cual, oye, conociendo a Darcy…), parecía improbable que los lirios fueran de su parte. Pero ¿de quién entonces? Solo había una forma de averiguarlo. Elle desdobló la tarjeta.

Elle:

~~Jane y yo te hemos escrito y no has respondido, pero sigues publicando en Instagram, así que estamos bastante seguros de que no has muerto. Jane me acaba de decir que tengo la gracia en el culo y que no debería haber empezado diciendo eso, pero estoy escribiendo con bolígrafo y me gasté seis pavos en esta tarjeta, así que…~~

~~Ambos esperamos que estés bien. El meme sobre Mercurio retrógrado fue la hostia de divertido y Jane se acaba de mosquear conmigo por escribir «hostia», pero he pensado que te gustaría.~~

La carta empezó de nuevo, esta vez con la letra ligada de Jane.

Hola, Elle:

¡Daniel y yo queríamos enviarte estas flores como felicitación tardía por tu contrato con OTP! Nos alegramos mucho por ti, hermanita.

Daniel retomó la carta con su letra de palo torcida.

~~¿Hermanita? ¿Puede sonar más a Las mujeres de Stepford?~~

Una mancha de tinta marcaba el siguiente cambio.

Lamentamos lo que pasó el día de Acción de Gracias, pero, más que eso, lamentamos no darnos cuenta antes de cómo te sentías. Eres nuestra hermana y deberíamos haber visto que estabas sufriendo.

No es verdad que nunca hayas sido lo suficientemente buena, Elle. A ambos nos fascina la valentía con la que persigues lo que te apasiona, sin dejar que nadie te impida hacer lo que crees correcto. Eres una inspiración y me alegra que Ryland y los gemelos tengan a quien admirar a la hora de seguir sus sueños y su corazón.

Daniel había vuelto a hacerse con el boli.

Con auténtico sentimiento, pero cursi, Jane.

Elle podía imaginarse a Jane allí de pie, con las manos en las caderas, una copia exacta de su madre salvo por el tic en las comisuras de la boca.

La siguiente parte estaba apretada, pues Jane se quedó sin espacio para escribir.

Daniel y yo te debemos una cena de celebración, solo nosotros tres, a menos que quieras traer a Darcy, quien nos gustó mucho, por cierto.

Daniel añadió su granito de arena.

Definitivamente. Entre nosotros, nos gusta más que Marcus, pero no le digas a Lydia que lo hemos dicho. Te juro que, si llega a mencionar su Lamborghini una vez más, se me va la puta pinza en la mesa. Su coche recorre menos de cinco kilómetros por litro. Algo raro de lo que presumir, pero bueno.

La exasperación de Jane se hizo evidente por lo ligeramente más marcadas que aparecían sus palabras, como si hubiera apretado con fuerza el bolígrafo contra el papel.

Te llamaré para planear algo. ¡Por favor, contéstanos!
Te queremos un montón.

Besitos,
Jane y Daniel

P. D.: Busqué mi carta natal en línea y, al parecer, mi Luna está en Leo. Eso es bueno, ¿a que sí? Haces descuentos a amigos y familiares, ¿verdad?
Daniel

Qué barbaridad, alguien debía estar cortando cebolla en el apartamento de al lado. Elle sollozó, se rio y se encogió de hombros cuando Margot ladeó la cabeza.

—¿Vas a invitarlos a cenar?

—En lo que respecta a la disculpa, ha sido básicamente perfecta. Lo cual me cabrea un poco, porque cómo no iban Daniel y Jane a disculparse a la perfección —dijo poniendo los ojos en blanco, pero estaba más que nada de broma.

A pesar de lo herida y cabreada que había estado, odiaba la tensión, odiaba no responder sus mensajes y llamadas, pero había llegado al límite el día de Acción de Gracias. El hecho de que Daniel y Jane reconocieran sus sentimientos le quitó un peso de encima y la validación fue un alivio mayor del que habría esperado. No todo se resolvía por arte de magia, pero sin duda era un comienzo.

Margot la miraba por encima del borde de su taza.

—¿Qué hay de tu madre? ¿Sigues evitándola?

—No la estoy evitando —dijo, pellizcando uno de los aterciopelados pétalos—. Estoy ignorando sus llamadas. No es lo mismo.

Margot frunció el ceño.

—Elle…

—No me vengas con esas, como si estuvieras decepcionada —espetó, lanzando la tarjeta sobre la encimera—. Me ha enviado los mismos mensajes que de costumbre. Preguntando si sigue en pie el *brunch*. Si voy a ir a la próxima cena familiar. Es como si lo de Acción de Gracias nunca hubiera ocurrido, y no puedo hacerlo. No puedo seguir actuando como si nada hubiera pasado. Como si no me doliera.

—Necesitáis hablarlo. Las dos solas. Está muy bien que finalmente dijeras algo, pero apenas rascaste la superficie del problema, nena, por lo que todo sigue igual. No estoy diciendo que debas actuar como si nunca hubiera pasado, ni estoy diciendo que debas perdonarla a menos que estés dispuesta a hacerlo, pero no puedes seguir desviando sus llamadas al buzón de voz. ¿Qué harás en Navidad? ¿Enzarzarte en otra discusión en la que no se soluciona nada? ¿No hablar?

Elle se encogió de hombros.

—No lo sé. Lo pensaré cuando llegue el momento.

Margot suspiró.

—Y ¿no te parece que eso es evitar la situación?

Elle no respondió.

—Bueno. —Margot dejó su taza en el fregadero—. No hablaremos más de esto. Charlemos de la cena con Daniel y Jane. ¿Vas a llevar a Darcy?

Elle no lo sabía. Acababa de recibir la tarjeta. No había pensado en ello, no había tenido ocasión de pensar en ello.

—¿Tal vez? Si tiene tiempo.

Las vacaciones eran bastante agitadas de por sí; si se añadía el dramón con la madre de Darcy y su examen de acceso… Elle no quería presionar.

Por eso se había mordido la lengua la noche anterior, cuando estuvo tentada de soltarle a Darcy lo que sentía por ella. Se suponía que preocuparse por alguien, querer a alguien, no era un secreto, sino que debía ser compartido. En eso residía la belleza del asunto, el propósito, solo que Elle no se imaginaba que hacer una confesión de tal magnitud tan pronto saliera bien, no cuando aún tenían que definir su relación.

No es que estuviera preocupada. En realidad no lo estaba. Darcy sabía lo que estaba buscando. En su fallida primera cita (¿seguiría siendo un fracaso si al final acababan juntas?), le había dejado muy claro que estaba buscando a la persona definitiva. Y no le cabía ninguna duda de que esa era Darcy.

Y se lo diría. Al contrario de lo que pensaba Margot, no estaba evitando nada. Bueno, tal vez estaba evitando a su madre, pero esto no. Esto era bueno, grandioso, sorprendente. Simplemente no quería confesarle a Darcy sus sentimientos mientras estuviera disgustada por su madre o estresada por el examen. No había prisa. Y menos ahora que no acechaba ninguna fecha de vencimiento a final de mes. No cuando tenían algo que Elle quería que durara.

Capítulo diecisiete

13 de diciembre

DARCY (16.57): <*enlace*>

ELLE (17.02): drops of jupiter de train?

ELLE (17.02): es un pedazo de canción

ELLE (17.02): una d mis favoritas

DARCY (17.04): Ha aparecido en mi lista de reproducción cuando iba de camino al trabajo esta mañana.

DARCY (17.05): Me ha hecho acordarme de ti.

DARCY (17.05): Y he pensado que deberías saberlo.

ELLE (17.08): vhjgbuinlkgydsyb

ELLE (17.08): ay madre

ELLE (17.08): no puedes soltarme esas cosas

DARCY (17.15): ¿Lo siento?

ELLE (17.16): no es que m dan ganas d besarte y no estás aquí ahora así q no puedo

ELLE (17.17): deberías soltarme esas cosas así sin duda

ELLE (17.18): m gustan

ELLE (17.18): solo hazlo cuando pueda expresar mi agradecimiento, ¿sabes?

DARCY (17.22): Ah.

ELLE (17.24): ~ah~

ELLE (17.29): q haces esta noche?

DARCY (17.32): Grupo de estudio.

ELLE (17.33): yo puedo ayudarte a estudiar

ELLE (17.34): primera pregunta: q hace Darcy esta noche?

ELLE (17.34): a) elle b) elle c) elle d) elle

ELLE (17.34): ves?

DARCY (17.36): 😊

ELLE (17.37): traéte tus fichas

ELLE (17.37): se m da de lujo el refuerzo positivo

ELLE (17.38): tú estudias y yo te desnudo

ELLE (17.38): x cada pregunta q respondas bien te quitaré una prenda

ELLE (17.39): si funcionó en Billy Madison t funcionará a ti fijo

DARCY (17.44): Vale. Pero tienes que ayudarme a estudiar en serio. Y primero tienes que alimentarme. Me he saltado el almuerzo.

ELLE (17.46): pizza?

ELLE (17.46): piña y jalapeño verdad?

DARCY (17.48): Y aceitunas negras.

ELLE (17.49): 😧puaj

ELLE (17.50): pero ok

DARCY (17.52): Yo pongo el vino.

ELLE (17.54): no m convence, pero hecho

ELLE (17.55): un placer hacer negocios con usted

DARCY (17.59): Lo será.

ELLE (18.02): 🔥 🔥 🔥

Por muy improbable que fuera fisiológicamente, a Darcy se le paró el corazón antes de acelerársele cuando Elle entró en el Regal Ballroom del Bellevue Hyatt, la sala que Brendon había reservado para su fiesta.

Renunciando al tradicional atuendo festivo rojo o verde, llevaba un vestidito plateado que hacía que le resplandeciera la piel, luminiscente bajo las titilantes luces de los candelabros. Aceptó una copa de champán que le ofrecía un camarero y examinó la sala. Sus miradas se encontraron y una radiante sonrisa iluminó el rostro de Elle. Darcy apartó la vista y se quedó observando las burbujas que ascendían en su copa de champán, tratando de apaciguar el vértigo que se le revolvía en el estómago.

—Hey —la saludó Elle cuando se detuvo frente a ella, y extendió una mano para recorrer uno de los finos tirantes del vestido de Darcy. Esta luchó, sin éxito, contra el escalofrío que le provocó aquel gesto—. Me gusta. Es muy de los años treinta, en plan «tengamos sexo clandestino en la biblioteca».

Darcy soltó una carcajada entre ataques de tos y se limpió el champán de los labios con el dorso de la mano.

—Ni siquiera sé qué hacer con eso, pero ¿gracias?

Ella negó con la cabeza.

—¿*Expiación*? Vamos, fue la película que me hizo comprender que puedes estar triste y cachonda al mismo tiempo.

—Me sorprende que hayas dejado escapar una oportunidad tan fantástica para la aliteración. Tormento y portento en un mismo momento. Estás en baja forma —bromeó Darcy, levantando su copa para dar un sorbo.

Elle extendió una mano y acarició con los dedos el brazo de Darcy antes de dejarla caer.

—Tu vestido me distrae. Me enorgullece estar siquiera formando palabras ahora mismo. Oraciones completas. Ups. Fragmentos de oración. —Le aparecieron unas arruguitas en el rabillo de los ojos—. Mira lo que me haces.

Como si Elle no distrajera a Darcy también. La mayoría de los sueños que tenía últimamente, tanto estando despierta como dormida, eran sobre ella. Eso le aterrorizaba y le exaltaba a partes iguales.

Sin saber qué decir, tomó otro sorbo de champán.

Elle giró sobre sí misma y la luz del techo se reflejó en la purpurina multicolor que se había puesto en la raya del pelo, en zigzag. Llevaba el resto de la melena suelta, en ondas desiguales que le caían sobre los hombros.

—Cuánta elegancia. Debería saludar a tu hermano, pero aún no lo he visto.

Darcy dejó su copa sobre la mesa de entremeses a su espalda.

—Está hacia el frente de la sala, haciendo la ronda con mi madre.

—¿Tu madre? —Elle se removió inquieta sobre los talones—. ¿Voy a conocerla?

Darcy enarcó las cejas.

—¿Quieres?

Elle levantó una mano y la apoyó en la parte superior del brazo de Darcy.

—A menos que prefieras que no lo haga.

Darcy miró al otro lado de la sala, donde Brendon estaba presentando a su madre a un grupo de compañeros de trabajo que parecían escuchar con atención cada una de sus palabras. Luego hizo girar el anillo alrededor de su dedo corazón.

—¿Más tarde? ¿Quieres algo más de beber? ¿Más champán?

Elle la observó con esos ojazos que tenía, delineados esta vez con un difuminado oscuro. Le había caído purpurina del pelo a los párpados, las mejillas, la mandíbula.

—Vale, eso suena…

Elle se interrumpió, ladeando la cabeza hacia un lado. Le cayó más purpurina del pelo y se esparció a su alrededor.

314

—Esta canción —dijo Elle, que apuró el vaso y lo dejó a un lado con una mano para coger la de Darcy con la otra—. Me encanta esta canción.

Bailar no era algo que Darcy hiciera habitualmente a menos que la obligaran. Pero el ritmo era lento, con vagas notas evocadoras que probablemente podría seguir. Eso y que Elle parecía entusiasmada, tan entusiasmada que Darcy no quiso negarse. Dejó que la arrastrara a la pista de baile, donde le pasó los brazos por la cintura y rozó con los dedos la piel que su escotado vestido dejaba al descubierto. Darcy se estremeció y se acercó a ella, apoyando ligeramente las manos sobre sus hombros.

—Tu vestido —empezó a decirle. Tragó saliva. Tenía un nudo en la garganta que no estaba allí antes, no hasta que percibió el olor del perfume de Elle, dulce, pero no floral. A vainilla. Elle casi siempre olía a galletas o a algún tipo de exquisitez de confitería, apetecible. Ese mismo olor se había adherido a las almohadas y las sábanas de Darcy. Se aclaró la garganta y volvió a intentarlo—: Quería decir que me gusta. Pareces…

—¿Una bola de discoteca? —sugirió Elle, riendo. Continuó trazando patrones sin sentido sobre la piel de Darcy.

Esta jadeó suavemente cuando los dedos de Elle se deslizaron debajo del satén de su vestido.

—Iba a decir que pareces… pareces la luna.

Las estrellas también, ya puestas. Elle parecía estar envuelta en el cielo nocturno, bañada por la luz de las estrellas.

En lugar de reírse o poner los ojos en blanco ante la torpe labia de Darcy, Elle se acercó más y le apretó con los dedos la cintura. Se pasó la lengua por el labio inferior y Darcy no pudo evitar seguir el movimiento con la mirada.

—Dato curioso: la luna en realidad no emite luz propia. Refleja la luz del sol, por eso parece que brilla por la noche. Entonces, si parezco la luna, supongo que eso significa que estoy reflejando la luz que me rodea.

Levantó la vista y miró a Darcy con párpados entornados, por debajo de aquellas negrísimas pestañas.

—Eso es…

Elle bajó la vista, rompiendo el contacto visual.

—¿Cursi? Lo siento.

No. Y, aunque lo fuera, a Darcy le gustaba. Le gustaba Elle y todas sus excentricidades, sus peculiaridades. La había hecho sonreír más durante el último mes y medio de lo que recordaba haber sonreído en el transcurso de los últimos dos años.

—No. Iba a decir… —En realidad, no lo sabía—. Interesante. Es interesante. No lo sabía.

—¿Has aprendido algo conmigo? —preguntó, pasando un dedo por la columna de Darcy con una sonrisa—. Yuju. Bien hecho, Elle.

—He aprendido muchas cosas contigo —sentenció Darcy.

La purpurina del pelo de Elle le cayó en la muñeca y pecas rosas, azules y plateadas se mezclaron con el resto de las que ya le salpicaban la piel. En lugar de sacudírsela, Darcy dejó allí la purpurina.

Le ardieron las mejillas cuando Elle la miró fijamente y crispó los labios con curiosidad. Deseó que no preguntara qué había aprendido Darcy con ella.

—Enséñame tú algo —dijo en su lugar—. Preferiblemente algo que no sean estadísticas de mortalidad debido a las inclemencias del tiempo.

Darcy entrecerró los ojos.

—Fue relevante.

—Fue macabro.

Darcy carraspeó.

—Tic, tac —la apremió Elle, arqueando una ceja salpicada de purpurina.

Darcy se quedó en blanco. No porque todos los datos que conocía fueran aburridos o lúgubres, sino porque mirar fijamente a Elle le provocaba eso. Reducía toda su atención a tratar de descubrir qué nombre poner al azul de sus ojos. Obsesiones románticas que le asustaban más que cualquier estadística de mortalidad.

—Eh... —empezó Darcy, negando con la cabeza—. No sé. Eh...

Los datos que conocía no eran aburridos, pero parecían intrascendentes frente al conocimiento de Elle sobre el cosmos, su capacidad para expandir el mundo de Darcy reduciendo el universo a algo tan finito como el hecho de que la luna no tenía luz propia, a la vez que infinito con su habilidad para robarle el aliento. Estar con Elle, cerca de Elle, en la mera presencia de Elle, significaba sentirse cómoda a pesar de estar constantemente fuera de su zona de confort. Paradójico.

Elle bajó los dedos por la espalda de Darcy a una profundidad casi indecente, coqueteando con la piel oculta por el vestido. Contrajo los labios y Darcy se deshizo.

—Vamos. Cualquier cosa.

—Podría contarte un chiste.

Qué demonios. ¿Un chiste? ¿De dónde había salido eso?

Elle sacudió la cabeza en un frenético gesto de asentimiento, sus pasos vacilaron y fue perdiendo el ritmo de la canción.

—Sí.

—No es gracioso, para nada. Baja las expectativas. Es... —Suspiró. Por la expectante mirada de Elle, se había comprometido y ahora debía cumplir—. En nuestra primera... En nuestra primera cita, me dijiste que no tenías muy claro lo que hace un actuario.

La purpurina pegada a las pestañas de Elle hizo que cada parpadeo produjera destellos.

—Me acuerdo.

Allá iba.

—Lo que debería haber dicho es que un actuario es alguien que espera que todo el mundo llegue pronto a su hora.

Elle parpadeó y luego lo entendió. Agachó la cabeza y se echó a reír con un ronquido, chocándose con Darcy.

—Ay, madre.

—Malísimo, ¿a que sí? —Sintió que el calor le inundaba el pecho y el nudo que tenía en el estómago se aflojaba. Elle podría haber puesto los ojos en blanco o haber sacudido la cabeza confundida, pero se había reído. Con un ronquido. Fue un sonido tan auténtico. Real.

Elle apoyó la cabeza en el hombro de Darcy y suspiró. Cada exhalación era caliente contra el cuello de esta y hacía que un escalofrío le recorriera la columna.

—Eso ha sido peor que una de las bromas de mi padre. No me malinterpretes, me ha encantado. Pero guau.

—Tú te lo has buscado.

—Supongo que sí, ¿no? —Levantó la cabeza y rodeó con más fuerza a Darcy por la cintura con ambos brazos mientras continuaban balanceándose al compás de la lenta melodía—. Cambiando de tema, ¿qué quieres para Navidad?

—No tienes que regalarme nada. Ya me compraste el árbol y fue perfecto.

Darcy atesoraría por siempre ese pequeño y feo tocón, con sus desparejos adornos, los cuidaría, comenzaría una nueva tradición, como Elle había dicho.

—Eso no es lo que he preguntado.

—Tengo todo lo que quiero.

El tiempo se detuvo cuando Elle la miró, con dulzura y cariño, sus ojos brillaban bajo la luz de los numerosos candelabros. No estaba del todo segura si se inclinó o si fue Elle quien recortó la distancia entre ellas, tal vez ambas. Los labios de esta rozaron los de Darcy en un efímero beso que la hizo suspirar y tambalearse hacia ella, fundiéndose con Elle. Cuando la punta de la lengua de Elle salió, arrastrándose sobre su labio inferior, se le crisparon los dedos de los pies en los tacones, el estómago le dio un salto mortal y hundió las manos en las olas que formaba la nuca de Elle, acercándola más, manteniéndola allí.

Elle se echó hacia atrás y su aliento, dulce por el champán, acarició los inflamados labios de Darcy. La purpurina de su pelo, de su rostro, había ido a parar a las pestañas de Darcy y, cuando parpadeó, su visión estalló en un espectáculo fractal de luces oscilantes. Como cuando gatearon por debajo del árbol de Navidad, miró las luces entrecerrando los ojos y todo tituló.

El rostro de Elle brilló ante sus ojos, resplandeciente, y Darcy sintió que algo se le apoderaba del pecho, una emoción que burbujeaba en su interior, demasiado grande para contenerla y, mucho menos, ocultarla. Darcy se miró el pecho, casi esperando ver algo allí justo bajo la piel, tratando de abrirse paso con uñas y dientes.

Darcy agarró a Elle por la nuca y dejó que su pulgar fuera recorriéndole un lado del cuello.

—Me alegro de que estés aquí.

—Gracias por invitarme. De verdad —susurró, pero eso no era lo que Darcy había querido decir. Se alegraba de que estuviera en su vida, de que sus caminos se hubieran cruzado, entrelazado, aunque al principio le pareciese lo peor que le había pasado. Elle había resultado ser lo mejor y había superado sus expectativas más optimistas.

—¡Elle!

Distraída como estaba, Darcy no se había dado cuenta de que se habían acercado al borde de la pista de baile.

Elle miró por encima del hombro de Darcy y en su rostro se dibujó una sonrisa.

—Hey, Brendon. Menuda fiesta.

Darcy le soltó el cuello y dio un paso atrás, lamentando inmediatamente la ausencia de los brazos de Elle a su alrededor. Se giró para mirar a Brendon y... a su madre. Estaba de pie junto a su hermano, con los labios apretados en una sonrisa educada.

Cierto.

—Mamá, esta es Elle. Elle, esta es mi madre, Gillian.

—Por supuesto. Eres la... ¿astróloga? —preguntó su madre inclinando la cabeza.

—Así es. Me alegro un montón de conocerte. —Le tendió una mano y se sonrojó ligeramente cuando su piel captó la luz y resplandeció—. Lo siento, esta estúpida purpurina no quiere quedarse donde debería. Supongo que eso es lo que pasa cuando usas productos para manualidades en lugar de gastarte la pasta en los que están hechos expresamente para el pelo. Pensé: «La purpurina es purpurina, ¿verdad?». Pues no.

Apretó los labios y se rio entre dientes, resoplando ligeramente por la nariz.

Gillian murmuró a modo de asentimiento y estrechó su mano.

—Pues es un placer conocerte, Elle. Ojalá pudiera decir que Darcy me ha hablado mucho sobre ti, pero, por desgracia, mi hija se ha mantenido bastante callada al respecto. Es mi hijo quien me ha puesto al corriente.

Allí estaba.

A su lado, Elle se movió y Darcy pudo sentir físicamente el peso de su mirada. Tensó la mandíbula.

Brendon se tosió en un puño.

—¿Os importa si interrumpo? Sé que esto es una fiesta y todo eso, pero hay algo sobre la aplicación que me muero por consultarte, Elle.

—Claro.

Ella dio un paso hacia Brendon y una sonrisa se asomó a sus labios cuando miró a Darcy por encima del hombro.

Darcy intentó devolverle el gesto y fracasó, estrepitosamente, sentía su sonrisa forzada de todas las formas posibles, porque su madre la estaba mirando, con los ojos ardiendo de curiosidad.

—Me vendría bien otra copa. ¿Y a ti, Darcy?

Esta suspiró y siguió a su madre desde el borde de la pista de baile hasta donde uno de los camareros, vestido como un elfo, típico de Brendon, sostenía una bandeja con copas de champán.

Su madre cogió dos de la bandeja y le pasó una a Darcy antes de brindar con ella. Se bebió la mitad de su copa de un trago.

—Se os veía muy a gusto a ti y a Elle.

Darcy se cruzó de brazos.

—Supongo.

—Tengo que decir que parece mucho más serio de como lo pintaste la semana pasada.

Darcy cerró los ojos.

—Estábamos bailando, mamá. Es una fiesta, hay música. ¿Qué esperabas?

—No espero nada —se defendió. Cuando Darcy abrió los ojos, su madre frunció el ceño—. No sé cuándo se te metió en la cabeza la idea de que no estoy de tu lado. No soy tu enemiga, cariño, estoy confundida. Brendon me dice una cosa y tú me dices otra, pero lo que yo veo es... Bueno, me cuesta comprender qué se supone que debo creer.

—Claro que estás confundida —susurró Darcy—. Estás borracha.

Su madre pareció ofendida.

—No lo estoy.

Borracha o no, su madre no tenía nada que entender allí.

—Ya te lo dije. Es complicado.

—Complicado —repitió su madre, que frunció las comisuras de los labios—. Ahí está esa palabra otra vez. Esa palabra hace que me preocupes.

—¿Tú estás preocupada por mí? Será la primera vez.

—Fuiste tú la que dejó muy claro que no me he comportado como una madre contigo en todos estos años. Perdona por esforzarme cuanto puedo para compensarlo ahora.

Demasiado tarde. Su vida era asunto suyo, no algo que su madre tuviera que analizar ni sobre lo que aconsejarle cuando nadie se lo había pedido.

—Darcy. —Levantó una mano y se la apoyó en el antebrazo que tenía cruzado—. No pretendo ser difícil. Elle es... dulce. Pero tienes que admitir que es más del tipo de tu hermano, ¿no?

—¿Qué demonios se supone que significa eso? —espetó Darcy. No tenía intención de morder el anzuelo, pero aquello era ridículo.

Su madre hizo un gesto vago frente a ella.

—¿Una astróloga?

—Como si no pasaras dos semanas cada verano en un retiro espiritual en Ojai colocada hasta las cejas.

Su madre puso los ojos en blanco.

—No he querido decir nada con eso. Solo me sorprende. No parece tu tipo en absoluto.

Darcy negó con la cabeza.

—No veo qué importa eso. La semana pasada me dijiste que me vendría bien un poco de diversión en la vida.

—Eso fue porque pensaba que no había nada más —sentenció su madre, y apuró su copa—. Parece un poco voluble, solo digo eso.

Darcy bufó con sorna.

—Eso es gracioso, viniendo de ti.

Su madre retrocedió, como si Darcy la hubiera abofeteado.

—Sé que no siempre estuve ahí, pero lo estoy intentando.

—No sabes nada, mamá. Y, definitivamente, no sabes nada de Elle.

—¿Y tú sí? ¿Cuánto tiempo hace que la conoces? Creías que conocías a Natasha, ¿no?

Darcy se cruzó de brazos con más fuerza, con los puños clavados a los costados, hundiéndose en sus costillas.

—Conozco a Elle.

—Dios, yo… —Su madre cogió otra copa de champán y dio un sorbo rápido.

—¿Qué, mamá? Dilo de una vez.

Su madre sacudió la cabeza sutilmente y se quedó mirando fijamente la pista de baile un momento antes de volverse al fin hacia Darcy y observarla con desconcierto.

—Si no te conociera, diría que estás enamorada.

Capítulo dieciocho

—¿De verdad te gusta la idea de incorporar la función de chat?

Brendon asintió con la cabeza, entusiasmado, mientras conducía a Elle por la pista de baile.

—Es brillante. De verdad. Es un poco más complicado para los programadores, pero las ventajas son innegables. Animar a los usuarios a seguir chateando a través de la aplicación durante el mayor tiempo posible... Elle. Se prevén unas ganancias —esbozó una encantadora sonrisa con un deje infantil— astronómicas. El análisis de costes y beneficios habla por sí solo.

—Eso es genial, Brendon. Supongo que ya le has contado la noticia a tu nueva mejor amiga, ¿cierto? Me siento terriblemente excluida.

—Cállate. Tú estás toda acaramelada con mi hermana. No actúes como si te hubiéramos dejado tirada —se defendió Brendon, que levantó las manos, animándola a dar vueltas. Elle se rio y lo intentó—. Pero sí, lo he hecho. Margot me contó que fue idea tuya.

—Fue un esfuerzo conjunto. —Estiró el cuello para mirar por encima de su hombro y preguntó—: ¿La has visto? A Margot. Hemos venido juntas, pero está desaparecida en combate.

Se moría por conocer la opinión de Margot sobre su extraña presentación con la madre de Darcy.

Cuando Brendon arrugó la nariz, Elle sintió algo por dentro, nada desagradable, sino un cariño que le hinchó el pecho. Darcy arrugaba la nariz exactamente de la misma manera.

Brendon recorrió la sala con la mirada.

—Creo que la he visto charlando con la gente de Diseño antes de venir aquí.

—Iré más tarde a por ella.

Tropezó y sonrió agradecida cuando Brendon evitó que se diera de bruces.

Por un momento, se movieron al ritmo de la música, el silencio entre ellos era cómodo, afectuoso.

Brendon se aclaró la garganta.

—Sobre lo que ha pasado con mi madre.

Elle se mordió el interior de la mejilla.

—Sí. ¿A qué ha venido eso?

Brendon cerró los ojos, brevemente, pues era él quien guiaba en el baile.

—Nada… de lo que preocuparse. No te lo tomes como algo personal.

Claro, como si eso fuera fácil. Elle nunca hacía esas cosas.

—Aunque es más fácil decirlo que hacerlo, ¿verdad? —le quitó Brendon las palabras de la lengua—. Ya lo sé. No dejes que te afecte. Darcy sabe lo que siente. Lo digo en serio. Está loca por ti, lo sabes, ¿verdad?

—¿Tú crees?

La miró como si estuviera loca.

—Elle. Venga ya.

Esta se mordió la comisura del labio.

—Lo digo en serio. Darcy juega sus cartas con cautela, pero habría que estar ciego para no ver cómo te mira.

Elle sabía lo que se sentía cuando la miraba. Cómo hacía que se le encogiera el estómago con tal intensidad que la dejaba sin aliento, la hacía sonrojarse de los pies a la cabeza y la ponía patas arriba.

—¿Cómo me mira? —preguntó, más que nada por curiosidad—. Ilumíname.

—Darcy te mira como... —Torció los labios hacia un lado con el ceño fruncido. Una sonrisa se abrió paso poco a poco en su rostro, marcando ambos hoyuelos en todo su esplendor—. Te mira como si fueras el sol que ilumina la mañana.

Si eso no era lo más increíble, bonito y cursi que Elle había escuchado jamás, no sabía qué lo sería. Con las mejillas doloridas por la espectacular sonrisa que lucía y sin esperanza alguna de contenerla, agachó la cabeza.

—¿Tú crees?

Brendon se rio entre dientes y, cuando Elle levantó la cabeza, él tenía la mirada perdida por encima del hombro de esta.

—Mataría por que alguien me mirara así a mí, ¿sabes?

Brendon había dedicado toda su vida a ayudar a los demás a encontrar su final feliz y se merecía uno propio. Si le había pasado a ella, también podía pasarle a él. Tenía que pasarle.

—La chica de tus sueños está por ahí, en alguna parte —le aseguró, apretándole ligeramente el brazo—. Probablemente no tenga ni idea de que estás aquí, un partidazo que espera para recibirla con los brazos abiertos.

Brendon soltó una carcajada.

—Confío en tu palabra. Aunque estoy empezando a preocuparme de que viva en la otra punta del mundo, o algo así. Al menos en la otra punta del país.

—Eso es fácil. Haz un viaje por carretera.

—Buscaría en cada ciudad si tuviera... —Algo detrás de Elle llamó la atención de Brendon, que abrió los ojos como platos—.

Caramba. Uno de nuestros inversores acaba de llegar. ¿Te importa si...?

Elle dio un paso atrás y lo despidió con una sonrisa.

—Ve. Yo debería ir a buscar a tu hermana.

Brendon parecía agradecido.

—Creo que la he visto hablando con mi madre junto a la fuente de chocolate.

Y a la fuente de chocolate se dirigió, porque nada de ir en esa dirección parecía una mala idea. Si Darcy no estaba allí, habría chocolate al menos. Todo ventajas.

Quiso la suerte que Darcy estuviera junto a la *fondue*, al igual que su madre. Pasándose los dedos por el dobladillo del vestido, se acercó. Pero, justo cuando estaba lo suficientemente cerca para anunciar su llegada, le cortó el paso un grupo de tres mujeres como jirafas cuya altura solo se veía acentuada por los taconazos que llevaban. Las rodeó y se acercó a Darcy y a su madre, por detrás esta vez.

—Eso fue porque pensaba que no había nada más. —La madre de Darcy apuró su champán y dejó la copa a un lado, tambaleándose ligeramente—. Entonces Brendon me dice que estás loca por Elle y tú me dices que es complicado. Parece un poco voluble, solo digo eso.

Darcy bufó con sorna.

—Eso es gracioso, viniendo de ti.

—Sé que no siempre estuve ahí, pero lo estoy intentando.

—No sabes nada, mamá. Y, definitivamente, no sabes nada de Elle.

—¿Y tú sí? ¿Cuánto hace que la conoces? Creías que conocías a Natasha, ¿no?

Darcy se encogió visiblemente.

—Conozco a Elle.

—Dios, yo... —Su madre cogió otra copa de champán.

—¿Qué, mamá? Dilo de una vez.

—Si no te conociera, diría que estás enamorada.

A Elle se le paró el corazón. Escuchar a escondidas estaba mal, pero era una persona débil.

Darcy soltó un resoplido ahogado.

—Estás borracha.

—Te he dicho que no —replicó, tambaleándose sobre sus talones—. Para nada.

—No dices más que tonterías.

—¿Estás diciendo que no estás enamorada de ella? —le preguntó.

A Elle le corrió el arrepentimiento por las venas como si fuera veneno. Debería haberse marchado. No debería haberlas escuchado a escondidas. No quería oír nada más, pero no podía moverse. Clavados al suelo como bloques de cemento, sus pies no cedieron.

—Llevamos saliendo un mes y medio, si es que se le puede llamar así —dijo Darcy, negando con la cabeza—. Solo me estoy divirtiendo. Por supuesto que no estoy enamorada de ella. No... no digas tonterías.

Elle se llevó una mano al estómago como si solo con ese gesto pudiera evitar desmoronarse.

Solo divirtiéndose.

Darcy no estaba enamorada de ella.

Darcy no la quería.

Porque eso sería... eso sería una tontería.

Mierda, le escocían los ojos. No lloraría, se negaba. Necesitaba aire fresco, un momento a solas, un momento para procesar aquello, para poner su mundo en orden y arreglar la disonancia de haber creído algo, haberlo sentido en sus entrañas, haberlo sentido hasta en los huesos, solo para escuchar que no era verdad.

Elle dio un paso atrás, pero vaciló cuando Darcy se dio la vuelta. Sus miradas se encontraron y sintió una opresión en el pecho, alrededor del corazón, que la asfixiaba hasta que no pudo respirar.

Un destello de algo que Elle no supo describir pasó por aquellos ojos color caramelo que tenía Darcy. ¿Comprensión? ¿Arrepentimiento? ¿Preocupación? ¿Lástima?

—Elle...

—¡Te encontré! —La risa de Elle sonó falsa incluso para sus propios oídos. Falsa, forzada y floja, una fachada fina como el papel para cubrir lo que estaba sintiendo—. Venía a decirte que voy a tomar un poco de aire fresco. Vuelvo enseguida.

Se dio la vuelta antes de que su rostro pudiera cometer una fatalidad como desmoronarse bajo el escrutinio de la madre de Darcy. Hacía que Elle quisiera encogerse, así que siguió caminando, siguió dirigiéndose hacia la salida del salón de baile, incluso cuando Darcy la llamó.

Capítulo diecinueve

$\mathscr{A}$ Darcy le ardieron los pulmones al acelerar el paso, cuando uno de los tacones se le enganchó en una grieta en el suelo frente al hotel. Afortunadamente, Elle se detuvo en medio de la acera. Darcy no estaba hecha para correr con zapatos como esos.

—Elle —la llamó, y su aliento se cristalizó en el aire, formando una nube frente a ella—. Hace frío aquí fuera.

Era una forma de hablar, porque hacía un frío que pelaba, el tipo de frío que te acalambra los músculos y hace que te duelan los huesos. Darcy se abrazó el cuerpo con los brazos y se le puso la piel de gallina mientras esperaba que Elle dijera algo.

—Estoy bien —murmuró esta, todavía de espaldas a Darcy. La luz de la farola iluminaba la purpurina que le había caído sobre los hombros, los brazos y la espalda desnuda. La visión de Darcy se volvió caleidoscópica de nuevo, toda esa purpurina se convirtió en diamantes pulverizados sobre la piel de Elle. Polvo de estrellas.

A Darcy le castañetearon los dientes cuando intentó hablar.

—Al menos… Al menos coge el abrigo o algo si vas a quedarte aquí fuera. Hace…

—He dicho que estoy bien —espetó Elle con voz entrecortada, reduciendo cada palabra a algo fino y afilado que atravesó a Darcy justo en el pecho.

Dio un paso adelante y le temblaron las rodillas al tiritar.

—No… no parece que estés bien.

Parecía todo lo contrario. ¿Qué demonios había pasado? Todo había sido maravilloso, perfecto, y es cierto que su madre había sido brusca, pero no valía la pena enfadarse por eso. Desde luego, no valía la pena salir pitando al frío de la calle sin abrigo. Y, aun así, Darcy la había seguido. Correr tras Elle había sido instintivo, algo que había hecho sin pensar. Parecía molesta, y su sonrisa, forzada, y, cuando se marchó, Darcy había recorrido medio salón de baile antes de que se le pasara por la cabeza que no le había dicho nada a su madre. Había dejado en el aire la conversación que estaban teniendo, esa estúpida e inútil conversación, y había seguido a Elle hacia la noche.

Sobre ellas, el cielo estaba oscuro, no se veía ni una estrella, ni siquiera la luna. Elle era, con diferencia, lo más brillante que Darcy alcanzaba a ver, más brillante que las farolas, un faro en la oscuridad.

Elle se encogió y su columna formó una sugerente curva. Manteniendo un brazo alrededor de sí misma, Darcy extendió la mano para acariciarle la piel de la espalda, para recorrerle con los dedos aquel arco hasta que encontraran la resplandeciente tela más abajo. Elle se dio la vuelta antes de que pudiera tocarla y algo en la imagen de su mano flotando en el espacio entre ambas hizo que se sintiera tan vulnerable que dejó caer el brazo como si se hubiera quemado.

Nada en la expresión de Elle decía que estuviera bien. Se había formado un surco entre sus cejas, tenía los ojos llorosos y entrecerrados. Se lamió el brillo con que se había maquillado los labios, que se mordió hasta dejar rojos, aún más resecos a causa del aire frío, lo que solo hizo que su puchero fuera más pronunciado.

—Estoy… —Encogiéndose de hombros, se cruzó de brazos. Un tirante se le resbaló por el hombro y se lo volvió a subir distraídamente mientras sorbía por la nariz con suavidad. Darcy no tenía ni idea de si moqueaba porque hacía frío o por otra cosa. Elle se aclaró la garganta y levantó la barbilla. La vidriosa mirada en aquellos ojos azules clavó a Darcy donde estaba.

—Lo he oído. Lo que le has dicho a tu madre. Os he escuchado.

Lo que le había dicho a su madre… A Darcy le retumbaba el corazón en el pecho.

—¿Qué parte?

Elle bufó suavemente con sorna y se abrazó a sí misma con más fuerza, apretando los codos, lo que hizo que contrajera más los hombros y se le marcaran más profundamente las clavículas.

—¿Todo?

Todo… Vale. Por eso Elle no estaba bien. Por eso se había largado, por eso había salido como alma que lleva el diablo al frío de la calle. Algo de lo que había escuchado no le había gustado.

Nada de esa conversación le había sentado bien a Darcy. Ni la intromisión de su madre, ni que menospreciara a Elle, ni las suposiciones, y mucho menos la parte en la que intentó obligarla a replantearse sus sentimientos. Como si eso fuera cosa suya. Como si ella necesitara algo así. Su madre no tenía ni idea de lo que necesitaba.

Se llevó la palma de la mano al esternón y miró las aceras. Vacías. Nadie estaba tan loco como para quedarse fuera cuando hacía tanto frío. Nadie excepto ellas dos.

—Vale. —Se dio la vuelta y miró a Elle una vez más.

Elle sacudió la cabeza y, al parpadear, las luces se reflejaron en la purpurina de las pestañas.

—¿Vale? ¿Eso es…? —Dejó escapar el aire, tiritando ligeramente.

—Volvamos... volvamos adentro —le pidió Darcy, haciendo un gesto por encima de su hombro. Dentro del hotel se estaba calentito y Darcy deseaba desesperadamente volver a entrar, al igual que deseaba desesperadamente no tener esa conversación. Quería retroceder en el tiempo, volver a la pista de baile, volver a cuando todo había sido mucho menos confuso y no tenía un cacao mental. El miedo de lo que sentía todavía estaría ahí, pero no sería tan asfixiante ni la aplastaría con una intensidad que le dificultaba hacer algo tan básico como mantenerse en pie y actuar como si estuviera bien. Ese miedo la había estado acechando, pero si mantenía la vista clavada en Elle, si seguía mirando hacia delante, no demasiado adelante, todo iría bien.

La barbilla de Elle tembló ligeramente antes de que apretara la mandíbula y levantara la cabeza para mirar a Darcy. El azul de sus ojos, oscuro y vidrioso, parecía el color de un lago de noche.

—¿Eso es todo? ¿Te he dicho que os he escuchado y no tienes nada... nada que decir?

Darcy se mordió el interior del labio.

—¿Qué quieres que te diga?

Elle se la quedó mirando durante un segundo, luego dos, tres, y a Darcy se le aceleró el corazón. El aire a su alrededor crepitaba, frío, eléctrico y sordo. La barbilla de Elle tembló visiblemente.

—Algo —enfatizó—. Quiero que digas algo. —Se humedeció el labio inferior con la lengua—. ¿Es esto...? ¿Qué es esto para ti? —preguntó en un susurro.

A Darcy se le encogió el corazón y se le cerró la garganta.

Le había dicho a su madre que se estaba divirtiendo con Elle, y eso era cierto, pero había más que eso. Lo que tenían era divertido y aterrador, y más de lo que Darcy había sentido en mucho mucho tiempo.

—Es… es complicado —admitió, sintiendo que esa era la palabra correcta, la única que podía hacerle justicia a su maraña de sentimientos.

A Elle se le cayó la mandíbula a los pies y un pequeño jadeo salió de entre sus labios antes de soltar una carcajada, grave y seca, sardónica.

—Eso es… ¿Podrías descomplicarlo?

Ojalá fuera tan fácil.

—No es tan simple, Elle.

Elle se la quedó mirando, entrecerrando los ojos antes de apretar los labios y encogerse ligeramente de hombros.

—Ah, ¿no? ¿Y no debería serlo? Lo es para mí.

A Darcy le ardía el fondo de la garganta.

—No lo entenderías…

—¿Por qué no? —La fulminó con la mirada—. Puede que sea voluble —apuntó con retintín—, pero no soy estúpida, Darcy.

Esta se abrazó a sí misma con más fuerza, hasta que le dolieron las costillas.

—Nunca he dicho que lo fueras. Yo nunca te he llamado voluble.

—Tu madre sí —sentenció Elle, que tensó más la mandíbula al tiempo que bajaba la mirada hacia el lado donde una grieta en la acera se ramificaba como venas hasta el bordillo.

El pecho de Darcy se heló.

—No soy mi madre.

Elle estaba callada y, por mucho que Darcy no quisiera tener esa conversación, había algo inquietante en su silencio, alarmante en su quietud, en su postura. Elle era un torbellino, siempre en movimiento. Agitada, inquieta, enérgica. Esto no era propio de ella, no era normal. No era como sus silencios juntas, tan agradables, el aliento contenido entre cada palabra. Esto era una miseria, asfixia ante la sombría ausencia de la voz de Elle, de su risa, del sonido que hacía cuando suspiraba suavemente, y simplemente estaba allí. Al alcance de la mano de Darcy.

Ahora, la distancia entre ambas parecía enorme y no tenía la menor idea de cómo salvarla. Si es que podía.

Con otro temblor apenas perceptible en la barbilla, Elle frunció el ceño.

—No te estoy pidiendo que... que me pidas matrimonio, Darcy.

La bilis le subió por el esófago y el pulso se le atoró, flaqueó, desfalleció.

—No te estoy pidiendo que me jures amor eterno —continuó Elle, que sorbió con fuerza por la nariz—. No han pasado más que unas pocas semanas, pero eres lo único en lo que puedo pensar y solo quiero saber qué es esto. Era una farsa y ahora ya no, pero ¿qué somos? ¿Qué soy yo para ti? ¿Soy tu novia? ¿Es esto...? ¿Qué sientes tú?

Que iba a vomitar.

Aparte de en aquel instante, Darcy nunca se había sentido así, ni tan pronto, ni tan rápido, ni tan profundo, ni tan intenso, ni nada. Tampoco con nadie, ni siquiera con Natasha. Y, como había dicho su madre, había estado dispuesta a pasar el resto de su vida con Natasha, la había querido y, por consiguiente, encontrarla en la cama con una amiga en común la había destrozado. Le había roto el corazón en un millón de pedazos y le había costado recuperarse casi dos años y una mudanza a la otra punta del país, e incluso entonces, hasta hace poco, a veces se preguntaba si lo había conseguido siquiera.

Si no se parecía más a su madre de lo que quería creer.

Lo que sentía por Elle era inmenso y hacía que lo que había sentido por Natasha pareciera trivial. Había amado a Natasha, pero nunca se le había olvidado cómo respirar cuando se la quedaba mirando fijamente o al recordar su sonrisa. Nunca había perdido la cabeza por la risa de Natasha. Nunca se había quedado mirando el móvil a la espera de que Natasha le enviara un mensaje. Nunca había contado los minutos hasta volver a verla. Nunca se había sentido tan impotente y poderosa al mismo tiempo cuando se besaban, como si tuviera en sus manos el majestuoso y frágil universo cuando se tocaban. Lo que sintió por Natasha había sido… estabilidad. Se había sentido estable y segura, con ambos pies firmemente plantados en el suelo en todo momento. Un tipo de amor cómodo. Lógico.

Natasha había sido una decisión segura y, aun así, había herido a Darcy en lo más hondo.

Si se sentía así por Elle, si sentía tanto por ella, de una manera aterradora, era lógico que sus sentimientos siguieran aumentando con el tiempo. Como una de esas estrellas de las que Elle le había hablado, las que crecían cada vez más y ardían con más y más intensidad, hasta que un día explotaban sin remedio, ahogando la luz de todas las estrellas a su alrededor. Como una supernova, la angustia resultante sería tan grande que ahogaría el recuerdo de todos esos otros momentos en que le habían roto el corazón, haría que palidecieran en comparación.

Era inevitable: las chispas o se apagaban o prendían y te achicharraban. Le había sucedido a su madre después de veinticinco años y también le había sucedido a Darcy.

No había ningún lugar en la tierra lo bastante lejos al que huir para escapar de ese tipo de dolor, para empezar de nuevo. No mientras hubiera estrellas en el cielo y una luna sobre su cabeza. Darcy y Elle mirarían el mismo firmamento todas las noches y la distancia no sería suficiente para hacerla olvidar cómo se reflejaba la luna en los rasgos de Elle. Cómo le hacía sentir que todo era posible.

Apretó los brazos con más fuerza a su alrededor, entumecida, y no solo por el frío.

—No lo sé. Tengo el examen final…

—En un par de semanas. ¿Qué pasa después de eso?

Después. El mes siguiente y el otro era hacer planes a largo plazo. Un día se descubriría tan prendida de Elle que, cuando sucediera lo inevitable, no habría borrón y cuenta nueva. Cuando perdiera a Elle, también perdería parte de sí misma. Algo que se había jurado no volver a hacer nunca.

—No lo sé, Elle —repitió—. No… No planeé nada de esto, no lo estaba buscando. No quería que ocurriera esto.

La expresión de Elle se descompuso, apretó los labios y la barbilla le tembló antes de echar los hombros hacia atrás y enderezarse un poco más.

—Perdón por arruinar tus planes perfectos con mis sentimientos.

Al parecer, no estaba lo bastante entumecida, porque sus palabras le dolieron como el corte con una hoja de papel, que no era profundo, pero sí inesperado. Un exabrupto repentino que le abrió la piel, demostrando lo fácil que era para Elle herirla sin mucho esfuerzo. Darcy no era un robot, no era insensible, no como Elle la había hecho parecer. Tenía sentimientos… Madre mía, tenía sentimientos y a veces deseaba que no fuera así. Deseaba poder apagarlos por cuánto sentía.

Tomó una bocanada de aire frío y, exhalando entrecortadamente, observó cómo su aliento formaba una nube frente a su cara.

—No es justo.

Elle cerró los ojos con fuerza. Se hundió los incisivos en el labio inferior y se clavó las uñas en la piel de los brazos. Sorbió ruidosamente por la nariz y abrió los ojos. Vidriosos y llorosos, tenía lágrimas adheridas a las pestañas.

Darcy sintió una punzada en el pecho. Ella había puesto, sin querer, esa expresión en el rostro de Elle. Nada estaba yendo como había pretendido.

—¿No es justo? —Una risa insípida se derramó de sus labios mientras una lágrima le resbalaba por el rabillo de los ojos, mejilla abajo, y arrastraba purpurina a su paso. Un reguero centelleante—. Lo que no es justo es que hicieras que me lo tragara. Durante un instante, esperé —tragó saliva con fuerza y se le quebró la voz— que tuviéramos algo real.

A sus espaldas, se abrió la puerta del hotel y los suaves acordes de *White Christmas*, de Bing Crosby, llenaron la calle. De entre todas las canciones estúpidas del mundo.

—Elle...

Esta hizo un breve movimiento de cabeza y se pasó la mano por la cara, enjugándose las lágrimas y esparciéndose más purpurina sobre la piel.

—No, ya sabes, puede que sea un poco ilusa y a veces un desastre, y tal vez tenga mis sentimientos a flor de piel —dijo, respirando entrecortadamente por la boca y jadeando con suavidad—. Pero al menos tengo sentimientos, Darcy.

El mundo dejó de girar y el tiempo se detuvo, y el poco calor que le quedaba a Darcy en el cuerpo se extinguió. Esto no parecía un desamor, era un desamor. Se había equivocado; no se estaba enamorando, se estaba desmoronando. Se llevó una mano al pecho como si al hacerlo pudiera evitar que se le rompiera el corazón por completo, pero el daño ya estaba hecho. Era demasiado tarde.

—Hey, hey.

Darcy se dio la vuelta, con la barbilla temblorosa y moqueando, con los brazos alrededor de su cuerpo con tanta fuerza que apenas podía respirar. No iba a perder el control. Ahora no, todavía no.

Ni delante de Elle ni delante de Brendon, que acababa de salir a la acera y sus pasos se ralentizaban a medida que se acercaba.

Se las quedó mirando a ambas con los ojos entrecerrados y los fijó finalmente en Elle.

—Elle, eso no es...

Un grito de frustración escapó de los labios de esta mientras sacudía la cabeza, caminando hacia atrás para alejarse de allí.

—No te ofendas, Brendon —graznó, con los ojos llorosos y apagados, sin una pizca del brillo que a Darcy tanto le gustaba—. Pero no tienes ni idea de a qué viene esto.

Elle giró sobre sus talones y, en el segundo antes de volverse, sus miradas se encontraron. Una chispa asomó al pecho de Darcy, un eco de calor, de lo que fue, de lo que pudo haber sido. Si ella tan solo...

Y luego Elle se fue dando zancadas por la acera, demasiado rápido, o eso le pareció a Darcy, porque veía borroso y cada vez que parpadeaba captaba la imagen de Elle alejándose, fotograma a fotograma, la distancia entre ellas en aumento.

Brendon le puso una cálida mano sobre un hombro, siseando entre dientes.

—Darce, vamos, estás...

—Tiene razón. —El aire era tan jodidamente frío que le irritaba la garganta y la nariz. Pero nada le dolía tanto como el corazón. Hecho añicos como estaba, con cada inhalación sentía que los fragmentos le arañaban el pecho como dagas. Darcy apenas podía respirar. No podía soportarlo. No quería sufrir, no quería sentir nada.

—No tienes... no tienes ni idea, Brendon.

—Todo irá bien —dijo su hermano, y sonó tan sincero que lo que le quedaba a Darcy de voluntad se desmoronó.

Doblándose hacia delante, se acurrucó sobre sí misma y soltó un sollozo, que le sorprendió tanto a ella como a Brendon.

—No. No lo hará. Fue… Joder, Brendon, era una farsa.

Su hermano parecía confundido.

—¿Qué? Darcy…

—Elle y yo, todo empezó como una farsa —lo interrumpió. Y, una vez que se puso a hablar, ya no pudo parar. Pronunciaba las palabras como si nada mientras las lágrimas le goteaban de la punta de la nariz y la visión se le oscurecía, hasta que Brendon no fue más que una gran mancha a su lado—. No era real. Lo hice para que me dejaras en paz y pararas de buscarme citas, porque no quería enamorarme, Brendon. No quería enamorarme y esta… esta es la razón.

Cerró los ojos con fuerza y se estremeció violentamente; tenía las extremidades heladas, más de lo que creía posible. Era Seattle, por Dios, ¿por qué tenía tantísimo frío?

Unos brazos la estrecharon para tirar de ella, hasta que su frente descansó contra el pecho de Brendon. Se le clavó la pajarita en la sien, pero no le importó. Levantó las manos y se aferró con los puños a la parte delantera de la camisa de su hermano.

—A mí no me parece falso —susurró este, acariciándole con una mano la nuca por encima del pelo.

Demasiado emocionada para hablar, sollozó y se hundió más profundamente en el hombro de Brendon.

Algo frío y húmedo empezó a caerle sobre la espalda desnuda. Una y otra vez, hasta que Darcy levantó la cabeza y miró fijamente el negro cielo nocturno.

Caían delicados y gruesos copos de nieve, bailando con el viento antes de aterrizar en sus brazos, en la parte descubierta de su espalda, mordiéndole la piel desnuda como pequeños alfileres. Cerró los ojos y dejó caer la frente sobre el pecho de Brendon, mordiéndose el labio para contener un sollozo.

Nieve de los cojones.

Capítulo veinte

La puerta principal golpeó contra la pared, seguida por varios ruidos sordos. Los originales insultos de Margot enfatizaban el alboroto e interrumpían aún más a Pat Benatar mientras le decía a Elle que el amor era un campo de batalla y que ella era fuerte.

—Mamón de patos desgraciado —gritó Margot—. Ben puede irse a tomar por culo. Y Jerry también. Con sus helados de plátano para mandriles, joder. Au, me cago en los charcos de las aceras, qué daño. —Una pausa—. Oh, hola, señora Harrison. No, estoy bien. No, no, nadie le está haciendo nada indecoroso a ningún pato. Qué va. Tampoco a los monos. Perdón. Sí, enseguida me pongo a ello. Ya lo creo que me lavaré la boca.

Ay, Margot. Su casero iba a estar encantado de recibir una llamada de la señora Harrison quejándose de ellas, otra vez.

Margot asomó la cabeza por la esquina y miró hacia la sala de estar. Elle saludó débilmente desde el sofá y el rostro de su compañera se iluminó.

—Hey. Te has peinado. Bien hecho, Elle.

Vaya, gracias.

Elle se dio la vuelta y retomó la postura en la que estaba antes de que Margot interrumpiera a voces su festival de miseria: con el rostro hundido en el brazo del sofá, la manta de ganchillo tapándole media cabeza y un ojo abierto para poder mirar la tele, que ahora estaba en silencio. A su lado, tenía el móvil con la pantalla bocabajo, conectado por *bluetooth* a los altavoces de la barra de la cocina.

—La señora Harrison te envía recuerdos —dijo Margot, avanzando hacia la sala de estar, y arrugó la nariz al ver la mesita de café.

Había algunos recipientes de comida para llevar. Tres. Vale, cinco. Y unos cuantos pañuelos. Muchos pañuelos. Elle tenía intención de limpiar lo que había ensuciado en cuanto lograra reunir la fuerza de voluntad para levantarse del sofá para otra cosa que no fuera ir al baño.

—¿A qué venía todo ese ruido? —murmuró.

Margot dio una patada a un pequeño montón de hojas de papel arrugadas.

—Pues que me he roto el pie con la puerta al pasar. Por cierto, voy a descargar la compra y luego podemos hablar de… esto.

Frunció el ceño ante aquel caos antes de irse.

Elle se echó la manta de ganchillo por encima de la cabeza y cantó en silencio la letra de *Love Is a Battlefield*.

Fuerte era lo último que se sentía en ese momento. Notaba como si alguien le hubiera hecho un agujero en el pecho al arrancarle el corazón y molerlo hasta que fue maldito confeti, antes de volver a metérselo dentro y cerrar el agujero con cinta adhesiva.

—He traído sopa —gritó Margot desde la cocina—. Tu favorita. *Phở rau cải* del What the Pho.

Elle asomó la nariz por la manta.

—No estoy enferma, Margot.

—No estás enferma… todavía —apuntó esta. Se oyó un armario cerrarse de golpe, seguido por el sonido del congelador abriéndose—. Caminaste hasta un Starbucks bajo la nieve, Elle.

Tampoco era para tanto.

—No había ni un kilómetro y medio.

—En tirantillos y a dos grados bajo cero. Con nieve. —Margot resopló con fuerza.

Sonaba como…

Elle apretó mucho los ojos mientras sentía cómo el llanto le subía por los lagrimales. «Mierda».

—O sea, como salida dramática, fue buena —continuó parloteando Margot, ajena a ello.

Una salida dramática no había sido la intención de Elle. No había pretendido largarse como alma que lleva el diablo, sin dinero en efectivo, las llaves y el móvil. No había querido ir andando desde el hotel hasta el Starbucks veinticuatro horas que había a varias manzanas de allí, pero la necesidad de alejarse cuanto fuera posible de Darcy y su lamentable incapacidad para hablar la habían llevado a atravesar la ciudad en piloto automático, con la maldita nieve y las dichosas sandalias de tacón.

Al menos los baristas se habían apiadado de ella y le habían dejado usar el teléfono del local. Luego habían ido más allá y, como una encarnación del verdadero espíritu navideño, le sirvieron té de menta gratis hasta que entró en calor y Margot apareció con su coche; por suerte, Elle se había dejado las llaves y el móvil en el bolsillo de la chaqueta que había dejado en el guardarropa del hotel.

—No quiero sopa —murmuró.

Por un momento, Margot se quedó en silencio. La canción pasó de *Love Is a Battlefield* a *I Fall Apart*, de Post Malone, y a Elle le tembló la barbilla.

—Muy bien. —Se oyó el congelador abrirse de nuevo—. He comprado Chunky Monkey, Half Baked y Phish Food y… —se oyó un crujido, seguido por el sonido de algo húmedo contra el suelo, y luego más de los pintorescos insultos de Margot— todavía nos queda media tarrina de Chocolate Therapy, pero está detrás de los guisantes congelados, así que me da que podría haberse resecado.

Ah, los guisantes congelados. Entonces, se había resecado sin duda. Elle y Margot solo tenían a mano los guisantes congelados en caso de emergencia. Eran más baratos que una bolsa de hielo.

—¿Elle? ¿Cuál te apetece?

Esta tomó una bocanada del aire espeso que se había acumulado bajo la manta.

—Ambos. Ambos están bien.

—Te he dado cuatro opciones. ¿Qué dices de dos?

—Sí.

Margot suspiró y cerró el congelador. Un minuto después, le levantó la manta y presionó algo frío y duro contra la mejilla de Elle. Esta gritó. Una cuchara. Margot le había plantado una cuchara en la cara, que tenía hinchada y ardiendo.

Con un teatral gesto de dedos, Margot señaló la mesita de café, donde había apartado algunos de los recipientes de comida para llevar, haciendo hueco para poner en fila las cuatro tarrinas de Ben and Jerry's.

—Heladoterapia. A por ellos.

Elle se recolocó la manta sobre los hombros como si fuera una capa y hundió la cuchara en la tarrina de Half Baked. Con una generosa cucharada de masa para galletas, volvió a desplomarse contra el sofá y fue mordisqueando el helado. Ya había gastado suficiente energía.

—Bueno, ahora que tienes helado, ¿quieres que hablemos sobre esto? —preguntó Margot, señalando la mesa y sus alrededores.

—No es tan malo —musitó a la cuchara—. Lo limpiaré.

Margot suspiró y hundió su cuchara en el Chunky Monkey.

—Elle, está hecho un desastre.

Para nada. Solo había algo de comida para llevar y algunos pañuelos. Y papel. Una taza. Calcetines. Los ojos empezaron a escocerle.

—Tienes razón —convino. Aquello era un desastre. Ella era un desastre—. Mi madre tiene razón. Darcy tiene razón. Soy un desastre.

Margot abrió los ojos como platos.

—¿Qué? No. Yo no he dicho eso. Darcy no tiene razón en nada. Que le den a Darcy. —Margot dejó el helado, gateó por el suelo para sentarse en el sofá y estrechó a Elle entre sus brazos, estrujándola hasta que esta apenas pudo respirar—. Repítelo conmigo. Que. Le. Den. A. Darcy.

Ella negó con la cabeza. No pudo hacerlo. Enmudecida, sorbió por la nariz en su lugar.

—Elle, no eres… —empezó a decir Margot, pero luego suspiró—. Vale, ahora mismo estás hecha un poco un desastre. Pero es temporal. Limpiarás esto y dejarás de ser un desastre, ¿sí? Cómete el helado.

Elle se metió la cuchara en la boca y cerró los ojos.

Ojalá fuera así de fácil. Limpiar el desastre y estar bien.

Problema resuelto.

—No soy virgo, Mar.

Margot se reclinó y dejó caer los brazos.

—Tienes razón. Es… Joder, Elle. Pues… cuéntame qué has hecho hoy. Obviamente has estado ocupada con… —se acercó al borde del sofá y cogió un puñado de papeles arrugados del suelo— ¡listas! Has estado haciendo listas. ¿Para Oh My Stars?

Elle asintió.

Centrarse en el trabajo. Eso es lo que había decidido hacer

después de aquella horrible primera cita con Darcy. Su plan se había visto frustrado, pero ahora podía retomarlo. ¿Quién decía que el corazón roto tenía que acabar con su concentración?

Margot se quedó mirando fijamente el papel arrugado que tenía en la mano.

—Asfixia, decapitado en el ascensor, quemado vivo en una cabina de bronceado... —Sorprendida, su amiga la miró con los ojos desorbitados—. ¿Qué coño, Elle? Esto es macabro.

Señaló la tele con la cuchara.

—Maratón de películas de terror. ¿Cómo morirías en *Destino final* según tu octava casa?

—Eso es... No sé qué decir —confesó Margot, que volvió a arrugar el papel y lanzó la bola al otro lado del salón—. Veamos alguna otra. ¿Qué? —Inclinó la hoja hacia un lado y frunció el ceño—. No consigo leer lo que pone. Está todo emborronado. ¿Qué dice aquí?

Le plantó el papel tan cerca de la cara que Elle se puso bizca. Una vez que centró la vista y apartó la hoja, hizo una mueca tanto por lo que ponía como por las lágrimas que salpicaban el papel..., y los mocos también.

—Esta es una tontería.

—¿Implica muerte y desmembramientos? —preguntó Margot, cogiendo la tarrina de Chunky Monkey de la mesa y acunándosela en el regazo.

—No —negó Elle. No en el sentido literal—. Es de canciones de ruptura según el signo del zodiaco.

Tal vez el dolor sí que estaba acabando con su concentración. Pero solo un poco.

El rostro de Margot mostró un atisbo de comprensión mientras inclinaba la cabeza y levantaba un dedo en el aire.

—De ahí la música.

Al revés. Bendito Spotify. La lista de reproducción «I should be a sad bitch» había cumplido una doble función: dejar que los sentimientos de Elle fluyeran al tiempo que le proporcionaba inspiración. La multitarea en su forma más deprimente.

—Dame eso. —Margot le quitó la hoja de papel y se la acercó a la cara, entrecerrando los ojos—. Esto es bueno. Excepto... Elle —la riñó.

¿Qué canción deberías escuchar según tu signo del zodiaco si te han roto el corazón?

Aries: *Survivor*, de Destiny's Child
Tauro: *No Scrubs*, de TLC
Géminis: *We Are Never Ever Getting Back Together*, de Taylor Swift
Cáncer: *Bleeding Love*, de Leona Lewis
Leo: *Irreplaceable*, de Beyoncé
Virgo: *Happier*, de Marshmello
Libra: *Thank U, Next*, de Ariana Grande
Escorpio: *Before He Cheats*, de Carrie Underwood
Sagitario: *Truth Hurts*, de Lizzo
Capricornio: *I Am a Rock*, de Simon and Garfunkel
Acuario: *I Will Survive*, de Gloria Gaynor
Piscis: *Total Eclipse of the Heart*, de Bonnie Tyler

Elle cogió la tarrina de Half Baked de la mesita de café y se llevó otra cucharada a la boca, ignorando deliberadamente la mirada de exasperación de Margot.

—¿*I Am a Rock*? —le preguntó—. Elizabeth Marie.

—¿Qué? —Suspiró alrededor de su cuchara—. Como anillo al dedo. Es... Darcy es capricornio.

Y, claramente, una roca, un islote que no necesitaba sentimientos. Ninguno al menos que tuviera algo que ver con Elle.

Apuñaló el helado. Quizá no fuera Darcy. Quizá fuera ella. Después de todo, Elle era el denominador común en su vida amorosa o en la falta de vida amorosa.

—Dame. —Margot cogió un bolígrafo y tachó esa canción, en el lugar de la cual garabateó algo.

Elle lamió la cuchara, luego la clavó de nuevo en la tarrina antes de dejar el helado sobre la mesita de café. No tenía hambre.

—¿Qué has puesto?

Con una indiferencia que Elle no podría haber fingido aunque lo hubiese intentado, Margot arrojó el bolígrafo y el papel sobre la mesa.

—*Too Good at Goodbyes*, de Sam Smith.

Elle sintió que le ardían los ojos tras los párpados y la visión se le nublaba por las lágrimas. No iba a llorar. De ningún modo. Iba a seguir mirando la mesita de café hasta que se deshidratara y su cuerpo reabsorbiera las lágrimas. No dejaría que se derramasen. No lo haría. No iba a…

Una cálida lágrima le resbaló por el rostro y, al recorrerle la mejilla, se desvió hacia un lado hasta detenerse junto a una de sus fosas nasales, donde la sal le picó en la piel irritada. Maldita sea.

—Elle. —Margot la agarró por los hombros y la arrastró por el sofá hasta que estuvo medio acostada en el regazo de su amiga. Fue suficiente con que le acariciara la nuca.

Perdida toda compostura, hundió la nariz en el vientre de Margot y cerró los ojos con fuerza. Gruesas lágrimas se derramaron a borbotones por las comisuras de sus ojos, lo que hizo que se le pusiera la cara húmeda y pegajosa, y que comenzara a moquear. Jadeó entrecortadamente y apretó el suéter de Margot con los dedos.

—¿Qué tengo de malo?

Suavemente, Margot le apartó el fino pelo de las sienes.

—Nada. Nada en absoluto, Elle.

—Obviamente hay algo —respondió. Tenía que haberlo. Debía de haber algo en ella por lo que a Darcy le había resultado tan fácil marcharse. Metafóricamente. Elle había sido la que había echado a andar, pero Darcy no la había detenido, ni siquiera lo había intentado.

Elle le había abierto su corazón a Darcy, su alma. Desde el primer día, le había dejado claro lo que quería, lo que anhelaba. Darcy le había hecho creer que podría tenerlo, que podrían tenerlo juntas. Falsas esperanzas o ninguna en absoluto, no estaba segura de qué era peor. En ese momento, ambas le dolían, le hacían sentir como si le faltara algo esencial. Esa chispa, la vocecita que la mantenía en pie cuando todo lo demás se le antojaba sombrío, desalentador y asfixiante. Después de todo, la esperanza no era lo último que Elle perdía.

Ni siquiera era capaz de dormir en su propia habitación; no soportaba ver las estrellas en el techo, porque ahora solo le recordaban a la noche en la que Darcy se había quedado con ella, la noche que pasaron bajo las estrellas.

Darcy Lowell le había jodido las estrellas a Elle. Ver para creer. Se lo había dado todo a aquella mujer y ahora no le quedaba nada.

—Darcy tiene problemas de la hostia, ¿vale? Y eso es cosa suya, no tuya. Tú no hiciste nada mal. ¿Me oyes?

Elle levantó la cabeza y miró a Margot a través de sus pestañas, que tenía apelmazadas. Se mordió el interior de la mejilla y tuvo que bajar la voz a un susurro para formular su pregunta sin atragantarse.

—Entonces ¿por qué no me quiere?

Esa era la pregunta que no le había dejado dormir la noche anterior, que había pasado despierta y mirando el techo del salón hasta que los hinchados párpados le pesaron demasiado y finalmente se dejó llevar a un sueño inquieto, plagado de recuerdos de tiempos más felices. Como el de la semana anterior, cuando Darcy le había preparado tortitas por segunda vez y le había besado el interior de la muñeca para impedir que Elle robara una del plato. O el de cuando estuvieron en la torre de astronomía de la Universidad de Washington y Darcy la había mirado bajo el resplandor que proyectaban las estrellas y la luna, que hacía que su pelo pareciera luz solar entretejida, lleno de rojos y dorados, el fuego en la noche, y Elle se había sentido comprendida. Como si Darcy hubiera echado un vistazo a su alma, hubiera escuchado el ritmo de su corazón y hubiera decidido que le gustaba. Que le gustaba lo suficiente como para quedarse.

Pero, al parecer, solo un rato. Temporalmente. No lo bastante.

—Elle...

—¿No soy suficiente?

Margot sacudió la cabeza, con los ojos encendidos y la mandíbula visiblemente tensa.

—No. Tú eres más que suficiente.

De lo que no tocaba. Le tembló la barbilla y un nuevo torrente de lágrimas le corrió por las mejillas. No tenía la fuerza para contenerlas.

—Entonces ¿soy demasiado, Margot? Sé sincera.

Su familia ciertamente así lo creía. Darcy también.

—Eres perfecta, Elle —sentenció, apartándole el flequillo hacia atrás para masajearle la sien con el pulgar antes de enjugarle las lágrimas—. Nadie merece sentir que no es lo bastante bueno cuando la pura verdad es que es increíble. Si Darcy no puede ver eso, significa que no es para ti, ¿vale? Significa que ella no es tu persona ideal.

Elle se mordió un lado de la lengua hasta que pudo hablar sin miedo a sollozar.

—No creo que haya de eso para mí. Una persona ideal.

Esta era la antítesis de sí misma: temerosa, llena de dudas, desesperada. Pero no se sentía ella misma, en absoluto. Tal vez una versión esterilizada, despellejada hasta los huesos, sin corazón. Una Elle en negativo.

Margot la agarró de la cara por los lados para obligarla a mirarla a los ojos. Se le contrajo la garganta al tragar saliva y parpadeó rápidamente.

—Tú vales mucho. Muchísimo, ¿me oyes? Y, la verdad, probablemente haya muchas personas ideales para ti. Míranos. Eres una de mis personas favoritas. Eres mi mejor amiga, Elle. Eres mi familia.

«Mierda».

—Margot. —Elle tenía la nariz taponada y le ardía la garganta como si hubiera tragado papel de lija.

—Y no tienes que cambiar nada de lo que eres por nadie, ¿estamos? —continuó, ladeando la cabeza. La negra melena le cayó por el cuello—. A ver, necesitas una ducha y quizá abrir alguna ventana para ventilar el apartamento, porque aquí apesta, pero, aparte de eso, no tienes que cambiar una mierda.

Elle tosió con una risa débil.

—Te mereces a alguien espectacular, Elle. Alguien que te quiera exactamente por lo que eres, tal como eres. —Se estiró para coger un puñado de pañuelos de papel de la mesa y le plantó todo el montón a Elle en la cara, lo que la hizo reír un poco más fuerte.

Enjugándose las lágrimas de la cara, Elle se sentó.

—Lo entiendo. —Se dio unos golpecitos en un lado de la cabeza con las yemas de los dedos antes de tocarse el pecho y decir—: Pero ¿cuándo voy a creérmelo?

Quería sentir esa certeza a la que estaba tan acostumbrada. La positividad, esa capacidad infalible de creer que todo iba a ir bien. Optimismo. Eso era lo que echaba de menos. Quería sentirlo de nuevo.

Margot frunció el ceño y sacudió la cabeza lentamente.

—No lo sé, nena. Pero seguiré repitiéndotelo hasta que te lo creas, ¿vale?

—Podría tardar años, Mar.

Esta arqueó una oscura ceja con expresión perspicaz.

—¿Vas a algún sitio? Porque a mí me da que no.

Elle respiró hondo entrecortadamente y asintió.

—Gracias.

—Para eso están las amigas, ¿no? —Se levantó y cogió los helados, que habían empezado a derretirse—. ¿Sabes para qué más están las amigas?

Ella negó con la cabeza. Se le ocurrían muchas cosas como respuesta, pero era más fácil preguntar cuando Margot daba a entender que tenía algo específico en mente.

Se dirigió a la cocina y volvió a guardar los helados en el congelador. Luego sacó una bolsa de papel de debajo de la encimera y la levantó en el aire. Tenía estampado el logo de la licorería de la esquina.

Margot sonrió de oreja a oreja.

—Tequila.

Elle se dio la vuelta, tratando de ponerse cómoda, pero el sofá estaba muy duro. Se le clavó alguna cosa en un costado y algo debajo de ella pegó un chirrido estridente. Al apartarse, se dio un golpe en el hueso de la risa con algo aún más duro. Un escalofrío de dolor le recorrió la muñeca hasta el hombro y le hormiguearon los dedos. ¡Au!

Abrió un ojo... Ah, mala idea. Hundió la cabeza en... ¿poliestireno?

Decidió intentar abrir los ojos de nuevo, esta vez lentamente. Debajo de la cara tenía uno de los muchos recipientes de comida para llevar. Y lo estaba usando como almohada porque... estaba en el suelo.

—¿Qué demonios?

Puaj. Tenía la lengua gomosa y sus dientes necesitaban un buen cepillado. Dos cepillados. Por si uno no era suficiente.

Sentándose lentamente, miró a su alrededor con los ojos entrecerrados. La mesita de café todavía rebosaba con la misma basura, además de una botella de tequila... a la que le faltaba la mayor parte. Oh. Se llevó una mano a la frente. Con razón se encontraba fatal y se había dormido en el suelo. El tequila de los cojones.

—Anda, hola. Estás despierta. —Margot irrumpió en el salón fresca como una rosa, sin pinta de tener resaca en absoluto. Ni un poco. Iba vestida como la gente normal, con unos tejanos negros y un bodi de encaje. E iba maquillada.

—Mar —graznó Elle—. ¿Qué coño? Por favor, dime que no hay un tigre en el baño.

—El baño está libre de tigres y te prometo que conservas todos tus dientes. —Margot hizo una mueca y señaló el tequila con la mirada—: Le diste bastante.

—¿Y tú?

—¿Yo? —Dejó sobre la mesa frente a Elle el vaso de agua que tenía en las manos—. Bebí un poco, pero quería vigilarte.

Elle bebió del vaso y dejó que el agua fría corriera por su reseca garganta, calmando el ardor. Tenía tanta sed que sintió cómo le bajaba el agua por el pecho hasta el estómago, que tenía revuelto. Ahora lo que necesitaba era un ibuprofeno y…

—¿Qué narices es eso? —preguntó Elle, señalando el suelo junto al sofá, donde había un extraño bulto con forma de muñeco.

Margot siguió su mirada, con los ojos muy abiertos y mordiéndose los labios.

—Quería deshacerme de eso antes de que despertaras. ¿Cuánto… cuánto recuerdas?

Había helado. Y llanto. Luego tequila. Habían hecho una lista de los atributos más insoportables de Darcy y… ahí la memoria le fallaba.

—¿Hicimos una lista?

—Bien, sí —asintió Margot, que se mordía la uña del pulgar—. Hicimos una lista, pero como que perdiste el hilo y comenzaste a enumerar lo que te gustaba de Darcy, así que traté de hacer que retomaras el hilo. Lo cual funcionó. Te viniste bastante arriba y decidiste…

—¿Qué? —Entre el alcohol y la renuncia de Margot a responderle sin ambages, a Elle se le revolvió el estómago y su mente fue imaginando una calamidad tras otra mientras su pánico iba en aumento. ¿Había decidido llamar a Darcy? ¿Hacer un FaceTime con ella? Se llevó el vaso a los labios y bebió despacio para calmar su estómago.

Margot hizo una mueca.

—Hiciste un muñeco vudú de Darcy.

Elle se atragantó y el agua le cayó por la barbilla.

—¿Qué?

—Ya sabes, una efigie de Darcy…

—Sé lo que es un muñeco vudú, Margot. —Dejó el vaso bruscamente sobre la mesa y derramó agua. Avanzó por la alfombra a gatas y levantó del suelo el muñeco con forma humanoide. En realidad, era una camiseta rellena con lo que parecía el interior de alguna almohada a la que le habían puesto extremidades atándole gomas del pelo a modo de articulaciones. Por suerte, no parecía que hubiese llegado a hacer ninguna locura (alguna peor) como clavar alfileres en esa maldita cosa.

—¿En qué demonios estaba pensando?

Margot enseñó los dientes en una mueca.

—Tequila. No pensabas mucho.

—¿Llegué… llegué a darme cuenta de lo estúpido que era esto? —Elle agitó la muñeca en el aire. Incluso había puesto esos plastinudos que guardaban en el cajón de los trastos, los rojos para cerrar las hogazas de pan, en la cabeza del muñeco como si fuera pelo. Daba miedo, parecía una de esas antiguas muñecas poseída por el espíritu de un niño vengativo. Le daba yuyu haber hecho algo así—. Por favor, dime que entré en razón.

Margot balanceaba la cabeza de un lado al otro.

—Eh… ¿Sinceramente? Empezaste a llorar porque no conseguías que te salieran bien las pecas y luego te desplomaste junto a la mesita de café.

Elle se quedó mirando el muñeco con los ojos desorbitados. Efectivamente, había pintarrajos, puntos emborronados que habían traspasado la tela de algodón. Pecas. Elle cerró los ojos de golpe y se apretó la muñeca contra el pecho. «Mierda».

No había tenido tiempo suficiente para aprenderse de memoria las constelaciones que formaban aquellas pecas y lunares. Ni el más mínimo. Nunca volvería a verlas.

Una mano se posó en su hombro, lo que la sobresaltó. Margot

le quitó el muñeco vudú de las manos y lo dejó a un lado. En su lugar, puso el móvil de Elle.

—Quizá quieras echarle un vistazo.

A Elle se le subió el corazón a la garganta.

—No llamé a nadie, ¿verdad?

Margot puso los brazos en jarra y frunció el ceño con cara de ofendida.

—Jamás te dejaría hacer eso. Tienes otra llamada perdida de tu madre. —Crispó los labios y añadió—: Y tienes un mensaje de texto.

—¿Mi... miraste?

Margot se mordió el labio y asintió.

—¿Es de...? —Miró a su amiga, con los ojos desorbitados y el corazón retumbándole en el pecho, cuyos latidos sentía dolorosamente en el cuello.

El pequeño movimiento que hizo Margot con la cabeza fue suficiente para que Elle se hundiera.

—Es de Brendon.

Dentro de su bolsillo, su teléfono vibró. ¿Brendon tal vez? Elle no llegaba tarde.

No. Su madre.

Si no respondía, no lo dejaría estar. La frecuencia de llamadas había aumentado en las últimas dos semanas, sin duda al enterarse de que Elle ya no evitaba a Jane y Daniel, sino tan solo a ella. Sería mejor hacer de tripas corazón que prolongar lo inevitable.

—Hola.

—Elle, has respondido. Bien. —Parecía aliviada.

Ella cerró los ojos y se apoyó en la señal de stop.

—Oye, mamá, ahora no es un buen momento.

—He llamado media docena de veces. Te dejé mensajes.

Algo en la forma en la que dijo aquello, como si Elle le debiera alguna explicación, hizo que le rechinaran los dientes.

—No tenía nada que decir —respondió. Pero no, eso no era cierto—. O sí, pero no me pareció que estuvieras lista para escucharlo.

Se hizo el silencio en la línea, hasta que su madre lo rompió al carraspear.

—Elle, lo... lo lamento. Nunca tuve intención de menospreciar tu trabajo.

—Pero lo hiciste. Lo llamaste «moda pseudocientífica». ¿No te das cuenta de lo mucho que me dolió eso?

Todavía le dolía, el resquemor por sus palabras más fresco que nunca después de la pelea con Darcy.

—No me di cuenta. Yo solo... —Su madre suspiró—. Solo estoy preocupada. Es mi deber preocuparme por ti, Elle, cariño. Quiero lo mejor para ti. Eso es lo que siempre he querido.

¿Qué pasaba con lo que quería Elle? Llevaban años con distintas versiones de la misma conversación, dándole vueltas, y estaba cansada.

—Soy feliz. ¿Por qué no puede ser eso lo suficientemente bueno?

—Lo he hecho todo del revés. Ahora lo sé.

—Déjame adivinar. ¿Jane te dijo algo? ¿Daniel?

—En realidad, fue Lydia. —Atónita, Elle se quedó muda y su madre se rio—. Me confesó que está de acuerdo con mucho de lo que dijiste. Que os presioné demasiado, a todos, también a Lydia. No... no tenía ni idea, Elle. Pero Lydia me contó que ella y Marcus están pensando en casarse en secreto, ¿puedes creerlo?

No quiere que la ayude a planear la boda. Al parecer, mis exigencias son imposibles de cumplir, y no solo en cuanto a combinaciones de colores y el lugar de celebración. Lo que me hace sentir genial, si te soy sincera. —La risa de su madre adquirió un tono histérico—. Solo quiero lo mejor para vosotros. Lo mejor, Elle. Leí todas esas historias sobre que nadie puede jubilarse, que nadie puede comprarse una casa y que quizá haya otra crisis, y me pone de los nervios.

—Mira el lado positivo: tal vez no pueda jubilarme, pero al menos adoro mi trabajo. Estaré encantada de trabajar hasta el día de mi muerte.

Elle se estremeció ante sus palabras, hasta que su madre soltó una risa entre dientes.

—No sé si es para reírse.

—Yo tampoco lo sé.

El semáforo se puso en verde y Elle cruzó la calle a toda prisa.

—Tal vez —su madre tosió— en nuestro próximo *brunch* puedas contarme más sobre esta colaboración que estás haciendo con OTP. Prometo prestarte toda mi atención esta vez.

Elle se mordió un lado de la uña del pulgar, frunciendo el ceño ante el edificio de ladrillo frente a ella, pero sin entrar aún. Brendon la estaba esperando, quería hablar con ella. No estaba segura de sobre qué, pero había estado teniendo destellos de esa pesadilla en la que Brendon hacía añicos su acuerdo.

Ya habían firmado el contrato; tendría que darse algún incumplimiento descomunal para que se anulara o, de lo contrario, OTP tendría que indemnizar a Margot y a Elle. Cuestiones legales aparte, Brendon no sería tan rencoroso. Pero ¿qué sabía Elle? Nada. Su intuición se había ido al traste, descalibrada.

Con suerte, cuando todo esto estuviera terminado, todavía habría un acuerdo sobre el que hablarle a su madre.

—Claro. Pero ahora mismo tengo que irme. He quedado para tomar un café.

—¿Con Darcy?

Oír su nombre hizo que se le formara un nudo en la garganta.

—Con Brendon, en realidad. Hablamos luego, ¿vale?

—Vendrás a casa por Navidad, ¿no?

—Por supuesto. Llegaré el 24, ¿vale?

Una llamada telefónica no borraba automáticamente el dolor acumulado durante años, y habría apostado a que su madre seguiría sin aprobar su estilo de vida, pero tal vez no le llevara tanto la contraria. Aquello era un comienzo, un pequeño peso que se quitaba de encima. Y eso le valía.

Guardándose el móvil en el bolsillo, cruzó la puerta del local y el cálido aroma a nuez del café la atravesó como una ola. En un rincón al fondo de la cafetería, Brendon estaba sentado con el ceño fruncido ante su taza.

A Elle le retumbó el pecho al verlo. El parecido era palpable, dolorosamente palpable.

En lugar de detenerse en la puerta, rodeó el mostrador de pedidos y se dirigió directamente hacia la mesa de Brendon. Tenía el estómago demasiado revuelto para la cafeína y la acidez del café solo intensificaría el ardor que sentía en el pecho. Cuanto antes terminara con aquello, antes podría regresar a casa y... Bueno, entonces ya vería lo que vendría después. Eso, fuera cual fuese el asunto urgente que Brendon necesitaba hablar con ella, estaba acabando con toda su concentración, su energía, su atención.

Brendon dejó de mirar con aire taciturno su taza y levantó la vista antes de abrir como platos esos ojos marrones al ver a Elle. Descruzó sus largas piernas bajo la mesa, se puso de pie y dio medio paso hacia ella antes de quedarse quieto torpemente, como si no supiera cómo saludarla.

—Elle. Hey. Has venido.

Esta apoyó las manos en el respaldo de la silla frente a él.

—Dije que lo haría.

—Cierto. —Asintió con la cabeza, demasiado rápido. Un gesto frenético. Espasmódico—. Lo dijiste. —Se aclaró la garganta y, señalando la silla con un atropellado gesto de la mano, añadió—: Perdona. Siéntate. Por favor.

A Elle le temblaban las rodillas cuando se sentó en la silla. Puso las manos en el borde de la mesa y abrazó la madera con los dedos. Uf, así parecía nerviosa. Y lo estaba. Pero Brendon no tenía por qué saberlo. Dejó caer las manos sobre su regazo y las apretó con fuerza antes de finalmente ponerlas entre las rodillas.

—Bueno.

Brendon se desplomó en la silla con un profundo suspiro, pasándose los dedos por el pelo y alborotándose varios mechones.

—Bueno.

Pues sí. Fue un momento incómodo, más aún porque Brendon actuaba de una manera extraña, exacerbando una situación ya espinosa de por sí. Le ponía de los nervios no saber qué era exactamente lo que lo tenía tan inquieto.

—¿Va… va todo bien con el acuerdo? ¿OTP y Oh My Stars?

Elle contuvo la respiración y tensó los hombros.

Brendon se quedó boquiabierto.

—¿Qué?

—Que si…

—No, te he oído —la interrumpió Brendon, que se pasó una mano por la cara y cerró los ojos un segundo antes de abrirlos. Parecía cansado. Parecía… agotado. No tan hecho polvo como ella se sentía, pero tampoco descansado, eso seguro. La miró a los ojos y sus labios esbozaron una débil sonrisa—. Todo va bien con el acuerdo, Elle. Por supuesto que sí. Es… es perfecto.

Su alivio fue ínfimo.

—Bien. Eso es bueno.

—No te pedí que nos viéramos aquí por motivos de trabajo —dijo, moviéndose hacia delante en su asiento. Apartó el té y apoyó los brazos sobre la mesa—. Esto no tiene nada que ver con OTP.

Elle se mordió una de las comisuras de los labios, demasiado nerviosa para preguntarle de qué quería hablar con ella.

Brendon agachó la cabeza y se miró las manos.

—Darcy.

Aun sabiendo, para qué engañarse, lo que se venía, escucharle pronunciar el nombre de su hermana hizo que a Elle le diera un patético vuelco el corazón.

—Mmm.

—Elle. —Brendon la miró fijamente, con los ojos, exactamente del mismo color que los de Darcy, muy abiertos—. Necesito que seas sincera conmigo.

Elle parpadeó, esforzándose por no tomárselo como una ofensa.

—¿Perdona?

Brendon se humedeció los labios.

—He dicho…

—Te he oído. —Sacudió la cabeza, estrujándose las manos con las rodillas—. ¿Cuándo, exactamente, he sido otra cosa más que sincera?

—No he dicho que no lo seas, he…

—Lo has insinuado —terció Elle, que bajó el tono porque se estaba calentando rápidamente. No era el momento de perder la calma—. Siempre he sido sincera. Contigo y también con tu hermana, para que conste. Y lo siento, pero no me hace mucha gracia que insinúes lo contrario.

Brendon levantó las manos en señal de súplica.

—Lo siento. Perdóname. Esto… —Volvió a pasarse una mano por el pelo—. Esto me supera, ¿vale? Lo estoy intentando.

¿Intentando qué, exactamente? Elle sacudió la cabeza.

—¿Por qué me has hecho venir, Brendon?

—Me estoy explicando fatal. —Dejó caer la cabeza entre las manos y gimió—. Darcy está destrozada, Elle.

¿Darcy era quien estaba destrozada? ¿Por qué? No era ella a quien le habían roto el corazón. Su vida no había acabado patas arriba, su mundo entero.

—Darcy me lo ha contado. Me ha contado cómo empezó esto y también cómo cambió —dijo—. Me ha contado… Me lo ha contado todo.

Al comprender a qué se refería, Elle sintió cómo el frío se apoderaba de su descompuesto estómago, templando su ira hasta reducirla a una gélida irritación.

—Bueno, siento haberle arruinado la artimaña. No era mi intención.

Como tampoco había planeado enamorarse de Darcy. Simplemente… pasó. En retrospectiva, Elle fue una tonta al pensar que no se pillaría de alguien como Darcy.

Brendon gruñó suavemente.

—Eso tampoco es… Joder, Elle —exclamó.

Elle se lo quedó mirando. ¿Había oído alguna vez a Brendon soltar un taco?

—Lo que dijiste en la calle. Estabas equivocada, Elle. Darcy no es ninguna desalmada, ¿vale?

Elle se sacó las manos de entre las rodillas y se cruzó de brazos, protegiéndose de la intensidad con la que Brendon la miraba.

—¿Me has hecho venir para sermonearme o qué pasa? Porque,

para serte sincera, tengo un poco de resaca y me siento como una mierda, por lo que no estoy de humor para que me regañen…

—No. —Brendon sacudió la cabeza rápidamente—. Mira, Darcy juega sus cartas con mucha cautela.

Brendon no paraba de repetir aquello, pero esto no era una partida de póquer, y se suponía que ella y Darcy debían jugar en el mismo equipo.

—Eso no me parece una excusa en este…

—Darcy estaba prometida —espetó Brendon.

Elle se quedó de piedra.

—¿Qué?

—No debería contarte esto —admitió.

Elle sintió el aguijonazo de la rabia. ¿No fue eso lo que la metió en todo este lío en un principio? Brendon y sus secretitos. Bueno, y Darcy y sus mentiras.

—Pues tal vez no deberías hacerlo.

Aunque una parte de ella se moría por que siguiera hablando.

Este se encogió de hombros y soltó una risita floja.

—De perdidos, al río, ¿no? Intento arreglar esto.

Elle se mordió el labio y esperó.

Brendon tomó un sorbo de su té.

—Natasha. Se llamaba Natasha. Se conocieron en la universidad, empezaron a salir y se fueron a vivir juntas. Darcy le propuso matrimonio. Era feliz.

Elle sentía el pecho a punto de estallar.

—Un mes antes de la boda, Darcy llegó temprano a casa del trabajo y… —Brendon hinchó las mejillas y miró a la mesa—. Eh…, pilló a Natasha en la cama con una amiga. Una amiga de Darcy. Una amiga mutua. Ya no lo son. Pero sí. Rompió con todo.

La pena anegó el pecho de Elle, un dolor que la quemaba.

—Brendon. No deberías…

—Demasiado tarde. —Levantó la cabeza y parpadeó rápidamente—. La cosa fue mal, Elle. Fue —tosió— mal. Darcy intentó seguir con su vida en Filadelfia, pero era demasiado difícil. Hizo las maletas y se mudó a Seattle.

Por eso se había mudado Darcy. Había mencionado una ruptura y que quería empezar de cero, pero no le había contado esto, nada que diera a entender un final tan feo o doloroso.

Uf.

—Qué mal.

Brendon torció los labios en una mueca de ironía.

—Eso es quedarse corta.

Nada de esto explicaba por qué Brendon le estaba contando todo eso.

—¿Por qué me estás contando esto?

La miró fijamente.

—¿No es obvio?

Elle podía atar cabos, pero eso era lo que hacía siempre. Deducir la vida de otras personas. De la vida de Darcy.

—Ilumíname.

—Mi hermana tiene problemas para abrirse a la gente. Está asustada, Elle. Se cree que no lo sé. Darcy hace todo lo que puede para dejarme al margen porque se le metió en la cabeza que tiene que ser fuerte en todo momento, pero la conozco mejor de lo que cree. Le he estado insistiendo para que conociera a alguien porque, si no lo hacía, ella tampoco lo haría nunca. Porque cree que es más fácil estar sola que arriesgarse a enamorarse y que vuelvan a hacerle daño.

Elle negó con la cabeza.

—Lo entiendo. De veras. Pero tu hermana no me quiere, ¿vale? Ella no... No hay nada entre nosotras, ¿vale?

Brendon la observó con los ojos entrecerrados.

—¿Nada? ¿No sientes nada por ella? Nada.

Eso no es lo que Elle había dicho.

—Mira, Brendon. Me encanta que te preocupes por tu herma-na. Está claro que eres un gran hermano. Y me caes bien y me gusta trabajar contigo. Eres un buen amigo. Pero no es justo que intentes darle la vuelta a esto metiendo lo que yo siento de por medio, ¿vale? Porque yo dejé clarísimo lo que busco desde el primer día. Ese primer día le dije a Darcy lo que quería. No he dejado de buscar a una persona de quien enamorarme. Mi alma gemela. Y Darcy lo sabe. —Cogió aire y esta vez sonó entrecor-tado—. Entiendo que tu hermana tenga sus cosas, pero todos tenemos un pasado, Brendon. Todos hemos comido mierda y yo... —Sorbió por la nariz y sus estúpidos ojos se llenaron de lágrimas—. Estoy cansada de tener que esforzarme constante-mente y ser la única que lo hace. No es justo.

No era tan ingenua como para creer que la vida era justa, y muchísimo menos el amor, o al menos la búsqueda del amor, pero no quería tener que seguir dejándose la piel y mostrándole al mundo entero su tierno corazón para hacerse entender.

Brendon se mordió un nudillo y asintió.

A Elle le dolía la cabeza y le ardían los ojos por las lágrimas no derramadas. Se puso de pie, con los brazos a los costados.

—Y, no te ofendas, pero la próxima vez que Darcy tenga algo que decirme, puede hacerlo ella misma. Me... me lo merezco.

Margot estaría muy orgullosa. Pero Elle celebraría esa peque-ña victoria más tarde. En ese momento, no sabía si iba a ponerse a llorar o a vomitar, y hacerlo en medio del Starbucks sonaba a humillación asegurada.

Brendon se tapó la boca con una mano y asintió, con los ojos llenos de desesperación, pero nada parecido a lo que Elle sentía.

—Sí. Eso es... Tienes razón.

La tenía. No necesitaba que Brendon siguiera intercediendo por Darcy, traduciendo constantemente sus emociones.

Elle apretó las muelas hasta que le crujió la mandíbula. Necesitaba salir de ahí.

—Voy a... Nos vemos, ¿vale?

No esperó a que Brendon respondiera. Giró sobre sus talones y salió de la cafetería, a la fría y lóbrega luz de la tarde. El gris del cielo y las nubes bajas prometían lluvia.

Se detuvo en el paso de peatones y se quedó mirando fijamente la luz roja del semáforo hasta que el brillo hizo que le escocieran los ojos y viera puntitos.

«Me lo merezco».

Tal vez, si seguía repitiéndoselo, empezaría a creérselo. No su cabeza, sino su corazón, donde era más importante para ella.

Capítulo veintiuno

El apartamento de Darcy estaba sumido en un silencio tal que nada tenía que ver con el ruido.

Siempre había agradecido que sus vecinos fueran considerados y que el bullicio del tráfico no penetrara jamás en aquel pequeño y tranquilo vecindario del centro de la ciudad. Pero esto era diferente. Nunca antes lo más estruendoso que se había oído en su apartamento habían sido los incesantes latidos de su corazón.

Se sostuvo la taza de café contra el pecho y fue dándose la vuelta lentamente. Quizá lo más estruendoso no fuesen los golpeteos de su corazón, sino el recuerdo de Elle, cuyos ecos permanecían en la cocina y en el sofá, en el suelo, en las estanterías, en el árbol de Navidad junto a la ventana. El murmullo de curiosidad que había soltado al acariciar el lomo de aquellos libros. El dulce sonido de su risa en la cocina cuando hundió un dedo en la masa de tortitas y le plantó un pegote a Darcy en la mejilla. Cómo esa risa se había convertido en un gemido preciosísimo que había provocado que se quemaran las tortitas y saltara la estridente alarma del detector de humo mientras ambas sonreían con timidez y Darcy susurraba las palabras «que le den» contra el cuello de Elle.

Cuanto más observaba su apartamento, menos en silencio se le antojaba.

¿Cómo narices se suponía que iba Darcy a deshacerse de un eco? ¿Con un ramillete de salvia? Hasta eso sonaba a algo que diría Elle, que se habría muerto de la risa con la expresión de Darcy ante tal sugerencia.

Lanzó una mirada asesina a su estantería y se mordió el interior de la mejilla. No, ella haría las cosas a su manera. Borrar todo rastro de Elle sería el primer paso, uno firme. Limpiaría el apartamento de arriba abajo, Ajax en mano, y luego llenaría el vacío con muebles nuevos si hacía falta.

Borrar todo rastro.

Darcy respiró hondo y dejó su taza de café sobre la mesa. Podía con ello.

Había ordenado alfabéticamente los libros según el apellido del autor o autora. Una hora más tarde, estaban ordenados alfabéticamente por título, alineados al dedillo en los estantes, sin que ninguno sobresaliera más que el resto. Había comprobado que así fuera, asegurándose con una puñetera regla pegada a los estantes. Puede que Elle hubiese tocado aquellos lomos, pero no en ese orden. Y no los volvería a tocar nunca. Se mordió el interior de la mejilla y asintió con la cabeza.

«No le des más vueltas».

Luego, aupó la caja de rosado al fregadero, abrió la boquilla y el vino se fue por el desagüe. Tiró el interior a la basura y la caja al contenedor de papel. Cuando hubo terminado en la cocina, regresó al salón, tachando elementos de su lista mental de tareas pendientes, un zafarrancho de limpieza improvisado.

Se puso a gatas para sacar el bolígrafo de gel que había ido a parar bajo el mueble de la tele. Color índigo. Miró el bolígrafo con el ceño fruncido. Era muy parecido al tono de los ojos de Elle.

«No le des más vueltas».

Miró fijamente el árbol de Navidad. Sintió una quemazón en

el pecho. No se veía capaz de desmontarlo, todavía no. Se limitaría a intentar no mirarlo. De todos modos, mañana era Navidad. Lo quitaría inmediatamente después.

«No le des más vueltas».

Pasó al dormitorio. Unas sábanas totalmente blancas y un edredón a juego cubrían su cama. No había nada fuera de lugar, excepto por el cuaderno de cartoné moteado lleno de datos sobre Elle que yacía en la mesita de noche. Su fecha de nacimiento. Su sabor favorito de ositos de gominola. Todos sus planetas…, posiciones…, casas… y cosas por el estilo. Elle descrita en unas pocas palabras. Pasó una mano por la cubierta y el pulgar rozó las páginas por abajo.

No. Elle no podía resumirse en un cuaderno, limitarse al papel. Era inabarcable, pero esas páginas contenían su huella, lo más cerca que Darcy volvería a estar de Elle.

Al papel, iba en el contenedor del papel. Tan solo tenía que tirarlo y su apartamento volvería a ser una zona libre de Elle. Limpio, ordenado, todo en su lugar. En silencio.

Apretó el cuaderno contra su pecho y salió de la habitación. Abrió el armario que había debajo del fregadero, donde guardaba los cubos de basura, y se detuvo. «Tíralo». Era solo un cuaderno, solo papel. No era Elle. ¿Tan malo sería, pues, si lo conservara? Apenas había usado algunas páginas; sería un desperdicio tirarlo. Podría arrancar las primeras hojas y utilizar el resto. Y eso lo haría más tarde. Pero, por ahora, lo guardaría en el fondo de su armario, detrás de las cajas de zapatos. Fuera de la vista, lejos del corazón. Lo ignoraría, igual que al árbol.

Apagó la luz del armario y se quedó en medio del dormitorio, con los brazos cruzados. No tenía nada más que hacer, nada con que ocupar el tiempo, nada con que ahuyentar el silencio que se moría por acallar con ruido y actividad.

Postrarse en el sofá no era una opción. Si se sentaba, es posible que no se volviera a levantar. Como un objeto a pilas, necesitaba seguir moviéndose o, de lo contrario, los sentimientos que habían arraigado dentro de su pecho se ramificarían. Como una especie invasora, la envolverían, asfixiándola hasta que no pudiera respirar, hasta que no pudiera…

Se presionó los ojos con las palmas de las manos. Tenía que seguir moviéndose. Se ducharía y luego… No. Paso a paso. Minuto a minuto. Como la arena en un reloj de arena: así eran los días de su vida.

Una risa entrecortada y llena de desesperación rompió el silencio. Se tapó la boca con una mano y respiró por la nariz.

«No le des más vueltas».

Encendió la luz del baño al entrar, luego se levantó la camiseta por el bajo y se la pasó por la cabeza. Atisbó algo en su reflejo, algo fuera de lugar en su rostro. Dejó caer la camiseta y se acercó al espejo, inclinando la cabeza. Eso no estaba allí antes, eso era…

Purpurina.

Tenía una mota de purpurina pegada a la mejilla, debajo del ojo, donde la piel estaba hinchada, tan hinchada que ninguna mascarilla facial ni compresas frías podrían remediarlo.

Se frotó la piel con los dedos. No hubo suerte. Se frotó más fuerte, raspando la zona con el borde de la uña. Nada. Se había adherido a su piel como pegamento y no se iba. Abrió el grifo y se mojó la cara, jadeando un poco ante el impacto del agua helada contra su piel sonrojada.

Caray, ¿se le había incrustado o qué? ¿Se le había metido bajo la piel? Era purpurina, por supuesto que no podría deshacerse de ella. La purpurina no iba a parar jamás a ningún otro sitio que no fuera exactamente donde no quisieras, donde no debería estar.

Cerrando el grifo, dejó caer la cabeza y cogió aire por la boca porque tenía la nariz taponada de repente. No podía respirar a través de ella, ¿por qué no podía…?

—¿Darce?

Darcy pegó un chillido y dio un salto hacia atrás, y casi se resbala con la camiseta que había tirado sobre las baldosas. Se sujetó aferrándose al lavamanos y luego se agachó para coger la camiseta y vestirse. La etiqueta le rozó la barbilla al ponérsela del revés.

«Brendon».

—¿Qué cojones? ¿No llamas? —El corazón bombeaba adrenalina a sus extremidades, haciendo que se le crisparan los dedos.

Brendon, hecho polvo, la miraba con los ojos como platos y los pómulos enrojecidos.

—¿Qué te crees que he hecho? He picado. Te he llamado. Te he escrito. No respondías, así que he usado la llave…

—La llave que te di en caso de emergencia, Brendon. Hostia ya. Esto no es… esto no es ninguna emergencia. No lo es. No puedes entrar aquí y pasearte por mi apartamento como Pedro por su casa. Una emergencia es cuando llevo horas sin responder, o más de un día. Esto no es una emergencia.

Brendon boqueó como una carpa.

—Estaba preocupado. Yo no…

—Eso no te corresponde a ti —lo interrumpió Darcy, que se llevó una mano al pecho, sobre aquel corazón acelerado—. Tú no debes preocuparte por mí. Yo me preocupo por ti, ¿entendido? Eso es cosa mía.

—Darce…

—No. Estoy cabreada. Estoy cabreada contigo. ¿Me oyes? Estoy cabreadísima. —Contuvo un grito ahogado y se mordió el interior de la mejilla. Se le nubló la vista, por lo que cerró los ojos—. Ay, ¿qué me pasa?

Unas manos la agarraron con fuerza por los brazos y la suje-
taron mientras se hundía en el suelo del baño. Pegó las rodillas al
pecho y se apoyó sobre Brendon, que trató de hacerla sentir mejor con palabras vanas. «Lo siento. No te pasa nada. Estás bien.
Todo irá bien».

—Qué va. —Darcy jadeó—. Nada va a ir bien.

Podía limpiar el apartamento de arriba abajo. Podía reorgani-
zar los libros y deshacerse de todas las cosas de Elle, de todo lo
que había tocado. Podía reducir a cenizas el apartamento entero,
desaparecer de la tierra y mudarse a la otra punta del mundo,
pero no había manera de escapar de los recuerdos, de la purpurina. Huellas de las que nunca se libraría.

No había una parte de Darcy que Elle no hubiera tocado: la
piel, las caderas, el pelo, los labios, el corazón. Seguiría encon-
trando purpurina por toda la eternidad.

Brendon le pasó los dedos, fríos contra su enrojecida piel, sobre la nuca.

—Tienes que creer que todo va a ir bien. Yo estoy seguro de
que todo va a ir bien.

Por favor. Hablaba como Elle.

Darcy levantó la cabeza impulsándose con los hombros de
Brendon.

—Elle me preguntó qué sentía. Le dije que no lo sabía. Estaba…
Asustada. Como Brendon había dicho.

Y ahora su hermano lo sabía. Era difícil fingir ser un pilar para
él cuando la había visto desmoronarse.

Brendon se echó hacia delante y se quedó mirándola.

—Vale. Pues cuéntame a mí lo que sientes. Cuéntame algo
sobre Elle.

¿En serio?

—Brendon…

—Vamos —la instó, dándole un empujoncito con la rodilla.

—¿Por qué? —estalló en un ataque de rabia, la cual no había desaparecido nunca, sino que había pasado a un segundo plano, dominada por el dolor. ¿Qué le importaba a Brendon? ¿Cuándo iba a dejar de obligarla a hacer cosas que no quería? ¿Cosas a las que le costaba tanto negarse?

Él se tomó su arrebato con calma y se encogió de hombros con consideración.

—¿Por qué? Porque me preocupo por ti. Y te equivocas. No te corresponde a ti cuidar de mí.

—Eso es...

—No. —Brendon negó con la cabeza—. No lo es. No eres mi madre y nunca debió ser cosa tuya cuidar de mí. Hiciste más de lo que te tocaba, más de lo que probablemente yo sepa, pero ya no tienes que hacer esto tú sola. Es cosa de los dos cuidarnos el uno al otro, ¿vale?

—No necesito que me cuides —susurró Darcy.

—Necesitar ayuda, querer ayuda, no te hace ser débil, Darce. Ábrete. Deja que te ayude.

Al parecer, Brendon sabía más cosas y era mucho más perspicaz de lo que lo había creído. Ya la había visto tocar fondo; ¿acaso podía ser peor si se abría a él?

—¿Quieres que te cuente algo sobre Elle?

Él volvió a darle un empujoncito.

—Ilumíname.

Muy bien, pues. Darcy se humedeció los labios.

—Sabe a fresas.

Brendon arrugó la nariz e hizo una mueca de asco.

—Venga ya.

Darcy le dio una patada en el pie y se rio, enjugándose las lágrimas con un dedo.

—Me refiero a su brillo de labios. Sabe a la mermelada de fresa que hacía la abuela. ¿Te acuerdas?

Brendon apoyó la cabeza contra la pared del baño y sonrió.

—¿Sí?

Darcy hizo girar el anillo que llevaba puesto y asintió.

—¿Qué más?

Lo más fácil no era preguntarle qué le gustaba de Elle, sino qué no le gustaba de ella. Porque Elle no era perfecta; tenía cosas que sacaban de quicio a Darcy, como el hecho de que nunca llevara chaqueta y que a veces se quedara en Babia en medio de una frase cuando se le pasaba por la cabeza una nueva idea. Sin embargo, enumerar aquello que le encantaba de Elle era como pedirle que contara las estrellas en el cielo. Podían estarse allí toda la noche y, aun así, no tendrían tiempo suficiente.

—El tono de sus ojos es mi nuevo color favorito y, si te burlas de mí por decir eso, te…

—¿Amenazas vacías? —Brendon asintió con la cabeza—. No me río, lo entiendo. Continúa.

Darcy suspiró y se reclinó contra el mueble del baño.

—Podía hablar con ella, confiarle cosas que no le cuento a todo el mundo. Por ejemplo, que veo telenovelas y que escribía fanficción sobre *Los días de nuestras vidas*, y no quiero oír una palabra, sin que se riera. Me dijo que debería hacer lo que me haga feliz. —Se llevó una mano a la garganta—. Ella me hace feliz. Me hacía feliz.

Brendon levantó una mano y se la apoyó a Darcy en el empeine.

—Parece que estás enamorada.

Darcy cerró los ojos y se mordió la lengua.

Brendon no lo había dicho en el mismo tono que su madre, cotilla y preocupada. Brendon hizo que sonara sencillo. El cielo está gris. Llueve. Y tú estás enamorada de Elle. Así, sin más. Pero no había nada de sencillo en cómo se sentía.

—Brendon —graznó—. No puedo. No puedo enamorarme. No puedo hacerlo.

Él le apretó la parte superior de la espinilla y emitió un sonido suave desde el fondo de la garganta, entre el murmullo y la tos.

—No creo que sea una cuestión de poder o no poder. O lo estás o no lo estás, y creo que ambos sabemos que lo estás. Hay… Si hago un chiste sobre Yoda, ¿me matarás?

—Sí.

Él sonrió.

—Sientes lo que sientes y eso no va a cambiar solo porque no se lo dijeras, porque no pronunciaras las palabras. Lo que quiero decir es que no dejaste de quererla después de la fiesta de la otra noche, ¿verdad? Lo que sientes… no es realmente la cuestión, ¿no crees? Sino si vas a dejar entrar a Elle en tu vida. Si vas a dejar que te quiera como mereces que te quieran, Darce.

¿Querría Elle saber siquiera cómo se sentía Darcy o ya era demasiado tarde? ¿Qué pasaría si la rechazaba? O peor aún, ¿qué pasaría si todo iba de maravilla y volvía a salir mal al cabo de un mes, seis meses, dos años?

No había fechas en el amor y eso era aterrador.

—Venga ya —dijo Brendon—, ¿qué es lo peor que puede pasar?

Darcy tragó saliva.

—Tengo miedo.

Brendon frunció el ceño como si no hubiese esperado que Darcy lo admitiera, que lo confesara por fin. Pero ya era hora de que reconociera de una vez por todas que vivía constantemente aterrorizada. Que sus temores se habían hecho realidad y que la esperanza de arreglar las cosas solo para volver a fracasar era casi suficiente para hacerle tirar la toalla y no volver a conocer a nadie más.

—Eso es normal, Darce. Todo el mundo está asustado. No serías humana si no lo estuvieras.

Pero no todo el mundo tenía miedo de esto.

—No quiero ser como mamá. Construyó toda su vida alrededor de papá y... mira cómo terminó.

Tal vez Darcy no había construido su vida alrededor de Natasha, pero sí lo había hecho con ella, y, cuando esta se vino abajo, no pudo hacer borrón y cuenta nueva, no encontró una manera fácil de separar las partes de esa vida conjunta que le pertenecían solo a ella. Había demasiados aspectos superpuestos, todo era demasiado confuso. Había perdido su apartamento y a sus amigos, salvo a Annie. Darcy todavía tenía el trabajo, así que no, no era exactamente como su madre, pero el miedo a que todo lo demás volviera a desmoronarse a su alrededor, la idea de tener que reconstruir su vida de nuevo, después de haberlo hecho ya una vez, era tan asfixiante que las diferencias en sus circunstancias parecían ínfimas. Esa era la razón por la que había renunciado a verse con nadie en un principio y se había sumergido en el trabajo y los exámenes.

—No estoy tratando de menospreciar ni restarle importancia a lo que pasó con Natasha; sufriste una ruptura, está claro que una ruptura durísima, pero esto no es lo mismo. Tú no eres ese tipo de persona. —Brendon respiró hondo y continuó—: Salir corriendo al primer indicio de algo serio porque tienes miedo de que te hagan daño no es que sea mejor. Simplemente sufrirás como lo estás haciendo ahora. Y seguirás sufriendo hasta que hagas algo para solucionarlo. Inténtalo. Sincérate con ella. Confía en ella.

Darcy podía decidir. No si querer a Elle, porque Brendon tenía razón; en eso no había elección. Lo que iba a hacer al respecto era un asunto diferente. Porque tal vez no pudiera controlar lo

378

que pasaría en un mes, en seis meses, en un año o en veinte, pero sí podía hacer algo con esa situación. Aquí y ahora.

Brendon frunció los labios como si supiera lo que estaba pasando por la cabeza de su hermana.

Darcy se agarró el dobladillo de la camiseta, arrugándola.

—¿Qué pasa si llego demasiado tarde?

—¿La quieres?

Darcy hizo una mueca. Obviamente, o no estaría en ese patético estado en el suelo del baño llorando por culpa de la purpurina. No es que no agradeciera el toque de atención, pero ¿tenía que ser purpurina?

Brendon se rio de su expresión y le dio una patadita.

—Entonces no es demasiado tarde. Nunca es demasiado tarde cuando estás enamorado.

—Vaya —bromeó Darcy—. Pareces una postal del Hallmark.

—¿Para qué ocasión? ¿Un aniversario o cumpleaños olvidado? ¿Simplemente porque sí?

—De pésame si no te largas de mi apartamento —respondió Darcy, sonriendo para suavizar la amenaza. Se agarró del lavamanos para levantarse—. Tengo que adecentarme y pensar qué voy a decir.

El corazón le latía a mil por hora. Por mucho que dijera Brendon, esto no iba a ser tarea fácil.

—Si necesitas ayuda, soy un hacha con los grandes gestos. —Se hizo crujir los nudillos y dio un salto para ponerse de pie—. Mis películas favoritas me han preparado para esto.

A Darcy no le preocupaba tanto qué hacer, sino qué decir.

—Voy a tener que contárselo… todo.

Darcy apretó los dientes. Qué bien.

—Sobre eso… —Brendon se pasó los dedos por el pelo e hizo una gran mueca—. No me odies, pero, eh, puede que me haya

379

entrometido. —Levantó una mano, con el pulgar y el índice casi tocándose—. Un poco.

Darcy movió la maceta en sus brazos e hizo una mueca.

Ya era demasiado tarde para pedirle consejo a Brendon sobre grandes gestos, de pie frente a la puerta del apartamento de Elle. Había llegado la hora.

Llamó a la puerta justo por debajo de la reluciente corona de Navidad plateada que colgaba torcida de un gancho de pega. Luego esperó. Y esperó. Y…

Se oyó cómo descorrían el cerrojo y la puerta se abrió. La hermosa e inconfundible voz de Joni Mitchell cantando *River* inundó el rellano, al tiempo que alguien colocaba su brazo contra el marco de la puerta, tapándole la vista del apartamento.

Margot.

Una Margot con pinta de estar cabreadísima. Darcy tragó saliva y se enderezó, suavizando su expresión con una máscara de indiferencia, si bien la maceta de terracota que sostenía en los brazos se lo ponía difícil.

—Margot. —Agachó la cabeza en un saludo cortés.

Margot la fulminó con la mirada. Zas.

«Mierda». El aire estaba cargado y el calor del edificio hacía del rellano una sauna. Darcy volvió a recolocarse la planta y se pasó el pelo por encima de un hombro.

—Elle no está —sentenció Margot, que había empezado a cerrar la puerta.

Darcy no había ido andando hasta el mercado para comprar esa estúpida y preciosa planta, y luego hasta el apartamento de

Elle solo para que la echaran. De eso nada. Esto no se acababa ahí. Tan solo necesitaba una oportunidad. Debía intentarlo, necesitaba confesarle a Elle sus sentimientos.

Apretó la mandíbula y metió la punta de la bota entre la puerta y el marco, e hizo una pequeña mueca cuando aquella le rebotó en el pie.

—Y ¿dónde está?

—Alexa, para. —La música se cortó a mitad de un verso—. Por si no lo sabías, es Nochebuena. Tengo por delante un trayecto en coche de una hora, en caso de que no haya tráfico, cosa que dudo que pase. Solo quiero terminar de hacer la maleta, salir a la carretera, llegar a casa antes de que mi padre se coma todas las galletas de jengibre y luego beberme varios vasos de ponche de huevo. Hablar contigo no ocupa un lugar muy alto en mi lista de tareas pendientes. De hecho, ni siquiera merece un lugar. Así que pírate, Darcy.

—Solo quiero saber dónde está Elle. Luego te dejaré en paz.

Margot entrecerró los ojos.

—¿A ti qué te importa?

—Mira...

—No, mira tú —espetó Margot, que soltó la puerta y se apoyó en el marco, con los brazos cruzados sobre el pecho y el mentón en alto—. No puedes venir aquí y exigir ver a mi mejor amiga si ni siquiera puedes decirme por qué quieres verla.

Darcy se mordió un lado de la lengua. Ni por un segundo se le había pasado por la cabeza que Elle no le hubiese contado a Margot lo que había sucedido entre ellas, pero ahí estaba la confirmación. La confirmación de que Darcy la había cagado.

Miró a Margot a los ojos para transmitirle su sinceridad.

—La cagué.

Margot frunció los labios.

—Ya. Algo en lo que estamos de acuerdo.

Darcy resopló.

—Pues eso. ¿Puedes ayudarme a arreglarlo?

—Podría.

Margot dejó tremendamente claro que el destino de Darcy estaba, en parte, en sus manos.

Entre los nervios y la caminata hasta Pike Place, así como lo que le había costado encontrar aquella planta, la planta, estaba desesperada.

—¿Vas a ayudarme?

Margot ladeó la cabeza y arqueó una finísima ceja por encima de la montura de sus gafas, bien en alto.

—Depende.

—¿De?

—¿La quieres?

Y dale con la pregunta. Un destello de miedo puso en marcha la parte de su cerebro encargada de indicarles a sus piernas que huyeran del peligro. Darcy plantó los pies y agarró con más fuerza la planta que llevaba en brazos.

—Creo que eso debería decírselo a Elle.

Margot se hundió el pulgar bajo el hueso de la ceja.

—Sorprendentemente, otra cosa en la que estamos de acuerdo. La pregunta es: ¿vas a hablar o vas a volver a cagarla?

—Tengo la intención de no cagarla. Por eso estoy aquí.

Margot dejó caer la mano y bajó la vista a la planta en los brazos de Darcy.

—¿Qué cojones es eso?

Darcy se aclaró la garganta mientras sentía cómo le subía el calor por la nuca.

—Da igual. ¿Puedes decirme dónde está Elle, por favor?

Margot suspiró.

—Mira. Le dije a Elle que esto no me hacía ninguna gracia, esta mierda de la relación falsa en que la metiste. Le dije desde el principio que no se empeñase contigo porque no te lo merecías. Y, para serte sincera, sigo sin tener claro que te merezcas a Elle, porque es mi mejor amiga y la persona más buena que conozco. Siempre pensaré que se merece lo mejor y tú ahora mismo me caes bastante mal, así que, en mi opinión, eres lo peor. Pero no me corresponde a mí decidir quién le conviene. Yo le sirvo las copas, le compro helado y le cojo de la mano cuando llora y, sí, le doy mi opinión y muchos consejos, pero Elle toma sus propias decisiones. Por alguna razón, te quiere. Pero te juro que, si vuelves a romperle el corazón, te pincho las ruedas del coche, Darcy Lowell.

—Vendí el coche cuando me mudé aquí —respondió Darcy.

Margot puso los ojos en blanco.

—Pues me colaré en tu apartamento y lo moveré todo diez centímetros para joderte el rollo, ¿está claro?

Darcy se la quedó mirando fijamente porque eso sí que sonaba horrible, joder.

La sensación, sin embargo, fue agradable. Se alegraba de que Elle tuviera a alguien que la defendiera, que la quisiera tanto como para lanzar amenazas tan turbadoras. Suerte que Darcy no tenía intención de romperle el corazón. No si se salía con la suya.

—Entendido. Alto y claro. ¿Me dices ahora dónde encontrar a Elle para que pueda intentar arreglar esto?

Lentamente, una sonrisilla apareció en los labios de Margot, a las claras tan turbadora como la amenaza de hundirla en la paranoia alterando sutilmente el entorno de Darcy.

—¿Qué opinas de las librerías metafísicas?

La campanilla que había sobre la puerta sonó con fuerza cuando Darcy entró en la librería. El pachuli y el sándalo le hicieron cosquillas en la nariz, lo que casi la hizo estornudar. Tosió ligeramente y agarró la planta que llevaba en brazos con más fuerza, mirando alrededor de aquel cuchitril.

El interior de la tienda estaba atestado de estanterías que cubrían cada centímetro de la pared, formando un vertiginoso laberinto de estrechos pasillos, peligrosísimo en caso de incendio. Hacia la parte delantera de la pequeña librería había una amplia mesa rectangular envuelta en una guirnalda plateada y cubierta con coloridos cristales translúcidos y libros de no ficción en rústica. *Cómo despertar tu tercer ojo. Sexo tántrico 101. Tú y tu Yoni.*

—¿Puedo ayudarte?

Darcy, hecha un manojo de nervios, pegó un bote. Detrás del mostrador había un hombre con un caftán rojo y verde junto a una mujer ataviada con un corsé negro y pantalones de cuero que llevaba una oreja llena de pírsines. Darcy se miró sus pantalones de lana y su práctico suéter verde, con la planta acunada contra su pecho. Decir que estaba fuera de su zona de confort era quedarse corta.

Ambos la miraban expectantes. Darcy esbozó una sonrisa.

—Sí, la verdad. Estoy buscando a Elle Jones.

La mujer con el cartílago cosido a pírsines plateados sacó una carpeta de debajo del escritorio y pasó una uña en forma de ataúd con rayas de bastón de caramelo por la hoja de papel.

—Está con una clienta. Le quedarán unos minutos, por si…

Junto al mostrador, se abrió una cortina de cuentas de color púrpura. De ella salió una mujer de unos cincuenta y tantos años sonriendo mientras hablaba en voz baja por encima del hombro.

Elle atravesó la cortina apartándose las cuentas de la cara. A Darcy le dio un vuelco el corazón.

Luego Elle le dio unas suaves palmaditas en el hombro a su clienta y se despidió de ella con la mano. Sorprendida, tuvo que mirarla dos veces antes de clavar la vista en Darcy.

Esta reprimió los nervios que amenazaban con asfixiarla y dejarla muda. Eso era lo contrario de lo que necesitaba.

—Hey.

Elle se mordió el labio inferior y bajó la mirada al suelo frente a los pies de Darcy. Luego se enderezó y levantó la vista, que clavó en ella con expresión despiadada.

—Darcy.

La mirada en los ojos de Elle le revolvió el estómago y la hizo flaquear en su determinación. No. Había llegado hasta allí. Había buscado esa planta por todas partes, se había enfrentado a Margot. Podía con esto.

—¿Podemos hablar?

Elle cruzó los brazos sobre el pecho.

—¿No ha venido Brendon a interceder por ti?

Au. Se lo merecía, pero eso no hizo que la pulla le doliera menos.

Darcy cuadró los hombros y sacudió la cabeza.

—No. Qué va. Me gustaría hablar contigo.

Un destello de interés cruzó el rostro de Elle, que entrecerró los ojos brevemente antes de que su expresión se suavizara hasta convertirse en una máscara de indiferencia. Darcy conocía esa mirada. Ella había perfeccionado esa mirada.

—Estoy ocupada. Trabajando, por si no lo has notado.

Darcy no había llegado hasta allí para que le cerraran la puerta en la cara, metafóricamente.

—¿Cuánto cuesta una… lectura?

—¿Qué? —preguntó Elle, con los ojos desorbitados.

Darcy hizo malabares con la planta en sus brazos, contoneándose hasta que logró meter la mano dentro de su bandolera y sacar la cartera.

Un leve gemido de angustia se escapó de los labios de Elle.

—Tú no… no crees en la astrología. Será una pérdida de tiempo. Tuyo y mío.

—Supongo que aceptáis tarjetas, ¿verdad? —Darcy deslizó su Visa por el mostrador de cristal.

Elle hizo un pequeño ruido ahogado desde el fondo de la garganta, mitad grito y mitad resoplido.

—Darcy.

Esta cogió su tarjeta de manos de la mujer y firmó el tíquet con una floritura antes de volverse hacia Elle con los ojos muy abiertos y mirada suplicante.

—Por favor, Elle.

Contuvo la respiración mientras esta se lo pensaba, mordiéndose el labio y con la mirada clavada en el rostro de Darcy. Tras unos angustiosos segundos en los que Darcy intentó transmitir tanto mental como físicamente su sinceridad (aunque lo más seguro era que tuviera cara de loca o, peor aún, de estreñida), Elle suspiró al fin y levantó las manos en el aire antes de volver a atravesar la cortina de cuentas.

—Vale. ¿Quieres una lectura? Yo te haré una lectura.

Capítulo veintidós

Elle se dejó caer en el sillón de terciopelo tras una mesa redonda que se tambaleaba ligeramente y observó cómo Darcy arrugaba de vez en cuando la nariz, sin duda con una fuerte opinión sobre el nag champa que desprendía el quemador de incienso situado en un rincón de la sala.

Se sentó sobre la pierna derecha y cruzó los brazos sobre el vientre. No pasaba nada. ¿Darcy quería una lectura? Le iba a dar para el pelo.

—Toma asiento —le indicó. Cogió su teléfono y sacó la carta que le había hecho semanas atrás. Dejó el móvil sobre la mesa, mirando astutamente las casas y alineaciones de Darcy—. A ver, ¿quieres empezar con tu *stellium* en Capricornio? ¿Quizá profundizar en Plutón, tu séptima casa? Mmm, podríamos pasarnos una hora entera hablando de que tienes el nodo sur en Virgo.

Darcy se recolocó aquella ridícula planta (¿qué cojones hacía con un arbusto?) sobre el regazo y asintió rápidamente.

—Vale. Claro.

Y así, sin más, Elle se desinfló.

No podía hacer esto. No podía coger la carta natal de Darcy y usarla en su contra. La astrología era una herramienta para la empatía, no para la venganza. No iba a convertir algo hermoso en algo horrendo, malicioso, porque hubiesen herido sus sentimientos. Por decirlo suavemente. Pero bueno. No era así y no pensaba cambiar eso, por muy dolida que estuviera. No era una persona cruel y tampoco quería herir a Darcy con palabras mordaces, destrozarla. Hacerle daño no recompondría su corazón.

Le dio la vuelta a su teléfono.

—No puedo hacer esto.

Darcy frunció los labios y se enderezó.

—Ya he pagado.

—Pues pídele a Sheila que te devuelva el dinero. No voy a perder el tiempo haciéndote una lectura cuando ni siquiera crees en esto. Y menos en Nochebuena, Darcy.

Esta abrazó con ambas manos aquella fea maceta de terracota y los nudillos se le pusieron blancos de apretarla. El esmalte de uñas, del mismo tono rosa aburrido de siempre, se le estaba desconchando del pulgar. Se había mordido todas las uñas hasta dejarlas al ras.

—Tienes razón. No creo en la astrología.

A pesar de haberle dicho que se marchara, a Elle se le hizo un nudo en la garganta y se le encogió el pecho.

Lo que más le dolió en ese momento fue haber creído que Darcy la comprendía. Que no se trataba de si lo suyo era real, sino de entenderse la una a la otra. Conectar. Sentirse menos solas.

—Genial. Como he dicho, pídele a Sheila que te devuelva el dinero.

Darcy no se movió, no se levantó, no salió de la sala. Negó con la cabeza en un movimiento imperceptible.

—Pero tú sí. Tú crees en ello.

Obvio.

—Hacía mucho tiempo que no creía en nada, nada en absoluto —susurró Darcy. Abrió la boca y se le escapó un pequeño gimoteo—. Me haces querer creer en algo, Elle. Y es cierto. No creo en la astrología, pero sí creo en ti y creo en esto, en lo que siento. Y sé que estás enfadada y probablemente sea demasiado tarde, pero ¿podrías dejar que me explique? Por favor.

El corazón de Elle comenzó a latir alocadamente. Pegó un batacazo, aceleró y luego se le paró de golpe antes de aferrársele al pecho con uñas y dientes. Hablar no era algo que pudiera hacer con el corazón en la garganta. Se limitó a asentir.

—Vale. Yo jamás quise que esto ocurriera. No quería enamorarme, no otra vez, no después de… —Darcy se interrumpió y tartamudeó en silencio con los labios suavemente temblorosos antes de tragar saliva y calmarse. Miró a los ojos a Elle, al otro lado de la mesa, sin inmutarse. Con aspecto vulnerable, Darcy tenía aquellos ojos marrones como platos y el ceño ligeramente fruncido, pero el resto de su rostro estaba relajado—. Brendon me ha contado que te habló de Natasha. Te ahorraré los detalles sórdidos, pero arriesgarme de nuevo era lo último que quería. Luego apareciste tú.

Elle resopló. Ah, sí. Irrumpió en la vida de Darcy sin ser invitada. ¿Cómo iba a olvidarlo? Vino derramado y discrepancias. Encantador.

—Eras todo lo contrario de lo que quería —continuó Darcy.

Elle apretó los puños. Le había pedido sinceridad, pero no que le confirmara sus peores temores.

—Eso es…

—Por favor —susurró Darcy, sacudiendo la cabeza—. No estoy… Eras lo opuesto a lo que pensaba que quería, pero resultó que eres justo lo que necesitaba y, en algún momento, te convertiste en lo que más quiero en la vida. Lo que le dije a mi madre no era verdad, Elle. Le mentí a ella y me mentí a mí misma. Esto es mucho más que un simple pasatiempo.

Elle respiró tan hondo como le permitieron los brazos, que tenía cruzados sobre el vientre.

—Sé que no soy la persona más puntual del mundo y no sabría distinguir entre un cabernet sauv... lo que sea y un pinot, ni aunque me fuera la vida en ello. Creo en la astrología y sigo mis instintos más que la razón. Soy todo eso. —Sus estúpidos ojos tuvieron que humedecérsele. Elle parpadeó rápidamente y se encogió de hombros—. Me gusta quién soy. Mucho. Mi trabajo, quién soy, me hace feliz. Y... y me merezco a alguien a quien le guste exactamente cómo soy, un desastre y todo lo demás. Necesito saber que es así. Necesito escucharlo. Necesito creerlo. Me merezco a alguien capaz de decirlo.

Cada vez que repetía aquellas palabras se las creía un poquito más y un poquito más. Esta vez, se las creyó del todo, se las creyó de la misma manera que creía en las estrellas y la luna. Creía en sí misma y, por mucho que le gustara Darcy (que era una barbaridad), quererse a sí misma no era un mero premio de consolación.

Darcy tragó saliva visiblemente varias veces y asintió con la cabeza.

—Es cierto. Te lo mereces, Elle.

Esta sorbió por la nariz y, dejándose llevar por la curiosidad, levantó la barbilla.

—Y, para que quede claro, soy incapaz de cuidar plantas. Se me mueren hasta los cactus, así que...

Mejor ser totalmente sincera. ¿Qué más tenía que perder que no hubiera perdido ya?

Darcy se quedó mirando la planta y soltó una risa irónica.

—Después de todo, sí que debería haberle pedido consejo a Brendon. Los grandes gestos no son precisamente mi fuerte. Y se me da fatal expresarme. Pero eso no tiene nada que ver contigo. Sino conmigo. Estaba asustada.

Cerró los ojos y apretó los labios. El rubor que le subió por el rostro le enrojeció la nariz y la piel bajo los ojos. Cuando levantó la vista, Elle se quedó sin aliento ante la mirada de desesperación en aquellos ojos, vidriosos e inyectados en sangre.

—Estaba aterrada. Ya me habían roto el corazón una vez y me asusté porque había visto a mi madre desmoronarse y, de repente, era yo quien se desmoronaba. No quería volver a estar nunca en una posición en la que eso pudiera pasar de nuevo. Me mudé a Seattle y prometí que no permitiría que sucediera. Enamorarme era lo último que quería, pero entonces llegaste a mi vida y, de repente, lo que sentía por ti era muchísimo más grande de lo que jamás había sentido por nadie. Más grande de lo que sentía por la persona con la que pensé que iba a pasar el resto de mi vida. Un mes, Elle. Un mes y estaba... —Darcy se tapó la boca con el dorso de la mano—. Me enamoré de ti y me asusté porque ¿y si te perdía? ¿Y si pasaba algo? ¿Y si me rompías el corazón? —Giró la cabeza hacia un lado y parpadeó rápidamente, batiendo las pestañas como si fueran las alas de una mariposa—. Tenía tanto miedo de perderte como de estar contigo porque me dolería mucho más cuanto más tiempo pasara. No dije nada y te perdí de todos modos.

Levantó la maceta que tenía delante.

—Es cilantro. Porque me gustas desde hace más tiempo del que sabría decir, desde antes de que pudiera decírtelo. Antes de que pudiera decírtelo como te mereces. Pero lo estoy haciendo. Me gustas tal como eres, Elle. Con el vino de caja, la purpurina, la astrología y sobre todo... —Respiró hondo entrecortadamente y añadió—: Me encanta que me hagas tener esperanza. Me haces tener esperanza y me haces feliz. Me haces tan feliz, Elle.

La astrología implicaba cierto equilibrio entre predicción y observación, preparación y acción. Sin embargo, Elle no habría visto venir esto jamás. Era demasiado bueno para ser verdad, incluso mejor, porque era real.

—¿Sí? —preguntó en un susurro, con los ojos muy abiertos y estáticos, porque se echaría a llorar si parpadeaba y quería poder ver el rostro de Darcy, observarla, empaparse de ella. Memorizar este momento, una instantánea perfecta que atesoraría el resto de su vida, tanto tiempo como le fuera posible.

—Te dije que no sabía cómo me sentía —dijo Darcy, que dejó la planta de cilantro en la mesa entre ellas y se puso de pie. Se frotó los muslos con las palmas y sus hombros se elevaron cuando cogió aire—. Mentí. Sé cómo me siento y, en una escala del uno al diez, estoy un quinientos por ciento segura de que quiero estar contigo tal como eres, hasta el infinito.

Elle se llevó los dedos a los labios, hecha un tembleque.

—¿El infinito? Eso es... eso es un número muy grande.

Y que Darcy lo dijera era algo aún mayor.

Darcy rodeó la mesa y extendió una mano para coger la de Elle entre las suyas. Le temblaban, y algo en ese pequeño temblor llenó a Elle de cariño, desde la coronilla hasta la punta de los dedos de los pies. Significaba tanto para Darcy que estaba tiritando, tiritando como Elle.

—Técnicamente, el infinito no es un número real. Pero lo que siento por ti sí que lo es. Es lo más real que he sentido jamás, Elle.

Acariciándole con el pulgar el dorso de la mano, Darcy la miró a los ojos. Allí estaba la chispa. Una conexión del tipo que no se puede fingir.

Elle se puso de puntillas y, con la mano que tenía libre alrededor de la nuca de Darcy, sonrió mientras la besaba. Las burbujas del champán y las estrellas fugaces, los fuegos artificiales y las madrugadas en el asiento trasero de un coche a toda velocidad, las luces de la ciudad zumbando a su alrededor, el puente de su canción favorita a todo volumen. Nada de eso le llegaba a la suela del zapato a este momento, que le ardía en las venas y le calentaba el pecho, le burbujeaba en el estómago y le ponía la piel de gallina. Magia.

Por primera vez, Elle no necesitaba un quizá, no necesitaba hacerse ilusiones, porque ahora lo sabía.

Lo había conseguido.

Bum.

Su apoteosis.

Toda una vida de mariposas en el estómago.

Agradecimientos

Tengo la suerte de contar con muchas personas maravillosas en mi vida a quienes dar las gracias. Las palabras no pueden hacer justicia al agradecimiento que siento, pero lo haré lo mejor que pueda.

Sarah Younger de mi corazón: gracias por considerar que mis escritos eran algo por lo que valía la pena arriesgarse. Estoy más que agradecida de tenerte de mi lado en esta montaña rusa. Eres una crac y la mejor agente que nadie podría soñar tener, y te estoy muy agradecida por todo lo que haces.

A mi increíble editora, Nicole Fischer, y a todo el equipo de Avon: gracias por arriesgarse con esta peculiar comedia romántica *queer* que me es tan cercana y querida. Gracias, gracias y más gracias por creer en este libro y ayudarme a hacer realidad este sueño.

No estaría en absoluto donde estoy sin el resto de los escritores y las escritoras increíbles que me han ayudado en este viaje. A la clase de 2017 de Pitch Wars y a la clase de 2018 de Golden Heart, los Persisters: gracias por mostrarme lo que significa ser parte de una comunidad de escritores y escritoras. Esta profesión suele ser solitaria, pero todos vosotros me habéis hecho sentir acompañada. Vuestro conocimiento, conmiseración y apoyo significan mucho para mí.

Brighton Walsh: es muy posible que hubiera dejado de escribir de no ser porque viste algo en mi trabajo que valía la pena alentar. Me enseñaste mucho y, sinceramente, no puedo expresar lo mucho que agradezco que leyeras (y releyeras) uno de mis primeros manuscritos y que me pidieras que no me rindiera. Nunca olvidaré tu amabilidad y tu disposición para ayudar a otros escritores y escritoras. Con todo mi corazón, gracias.

A Layla Reyne y Victoria de la O: os agradezco muchísimo que me escogierais como aprendiza en la edición de 2017 de Pitch Wars. Gracias por elegirme entre innumerables trabajos y ayudarme a mejorar mi manuscrito. Sin vosotras, estoy segura de que no sería la escritora que soy hoy.

Brenda Drake: un millón de gracias por crear Pitch Wars. Has ayudado a muchos escritores y escritoras en su camino hacia la publicación, yo misma incluida. No sé cómo agradecerte que construyeras esta comunidad y te volcaras en ella sin pedir nada a cambio.

Rompire: uf, ni siquiera sé cómo empezar a expresar mi gratitud por contar con todas vosotras. Es un gran honor para mí llamaros a todas no solo compañeras de escritura, sino verdaderas amigas. Amy Jones, Lisa Leoni, Megan McGee, Julia Miller, Em Shotwell, Lana Sloan y Anna Collins: gracias por escucharme despotricar, hacer bromas ñoñas y por no reíros por tener el pelo hecho un auténtico desastre en Marco Polo. Me habéis mantenido cuerda durante estos últimos meses (algunas de vosotras, mucho más tiempo) y sois una fuente de inspiración para la que no tengo palabras. Gracias a vosotras, me esfuerzo por ser mejor como escritora y es asombroso lo increíbles que sois todas. Gracias. Un agradecimiento especial a Amy por leer tantos de mis escritos, incluso cuando no tenía ni idea de lo que estaba haciendo. Tus comentarios han sido de un valor incalculable.

He tenido la suerte de contar con muchos maestros increíbles que cambiaron mi vida para mejor. A David Kline, mi profesor de Teatro y Escritura Creativa en el instituto: no sé cómo agradecerte que alentaras mi pasión por contar historias y mi imaginación. Me hiciste creer que una vida dedicada al arte nunca es una vida desperdiciada. Por otro lado, gracias al profesor de Escritura Creativa que tuve en la universidad y que se rio de mi interés por la literatura de género. Simplemente soy tan testaruda que decirme que no debería hacer algo es una forma de hacer que me lance a por ello, en corazón, cuerpo y alma.

A mi bebé peluda, Samantha: gracias por ser la mejor lectora alfa que una chica podría pedir. Y con esto quiero decir que gracias por escucharme hablar conmigo misma y mirarme como si hubiera perdido la cabeza solo un poquitín. Cada vez que te quedas dormida sobre mis cuadernos y me pisoteas el teclado, me recuerdas lo importante que es desconectar del ordenador y prestar atención al mundo que me rodea. Adoro abrazarte y te quiero hasta la luna y más allá, Sam.

Por último, pero no menos importante, no estaría aquí (literalmente) sin mi madre. Mamá: gracias por animarme siempre a perseguir aquello que me apasiona y por apoyarme sin importar cuántas veces cambiase de opinión sobre lo que quería hacer con mi vida ni cuántas veces fracasara. Desde el principio, cuando era una niña y contaba historias fantásticas sobre mi marido imaginario, Rodger, un dragón verde cuya madre me odiaba, apoyaste a la peculiar escritora que llevo dentro. Eres mi mejor amiga y te quiero hasta la señal de stop y más allá.

Este libro se terminó de imprimir
en el mes de noviembre de 2024.